BESTSELLER

Robin Cook, doctor y escritor, está considerado el creador del thriller médico y sigue siendo el novelista más importante del género. Es autor de más de treinta libros, todos grandes éxitos internacionales y traducidos a cuarenta idiomas. En sus novelas explora la implicación ética de los más actuales desarrollos médicos y biotécnicos. Cook no solo sabe cómo entretener a sus lectores, sino que a la vez alerta de cómo los adelantos de la medicina están en manos de grandes empresas cuya prioridad es siempre sacar el máximo beneficio. Muchas de sus novelas se han convertido en películas.

Aparte de escribir, sus intereses son la arquitectura, el diseño de interiores, la restauración y el deporte. Actualmente vive entre Florida y New Hampshire.

Para más información, puedes visitar la página web del autor y seguirlo en su cuenta de Facebook:
https://robincook.com/
 DrRobinCook

ROBIN COOK

Virus mortal

Traducción de
Mauricio Bach

DEBOLS!LLO

Papel certificado por el Forest Stewardship Council®

Título original: *Viral*

Primera edición en Debolsillo: enero de 2026

Printed in Spain – Impreso en España

ISBN: 978-84-663-7958-8
Depósito legal: B-19.594-2025

Compuesto en Comptex & Ass., S. L.
Impreso en Black Print CPI Ibérica
Sant Andreu de la Barca (Barcelona)

P 3 7 9 5 8 8

*Este libro está dedicado a la ferviente esperanza
de que los miembros del Congreso de Estados Unidos
comprendan la necesidad de promulgar, cuanto antes,
una alternativa de salud pública viable.*

Prefacio

La pandemia de COVID-19 ha colocado al virus en el escenario central como un enemigo peligroso y temido de un modo similar a lo sucedido hace cien años con la pandemia de gripe. Los virus causantes, el SARS-CoV-2 y el de la gripe A (H1N1), provocan enfermedades respiratorias de fácil transmisión entre personas, razón por la que se expandieron de forma muy rápida por todo el planeta. En cuestión de meses, ambos azotes infectaron a millones de personas, muchas de las cuales fallecieron.

Pese a que estas dos entidades biológicas en la actualidad dominan el foco público, hay otros virus que merecen ser tratados con el mismo recelo, preocupación y atención, dado que algunas de las enfermedades que provocan causan una alta letalidad y tienen la capacidad de provocar serias complicaciones. Aunque estas enfermedades no se transmiten por aerosoles y son, por tanto, menos contagiosas y avanzan a un ritmo más lento —aunque este se esté acelerando—, también se están extendiendo por el mundo debido al cambio climático y a la colonización humana de entornos hasta hace poco aislados. En particular, un considerable número de virus han tenido la brillante idea de utilizar a los mosquitos para asegurarse la supervivencia. Estos virus son responsables de enfermedades como la fiebre amarilla, el dengue, la fiebre del Nilo y todo un repertorio de enfermedades que provocan una peligrosa inflamación del cerebro llamada encefalitis. Esto incluye el virus de la encefalitis equina oriental o EEE, conocido por causar una mortalidad en el treinta por ciento de los infectados. A medida que avanza el cambio climático, mosquitos agresivos como el mosquito tigre asiático *Aedes*, portador de estos peligrosos virus y cuya presencia hasta ahora se limitaba a los climas tropicales, están extendiéndose de forma progresiva e imparable hacia el norte, a regiones de clima templado, y en estos momentos ya ha llegado incluso al estado de Maine en Estados Unidos y a Holanda en Europa.

Estos otros virus temibles no han podido escoger un mejor portador. Como chupadores de sangre para procurarse alimento, los mosquitos ocupan un lugar privilegiado en la lista de incordios de cualquiera. La mayoría de las personas recordarán sin duda una siesta veraniega interrumpida, un paseo vespertino, una caminata por el bosque o una barbacoa en la playa en los que hizo su aparición un mosquito hembra, anunciado por su característico zumbido. Como criatura perfectamente adaptada tras casi cien millones de años de evolución (incluso los dinosaurios sufrieron las picaduras de estos insectos), el mosquito hembra consigue su ración de sangre o muere en el intento. Por algún motivo para el que todavía no tenemos explicación, el mosquito tigre asiático hembra siente una especial atracción hacia las hembras humanas con sangre del tipo O, aunque no hacen ascos a otros tipos sanguíneos e incluso se conforman con machos humanos si no hay más remedio.

Como testimonio de la eficacia de la asociación entre mosquitos y patógenos, casi un millón de personas fallecen anualmente debido a enfermedades transmitidas por estos insectos. Algunos naturalistas incluso sostienen que las enfermedades transmitidas por los mosquitos han acabado con la vida de casi la mitad de los seres humanos que han habitado este planeta a lo largo de la historia.

Robin Cook, MD

Prólogo

Aunque los mosquitos causan más de dos mil muertes de seres humanos diarias, su pernicioso impacto no necesariamente termina ahí. Las muertes que provocan pueden generar más complicaciones a la sociedad. Una triste historia de tragedia encadenada se inició en el verano de 2020 como resultado de una concatenación de situaciones que empezó en el idílico pueblo de Wellfleet, Massachusetts, en la bahía de Cape Cod. Todo empezó en un neumático desechado, apoyado contra la pared de un destartalado garaje. En el interior del neumático había quedado estancada una pequeña cantidad de agua de lluvia, en la que una hembra preñada de mosquito tigre asiático depositó sus huevos.

El 20 de julio estos huevos eclosionaron y empezó la asombrosa metamorfosis de diez días que convirtió la larva en crisálida y posteriormente en mosquito. En el momento en el que los mosquitos emergieron como adultos ya eran capaces de volar y a los tres días empezaron a seguir el impulso de su irresistible urgencia por reproducirse, para lo cual las hembras necesitaban ingerir sangre como alimento. Sirviéndose de sus muy evolucionados órganos sensitivos, detectaron una víctima y se lanzaron sobre un incauto arrendajo azul. Aunque ni los mosquitos ni el propio arrendajo lo sabían, el pájaro se había infectado a principios de julio del virus de la encefalitis equina occidental. Ni a los mosquitos ni al pájaro les afectaba lo más mínimo, porque estas aves son huéspedes habituales de este virus, lo cual quiere decir que conviven en un tipo de parasitismo pasivo, y, de un modo similar, el sistema inmune del mosquito mantiene a raya al virus. Después de saciarse de la sangre del arrendajo azul, los mosquitos se alejaron en busca de un lugar apropiado para depositar sus huevos.

Varias semanas después, la bandada de mosquitos infectados se había desplazado hacia el este, en dirección al océano Atlántico. Su número se había reducido de forma considerable, porque habían sido presa de numerosos depredadores. Al mismo tiempo, a estas alturas ya habían adquirido más experiencia. Habían aprendido a priorizar a las víctimas humanas, porque eran blancos más fáciles que los pájaros cubiertos de plumas o los mamíferos peludos. También habían aprendido que la playa era un destino muy prometedor por las tardes, porque siempre había humanos bastante inmóviles con mucha piel expuesta.

A las tres y media de la tarde del 15 de agosto, esta bandada de mosquitos hembra portadores del virus de la encefalitis equina occidental se despertó de su siesta diaria. Se habían refugiado del sol de mediodía bajo el entablado del porche de un edificio en Gull Pond. Unos momentos después, hambrientos y deseosos de conseguir su festín de sangre, el enjambre se puso en formación de ataque con su característico zumbido. Salvo un número considerable de infortunados, los demás mosquitos esquivaron las peligrosas telarañas que iban apareciendo entre la luz del sol. Se reagruparon y siguieron avanzando como un escuadrón de cazas en miniatura. De forma instintiva sabían que la playa estaba a unos seiscientos metros hacia el este, detrás de un bosque de robles negros y pinos broncos. A menos que por el camino fueran devorados o que tuvieran que volar contra un viento de cara más intenso de lo habitual, tardarían unos tres cuartos de hora en llegar hasta la multitud de posibles objetivos.

PRIMERA PARTE

1

15 de agosto

—¡Venga, chicas! Son las cuatro y media y ya es hora de cargar en el coche la barbacoa —ordenó Brian Yves Murphy, dando unas palmadas para captar la atención de su familia. Su esposa y su hija estaban sentadas en la sala de la modesta cabaña de dos dormitorios que habían alquilado para pasar un par de semanas cerca de una playa de difícil acceso en Wellfleet, Massachusetts, justo al lado del puerto del pueblo. Todos estaban agotados después de un ajetreado día veraniego que marcaba el inicio de la última semana de sus vacaciones. Debido a la pandemia de SARS-CoV-2, esta vez habían optado por coger el coche en vacaciones en lugar de tomar un avión hasta Florida para instalarse en el apartamento vacío de los padres de Emma, como solían hacer todos los veranos.

—¿No podemos descansar diez o quince minutos? —sugirió medio en broma Emma, consciente de que su marido no iba a atender a sus súplicas. En realidad, ella era tan ansiosa y activa como él y deseaba exprimir al máximo cada minuto de las vacaciones, siempre y cuando el tiempo acompañara. Esa mañana se había despertado justo después del amanecer, había salido de casa sin hacer ruido y había cogido la bici con la intención de ser la primera en plantarse en la cola de la PB Boulangerie para comprar sus insuperables cruasanes de mantequilla recién horneados.

Fue para ellos una muy grata sorpresa descubrir una panadería francesa tan lejos de lo que llamaban la civilización. Como residentes desde hacía muchos años en Inwood, Manhattan, se consideraban a sí mismos neoyorquinos de pura cepa y daban por hecho que cualquier lugar fuera del perímetro de la ciudad era la América profunda.

—Lo siento, pero no podemos perder tiempo —dijo él—. Quiero llegar al aparcamiento de la playa de Newcomb Hollow antes que nadie, para poder pillar un buen sitio. —Los primeros días de vacaciones ya decidieron que, de todas las playas que daban al Atlántico, esa era su favorita, porque estaba menos concurrida y las dunas altas actuaban como parapetos parciales de la brisa marina.

—Pero ¿a qué viene tanta prisa? —preguntó Emma—. Tenemos permiso para aparcar en la playa. Nos lo dieron junto con la autorización para hacer barbacoas.

—El permiso es para aparcar, pero no nos garantiza una plaza. Además, la playa de Newcomb Hollow es popular por motivos evidentes.

—Vale —dijo capitulando. Se levantó y estiró los brazos, porque le dolían un poco después del paseo en kayak por Long Pond de esta mañana, un ejercicio nuevo tanto para él como para ella. Después, a primera hora de la tarde, Brian y ella habían hecho su habitual minitriatlón, que consistía en un recorrido en bicicleta de quince kilómetros de ida y vuelta hasta Truro, kilómetro y medio a nado por la bahía y una carrera de unos ocho kilómetros hasta la costa del Parque Nacional de Cape Cod. Entretanto, Juliette, que tenía cuatro años, se había quedado al cuidado de una chica del instituto local llamada Becky a la que habían tenido la suerte de poder contratar como niñera desde el primer día. Pese a estar en plena adolescencia, Becky se mostraba sorprendentemente dispuesta a cumplir con rigor con los test, las mascarillas y el distanciamiento social que había impuesto la pandemia de COVID-19.

—Yo me encargo de meter en el coche las toallas, la parrilla, el saco de carbón, las sillas de playa y los juguetes —enumeró Brian antes de dirigirse a la cocina. Llevaba días planeando esta barbacoa. Aunque no tendrían una puesta de sol como la que disfrutaban cada tarde sobre la bahía de Cape Cod, la cara atlántica era espectacular, sobre todo si la comparaban con la diminuta playa repleta de conchas que había frente a su cabaña.

—Entendido, cambio y corto —dijo Emma. Echó un vistazo a Juliette. La niña parecía estar dormida, aunque su madre sabía que podía estar simulándolo, como solía hacer cuando no quería que la molestaran. Con los ojos cerrados y la boca entreabierta, agarraba a Bunny, un pequeño conejo de peluche, de tacto suave y de color marrón claro, completamente desgastado y al que le faltaba un ojo, que no soltaba en ningún momento. Emma no pudo evitar quedarse embelesada mirando a su hija, mientras pensaba, con amor de madre, que Juliette posiblemente era la niña más guapa del mundo, con esa naricita un poco respingona, esos labios con forma de corazón y su denso cabello rubio.

En un primer momento, tanto a ella como a Brian los sorprendió el color del cabello de su hija cuando este empezó a crecerle. Habían esperado que fuera pelirrojo como el de Emma o negro como el de Brian. Sin embargo, resultó ser de la dorada tonalidad amarilla del maíz, dejando bien claro que la niña tenía su propia personalidad. Lo mismo había ocurrido con el color de sus ojos, que eran verdes en contraste con el marrón avellana de los ojos de Emma y el azul de los de Brian. Pero tenían algo en común. Debido a su ascendencia irlandesa, los tres miembros de la familia Murphy eran de piel pálida, casi traslúcida, que requería la constante aplicación de crema solar para evitar quemaduras. A pesar de su corta edad, ya se veía que Juliette sería deportista y alta como su padre y su madre, que medían respectivamente uno ochenta y cinco y uno setenta y cinco.

—¡Eh! ¿Qué haces? —preguntó él, mientras trasladaba por la sala de estar una barbacoa portátil. La había pillado mirando fijamente a Juliette—. ¡Date prisa! ¿Qué haces aquí parada?

—Me he quedado embelesada con nuestra hija —confesó Emma—. Somos muy afortunados de que esté tan sana y sea tan condenadamente guapa. De hecho, creo que podría ser la niña más guapa del mundo.

Brian puso los ojos en blanco en un gesto irónico.

—Parece un caso de manual de falta de objetividad maternal. Desde luego que somos muy afortunados, pero, por favor, contengamos el entusiasmo hasta que hayamos aparcado y estemos instalados en la playa.

Emma le lanzó el gorro de natación Speedo que tenía en la mano y él lo esquivó sin problemas, riéndose, antes de salir al jardín delantero, dejando que la puerta mosquitera se cerrase de golpe tras su paso. El característico ruido le recordó a Emma un verano que pasó de niña en Long Island. A su padre, Ryan O'Brien, le habían ido muy bien las cosas después de fundar una exitosa empresa de fontanería en Inwood. Emma y Brian habían crecido en la pequeña comunidad irlandesa de Inwood y se conocían desde la escuela secundaria, pese a que él iba dos cursos por delante de ella.

Para cumplir con su parte en la preparación de la barbacoa, Emma se metió en la cocina, cogió la neverita y después de guardar las cosas del congelador, la acabó de llenar con las hamburguesas que había preparado el día anterior, las almejas frescas que habían comprado por la mañana en el puerto, una botella de vino blanco italiano y zumos para Juliette. El maíz pelado iba en una bolsa aparte, igual que el milhojas de la panadería.

Media hora después, la familia al completo estaba en el Subaru Outback, avanzando hacia el este en dirección al Parque Nacional de Cape Cod. Juliette iba bien sujeta en su sillita de bebé junto a la nevera, una colchoneta hinchable y tres sillas de playa plegadas. Como de costumbre, agarraba a Bunny mientras miraba dibujos animados en una pantalla colocada en la parte posterior del reposacabezas del asiento del conductor. A los pies de Juliette estaban el resto de los juguetes playeros, incluidos los cubos, moldes, palas y un par de palas de tenis de playa.

Después de atravesar la carretera 6, tanto Brian como Emma echaron un vistazo al departamento de policía de Wellfleet en cuanto apareció ante ellos. Era un edificio pintoresco, con un tejado a dos aguas y una estructura de listones de madera blancos, con unas buhardillas en la parte superior que le daban un aspecto más de posada que de sede policial.

—No puedo evitar preguntarme qué debe de sentirse al ser policía en mitad de la nada —comentó Emma. Se volvió para echar un último vistazo al pintoresco edificio, que contaba con una valla hecha con troncos para delimitar la zona en que podían aparcar los visitantes. No había ni rastro de ningún coche patrulla.

—Cuesta imaginarlo —respondió Brian, asintiendo con la cabeza. La misma idea había cruzado por su mente en el momento en que Emma la verbalizaba. Este tipo de coincidencias entre ellos eran frecuentes y las atribuían a lo unidos que habían estado toda la vida. No solo se habían criado a unas pocas manzanas de distancia en el mismo barrio de Manhattan y habían ido al mismo colegio, sino que ambos se habían especializado en Derecho penal en la universidad; Brian en Adelphi, en Long Island, y Emma en Fordham, en el Bronx. Aunque habían estudiado en instituciones diferentes, sus expedientes académicos eran muy similares. Los dos habían tenido muy buenas notas y habían participado en actividades deportivas tanto en el instituto como en la universidad. Brian había optado por el fútbol, la lucha libre y el béisbol, mientras que Emma había jugado al hockey, al baloncesto y al softball.

—Comparado con nuestra experiencia a la hora de hacer cumplir la ley, debe de ser muy aburrido —comentó ella mientras se giraba para volver a mirar hacia delante a través del parabrisas. Tanto ella como Brian, al terminar la carrera, se habían matriculado directamente en la Academia del Departamento de Policía de Nueva York y habían empezado como patrulleros en comisarías muy activas de la ciudad. Tras cinco años de servicio ejemplar, los habían aceptado en la elitista y prestigiosa Unidad de Emergencias del NYPD, la ESU. Fue durante el periodo en que Emma era cadete en la academia de la ESU cuando sus vidas se cruzaron. Brian, que era miembro del equipo A de la ESU se ofreció voluntario para ayudar en sus días libres a los instructores de la academia. Era su modo de mantenerse en forma y la recompensa fue conocer a una de las pocas cadetes mujeres de la unidad, de la que se enamoró y con la que se acabó casando.

—Sobre todo fuera de temporada —dijo Brian—. Si quieres que te diga la verdad, yo no lo soportaría. Sería incapaz.

Ahora atravesaban bosques de pinos y robles. También pasaron junto al lago Gull Pond, que estaba algo más al norte, pero cerca del Long Pond, que esa mañana habían recorrido en kayak. Este era su primer viaje a Cape Cod y habían quedado gratamente sorprendidos por la cantidad de lagos de aguas transparentes que había tan cerca del océano a un lado y de la bahía al otro. Habían preguntado sobre ellos a los lugareños, que les explicaron que estaban relacionados con glaciares de la Edad del Hielo.

La carretera de Gross Hill desembocaba en la playa de Newcomb Hollow y cuando llegaron al estacionamiento sintieron que la suerte les sonreía. Un gran número de personas claramente procedentes de la playa se dirigían a sus coches, cargadas con montones de cosas, incluidas sillas, sombrillas y sofisticadas neveras al lado de las cuales la de poliestireno de los Murphy resultaba vergonzosamente vulgar. Los habituales del lugar lucían un buen broceado, pero la mayoría eran visitantes esporádicos con la piel quemada por el sol.

—Ay —dijo Emma al ver a una adolescente tan pálida como ellos—. Esta noche se va a arrepentir de haber estado tantas horas en la playa.

—Estamos de suerte —comentó él, mientras aparcaba en una plaza vacía muy cerca del caminito que llevaba del aparcamiento a la playa atravesando una impresionante duna de quince metros cubierta de hierba. Como de costumbre, Juliette se mostraba entusiasmada ante la idea de ir a la playa, de manera que bajó del coche y esperó impaciente mientras sus padres sacaban las cosas del maletero. Pese a su excitación, aceptó de buen grado cargar con la bolsa del maíz y la mayoría de sus juguetes, aparte de Bunny. Emma llevó la nevera y las toallas y Brian se encargó de la barbacoa, el carbón y las sillas de playa de aluminio.

La tarde ya empezaba a declinar y el sol que les caía sobre los hombros envolvía toda la escena en un vistoso resplandor dorado. Todas las personas que volvían de la playa con las que se cruzaban llevaban mascarilla, como los Murphy. Cuando llegaron a lo más alto de la duna, Emma y Brian se detuvieron un momento para contemplar la amplia playa de arena y la inmensidad del Atlántico. Soplaba una brisa marina, que traía el sonido de las olas al romper. Como la marea estaba bajando, había por la orilla numerosas pozas de marea, que a Juliette le encantaban ya que el océano la intimidaba un poco. Completaban la impresionante vista los enormes cumulonimbos que colgaban del cielo como gigantescas cucharadas de crema batida.

—¿Hacia dónde vamos? —preguntó Juliette volviéndose hacia sus padres.

—¿Dónde prefieres ir? —le preguntó Brian a Emma.

—Yo voto por ir hacia la parte norte —respondió ella, después de echar un vistazo en ambas direcciones—. Hay menos gente. Y hay una enorme poza de marea justo enfrente.

—Hacia la izquierda —le gritó Brian a Juliette, que ya estaba corriendo hacia la orilla.

Se instalaron a unos treinta metros al norte del sendero, pegados a la duna. Mientras Brian preparaba la barbacoa, Emma untó a Juliette con crema solar y después le pasó a él el bote de espray. Juliette lanzó a Bunny sobre una de las toallas y corrió hacia la charca.

—No te acerques a las olas hasta que venga yo —le gritó Brian y ella le hizo un gesto con la mano para indicarle que lo había oído.

—¿Cuándo crees que podremos comer? —preguntó Emma.
Brian se encogió de hombros y respondió:

—Cuando tú digas. Avísame con quince o veinte minutos de antelación para encender el carbón. —Lo echó en la barbacoa y cerró la tapa—. Mientras tanto, vamos con Juliette.

Durante los siguientes cuarenta y cinco minutos, corretearon por la orilla, persiguiendo a la pequeña o perseguidos por ella. En cierto momento, Brian consiguió que Juliette se aventurara cogida de su mano hasta donde rompían las olas, pero estaba claro que a la niña la experiencia no le gustaba, de modo que volvieron enseguida a las tranquilas aguas de la poza de marea. Poco después, Brian vio que Emma había regresado al lugar en el que se habían instalado, donde ahora daba la sombra, y había empezado a preparar el maíz. Se dio por aludido y le dijo a Juliette que ya era hora de preparar la barbacoa y la retó a ver quién llegaba primero hasta allí. Entusiasmada con la posibilidad de ganar a su padre, Juliette salió disparada pegando un grito. Brian se tomó su tiempo para seguirla y dejarla así ganar.

—Me temo que tenemos visitantes inoportunos —dijo Emma en cuanto llegaron adonde estaba ella.

—¿A qué te refieres? —preguntó Brian. Miró a su alrededor, sobre todo hacia el cielo. En la visita anterior a la playa de Newcomb Hollow se las habían tenido con unas insistentes gaviotas y quedaron asombrados por el atrevimiento de los pájaros.

—No son gaviotas —comentó ella, leyéndole el pensamiento—. Esta vez son mosquitos.

—¿En serio? —preguntó él. Le sorprendió, dado que soplaba una brisa marina bastante fuerte.

—Sí, te lo aseguro —dijo Emma—. ¡Mira! —Alzó el brazo izquierdo y se señaló el hombro. Se le había posado un mosquito bien negro con motas blancas, sin duda dispuesto a picarle, pero antes de que lo lograra, lo aplastó de un manotazo. Cuando apartó la mano, la criatura había quedado reducida a minúsculo cadáver sanguinolento, lo cual indicaba que ya había picado antes, pero aun así no estaba todavía saciada.

—Nunca había visto un mosquito como este —comentó Brian—. Tiene un color muy peculiar.

—Yo sí —dijo Emma—. Era un mosquito tigre asiático.

—¿Dónde demonios has aprendido cómo son los mosquitos tigre asiáticos?

—En las clases de medicina de la academia de la ESU nos contaron cosas acerca de las enfermedades provocadas por los arbovirus y su relación con el cambio climático. En concreto nos hablaron del mosquito tigre, cuyo hábitat natural hasta hace poco eran los trópicos, pero que en los últimos tiempos se ha expandido hacia el norte hasta Maine.

—A mí nunca me dieron esa clase —se lamentó Brian.

—Los tiempos han cambiado, vejestorio —dijo ella soltando una risotada—. Recuerda que tú hiciste ese curso dos años antes que yo.

—Vale, pero ¿qué tipo de enfermedades provoca un arbovirus?

—¿Recuerdas haber leído algo sobre la fiebre amarilla durante la construcción del canal de Panamá? Bien, pues la fiebre amarilla es una enfermedad causada por un arbovirus.

—Vaya —dijo Brian—. ¿Se ha dado alguna vez algún caso de fiebre amarilla en Estados Unidos?

—Si no me falla la memoria el último caso fue en 1905 en Nueva Orleans —dijo Emma. De pronto se pasó los dedos por el cabello con gesto brusco y sacudió la mano por encima de su cabeza—. Oh, oh. Oigo el zumbido de más cabrones de estos. ¿A ti no te están rondando?

—Todavía no. Juliette, ¿has oído el zumbido de algún mosquito?

La niña no respondió, pero al igual que su madre de pronto movió las manos alrededor de la cabeza, dando a entender que los estaba oyendo.

—¿Has traído algún espray repelente? —preguntó Emma inquieta.

—Está en el coche. Me acerco y lo traigo.

—Sí, por favor —dijo Emma—. Cuanto antes mejor. Si no, vamos a acabar acribillados.

Sin pensárselo dos veces, Brian cogió la mascarilla, atravesó corriendo la playa y subió por la duna. Como esperaba, encontró un bote de repelente de insectos en la guantera. Cuando regresó a la playa en menos de diez minutos, Juliette volvía a estar en la poza de marea.

—Te aseguro —dijo Emma mientras empezaba a rociarse con el repelente— que estos cabrones nos han estado acribillando todo este rato. He tenido que mandar a Juliette de vuelta al agua.

—He ido lo más rápido que he podido. —Cogió el bote de espray y se lo aplicó como había hecho Emma y después llamó a Juliette para rociarla también a ella.

Una vez lograron mantener a los mosquitos a raya, los Murphy pudieron volver a concentrar sus esfuerzos en la barbacoa. Las mazorcas de maíz fueron lo primero que colocaron sobre las brasas, seguidas de las hamburguesas y al final las almejas. Para cuando acabaron de cocinar y sirvieron la comida, ya toda la playa estaba bajo la sombra de las dunas, a pesar de que el océano y las nubes seguían recibiendo la luz del sol.

Después de haber comido hasta saciarse y de recoger un poco, Brian y Emma se terminaron el vino blanco italiano relajadamente en sus sillas de playa, sirvieron el postre y disfrutaron de la vista. El sol poniente, que tenían a sus espaldas, tintaba de rosa las infladas nubes. Juliette había vuelto al borde de la charca para construir castillos con la arena húmeda.

Durante un buen rato, ninguno de los dos abrió la boca. Fue Emma la que por fin dijo, volviéndose hacia Brian:

—Siento romper el hechizo, pero he estado dándole vueltas. Quizá deberíamos adelantar el regreso a Nueva York.

—¿En serio? ¿Por qué? Tenemos la cabaña pagada casi otra semana entera. —A Brian le desconcertó la propuesta de Emma, porque la idea de pasar las vacaciones en Cape Cod había sido suya, todos se lo estaban pasando bien y hasta el tiempo parecía acompañarlos.

—He estado pensando que, si volvemos a casa, podríamos hacer alguna cosa para buscar nuevos clientes.

—¿Se te ha ocurrido alguna brillante idea? —preguntó él—. El poco trabajo que tuvimos a finales de primavera se nos acabó en julio.

Ocho meses atrás, Brian y Emma habían dejado el NYPD para poner en marcha su propia agencia de protección personal, que habían bautizado con el muy apropiado nombre de Protección Personal SL. Habían creado la empresa con grandes expectativas de éxito, dado su elevado nivel de formación y experiencia después de haber sido los dos agentes de la ESU del NYPD, Brian durante seis años y Emma durante cuatro, además de haber sido ambos agentes de policía durante otros cinco años. Cuando abandonaron el NYPD ambos eran sargentos y Brian ya había aprobado el examen para teniente con una excelente nota. Una empresa consultora, a la que acudieron el verano anterior para que los asesorara sobre la decisión, les auguró un éxito rápido y posibilidades de expansión en el ámbito de la protección personal después de, supuestamente, sopesar todos los factores que había que tener en consideración. Sin embargo, nadie podía predecir que haría su aparición el COVID-19, que redujo drásticamente la demanda de este tipo de servicios. De hecho, durante el último mes, no les había salido ni un solo trabajo.

—No, no he tenido ninguna idea brillante —admitió Emma—. Pero empiezo a sentirme incómoda y culpable por estar aquí holgazaneando y pasándonoslo en grande, sin saber qué nos va a deparar el otoño. Sé que necesitábamos relajarnos después de estar toda la primavera enclaustrados por la pandemia, sobre todo Juliette, pero ya hemos disfrutado. Yo ya estoy lista para volver.

—Está claro que el otoño no va a ser un camino de rosas —dijo Brian—. En cuanto cancelaron la Semana de las Naciones Unidas, supe que todas nuestras expectativas se habían ido al garete. Esa semana por sí sola iba a situar a nuestra empresa en el mapa. —Gracias a sus conexiones con el NYPD, habían recibido cientos de peticiones, dado que la Semana de Naciones Unidas ponía al límite los recursos del NYPD. En diciembre incluso estaban preocupados por disponer de suficiente personal para poder cubrir la mitad de las peticiones.

—¿No te preocupa saber cómo vamos a ser capaces de afrontar esta pandemia ahora que ya se habla de que en otoño habrá una nueva ola? —preguntó Emma—. Piensa que ya vamos retrasados en el pago de la hipoteca.

Tanto Brian como Emma habían sido desde niños ahorradores y conservadores en el manejo de las finanzas. Cuando empezaron a trabajar en el NYPD, ahorraban más que sus amigos y colegas, y además invertían lo ahorrado con inteligencia. Cuando se casaron, justo después de que Emma se graduara en la academia de la ESU y antes de que naciera Juliette, pudieron permitirse el despilfarro de comprarse una de las pocas casas unifamiliares de estilo neotudor en la calle 217 Oeste del barrio de Inwood. Estaba a solo una manzana de la casa de los padres de ella en Park Terrace Este. Esa casa era su única propiedad relevante, aparte del Subaru.

—Lo de retrasarse en los pagos de la hipoteca le está pasando a mucha gente —matizó Brian—. Y nosotros ya se lo comentamos al banco. Además, tenemos algunos trabajos pendientes de cobro. La hipoteca no se va a convertir en un problema. Creo que hemos hecho lo correcto reservando el líquido de que disponemos para pagar los gastos importantes de la empresa, como el salario de Camila.

Camila Pérez era la única empleada de Protección Personal SL. Cuando estalló la pandemia en la zona de Nueva York, se trasladó a vivir a casa de los Murphy y seguía allí instalada desde entonces. Era una de las ventajas de disponer de una casa espaciosa. Durante la primavera, había dejado de ser una simple empleada para convertirse en parte de la familia. Los Murphy incluso la habían invitado a sumarse al viaje a Cape Cod, pero ella, haciendo gala de una gran responsabilidad, había declinado la oferta para poder hacerse cargo de cualquier posible contingencia relacionada con la empresa. Las pasadas semanas hubo un par de consultas sobre la posibilidad de que Protección Personal se encargara de la seguridad de un par de bodas de alto copete en los Hamptons en otoño.

—Está claro que te lo tomas mejor que yo —reconoció Emma—. Me dejas impresionada con tu capacidad de compartimentar cada cosa tan bien.

—Si te soy sincero, no lo llevo tan bien como aparento. Yo también estoy preocupado —admitió Brian—. Pero el agobio me entra en mitad de la noche, cuando no logro desconectar. Aquí en la playa, con el sol y las olas, por suerte todo eso parece muy lejano.

—¿Te importa que sigamos hablando de esto ahora, mientras disfrutamos de esta gloriosa puesta de sol? ¿O prefieres que me calle?

—Claro que no me importa —dijo Brian—. ¡Habla todo lo que quieras!

—Bueno, lo que ahora mismo me reconcome es si fue buena idea que los dos dejáramos el NYPD a la vez —comentó ella—. Tal vez uno de nosotros debería haberse quedado para tener un sueldo garantizado.

—A toro pasado, puede que hubiera sido lo más prudente —se mostró de acuerdo Brian—, pero no es lo que queríamos hacer entonces. Los dos teníamos el gusanillo de montar algo creativo por nuestra cuenta. ¿Cómo habríamos decidido quién se lo iba a pasar bomba con el reto y quién tendría que haberse quedado picando piedra como agente de policía? ¿Con pajitas, lanzando una moneda al aire? Además, sigo confiando en que todo va a ir sobre ruedas en cuanto se acabe esta pesadilla del coronavirus. Y está claro que no somos los únicos que se han visto atrapados por las circunstancias. Hay millones de personas con el agua al cuello por esta pandemia.

—Espero que tengas razón —dijo Emma, dejando escapar un suspiro, y justo después se abofeteó un costado de la cara—. ¡Maldita sea! Los mosquitos vuelven a la carga. ¿Por qué a ti no te pican?

—Ni idea. —Brian se giró en la silla para coger el bote de repelente y se lo pasó a Emma—. Supongo que no les resulto tan dulce como tú —añadió con una de sus pícaras sonrisas.

2

19 de agosto

Los estridentes chillidos de una bandada de gaviotas que se peleaban en el puerto de Wellfleet despertaron a Brian. Había disfrutado de otra plácida noche de sueño relajado. Giró sobre su espalda, miró por la ventana a través de la cortina blanca y se preguntó qué hora sería. Consultó el móvil y vio que eran las 6.25. Echó un vistazo al lado de la cama que ocupaba Emma y constató que a esa hora, como casi todas las mañanas últimamente, su mujer ya se había levantado. Sonrió pensando en el desayuno que le estaría esperando en cuanto saliera de la cama.

Acompañado todavía por los chillidos de los pájaros, Brian se levantó y se dirigió por el pasillo al único lavabo que había en la cabaña. Antes de entrar, le sorprendió ver a Emma dormida en el sofá de la sala de estar. Pensó que quizá habría dormido mal por la noche, tal vez preocupada por la precaria situación económica en la que estaban, un tema que Emma no había dejado de sacar a colación a diario desde la noche de la barbacoa. Convencido de que debía de tratarse de eso, Brian procuró no hacer ruido. Al salir del lavabo, tuvo otra idea. Saldría a comprar él el desayuno. Cualquiera que fuese el motivo por el que Emma se había quedado dormida fuera de la cama, Brian consideró que se merecía descansar todo el tiempo que quisiera.

Después de ponerse unos pantalones cortos de ciclista y una

camisa, comprobó si Juliette estaba a punto de despertarse. Como suponía, su hija seguía profundamente dormida. Con la cantidad de ejercicio que estaba haciendo, y teniendo en cuenta que la dejaban quedarse hasta más tarde de lo habitual jugando a juegos de mesa, la pequeña acababa agotada. Se quedó tranquilo y recorrió la sala de estar sigilosamente, con las zapatillas de ciclismo en la mano. Cerró con sumo cuidado la chirriante mosquitera para no hacer el menor ruido y se sintió orgulloso de haber salido de casa sin despertar a su esposa.

Al pasar en bicicleta por el puerto de Wellfleet pudo ver el motivo del frenesí de las gaviotas, que continuaba. Los pescadores estaban limpiando la pesca del día. Después del puerto, Brian cruzó el atractivo casco antiguo de Wellfleet, con sus bien cuidados edificios de época, algunos de los cuales tenían cientos de años; a él le gustaban en especial los que incorporaban en su estructura columnas neodóricas.

Por desgracia, la mayor parte del resto del recorrido trascurría por la carretera principal, que no tenía las vistas de las carreteras comarcales. Pero la panadería no quedaba lejos y apenas había tráfico. Para obtener el máximo beneficio del ejercicio, aceleró y llegó a su destino en menos de quince minutos. Aunque todavía no habían abierto, ya había varias personas haciendo cola, toda una prueba de la popularidad del establecimiento.

Veinte minutos después, Brian emprendió el camino de regreso, ahora pedaleando en dirección norte. Cuando llegó a la cabaña, dejó la bici en el garaje y entró con el mayor sigilo posible. Para su sorpresa, Emma ya no estaba en el sofá. Había regresado al dormitorio y estaba echada en la cama en posición fetal y, aunque tenía los ojos abiertos, no se movió al oírlo entrar.

—Me encuentro fatal. He pasado una noche horrible.

—Lo siento, cariño —dijo Brian, y se sentó en el borde de la cama—. ¿Qué te pasa? —Le sorprendía verla enferma, porque era la más resistente de los tres a los constipados invernales y otras afecciones. Normalmente la primera que caía enferma era

Juliette, que sin duda pillaba los virus en el parvulario o jugando con sus amiguitos, y el siguiente era él. La mayoría de las veces, Emma no sucumbía, pese a que era la que más pendiente estaba de Juliette.

—Siento malestar general —se quejó Emma.

—¿Tienes fiebre?

—Sí. Tengo escalofríos y he tenido sudores.

Brian extendió el brazo y le puso la palma de la mano en la frente. No había la menor duda de que estaba ardiendo.

—También he vomitado —continuó explicando Emma—. Me sorprende que no te haya despertado.

—Ojalá lo hubieras hecho —replicó él preocupado.

—¿Por qué? —preguntó ella con aparente irritación—. ¿Qué habrías podido hacer?

—No lo sé —dijo Brian—. Estar a tu lado.

—No podrías haber hecho nada —respondió Emma—. Me duele todo el cuerpo, tengo una migraña horrible y me noto el cuello rígido. Nunca me he encontrado tan mal.

—¿Te traigo un ibuprofeno? —Extendió el brazo para acariciarle la espalda, queriendo ayudar de algún modo, pero ella se apartó.

—Supongo que un ibuprofeno no me vendrá mal —dijo, recolocándose en el centro de la cama.

—¿Te duele la garganta?, ¿tienes tos, dificultad para respirar?

—No —respondió ella con firmeza—. Ya sé lo que estás pensando, pero no es el coronavirus. No tengo los síntomas típicos. Y tampoco he perdido el olfato. Nada de todo esto.

—Aun así, tendremos que hacerte la prueba del coronavirus —dijo Brian con tono sosegado—. Debemos descartarlo.

—Lo que tú digas —replicó Emma irritada.

—¿Tienes hambre? —preguntó él—. He traído cruasanes de mantequilla.

—Ya te he dicho que estoy revuelta. ¿De verdad crees que me puede apetecer un cruasán?

—De acuerdo, de acuerdo —la calmó Brian—. Te traigo un ibuprofeno. O quizá mejor dos. —Se incorporó y fue al lavabo para buscar las pastillas y después a la cocina a por un vaso de agua. Estaba un poco perplejo ante el aparente enojo de Emma. No era propio de ella. Cuando en otras ocasiones se había encontrado indispuesta, nunca se mostraba irritada. Más bien tendía a quitarle importancia a los síntomas.

Brian le dio las pastillas, ella se las tragó y volvió a estirarse en la cama.

—Voy a averiguar dónde está el hospital local —dijo Brian—. ¿Necesitas que te traiga algo más? —Ella se limitó a negar con la cabeza y cerró los ojos.

Ya en la sala de estar, Brian abrió el portátil para buscar el hospital más cercano, pensando que sería el modo más fácil de hacerle la prueba del coronavirus a Emma. Conociendo la variabilidad de los síntomas del COVID-19, no entendía por qué ella estaba tan segura de que no lo había pillado. De un modo u otro, tenían que averiguarlo. Por un momento, también se le ocurrió la posibilidad de buscar un médico, pero no vio claro que un médico rural pudiera aportar algo que él no supiera ya. Los cursos de medicina de la academia de la ESU tenían mucho contenido, y sin duda los cualificaba tanto a ella como a él como EMT, técnicos de emergencias médicas, de pleno derecho. Si tuviera que aventurar un diagnóstico, se decantaría por una intoxicación alimentaria, probablemente por las almejas que habían cenado, pese a que él no presentaba ningún síntoma. Esperaba que en unas veinticuatro horas ya estuviera repuesta.

No tardó en encontrar lo que buscaba y, en cuanto lo consiguió, regresó al dormitorio. Ella seguía echada boca arriba en el centro de la cama, con los ojos cerrados.

—¿Emma? —susurró Brian. Si se había quedado dormida, no quería despertarla.

—¿Qué? —dijo ella abriendo los ojos.

—El hospital más cercano es el de Cape Cod —le explicó

Brian—. Está en Hyannis, a unos cuarenta y cinco minutos. Sugiero que vayamos allí en cuanto te veas con ánimos. Cuanto antes te hagas una prueba de coronavirus, antes tendremos los resultados.

—No quiero ir a un hospital de medio pelo en medio de la nada. —Lo miró con sus ojos color avellana ardiendo de indignación.

—Creo que estás siendo muy injusta —contraargumentó Brian—. Por lo que he podido ver online, parece que tiene un muy buen nivel. Además, de momento, lo único que necesitamos es que te hagan una prueba de coronavirus.

—¡Ni hablar! Quiero volver a Nueva York. Si necesito ir a un hospital, quiero que sea uno de verdad.

—¿Quieres volver a casa hoy mismo? —preguntó él, atónito. Todavía les quedaban cuatro días de vacaciones y la cabaña ya estaba pagada.

—Sí —dijo con firmeza Emma—. No me encuentro nada bien y me temo que va a ir a peor. Esto no es un simple resfriado.

—De acuerdo, de acuerdo —la calmó Brian—. Volveremos hoy mismo. Hago las maletas, cargo el portaequipajes y coloco las bicis y el kayak. Entretanto, intenta relajarte.

3

19 de agosto

Brian tardó mucho más tiempo del que pensaba en recogerlo todo y cargar el coche. Parte del problema era que además tenía que estar pendiente de Juliette. La irritabilidad de Emma desconcertaba a la niña, que no entendía por qué su madre no le hacía ni caso. De manera que Brian tenía que consolar a Juliette y mantenerla entretenida. Lo que mejor le funcionó fue pedirle que lo ayudara a empaquetar y cargar las cosas, pero el problema era que de ese modo todo llevaba mucho más tiempo que si lo hiciera él solo.

Ya eran las once pasadas cuando por fin pudieron salir a la carretera y encarar las cinco horas del viaje de regreso a la Gran Manzana. Como la silla de bebé para coche de Juliette estaba colocada detrás del asiento del conductor, Brian pudo bajar el respaldo del asiento de Emma para que pudiera viajar más relajada. Antes de salir, él había preparado unos sándwiches y llenado la nevera portátil de agua y zumos de fruta para el camino. Quería llevar a Emma a casa lo más rápido posible.

La mayor parte del camino, Brian estuvo solo consigo mismo, ya que Juliette miraba dibujos animados y Emma dormía, con la cabeza recostada sobre una almohada apoyada contra la ventanilla del coche. Gotas de sudor le perlaban la frente, lo cual indicaba que seguía con fiebre.

Rodeado de silencio, Brian no pudo evitar pensar en la situación de Protección Personal SL. Tal como le había confesado a Emma, haber pasado las vacaciones en un lugar nuevo le había permitido sacarse de la cabeza los problemas laborales. Sin embargo, ahora que regresaban a casa, se le vino el mundo encima. Lo cierto era que, debido a la pandemia, había muy pocos hombres de negocios necesitados de protección que viajaran a la ciudad, y con la esperada nueva oleada del otoño la situación no tenía visos de cambiar. Lo único en lo que podía confiar era en que alguna de las escasas peticiones para bodas de alto nivel que tenían para el otoño acabara confirmándose. Por eso estaba ansioso por hablar con Camila para preguntarle si había habido alguna novedad al respecto.

Aunque durante todo el trayecto se encontraron con un tráfico moderado y ningún retraso significativo, Brian se sintió muy aliviado cuando llegaron al puente Henry Hudson. Significaba que ya casi estaban en casa, y estaba deseoso de acostar a Emma en la cama y tomarle la temperatura. Durante todo el viaje había tenido la frente perlada de sudor y Brian también era consciente de que Juliette estaba ya cansada después de llevar tanto rato sujeta a la silla.

Brian estaba concentrado en decidir cómo iba a sacar del coche y meter en casa a Emma y Juliette de la manera más eficiente posible cuando oyó un peculiar y rítmico golpeteo procedente de debajo del salpicadero. En cuestión de segundos, percibió un movimiento a su derecha causante del ruido. Miró en esa dirección y descubrió horrorizado que Emma sufría convulsiones. Sus pies y sus piernas golpeaban de forma alterna contra la parte inferior del salpicadero y contra el suelo del vehículo. Al mismo tiempo, arqueaba de un modo grotesco la espalda, presionando contra el cinturón de seguridad, sacudía los brazos de forma descontrolada y su cabeza golpeaba contra el cristal de la ventanilla.

Brian casi perdió el control del coche al esquivar los golpes de la mano izquierda de Emma y trató de mantener firme el volante mientras el vehículo daba bandazos, con los neumáticos chirriando. En cuanto logró recuperar el control, pisó el freno y no sin dificultad consiguió detenerse en el arcén, pese a los furibundos bocinazos y gestos agresivos de los otros conductores. Para entonces, Juliette ya estaba berreando.

Por los cursos de formación como técnico de emergencias médicas, sabía que ante todo debía impedir que Emma se hiciera daño a sí misma mientras sufría las convulsiones. Gracias a Dios, el cinturón de seguridad era de gran ayuda. Lo que más le preocupaba a Brian era la cabeza, que consiguió mantener apartada de las estructuras metálicas del vehículo, dejando que chocara contra la almohada durante las violentas sacudidas. Con la otra mano, intentó evitar que Emma se hiciera daño en las musculadas piernas al golpear contra el salpicadero. El hecho de que ella estuviera en tan buena forma física, lo complicaba todo mucho. Brian tenía que utilizar toda su fuerza para contenerla.

A pesar de que la situación se hizo eterna, al final las convulsiones aminoraron y acabaron desapareciendo, y Brian pudo dejar que echara la cabeza hacia atrás, entre el respaldo del asiento y la puerta, y la apoyara contra la ventanilla. De manera instintiva, él supo que la crisis había durado un par de minutos. A Emma le caía un hilillo de sangre de los labios, lo cual hacía suponer que se había mordido la lengua, pero Brian pudo comprobar que volvía a respirar de forma acompasada.

Brian puso derecho el respaldo de su asiento y se desabrochó a toda prisa el cinturón de seguridad. Juliette lloraba desconsolada en su silla de bebé, así que su padre bajó del coche, abrió la puerta trasera, metió la cabeza y abrazó a la niña con fuerza. Le repitió una y otra vez que no pasaba nada, que mamá estaba bien y que la iban a llevar al hospital.

—Ahora papi tiene que seguir conduciendo, ¿de acuerdo, cariño? —dijo Brian con suma ternura cuando Juliette empezó a calmarse. Con mucha delicadeza le apartó los brazos de su cuello.

Sin excesivo entusiasmo, Juliette permitió que su padre se incorporara. Brian le acarició el hombro cariñosamente, volvió a sentarse tras el volante y comprobó el estado de Emma. Estaba despierta, pero se la veía desorientada. Él le dijo que ya casi estaban en casa, pero que iba a llevarla al hospital, el mismo en el que había nacido Juliette. También le explicó que había sufrido convulsiones, a lo que ella asintió sin decir ni una palabra.

Después de dejar la autovía Henry Hudson por la salida de la calle Dyckman, ya solo les quedaba por delante un corto trayecto hasta el MMH, el hospital Manhattan Memorial en Inwood. Como todos los barrios de Nueva York, Inwood tenía varios hospitales. Los Murphy había elegido el MMH, como se lo conocía en el vecindario, para el parto de Emma, porque era allí donde a ella le habían quitado las amígdalas de niña. También le resultaba familiar a Brian. En su segundo año como agente del NYPD estuvo asignado a la comisaría 34 durante varios meses para suplir una baja y durante ese periodo había pasado bastante tiempo en ese hospital, sobre todo aprovechando para trabajar muchos de los días y las noches que tenía libres. Era un modo de sacarse un dinero extra, ya que en el hospital estaban encantados de disponer de un policía uniformado allí plantado. Pasó tanto tiempo allí que acabó por conocer a varios médicos y enfermeras por sus nombres de pila.

—¿Mami se va a quedar en el hospital? —quiso saber Juliette cuando Brian salió de la avenida Broadway y entró en los terrenos del hospital.

—No creo —respondió él—. Pero tenemos que esperar a ver qué dicen los médicos. Queremos asegurarnos de que está bien.

Brian se dirigió a la entrada de Urgencias y detuvo el coche en el aparcamiento para las ambulancias.

—Emma, ¿cómo te encuentras? —le preguntó—. ¿Te ves capaz de entrar en el hospital por tu propio pie o pido una camilla?

—Estoy bien —respondió con un tono monótono, articulando palabras por primera vez desde que había sufrido las convulsiones.

—¿Estás segura? —A Brian le parecía que seguía algo desorientada, desde luego no era ella misma. Aunque esta vez Emma no respondió, Brian salió del coche, sacó a Juliette y se dio la vuelta hasta la puerta del copiloto. Cuando la abrió, Emma no hizo ningún movimiento, así que él se inclinó y le desabrochó el cinturón de seguridad. A continuación se aseguró de que todos llevaran la mascarilla puesta.

—Muy bien —dijo—. Vamos a llevarte dentro. —La animó a bajar del coche y una Emma tambaleante se dirigió hacia la entrada de Urgencias, agarrándole la mano a Brian para mantener el equilibrio.

4

19 de agosto

Eran las 16.30 cuando entraban en el hospital. A esa hora las Urgencias no estaban muy saturadas. Los Murphy tuvieron que esperar unos minutos frente al mostrador de ingresos, pero cuando Brian explicó el motivo por el que estaban allí, una amable enfermera encargada de dar prioridad a los casos en función de su gravedad, los acompañó de inmediato a un box y le pidió a Emma que se tumbara en la camilla. Mientras comprobaba sus constantes vitales y recababa más información, una auxiliar que los había acompañado les pidió los datos del seguro médico que tenían contratado. Una vez completado el papeleo, Brian fue a aparcar el coche acompañado de su hija.

Junto al coche, Juliette empezó a llorar desconsolada y a decir que quería volver con su madre, entre lágrimas casi histéricas. Aunque Brian era por lo general muy paciente con su hija, en esta ocasión se puso nervioso y cuando la niña se negó a sentarse en su silla, tuvo que hacer un esfuerzo por controlarse. En ese momento se dio cuenta de que necesitaba ayuda. Hubiera podido llamar a su madre, Aimée, pero prefirió recurrir a Camila, que se había convertido casi en una madre suplente para Juliette durante los cinco meses previos. Como esperaba, Camila se mostró horrorizada en cuanto se enteró de la situación de Emma y se ofreció a ir de inmediato al MMH para hacerse cargo de Juliette.

—Bueno, cariño —le dijo Brian a Juliette mientras colgaba. Con la ayuda en camino, se sintió capaz de controlar mejor sus emociones—. Va a venir a buscarte Camila para llevarte a casa.

Juliette recibió la noticia redoblando las lágrimas, pero Brian se lo tomó con filosofía. Estaba seguro de que la niña se tranquilizaría en cuanto se encontrara en un entorno conocido. Levantó a Juliette y la cogió en brazos para consolarla, y aunque ya lloraba con menos intensidad, apoyó la carita de su hija contra su cuello y la abrazó con fuerza.

Camila llegó en poco más de diez minutos. De inmediato, extendió los brazos para coger a Juliette, que se mostró encantada de pasar de los brazos de Brian a los de Camila.

—Oh, pobrecita —dijo, mientras la achuchaba. Era evidente que poseía un fuerte instinto maternal y, en momentos como este, Brian agradecía la presencia de esta mujer en su vida.

Camila tenía treinta y dos años y era una cubanoamericana de primera generación, con una personalidad cautivadora y arrolladora, de sonrisa siempre a punto y carcajadas frecuentes. Tenía un aire más de adolescente que de persona adulta, sobre todo porque su vestimenta preferida eran los tejanos raídos a la moda. Era de altura y complexión medias, lucía un largo cabello negro peinado con raya en medio y tenía una tez olivácea que a Brian y Emma les daba mucha envidia, ya que no tenía que preocuparse por ponerse protector solar. Al igual que Brian y Emma, había vivido la mayor parte de su vida en el barrio de Inwood, en Manhattan, y tenían algunos amigos en común. La diferencia era que ella había crecido en la zona latina al este de Broadway, mientras que Brian y Emma eran de la zona irlandesa al oeste de la avenida.

Al igual que Brian, Camila había estudiado en la Universidad Adelphy, aunque en su caso había cursado Económicas, motivo por el cual había respondido al anuncio de Brian y Emma. En él especificaban que buscaban a alguien que les ayudara a poner en marcha una empresa de seguridad. Por suerte para ambas partes, la unión funcionó desde el primer día, ya que los conocimientos empresariales de Camila complementaban a la perfección la formación judicial de Brian y Emma. Cuando en marzo estalló la pandemia en Nueva York, no dudaron en pedirle a Camila que se instalara con ellos y ella aceptó sin dudarlo. En la casa familiar vivían varios de sus ancianos abuelos con problemas de salud y quería evitar ponerlos en riesgo.

—Volveré a casa con Emma lo más pronto que pueda —le dijo Brian, mientras le pasaba a Juliette su peluche Bunny, al que la niña abrazó con todas sus fuerzas.

—No te preocupes —dijo ella—. Prepararé la cena y mantendré a Juliette entretenida.

—No sabes cómo te lo agradezco. Eres nuestra salvadora.

Después de contemplar cómo se alejaba Camila con su coche y con la garantía de que Juliette iba a estar bien atendida, se sintió mucho más tranquilo y capaz de afrontar la situación. Lo primero que hizo fue volver al mostrador de ingresos, para preguntar si ya tenían alguna información sobre el estado de su esposa, pero le dijeron que el médico saldría en breve para hablar con él.

Brian se sentó lo más alejado que pudo del resto de las personas, lo cual le supuso irse al final de la sala de espera, ya que en ese momento las Urgencias registraban más movimiento que quince minutos antes. Por su experiencia previa en el hospital como agente uniformado, recordaba que siempre había un incremento de la actividad justo antes de la cena y después otro justo después.

El tiempo pasaba con suma lentitud y para distraerse un poco sacó el móvil y, con cierta reticencia, llamó a su madre. Como matriarca de la familia que era, Brian estaba seguro de que Aimée se inquietaría mucho e insistiría en ayudar, tal vez ofreciéndose a ir al hospital, pese a que probablemente no era la mejor idea. Sin embargo, él se sentía en la obligación moral de informarla de lo que sucedía. Su madre respondió con el melodioso y encantador acento francés que aún conservaba.

Aimée había crecido en el norte de Francia, en Normandía para ser exactos, y llegó a Estados Unidos hacía cuarenta y un años para estudiar en el prestigioso Barnard College. Fue allí donde conoció al padre de Brian, que en aquel entonces era alumno de la Universidad de Columbia gracias a una beca de deportes. El apellido de soltera de Aimée era Juliette, un apellido raro incluso en Francia. Emma y Brian le pusieron a su hija el nombre de Juliette en su honor.

Brian fue directo al grano y le explicó a su madre que la telefoneaba desde las Urgencias del MMH porque Emma había sufrido convulsiones en el coche durante el viaje de vuelta a Manhattan después de presentar repentinos síntomas gripales por la mañana.

—¡Oh, Dios mío, qué horror! —dijo Aimée con tono preocupado—. ¿Ahora está bien?

—Los médicos todavía no me han dicho nada —le explicó él—. La están atendiendo mientras hablamos. Ha entrado por su propio pie, pero estaba bastante desorientada.

—¿Crees que se puede haber contagiado de coronavirus? —preguntó Aimée.

—Espero que no —dijo Brian—. Y de hecho no lo creo, porque no presenta ninguno de los tres síntomas más habituales, como tos, dificultad para respirar o pérdida del olfato. Pero ¿quién sabe? Lo que sí tiene es fiebre. Habrá que esperar a ver qué dicen los médicos.

—¿Y dónde está Juliette?

—La ha recogido Camila hace unos minutos. Llevamos aquí aproximadamente una hora.

—¿Y tú cómo estás?

—Aguantando el tipo —respondió él—. Aunque admito que estoy un poco inquieto. Es la primera vez que veo a Emma verdaderamente enferma.

—Ya me imagino que estarás destrozado. ¿Quieres que vaya a hacerte compañía?

—No es necesario —dijo Brian—. Estoy más tranquilo desde que sé que Juliette está bien cuidada. Además, con lo de la pandemia, en el hospital no quieren visitas de familiares. Te prometo que te mantendré informada en cuanto sepa algo.

—*D'accord* —dijo Aimée. Tenía la costumbre de insertar expresiones francesas en sus conversaciones—. Voy a telefonear a la madre de Emma para explicarle lo que ha sucedido. Obviamente, va a querer presentarse en Urgencias. Ya sabes que Hannah es de ideas fijas.

—Por favor, intenta disuadirla. Te informaré en cuanto sepa algo y tú se lo puedes contar a ella.

Después de despedirse de su madre, se planteó si telefonear a sus dos hermanos mayores o a su hermana pequeña, más para mantener la mente ocupada que otra cosa. Mientras acababa de decidirse, oyó que lo llamaba por su nombre un médico alto, delgado y bastante joven que emergió en la sala de espera desde las profundidades de las Urgencias. Ataviado con arrugada ropa y gorro de quirófano, además de mascarilla, parecía un actor interpretando el papel de un agobiado doctor de Urgencias con su ristra de bolígrafos en el bolsillo de la pechera y un estetoscopio colgado del cuello.

Brian se levantó y alzó la mano para llamar la atención del médico.

—¿El señor Brian Murphy? —volvió a preguntar el doctor mientras se le acercaba. Ahora hablaba en voz mucho más baja—. ¿Es usted el marido de Emma Murphy? —Tenía un tono cantarín que Brian asociaba con las personas originarias del subcontinente indio.

—Sí, soy yo —respondió él. Se puso rígido al percibir por el tono del médico que algo no iba bien.

—Soy el doctor Darsh Kumar. Tengo que darle información importante sobre su esposa.

—De acuerdo —dijo Brian con lentitud, cruzando los brazos para prepararse para lo que iba a escuchar.

—La vamos a ingresar. De hecho, la vamos a llevar a la unidad de cuidados intensivos.

—De acuerdo —repitió Brian, cada vez más angustiado, aunque tratando de controlarse—. ¿Por qué a cuidados intensivos?

—Ha vuelto a sufrir convulsiones mientras la examinábamos —le explicó el doctor Kumar—. Sin embargo, las hemos podido controlar muy rápido, porque ya le habíamos colocado una vía. Ahora está descansando muy tranquila, pero se muestra desorientada. Queremos tenerla monitorizada.

Brian asintió. La cabeza le iba a mil por hora.

—¿Más desorientada que al llegar?

—Probablemente sí, pero no lo sé con seguridad.

—¿Tienen un diagnóstico? ¿Puede ser el coronavirus?

—Es posible, pero no parece probable con esta sintomatología —le explicó el doctor Kumar—. Lo que sabemos con seguridad es que sufre algún tipo de encefalitis, lo cual quiere decir que su cerebro está inflamado.

—Sé lo que es la encefalitis. Hice un curso de técnico sanitario —le aclaró Brian.

—Lo que no sabemos todavía es la etiología específica —continuó el doctor Kumar—. Sospechamos que el origen es vírico. Le hemos hecho una punción lumbar y hemos enviado las muestras al laboratorio. No tardarán en decirnos a qué nos enfrentamos. Si tuviera que lanzar una hipótesis, me inclinaría por el virus del Nilo Occidental o tal vez incluso la enfermedad de Lyme. ¿Han tenido mucho contacto con mosquitos o garrapatas en Cape Cod?

—Con garrapatas no, pero sí nos topamos con algunos mosquitos durante una barbacoa en la playa hace cuatro o cinco días.

—Esa podría ser la causa, lo cual confirmaría el origen vírico. Pero ahora mismo no tiene ningún sentido especular al respecto. Tampoco significaría ningún cambio de tratamiento.

—¿Qué tratamiento le están administrando?

—Básicamente de apoyo. Le estamos administrando oxígeno. Aunque hemos podido controlar las convulsiones de manera muy rápida, sus niveles de oxígeno han caído considerablemente.

—¿Puedo verla? —preguntó Brian desesperado.

—En este momento no —le respondió el doctor Kumar—. Le están haciendo una resonancia magnética y una tomografía.

—¿Las dos cosas? ¿Por qué las dos cosas?

—Eso se lo dejo a mis colegas de radiología. Mientras tanto en la oficina de ingresos necesitan hablar con usted sobre la admisión de su esposa. —Señaló al otro lado de la sala, hacia una puerta con un cartel en el que se leía ADMISIONES, y se dio la vuelta para marcharse.

—Disculpe —le llamó Brian—. Me gustaría ver a mi mujer en cuanto sea posible.

—Se lo comentaré a las enfermeras —dijo el doctor Kumar girando la cabeza antes de esfumarse a toda prisa por donde había venido.

Brian respiró hondo para tranquilizarse, recogió las pocas cosas que llevaba consigo y se dirigió a la oficina de ingresos. No tenía ni idea de qué querían de él, porque ya le había dado toda la información a la auxiliar de Urgencias.

La oficina ocupaba una sala bastante grande, con varias hileras de sillas colocadas de cara a dos mostradores. De las paredes color crema colgaban un montón de fotografías enmarcadas, en su mayoría de hombres muy serios y trajeados, aunque también había varias mujeres. Brian dedujo que eran los gestores del hospital. Solo uno de los mostradores estaba ocupado por una mujer de mediana edad, de cabellos y ojos negros. Llevaba un vestido con un colorido estampado floral debajo de una bata blanca.

—¿Señor Murphy? —le llamó la mujer en cuanto Brian entró en la oficina. Eran las dos únicas personas en la sala.

—Sí —respondió él—. Brian Murphy. —Vio por su identificación que la mujer se llamaba María Hernández. Se acercó al mostrador, en el que habían colocado un parapeto de plexiglás por la pandemia. Como en la ventanilla del cajero de un banco, había un hueco por el que deslizar los papeles.

—Brian Murphy —repitió María, ladeando un poco la cabeza para observarlo bien—. ¿Por casualidad es usted pariente del inspector Conor Murphy, el jefe de la comisaría 34?

—Era mi padre —le aclaró Brian, sorprendido de que la mujer lo hubiera reconocido bajo la mascarilla. Por suerte, el breve periodo de tiempo en que Brian estuvo destinado en la comisaría 34 fue antes de que su padre asumiera el mando.

—Le he reconocido en cuanto lo he visto entrar —dijo María, orgullosa de sí misma—. Sin duda es usted hijo de su padre. Mi marido, Adolfo, que era supervisor sanitario de Inwood, conocía a su padre muy bien. Compartieron muchas cervezas después del trabajo.

—Por desgracia, mi padre se aficionó a beber demasiadas cervezas —respondió él. No le gustaba que le recordasen esa faceta de su padre, que acabó atrapado en las garras de la maldición irlandesa del alcoholismo y había muerto hacía año y medio. Al mismo tiempo, el comentario de María le recordó las ventajas e inconvenientes de vivir en uno de los muchos barrios de Nueva York en los que los vecinos están muy unidos. Las vidas de unos y otros estaban siempre interconectadas.

—Apuesto a que sí —dijo María con tono sombrío—. Puedo decir lo mismo de Adolfo, que Dios se apiade de su alma. ¿Usted también es policía?

—Lo era. En diciembre dejé el cuerpo para montar mi propio negocio. Uno de mis hermanos es policía y también lo fueron mi tío, mi abuelo y mi bisabuelo. —A Brian le encantaba ser policía y quiso serlo desde que tuvo uso de razón. Pero dejó el cuerpo entre otros motivos para esquivar la trampa en la que habían terminado atrapados su padre, su abuelo y su bisabuelo. La empresa de seguridad privada había sido un modo de utilizar sus conocimientos y experiencia en el ámbito policial de una forma nueva y creativa, sin caer en la rutina y acabar deprimido.

—¿Y quién es esta Emma Murphy? —preguntó María, sosteniendo los papeles de admisión.

—Mi mujer —dijo Brian—. Emma O'Brien. Es probable que conozca a su padre y a su madre. Su padre puso en marcha Fontanería y Calefacciones Inwood.

—Sí, la conozco. Siento que la hayan ingresado, sobre todo en la UCI.

—Yo también. ¿Para qué me necesita aquí?

—Tiene que firmarme estos papeles de admisión —le dijo María. Le deslizó el documento por el hueco del plexiglás.

Brian ojeó todas las páginas, vio que contenían la típica jerga legal que detestaba y para la que tenía poca paciencia. Le recordó a los formularios de impuestos.

—¿Qué es esto? —preguntó.

—Lo habitual. Básicamente la autorización para que los excelentes médicos y enfermeras del hospital puedan tratar a su mujer. También aclara que acepta usted pagar todos los servicios que sean requeridos.

—¿Constan los datos de nuestro seguro médico? —preguntó Brian.

—Todo lo que le indicó a la auxiliar de Urgencias lo he hecho constar en el documento —dijo María—. Pero déjeme comprobarlo.

Brian le cedió la documentación. María se humedeció el dedo índice y pasó a toda velocidad las páginas. En un instante encontró la que buscaba.

—Sí, aquí está. Seguro Peerless Health con su número de póliza. Todo correcto.

—Perfecto —dijo Brian aliviado—. Ahora mismo lo firmo.

María le deslizó el documento por el hueco del plexiglás. Mientras Brian lo firmaba, le preguntó:

—¿Por qué tiene un seguro Peerless? ¿Por qué no tiene el seguro oficial del departamento de policía? Usted ha sido policía durante años, ¿no es así? Yo todavía mantengo el plan de Adolfo. Es fantástico.

—Cuando Emma y yo dejamos la policía para arrancar nuestra propia empresa, lo cual resultó ser mucho más caro de lo que pensábamos, tuvimos que recortar gastos. No nos podíamos permitir el coste del seguro premium del NYPD, de modo que optamos por otro más barato. Peerless nos ofreció lo que necesitábamos. Teníamos claro que debíamos mantener alguna cobertura, por nuestra hija. Nació prematura. —Deslizó el documento de vuelta.

—Esta compañía no es muy popular —dijo María—. Últimamente ha habido algunos problemas con ella. Perfecto, ya puede marcharse, y espero que Emma se mejore cuanto antes.

—Gracias, María. Ha sido un placer hablar con usted.

Brian regresó a la sala de espera. Para alguien activo como él, esta espera le resultaba insoportable. Sin embargo, no podía marcharse sin tener más información sobre el estado de Emma. Quería quedarse tranquilo. Para asegurarse de que el personal del hospital sabía que seguía allí se dirigió de nuevo al mostrador de admisiones y básicamente volvió a dar sus datos. Le contó a la auxiliar que el doctor Kumar había informado a las enfermeras de que quería ver a su mujer en cuanto terminaran de hacerle la resonancia y la tomografía. La chica le aseguró que las enfermeras le dirían algo en cuanto tuvieran noticias. Con la profunda sospecha de que le estaba dando largas sin más, Brian volvió a tomar asiento lo más alejado posible del resto de las personas presentes en la sala y siguió esperando.

Pasó lentamente una hora. Brian contempló cómo un inacabable repertorio de personas entraba en Urgencias por su propio pie o en camilla. Algunos iban acompañados por varios familiares, a la mayoría de los cuales el personal de seguridad les denegaba la entrada debido al coronavirus. En circunstancias menos angustiosas, la escena le hubiera parecido interesante como reflejo de la vida en Inwood. Incluso reconoció a alguno de los pacientes o sus acompañantes, pero no habló con nadie y prefirió mantenerse oculto tras la mascarilla y limitarse a observar.

—¿Señor Murphy? —preguntó una voz.

Brian apartó los ojos de una nueva ambulancia que llegaba y se topó con el rostro cubierto por una mascarilla y una pantalla de una enfermera. Su nombre era Claire Baxter, según la identificación que llevaba colgada en la pechera.

—Sí, soy Brian Murphy.

—El doctor Kumar me ha dicho que quería ver a su esposa antes de que la subieran. Venga conmigo.

Brian se incorporó a toda prisa y siguió a la enfermera de nuevo al interior de las ajetreadas Urgencias. La chica lo condujo hasta uno de los consultorios más amplios, donde Emma parecía estar dormida en una camilla con las barras levantadas. Para gran alivio de Brian, se la veía como siempre, salvo por una cánula nasal que la proveía de oxígeno y una gorra de quirófano que le cubría el cabello pelirrojo. Incluso presentaba un ligero pero saludable bronceado en esas mejillas que solían ser de porcelana, lo cual provocaba que la vía y el oxímetro que llevaba en el índice parecieran por completo fuera de lugar. El doctor Kumar estaba concentrado estudiando las imágenes de la resonancia en un monitor.

Brian se acercó a la camilla y le apretó el antebrazo a Emma, con la esperanza de que se despertara. Ella ni se inmutó.

—Está dormida bajo los efectos de la medicación que le hemos administrado para controlar las convulsiones —le explicó el doctor Kumar hablando muy rápido. Se colocó al otro lado de la camilla—. Sigue desorientada, pero me alegra poder informarle de que su nivel de oxígeno es en estos momentos completamente normal. Eso significa que los pulmones funcionan a pleno rendimiento, lo cual consideramos que disminuye las posibilidades de que se trate de coronavirus y de que acabe necesitando ventilación asistida. Y, por cierto, la prueba de SARS-CoV-2 ha dado negativo.

—Suena a buenas noticias —dijo Brian—. ¿Y qué muestran la resonancia y la tomografía?

—Ambas concuerdan con el diagnóstico de encefalitis viral —explicó el doctor Kumar—. Pero lo más importante es que he hablado con una especialista en enfermedades infecciosas. Al tener noticia de que acaban de estar en Cape Cod, y tras conocer el incidente en la playa que ha explicado usted, considera que lo más probable es que se trate de una encefalitis equina oriental, conocida como EEE, más que del virus del Nilo Occidental, que es lo que estamos comprobando ahora mismo. Me ha recordado que en Massachusetts ha habido un repunte de casos de EEE durante los dos últimos años.

—No he oído hablar en mi vida de la EEE.

—Ni usted ni la mayoría de las personas —dijo el doctor Kumar—. Pero le aseguro que esto va a dejar de ser así con el cambio climático. Recuerde lo que le digo.

—¿La EEE es grave? —preguntó Brian dubitativo, sin estar muy seguro de querer oír la respuesta.

—Sí, puede serlo. Sobre todo cuando aparecen síntomas neurológicos.

—Como los que está sufriendo mi mujer.

—Como los que está sufriendo su mujer —confirmó el doctor Kumar—. Por eso he preferido ingresarla en la UCI. Quiero que esté en observación, sobre todo ante posibles nuevas convulsiones o cambios en su capacidad de orientación o en su nivel de oxigenación.

—¿Cuánto tiempo cree que va a tener que permanecer en la UCI? —preguntó Brian—. Me temo que a Emma estar ahí le va a generar mucho estrés.

—Con suerte, unos pocos días —dijo el doctor Kumar—. Uno de los internos de la UCI le llamará mañana por la mañana y le informará de cómo está su esposa.

—Gracias —replicó Brian—. Dígame, ¿la EEE es contagiosa?

—No se transmite de persona a persona —le aseguró el doctor Kumar.

—Al menos esto es un alivio —dijo Brian.

—Es una enfermedad que transmiten los mosquitos, lo cual quiere decir que cada vez va a ser más importante evitarlos. Sobre todo durante barbacoas a última hora de la tarde como la que usted ha mencionado. A esas horas es cuando los mosquitos tigre asiáticos salen en masa.

En ese momento aparecieron dos camilleros. Sin decir palabra, uno de ellos se colocó en la cabecera de la camilla de Emma y levantó el freno, mientras que el otro se situó a los pies y empezó a moverla para sacarla de la sala. Brian se acercó y pudo acariciarle el brazo con la mano antes de ver cómo desaparecía por la puerta. No pudo evitar preguntarse cuándo la volvería a ver, sobre todo porque dio por hecho que las visitas en la UCI estarían muy restringidas dada la situación pandémica.

—Lo acompaño a la sala de espera —se ofreció la enfermera.

Brian se limitó a asentir y siguió a Claire Baxter atravesando la misma puerta por la que acababan de sacar a Emma, pero ellos tomaron la dirección opuesta en cuanto salieron al pasillo. Había concebido la esperanza de sentirse más animado después de poder ver a Emma con sus propios ojos, pero no fue así. No hizo caso de la conversación que intentaba darle la enfermera, estaba demasiado disperso por la rabia que le producía el maldito destino. Primero fue el coronavirus, que hizo descarrilar todos sus planes meticulosamente concebidos para poner en marcha la empresa de seguridad, y ahora esta enfermedad de la que no había oído hablar jamás, pero que amenazaba la vida de su mujer. Y para empeorarlo todo, ocurría mientras estaban intentando desconectar de la difícil situación que vivían pasando unas vacaciones en familia en mitad de una pandemia.

Cinco minutos después, Brian inició el corto paseo que lo separaba del MMH de su casa, en la calle 217 Oeste. El mero hecho de alejarse del hospital ya le levantó un poco el ánimo. Aunque se sentía como si acabara de correr un maratón emocional. Pensar en cómo había cambiado todo de un día para otro lo desconcertaba. No podía imaginarse dos días más diferentes.

El día anterior era todavía capaz de sentirse feliz pese a los obstáculos a los que se enfrentaba, mientras que ese día estaba desbordado por la angustia que le generaba la situación de Emma.

Al llegar a casa, se sintió aliviado al saber que Juliette ya estaba dormida en la cama. No sabía cómo sería capaz de reunir la paciencia necesaria para atender las necesidades de la niña. Camila le explicó que no había cenado mucho, pero se fue contenta a la cama después de un largo baño.

—Eres mucho más que nuestra salvadora, eres una bendición del cielo —le dijo Brian después de echar un vistazo a su hija, que dormía plácidamente, agarrada a su querido Bunny—. Tienes muy buena mano con ella y no sabes cómo te lo agradezco. Tal y como lloraba en el hospital, me temía que se pasara toda la noche en vela.

Cerró la puerta del dormitorio de Juliette con mucho cuidado para no despertarla.

—Es un encanto de niña —dijo Camila—. Las convulsiones de Emma y después el hospital la han asustado, necesitaba volver a casa para tranquilizarse. ¿Qué tal está Emma?

—Solo la he podido ver unos segundos —le contó Brian—. Estaba sedada por la medicación, de modo que no he podido hablar con ella.

—Seguro que se pondrá bien. ¿Te han dado alguna pista de cuándo podrá volver a casa?

—No, ni una palabra al respecto. Supongo que tendremos que esperar a ver cómo evoluciona y mantener los dedos cruzados. —No le comentó que Emma había tenido un segundo ataque de convulsiones. No estaba muy seguro de por qué lo hizo, pero supuso que era porque él mismo trataba de olvidarlo.

—¿Qué te parece si cenamos algo? —sugirió Camila— De camino a casa desde el hospital, he comprado comida para llevar en el Floridita, suficiente para tres: tiras de cerdo, frijoles negros y arroz amarillo. Juliette apenas ha comido.

—Has tenido una gran idea—dijo Brian—. A mí en estos momentos ni se me hubiera pasado por la cabeza. ¿Qué hemos hecho para tenerte a nuestro lado?

—Diría que el sentimiento es mutuo —comentó ella con una de sus características carcajadas—. Es una relación *win-win*.

Durante la cena, Camila le comentó varias novedades positivas. Le contó que esa misma tarde había recibido una llamada, que pintaba prometedora, pidiendo información sobre seguridad para una boda que iba a durar un largo fin de semana y estaba planeada para principios de octubre en Southampton.

—Por lo visto va a ser un evento importante y está previsto que llegue gente con sus jets privados desde todo el país. El tipo que lo monta es Calvin Foster, de Priority Capital. Ha llamado él en persona, lo cual me ha dejado impresionada. Quiere hablar contigo directamente y me ha dado su número. Le he dicho que le llamarías mañana.

—Esto promete —dijo Brian—. ¿Ha comentado algo sobre las restricciones por el COVID-19?

—De hecho, sí —dijo Camila—. Todos los invitados tendrán que hacerse una prueba antes de su llegada y va a habilitar un espacio para hacer pruebas allí mismo.

—¡Vaya! Esto sí que son buenas noticias —se entusiasmó Brian—. Una boda de este calibre va a ser una inyección de dinero en vena, sobre todo si también nos encargan organizar la seguridad de los invitados más importantes.

—Te he dejado el número al que has de llamarle en tu escritorio del despacho —dijo Camila. Cuando Emma y Brian pusieron en marcha Protección Personal SL transformaron el comedor de casa en oficina, con escritorios para los tres.

—¿Por casualidad ha mencionado cómo nos ha conocido? —preguntó Brian. El problema de cómo darse a conocer desde cero se les había complicado con el confinamiento. Últimamente solo habían estado poniendo publicidad online y tampoco demasiada. Con la gente metida en casa, no había una necesidad real de contratar seguridad.

—Sí lo ha mencionado. Me ha dicho que le pasó el número el subcomisario Michael Comstock.

—¿En serio? ¡Estupendo! Es alentador —exclamó Brian. El subcomisario Michael Comstock era el jefe de la Unidad de Emergencias del NYPD. Brian había estado bajo sus órdenes durante sus seis años en esa unidad y Emma, cuatro. Cuando Brian y Emma abandonaron el NYPD les preocupaba un poco que su jefe se hubiera mosqueado, ya que no se presentó en su fiesta de despedida y no les dio ninguna explicación. El hecho de que ahora recomendara Protección Personal era una muy buena señal.

Después de cenar, Brian recogió la cocina, Camila se puso a trabajar en las facturas pendientes de cobro, con la esperanza de liquidar algunas. Al poco rato, Brian se unió a ella en la oficina para indagar un poco más en la encefalitis equina oriental. Después de pasarse un rato leyendo sobre el tema, deseó no haberlo hecho, sobre todo por la paranoia sobre los virus generada por la pandemia de COVID-19. La EEE era una enfermedad muy alarmante, con una amplia variedad de posibles secuelas, y ahora que era muy posible que su querida esposa la hubiera contraído, le invadió la angustia de que pudieran enfrentarse a un larguísimo proceso de recuperación.

5

20 de agosto

Fue una de las peores noches de insomnio que Brian recordaba haber pasado. No paró de despertarse, de moverse y girarse en la cama, preguntándose cómo estaría Emma en la UCI. Esperaba que la fuerte medicación que le habían administrado para detener el segundo ataque de convulsiones la mantuviera dormida y así no se agobiara por el estresante entorno. Pasadas las cuatro de la madrugada, Brian se paseaba por la casa por segunda vez, debatiendo consigo mismo si era buena idea telefonear al hospital para preguntar por el estado de Emma. Al final no llamó, no por falta de ganas, sino porque dudaba de que le hicieran caso y eso le generase más frustración y nervios de los que ya tenía.

A las ocho en punto, tanto Juliette como Camila estaban despiertas, y mientras la niña veía dibujos animados, Brian y Camila compartieron un café en la barra de desayuno. Él le comentó la mala noche que había pasado y a ella no le sorprendió.

—Creo que lo mejor es que te mantengas lo más ocupado posible —le comentó Camila—. Llama a Calvin Foster. Sería estupendo por muchos motivos que pudieras atar un contrato de seguridad tan importante. Le daría un enorme impulso a Protección Personal.

—Este comentario es, sin duda, de una gran sutileza —dijo Brian—. Acepto tu sugerencia. Lo llamaré. ¿Y tú qué tal estás?

—Creo que voy a dedicar todos mis esfuerzos a conseguir que Juliette esté feliz y tranquila —dijo Camila—. Va a echar mucho de menos a Emma. Sé de lo que hablo, porque a mi madre la hospitalizaron por una neumonía cuando yo tenía más o menos su edad y todavía recuerdo lo desolada y abandonada que me sentí.

—Está claro que está sufriendo —dijo Brian, mirando a su hija—. No sabía que los niños de cuatro años podían estar deprimidos, pero presenta todos los síntomas. Lo habitual es que se despierte como una moto. Esta mañana me la he encontrado despierta en la cama, con la mirada perdida. Habrá que ser más indulgentes con el rato que puede estar viendo dibujos animados.

—En circunstancias normales, a Juliette le permitían estar poco rato ante la pantalla, pero ahora necesitaban algo con lo que distraerla.

—Creo que es lo mejor —se mostró de acuerdo Camila—. Como no tengo trabajo pendiente en la oficina y hace un día maravilloso, esta mañana me la voy a llevar al parque Isham para que haga un poco de ejercicio. Le encanta subirse a las rocas.

—Sacarla de paseo y mantenerla activa es muy buena idea —dijo Brian—. Haré el esfuerzo de llevarla al parque infantil Emerson después de comer. También le gusta mucho, sobre todo los columpios.

A las nueve en punto, una vez que Camila y Juliette hubieron salido, Brian se sentó ante su escritorio en la oficina que tenían montada en casa. Lo primero que hizo fue buscar en Google a Calvin Foster y Priority Capital. Se quedó impresionado. Era una de las mayores empresas privadas de inversiones de Nueva York, con unas ganancias estratosféricas, y Calvin Foster estaba considerado un asesor financiero brillante y un inversor muy astuto. Justo cuando se disponía a llamarlo, a Brian le sonó el teléfono. Era la doctora Gail Garner, de cuidados intensivos del MMH.

—La señora Murphy está evolucionando bien. Aunque tiene

un poco de fiebre, el resto de sus constantes vitales son normales y estables. El problema es que sigue presentando cierta desorientación en relación con el espacio, el tiempo y quién es, aunque esto también parece ir mejorando poco a poco. La buena noticia es que ya respira normalmente, sin ayuda de oxígeno suplementario y, como creo que ya sabe, la prueba de coronavirus ha dado negativo.

—¿Se ha confirmado ya un diagnóstico? —preguntó Brian.

—Sí. Tal como suponíamos, ha dado positivo en encefalitis equina oriental, también conocida como EEE.

Brian tragó saliva, porque de pronto tenía la garganta seca. Después de lo que había leído la noche anterior en la Wikipedia, tenía la esperanza de que el diagnóstico fuera otro y de golpe volvió a apoderarse de él la angustia por la amenaza de secuelas graves. El hecho de que Emma presentase síntomas neurológicos no era una buena señal. Le parecía inconcebible que, debido al cambio climático, su mujer hubiera contraído una grave enfermedad vírica de la que no había oído hablar en su vida.

—Tal como marca el protocolo, hemos informado del caso al Departamento de Salud del Estado de Nueva York —continuó la doctora Garner—. Es posible que contacten con usted para recabar más información, aunque nosotros ya les hemos indicado que la paciente había estado en Cape Cod, Massachusetts, donde sufrió picaduras de mosquito. ¿Quiere hacerme alguna pregunta?

—¿Puedo verla?

—Me temo que con la situación del COVID-19, las visitas a la UCI están restringidas.

—Ya lo suponía —dijo Brian—. ¿Cuánto tiempo cree que deberá permanecer en la UCI?

—Tal vez veinticuatro horas más. Si se mantiene estable, la pasaremos a planta. Hoy le van a hacer una revisión neurológica, que podría prolongar la permanencia en la UCI en función de los resultados.

—¿Me mantendrán informado de las novedades?

—Por supuesto que se le informará de cualquier cambio —le aseguró la doctora Garner—. Si quiere, puedo telefonearle yo misma a última hora de la mañana.

—Se lo agradecería —dijo Brian.

En cuanto colgó, se puso a temblar por lo que acababa de oír. No quería ni pensar en lo que podía aguardarle a Emma.

Con dedos temblorosos, hizo el esfuerzo de llamar por teléfono a su madre y a la madre de Emma para contarles lo que le había dicho la doctora. Ambas le hicieron preguntas que él no era capaz de responder y les prometió que las mantendría informadas en cuanto hubiera cualquier novedad.

Respiró hondo para tranquilizarse y llamó a Calvin Foster, para ocupar su mente con otra cosa que no fuera la situación de Emma. Por suerte, resultó que Foster no solo era un gestor financiero de primer nivel, sino también una persona afable, de trato fácil y bien informada. Fue muy de agradecer que Brian no se viera obligado a venderle el producto. A los pocos minutos de iniciarse la conversación ya quedó claro que Calvin conocía bien la trayectoria de Brian en el NYPD, incluido su paso por el equipo de élite de la Unidad de Emergencias.

—¿Cómo es que conoce usted al subcomisario Comstock? —preguntó Brian. A medida que la conversación avanzaba, se hizo evidente que él y Calvin eran algo más que simples conocidos.

—Conozco a Michael desde el instituto —explicó Calvin con tono jovial—. Ha sido él quien me ha recomendado tu empresa de seguridad. Debo decir que te ha puesto por las nubes. Me contó que habías recibido varias distinciones por tu servicio ejemplar como policía.

—Muchos policías reciben distinciones —replicó Brian. No era dado a alardear ni a ponerse medallas, sobre todo porque siempre tenía en mente que lo podía hacer mejor, pensaran lo que pensasen los demás de él.

—Me contó que incluso ganaste una condecoración como mejor francotirador siendo cadete de la ESU —comentó Calvin.

—Por suerte es un talento que no tiene una alta demanda.

Calvin soltó una carcajada.

—No, supongo que es cierto. Aun así, me he quedado impresionado.

—Bueno, ¿y en qué puedo ayudarlo? —preguntó Brian, impaciente por entrar en materia.

—Quiero saber si tu empresa puede encargarse de la seguridad de la boda de mi hija, prevista para mediados de octubre, a pesar de la pandemia. Es un acontecimiento un poco «precipitado», que estamos montado a toda prisa, pero en el que queremos contar con una buena seguridad. Va a celebrarse al aire libre, bajo un entoldado. Los jóvenes de hoy viven en un mundo muy diferente al nuestro, supongo que ya sabes de qué hablo.

—Y cada día que pasa va a ser más diferente. Tengo entendido que la boda se va a celebrar en su residencia veraniega de Southampton, ¿cierto?

—Ese es el plan. Calculamos que habrá una cincuentena de invitados, la mitad de los cuales van a llegar en sus jets privados, algunos con su propio equipo de seguridad. ¿Dispones de suficiente personal para un trabajo como este?

—Nuestro plan de negocio contempla la contratación de un número considerable de agentes del Servicio de Emergencias del NYPD fuera de servicio, que siempre están a nuestra disposición. Por supuesto que podemos hacernos cargo de la seguridad necesaria para la boda.

—Estupendo. Lo primero que te pediría de antemano es una evaluación de las necesidades de seguridad y un presupuesto. ¿Cuándo crees que me los podrías enviar?

—Primero necesitaré una lista de invitados con información para contactar con ellos y tendré que hacer una visita a su casa de Southampton para valorar el escenario. Esto lo puedo hacer en los próximos días. —A Brian lo atrajo la idea de una distracción, aunque no estaba muy seguro de que le gustara salir de la ciudad estando Emma en el hospital, aunque Southampton estaba a solo un par de horas.

—Una de mis secretarias te mandará hoy mismo por correo electrónico la dirección de Southampton y la lista de invitados, y le diré a mi mujer que les harás una visita. Ella se ha instalado allí desde marzo con una de nuestras hijas, en edad universitaria, y yo voy y vengo.

Acordaron volver a hablar después de que Brian le enviara la evaluación de las necesidades de seguridad y el presupuesto y dieron por terminada la conversación. En cuanto colgó, a Brian le volvió a asaltar la preocupación por Emma.

—Dios bendito —musitó, preguntándose si sería capaz de manejar este encargo potencialmente complicado, que requeriría interactuar con gente del ámbito de la seguridad, mientras trataba de mantener bajo control el estrés por la preocupación sobre cuál sería el estado de Emma a mediados de octubre y sin poder contar con ella para el trabajo. Protección Personal SL siempre había sido cosa de dos, pero en esta ocasión Brian iba a tener que apañárselas solo.

6

20 de agosto

Pasaban algunos minutos de la una del mediodía cuando Brian y Juliette decidieron volver a casa desde el parque infantil Emerson. No estaban muy lejos, a solo cinco o seis manzanas. Por mucho que lo había intentado, Brian no consiguió que Juliette jugara a alguna cosa en el parque. En lugar de eso, la niña permaneció sentada en el banco junto a su padre, abrazada a Bunny mientras miraba cómo jugaban los demás niños. Era una actitud apática y desinteresada impropia de ella. Al final, Brian ya no sabía de qué hablar con su hija, sobre todo porque desde el primer momento le había dejado claro que no sabía cuándo iba Emma a regresar del hospital.

—¡Ya estamos en casa! —anunció en cuanto entraron por la puerta principal. En respuesta, Camila emergió del comedor-oficina para darles la bienvenida mientras ellos se quitaban los zapatos.

—¿Qué tal te lo has pasado en el parque? —le preguntó Camila a Juliette exagerando su entusiasmo—. ¿Te has divertido?

—Quiero ver dibujos animados —sentenció Juliette, haciendo caso omiso a la pregunta y dirigiéndose a la cocina.

Brian y Camila cruzaron miradas de preocupación.

—No lo está pasando bien —musitó él—. No ha querido jugar con los otros niños.

—Esta mañana en el parque Isham ha pasado lo mismo —dijo Camila con resignación—. Voy a ver si logro que coma algo.

—¿Ha llegado algún mensaje de la secretaria de Calvin Foster mientras he estado fuera?

—Sí, tienes un correo electrónico con la dirección y un listado provisional de los invitados. También han llamado del hospital.

—¿En serio? ¿Uno de los médicos? —preguntó Brian nervioso.

—No —respondió Camila—. Roger Dalton, del departamento de administración financiera del hospital. Dice que le llames en cuanto puedas. Te he dejado su número directo encima del escritorio.

—¿De la administración financiera? —inquirió Brian. Se sentía aliviado, pero lleno de curiosidad—. ¿Qué querrán?

—No me lo ha dicho. Se la limitado a pedir que le llamaras cuanto antes. Parece que se trata de algo importante.

Brian asintió. No podía imaginarse qué sucedía, porque ya había hablado con María Hernández y firmado los documentos de ingreso. Sentado ante su escritorio, con el número en la mano, sacó el móvil y marcó. Respondió de inmediato una voz firme, de barítono, con un fuerte acento neoyorquino. Brian se presentó y comentó que le había dejado el mensaje de que le llamara.

—Sí, gracias por contactar conmigo —dijo Roger—. La gerencia del hospital me ha asignado el caso de su mujer, Emma Murphy. Ha surgido un problema. Creo que lo mejor será que se pase usted por el hospital para poder hablarlo en persona.

—¿Qué tipo de problema? ¿Emma está bien? —preguntó angustiado Brian.

—Es un problema con la cobertura del seguro médico.

—Ya le pasé toda la información a la señora Hernández y firmé los documentos de ingreso. ¿Ha hablado con ella?

—No se trata del ingreso de Emma Murphy en el hospital —dijo Roger—. Se trata de la atención recibida en Urgencias y tengo que hablar con usted en persona para establecer un plan de pago.

—¿De qué me está hablando? ¿Un plan de pago?

—Se lo podré explicar mejor en persona. He visto que vive usted en Inwood, de modo que no creo que le suponga un gran problema acercarse al hospital. Yo estaré aquí toda la tarde.

De pronto, Brian se percató de que la comunicación se había cortado porque su interlocutor había colgado. Nervioso, dejó el móvil en el escritorio. No sabía si sentirse irritado o preocupado, pero lo que acabó inclinando la balanza fue la ligera inquietud por el impacto que pudiera tener en el tratamiento de Emma el hecho de que él no acudiera a la reunión. No pensaba que llegase a ocurrir, pero ante la mera posibilidad de que eso sucediese decidió no armar jaleo con el asunto. Así que se levantó, le dijo a Camila que tenía que volver al hospital por un tema administrativo y salió de su casa.

Cuando entró por la puerta principal del hospital, vio un montón de ambulancias haciendo cola en Urgencias. El vestíbulo del centro médico estaba bastante concurrido y tuvo que esperar su turno en el mostrador de información. Por la época en que, como agente de policía fuera de servicio, había trabajado en el hospital, sabía dónde estaba el área administrativa, pero ignoraba si la oficina financiera de Roger Dalton se hallaba en el mismo sitio. Averiguó enseguida que sí.

Pasar del imponente pero frío vestíbulo de mármol recién renovado a las oficinas de la administración del hospital era un cambio radical. Aquí el suelo estaba enmoquetado y de las paredes de color verde bosque colgaban obras de arte originales. A Brian esa zona le parecía más una boyante corporación internacional que el nervio central de un hospital urbano. Tenían incluso una sala de reuniones acristalada con una enorme mesa de caoba y elegantes sillas de madera, que le parecieron más propias de un banco. Al lado de la sala de reuniones estaba lo que supuso que sería el despacho del director, amueblado con la misma sofisticación que la sala contigua. Cuando era policía, conoció al director de aquel entonces, un médico que había dado el salto a ejecutivo, pero Brian sabía que eso cambió cuando el Hospital Comunitario de Inwood fue adquirido por la corporación del Manhattan Memorial Hospital ocho años atrás y pasó a llamarse MMH Inwood. Bajo la nueva dirección, había sido sometido a una importante remodelación antes de incorporarse a la gran cadena hospitalaria.

Preguntó a una de las muchas secretarias que había por allí y enseguida encontró el despacho de Roger Dalton, pero tuvo que esperar un rato a que este acabara una reunión que estaba manteniendo con otra persona. Por fin, veinte minutos más tarde, Dalton apareció en la puerta de su despacho y le indicó a Brian que pasara.

La primera impresión de este fue que el aspecto físico de Roger Dalton no se correspondía en absoluto con su imponente voz de barítono. En lugar de alguien solemne y dominante, se encontró con un tipo alto y delgado cuya americana parecía pender de una percha de alambre y no de un par de hombros. La cara tras la mascarilla parecía macilenta y tenía los ojos muy hundidos detrás de unas gafas de gruesa montura metálica. El cabello entrecano engominado y peinado hacia atrás completaba su aspecto de fumador y bebedor compulsivo o bien de persona que padecía alguna enfermedad grave.

—Gracias por acercarse al hospital —le dijo Roger mientras se sentaba detrás de su escritorio y le invitaba a él a hacer lo mismo en la silla que tenía delante—. Probablemente se preguntará por qué le he hecho venir. Me temo que tengo malas noticias para usted.

Pese a que Brian sabía ya, por la llamada telefónica, que no se estaba refiriendo a la salud de Emma, por un momento el corazón dejó de latirle, hasta que Roger añadió:

—Su aseguradora, Peerless Health, se ha negado a cubrir la factura del paso por Urgencias de su esposa, que asciende a 27.432,88 dólares.

—¿Ya han contactado ustedes con Peerless? —preguntó Brian. El comentario de Roger le había dejado atónito, pero de entrada le sorprendió la rapidez con la que habían averiguado que Peerless no estaba dispuesta a abonar los gastos de Urgencias. A Emma la habían ingresado el día anterior, y por lo que él sabía las gestiones con las aseguradoras tardaban semanas, cuando no meses.

—Sí, ya lo hemos hecho —dijo Roger—. Como seguramente sabrá, los hospitales han sufrido un auténtico estrés financiero con la pandemia. Nuestras principales fuentes de ingresos, como las cirugías no urgentes, han descendido de forma drástica, lo cual nos ha obligado a ser muy rigurosos en otras áreas, sobre todo en Urgencias, donde los costes operativos son elevadísimos. Me inquieté al ver que su aseguradora era Peerless. Nuestra experiencia con ellos ha sido como poco complicada, de manera que quería hacer la gestión con ellos lo antes posible. Como de costumbre, nos han respondido de inmediato que declinan abonar los gastos, lo cual, me temo, es su *modus operandi* habitual. Parece que Peerless suele encontrar modos muy creativos de esquivar el pago de gastos de sus asegurados.

—¿Por qué iban a negarse a abonar la atención de mi mujer en Urgencias? —preguntó Brian, todavía perplejo—. No tiene ningún sentido.

—Como ya le he dicho, los de Peerless son de lo más creativo —replicó Roger—. Pero en este caso, en mi opinión, la lógica de sus planteamientos es muy clara. Incluso alguna de las grandes aseguradoras, como Antherm y United, están actuando de esta forma. Este es el razonamiento. Se habla mucho de que hay que recortar el gasto sanitario y que las aseguradoras tienen que poner freno o al menos aparentar que lo están haciendo. Una de las áreas más destacadas es la sobreutilización de las Urgencias. Tener en funcionamiento departamentos de Urgencias, sobre todo centros de Trauma de primer nivel como el nuestro, es muy muy caro y mucha gente abusa de ellos para asuntos ambulatorios que no son verdaderas urgencias como los ataques al corazón, las apoplejías, los traumatismos múltiples, las heridas con mucha pérdida de sangre y cosas por el estilo. Muchas aseguradoras tienen en mente que deben frenar este tipo de abusos negándose a cubrir los gastos, sobre todo en horario diurno, cuando los pacientes pueden pedir visita con su médico de cabecera o acudir al ambulatorio.

—¿Me está diciendo que Peerless argumenta que a mi mujer, que había sufrido una grave crisis convulsiva, no deberíamos haberla llevado a las Urgencias del MMH Inwood?

—Eso es exactamente lo que creo que están argumentando para denegar el pago de los gastos —le confirmó Roger.

—Pero esto es absurdo —protestó Brian—. Una grave crisis convulsiva seguro que es un motivo médico suficiente para acudir a Urgencias.

Roger encogió sus escuetos hombros y alzó las manos, mostrando las palmas.

—Me temo que esto lo van a tener que hablar entre usted y su aseguradora. Entretanto, tenemos esta factura por una cifra considerable que hay que abonar. Por eso tenemos que acordar algún tipo de plan de pago para ir avanzando, sobre todo ahora que su mujer es una paciente del hospital y está haciendo uso de recursos caros como una cama en cuidados intensivos.

A Brian la cabeza le iba a mil por hora. ¿Cómo podía estar pasándole esto a él? ¿La hospitalización de su mujer estaba en la cuerda floja por culpa de su irresponsable aseguradora? Toda la situación era ridícula y alucinante.

—Bueno, ¿y qué ha dicho Peerless sobre la hospitalización de mi mujer? —se las apañó para preguntar Brian, mientras trataba de poner orden en sus pensamientos.

—Todavía no han dicho nada, porque aún no les hemos pasado la factura —dijo Roger—. Le propongo lo siguiente: si pudiera usted asumir el pago de, digamos, cinco mil dólares mensuales, estaríamos dispuestos a aceptarlo sin cargarle intereses. Entendemos que es una carga importante para el presupuesto de cualquiera.

—¡¿Carga?! —exclamó Brian—. Usted no lo entiende. No dispongo de este dinero, y menos con estos plazos.

—Bueno, pues dígame qué plazos tiene en mente —le ofreció Roger, entrelazando las manos, con los codos sobre la mesa.

—Bueno, en primer lugar, hablemos de esta factura —soltó Brian—. ¡Veintisiete mil dólares y pico! ¿Cómo demonios se ha llegado a esta cantidad astronómica? Con este dinero me podría comprar un coche nuevo.

—Es fácil de explicar —dijo Roger—. Es lo normal para los servicios prestados, nada inusual. Como ya le he comentado, la atención en Urgencias es carísima. A su mujer le hicieron un montón de estudios radiográficos, una punción lumbar, la visitaron varios especialistas, se le administraron fármacos muy caros, se le hicieron un montón de sofisticadas pruebas de laboratorio y su cuidado implicó a un buen número de enfermeras y médicos que cobran sueldos elevados. También padeció convulsiones mientras la atendían, que hubo que tratar. Todo esto va sumando y enseguida se llega a esta cifra.

—Quiero ver una copia de la factura —pidió Brian.

—Puede pedir una copia al departamento de facturación. Está en su derecho.

—Quiero ver la copia aquí y ahora —exigió Brian—. Está todo informatizado, de modo que me la puede imprimir en un minuto.

—No va a ser usted capaz de entenderla si se la imprimo tal cual.

—Me da igual —aseguró Brian—. Quiera verla.

—Como quiera —dijo Roger. Cogió el teléfono e hizo una llamada rápida. A estas alturas era evidente que la reunión le estaba incomodando tanto como a Brian.

Mientras Roger hablaba por teléfono, Brian intentó tranquilizarse. Llegó a la conclusión de que tenía que hablar directamente con Peerless. Era absurdo que la aseguradora no cubriera una visita a Urgencias que había sido obviamente necesaria, por mucho que otras personas abusaran de estos servicios. Tenía que tratarse de un malentendido. Tal vez ellos no estaban informados de que Emma había sufrido varios ataques de convulsiones, ni de la gravedad del diagnóstico posterior.

—De acuerdo —dijo Roger en cuanto colgó—. En breve me traen una copia.

—¿Se puede añadir la factura de Urgencias a la factura generada por la admisión hospitalaria de mi mujer?

—No, imposible —dijo Roger—. La factura de Urgencias tiene que ir aparte. ¿Me puede dar usted una idea aproximada de los plazos de pago que podría asumir?

—Voy incluso retrasado en el pago de la hipoteca —le espetó Brian—. Con la pandemia estrangulando la economía, ¿cómo cojones cree que puedo conseguir veintisiete mil dólares en un plazo razonable sin ser un puto mago?

—Por favor, cálmese —le amonestó Roger—. Mantengamos la conversación en unos cauces civilizados.

—Tiene razón —admitió Brian. Tenía que controlarse—. Discúlpeme. Estoy sobrepasado por la situación. Jamás hubiera pensado que podía pasarme algo así. Siempre he tenido buenos seguros médicos. Supongo que daba por hecho que seguía siendo así. Voy a tener que hablar directamente con Peerless, hacerles entrar en razón y que se hagan cargo del pago.

—Es un buen plan, pero tiene que hacerlo de inmediato —le insistió Roger—. No puede postergarlo. Hable con su aseguradora y vuelva a ponerse en contacto conmigo. Como sin duda entenderá, el MMH tiene sus propias necesidades financieras para poder funcionar a diario.

Llamaron a la puerta del despacho de Roger y entró una secretaria, que le entregó los papeles que llevaba en la mano y se marchó de inmediato. Roger les echó un vistazo rápido y se los pasó a Brian.

—Buena suerte —le dijo mientras lo hacía.

Brian cogió los documentos y los miró. De inmediato comprobó que Roger estaba en lo cierto. La factura era ininteligible, página tras páginas aparecían largas listas de entradas alfanuméricas seguidas por cantidades en dólares. Hastiado, Brian dejó el fajo de papeles en la mesa.

—Esto no está en inglés. ¡Es un maldito código indescifrable!

—Ya le he advertido de que no lo entendería.

—¿Por qué está codificado? ¿Por qué no está simplemente cada proceso o producto listado con su correspondiente precio? Con este formato, es imposible entender nada.

—Los precios son información restringida del propietario —le explicó Roger—. Tenemos que mantener la confidencialidad para nuestras negociaciones con las aseguradoras.

—No le sigo —dijo Brian—. ¿No hay un precio estipulado para cada producto y cada procedimiento?

Roger se rio de la ingenuidad de Brian.

—Tenemos precios diferentes según las aseguradoras. Es todo cuestión de regateo. Seguro que sabe de lo que le hablo.

—Es una locura —dijo Brian—. Jamás había oído algo así. ¿Yo también puedo regatear?

Roger soltó una carcajada, aunque era obvio que estaba empezando a perder la paciencia.

—No, usted no puede regatear. Como particular, paga la tarifa completa.

—¿Y por qué? ¿Por qué tengo que pagar más que las aseguradoras por el mismo servicio?

—Porque es así como funciona la medicina hospitalaria en Estados Unidos —le espetó Roger—. Lo siento, no tengo tiempo para explicárselo ni es mi función hacerlo. Es complicado. Pero, escuche, puedo hacer que le preparen una factura un poco más comprensible y se la puedo mandar por correo electrónico si quiere.

—No tenía ni idea de que todo esto funcionaba así —dijo

Brian mientras apuntaba su dirección de correo electrónico y se la pasaba a Roger—. Telefonearé a Peerless en cuanto llegue a casa y le haré saber lo que me han dicho. Tiene que tratarse de un malentendido.

—De acuerdo —dijo Roger—. Y tendrá noticias mías en cuanto el departamento de facturación detalle todo lo posible la factura. Pero se lo advierto: seguirá sin ser mucho más inteligible que esta. Como le acabo de explicar, la información sobre los precios es propiedad del hospital.

—Correré el riesgo. —Y con cierto sarcasmo, añadió—: Gracias por su tiempo.

Mientras salía de las dependencias administrativas, Brian dudó por un momento si intentar hacer una visita a la UCI, que sabía que estaba en la segunda planta. Decidió dejarlo correr por dos motivos. Primero porque podía molestar a los responsables, y segundo, porque si Emma seguía desorientada, ni siquiera recordaría que la había visitado si lograba que le dejaran entrar. En lugar de eso, utilizó uno de los teléfonos internos del vestíbulo para preguntar si había algún responsable de la UCI disponible, pero no tuvo suerte.

Brian abandonó el hospital y salió a un cálido día de finales de verano, sin duda maravilloso pero que a él en esos momentos le era indiferente. Caminó hasta Broadway y enfiló hacia el sur como si estuviera en trance. No solo estaba aterrado ante las perspectivas del estado de salud de Emma, sino que ahora estaba además desencajado y avergonzado ante la posibilidad de tener que afrontar una aberrante factura que no podía pagar. Su única esperanza era que Peerless Health hubiera cometido un error que pudiera rectificarse con una llamada telefónica. Sin embargo, los comentarios de Roger Dalton no invitaban al optimismo. Se sintió como si estuviera atrapado en el borde de un remolino que podía succionarlo y arrastrarlo hasta las profundidades.

7

20 de agosto

La caminata de veinte minutos desde el hospital hasta su casa en la calle 217 Oeste le bastó a Brian para recuperarse, tranquilizarse un poco y reflexionar. Siempre había sido un emprendedor, que afrontaba la adversidad como un reto. Cuando giró en su calle, ya le daba a la aseguradora Peerless el beneficio de la duda. Estaba cada vez más convencido de que todo había sido un tremendo malentendido sobre la naturaleza de la enfermedad de Emma y que una simple llamada telefónica bastaría para aclarar las cosas. Una vez llegó a esta conclusión, pudo centrar sus pensamientos en los precios de los cuidados hospitalarios y en la increíble cantidad de dinero que movía la asistencia médica. Era absurdo que una simple visita a Urgencias pudiera costar más de veintisiete mil dólares, aunque a Roger Dalton no le pareciera nada del otro mundo. De hecho, había dicho que no se salía de los presupuestos habituales.

Cuando Juliette nació, Brian se hizo una vaga idea de las cifras astronómicas que alcanzaban las facturas hospitalarias, pero su hija había sido prematura y había estado más de un mes en cuidados intensivos de la unidad neonatal. Sin embargo, esas facturas no habían mermado sus finanzas, porque el seguro de salud del NYPD de Emma cubrió todos los gastos. De hecho, cuando Brian salió del hospital, seguía dándole vueltas al comentario que había hecho Dalton acerca de que los costes variaban en función de la aseguradora y que él, como era un donnadie, tenía que pagar la «tarifa completa». No podía imaginarse a lo que se enfrentaban las personas que no tenían ningún seguro.

—Vaya sistema más injusto y jodido —reflexionó Brian en voz alta mientras subía por los escalones de su casa, una de las pocas que quedaban entre los bloques de apartamentos de Inwood.

Una vez dentro, lo primero que hizo Brian fue dirigirse a la cocina, donde se oían los dibujos animados. Juliette estaba embelesada ante el televisor y Camila trabajando con su ordenador en la mesa de la cocina.

—¿Qué tal estáis? —preguntó, intentando parecer animado.

—Juliette no tiene hambre —dijo Camila—. He intentado seducirla con unos huevos con beicon, que le encantan, pero no le apetecen.

—¿Y qué tal está Bunny? —le preguntó Brian a Juliette. Bunny, como de costumbre, estaba pegado a ella en la banqueta—. ¿A él sí le apetecen unos huevos con beicon?

—A Bunny le duele la cabeza —anunció Juliette sin apartar la vista de la pantalla.

—Me había olvidado de esto —intervino Camila—. Juliette dice que le duele la cabeza.

—Lo siento —dijo Brian—. Quizá Bunny no debería mirar tanto la tele. ¿No será esto lo que le da dolor de cabeza?

—He descubierto algo interesante —dijo Camila cuando se hizo evidente que Juliette no iba a responder. Se llevó a Brian a un rincón y bajó la voz—. He investigado si los niños pueden sufrir depresión. Por lo visto, sí, pero lo más habitual es la ansiedad reactiva. Creo que con la señorita Juliette a lo que nos enfrentamos es a una considerable ansiedad.

—Tiene sentido. Ver a su madre sufriendo convulsiones y después ingresada en un hospital es más que suficiente para generar ansiedad. Maldita sea, si yo mismo la estoy sufriendo.

—Creo que tenemos que apoyarla todo lo que podamos

—dijo Camila—. De momento, significa dejarle seguir viendo la tele.

—Estoy de acuerdo —dijo Brian.

—Bueno, ¿y cómo te ha ido en el hospital? ¿Alguna novedad sobre Emma?

—Ni una palabra sobre Emma. Los del hospital pretenden que les pague la visita a Urgencias de Emma de ayer por la tarde.

—¡Vaya! No pierden el tiempo, ¿verdad?

—Y no te vas a creer la suma de dinero que reclaman —dijo Brian—. Es una barbaridad. Y vista la rapidez de su gestión, tengo la impresión de que el MMH Inwood tiene problemas financieros por el coronavirus, igual que nosotros. Además, al parecer el hospital tiene una mala relación con nuestra aseguradora puesto que la aseguradora acostumbra a negarse a abonar las facturas. Pero espero que se trate de un malentendido. Tengo que llamarlos y aclararlo todo. ¿Puedes seguir ocupándote de Juliette un rato?

—¡Claro! —le aseguró Camila—. Espero que tengas suerte con la llamada. El año pasado tuve una muy mala experiencia con la aseguradora de mi abuela.

En la oficina, Brian buscó en el archivador el recibo de Peerless para tener el número de la póliza y el teléfono de la aseguradora. Cuando lo localizó, se percató de que el teléfono era de Manhattan y la sede de la empresa estaba en el centro. Sentado en su escritorio, con la información delante, marcó. Mientras sonaba, se preguntó cuántos empleados de Peerless estarían trabajando desde casa y cuántos acudirían a las oficinas, ya que esto variaba según cada empresa.

Cuando saltó una respuesta automática, Brian tuvo que escuchar un listado de posibles opciones. Eligió la última: servicio de atención al cliente, que a su vez dio paso a otra serie de opciones. Cinco minutos después, cuando por fin consiguió hablar con un empleado de la compañía y pudo explicar que llamaba para quejarse de una denegación de cobertura de servicios, le informaron de que tenía que hablar con el supervisor de reclamaciones. Para su desesperación, eso supuso una nueva espera de casi treinta minutos, durante la cual tuvo que soportar una monótona musiquilla. A medida que pasaba el tiempo, su impaciencia iba en aumento.

—Ebony Wilson al habla —anunció de pronto, entre la musiquilla de fondo, una voz potente y persuasiva, pero meliflua—. ¿Con quién tengo el gusto de hablar?

Brian dio su nombre y a continuación explicó el motivo de su llamada, que no era otro que discutir la negativa de la aseguradora de abonar los servicios de una visita a las Urgencias del MMH Inwood. Continuó explicando que sin duda tenía que ser un malentendido y quería aclarar la situación.

—Seguro que puedo ayudarle —dijo con tono amable Ebony—. ¿Puede, por favor, facilitarme el número de su póliza de seguro médico con Peerless Health?

Brian le dio el número, pronunciado claramente cada letra y cifra para que no hubiera errores y pudieran zanjar el asunto lo antes posible.

—Un momento, por favor —dijo Ebony. Brian se vio de nuevo obligado a escuchar más música de fondo. Se suponía que era relajante, pero en estas circunstancias estaba generando el efecto contrario. Cuando ya estaba al borde de metafóricamente empezar a gritar, reapareció la voz resuelta y grata de Ebony—. De acuerdo, señor Murphy —dijo—. Tengo la petición de pago delante. Es del Manhattan Memorial Hospital Inwood por una visita de Emma Murphy al servicio de Urgencias. ¿Es correcto?

—Sí, eso es —dijo Brian. En contraste con la musiquita de fondo, la voz de Ebony tenía un agradable y claro efecto relajante—. Por curiosidad, ¿está usted en las oficinas de Peerless en el centro de Manhattan o teletrabaja desde casa?

—Estoy en las oficinas —respondió Ebony—. Como supervisora, me resulta más práctico estar aquí, al igual que el departamento de dirección. La mayoría de las secretarias sí que trabajan desde casa. ¿Por qué lo pregunta?

—Por nada en concreto, pura curiosidad. Estamos viviendo unos tiempos tan raros que todo el que puede trabaja desde casa. Me preguntaba cómo se organizaba el mundo de las aseguradoras médicas.

—Bien, señor Murphy, ya me he leído el informe del perito —dijo Ebony, haciendo caso omiso del comentario de Brian—. Todo parece en orden. ¿Por qué cree que ha habido un malentendido?

—Mi mujer sufrió una grave crisis convulsiva en la autovía Henry Hudson, después de sentirse enferma todo el día —le explicó Brian—. En cuanto remitieron las convulsiones, nos fuimos directos a las Urgencias del MMH Inwood.

—Sí, esto está documentado en la petición de pago de servicios —constató Ebony—. Pero aquí también dice que Emma Murphy entró en Urgencias por su propio pie y sin necesidad de ayuda a las cuatro y media de la tarde y esperó en la cola a ser atendida.

—Puede ser cierto, pero estaba desorientada. Podría haber llamado a una ambulancia, pero eso hubiera significado perder más tiempo. Cuando tuvo las convulsiones, estábamos en el coche, a quince minutos del hospital.

—Señor Murphy, estoy completamente de acuerdo con su valoración. No era necesario llamar a una ambulancia y hubiera supuesto un gasto innecesario. Pero tampoco lo era el acto instintivo de acudir a las Urgencias de un hospital con un nivel 1 de Trauma cuando a su mujer la podrían haber atendido en la consulta de un médico de cabecera o tal vez en un ambulatorio.

—No tenemos médico de cabecera —la interrumpió Brian—. Mi mujer y yo gozamos de una salud perfecta. Hacemos ejercicio a diario. A nuestra hija de cuatro años la visita regularmente un pediatra, pero no hemos necesitado nunca un médico de cabecera.

—¿Su mujer no visita a ningún ginecólogo?

—Sí, claro, para su revisión anual.

—Los ginecólogos muchas veces hacen la función de médicos de cabecera en el caso de mujeres jóvenes. Su esposa podría haber acudido al ginecólogo, que la podría haber visitado y pedido su ingreso hospitalario en caso de considerarlo preciso.

—Esto es absurdo —casi gritó Brian.

—Tranquilícese, señor Murphy. La irritación no le llevará a ningún lado. Permítame que le explique una cosa. La aseguradora de salud Peerless y nuestra CEO, Heather Williams, son miembros responsables de nuestra comunidad, de nuestra ciudad y de nuestro país. Facilitamos cobertura médica de calidad a un precio módico, pero eso hace necesario un comportamiento responsable por parte de nuestros clientes. Señor Murphy, permítame que le haga una pregunta. ¿Se ha leído usted con atención las cláusulas de la póliza de Peerless, tal como le recomendó nuestro comercial?

Brian miró el fajo de papeles que tenía sobre el escritorio. La verdad es que él no se había leído las cláusulas de la póliza y no sabía si Emma lo había hecho. Jamás se había leído las cláusulas de ninguna de las pólizas de seguros médicos que había tenido, ni siquiera cuando era agente del NYPD.

—Les eché un vistazo —dijo, sin atreverse a admitir que no se las había mirado.

—Bueno, pues debería habérselas leído con detenimiento para saber qué estaba adquiriendo —le dijo Ebony—. Le recomiendo que lo haga ahora. Verá, para que las pólizas a corto plazo sean asumibles, tenemos que ser muy específicos en sus limitaciones y dejar claras las responsabilidades de nuestros asegurados. En nuestra póliza queda muy claro en qué circunstancias el seguro cubre la atención en Urgencias, sobre todo durante el horario comercial, cuando los ambulatorios y las consultas de los médicos de cabecera están abiertos. Verá usted, nos tomamos muy en serio el esfuerzo por reducir los costes sanitarios en Estados Unidos.

Mientras Ebony soltaba su perorata sobre el uso excesivo de las Urgencias y la necesidad de reducir los costes de la asistencia médica en general, Brian recordó a Roger Dalton y lo atinado de sus comentarios. Pero, de pronto, Ebony recuperó la atención de Brian al decir:

—... pero si está usted en desacuerdo con la valoración de nuestro perito, tiene derecho a pedir una revisión online.

—Creo que voy a hacer algo más que pedir a Peerless una revisión del caso —soltó Brian—. Negarse a abonar una petición de servicios legítima como esta es delictivo. Creo que merece que la revisión del documento la haga un abogado.

—Por supuesto, está en su derecho de consultar con un abogado e incluso de interponer una demanda judicial —le explicó Ebony—. Pero permítame que le comente una cosa: los abogados son muy caros. Y según mi experiencia, que es bastante amplia, ya que trato estos asuntos casi a diario, va a malgastar usted inútilmente su tiempo y su dinero. Peerless Health conoce al dedillo todos los pormenores de este negocio, lo cual explica su éxito en este ámbito. Además, disponemos de abogados en plantilla para afrontar cualquier demanda judicial. Mi consejo, por si le sirve de algo, es que pida una revisión del caso por parte de Peerless y valore si se produce un cambio de situación. En algunas ocasiones, resulta que el perito ha cometido un error y la petición de pago se ejecuta tras la revisión. ¿Puedo hacer algo más por usted?

Tal como ya le había sucedido tras la conversación con Roger Dalton, después de colgar Brian tardó varios minutos en tranquilizarse lo suficiente como para poder pensar con claridad. Él no era en absoluto un tipo dado a litigar a la primera de cambio. Como agente de policía que había sido, no le entusiasmaban los abogados. Y reconocía que lo más probable era que Ebony tuviera razón sobre la inutilidad de contratar a un abogado que intentase enfrentarse a un empresa que, sin duda, estaba «bien surtida de abogados» y preparada para defenderse de manera agresiva de cualquier acción legal emprendida contra ella. De modo que la única opción razonable era pedir una revisión del informe del perito.

Entró en la web de la aseguradora Peerless Health para iniciar sesión, pero, antes de hacerlo, decidió revisar con atención su contenido, ya que era tan solo la segunda vez que entraba. Después de echar un rápido vistazo a la sección en la que se vendían las pólizas a los nuevos clientes, Brian clicó en la sección dedicada a las inversiones. Se enteró de que la empresa había lanzado una exitosísima salida a bolsa dos años atrás y que desde entonces el precio de las acciones se había doblado, lo cual la había convertido en una de las empresas de crecimiento más rápido en el NASDAQ. Por lo visto, todo el mérito se le atribuía en exclusiva a su nuevo CEO, una niña prodigio llamada Heather Williams. Brian echó un ojo a la fotografía de la mujer. Le impresionó su juventud para ser CEO de una empresa cotizada en bolsa —calculó que tendría unos treinta años— y la intensidad y arrogancia de su mirada.

Arrastrado por la curiosidad, Brian abrió una nueva página para investigar a Heather Williams. Le sorprendió la cantidad de material que había sobre ella y clicó en un reciente artículo biográfico. Allí se topó con una segunda imagen de la CEO que era claramente distinta del típico busto de ejecutiva que figuraba en la web de Peerless. Era la reproducción de un cuadro en el que aparecía una altiva Heather Williams vestida para una cacería del zorro, posando junto a un caballo a un lado y un perro de caza al otro. La reacción inmediata de Brian fue de perplejidad. En su mente, la caza del zorro, como el polo, era algo reservado para la realeza inglesa o la gente que quería mostrarse ostensiblemente aristocrática. Su segunda reacción fue asumir que lo más probable era que esa mujer perteneciera a una clase social muy diferente y mucho más privilegiada que la suya. En cuanto empezó a leer el artículo se enteró de que procedía de una familia de petroleros del oeste de Texas, había estudiado en un colegio en Inglaterra, se había licenciado en Yale y después había estudiado en la escuela de negocios de Harvard.

—¡Por el amor de Dios! —exclamó Brian cuando continuó leyendo. Peerless la había contratado recién salida de la escuela de negocios. En ese momento, la aseguradora era una pequeña empresa fundada por un grupo de jóvenes emprendedores que intentaban hacerse un hueco en el negocio de los seguros médicos, aprovechando la normativa de la Ley del Cuidado de Salud a Bajo Precio y las ayudas que ofrecía. Heather Williams, con rapidez e inteligencia, vio para la empresa un camino diferente, y en lugar de recurrir a ayudas políticas que podían sufrir vaivenes, se afanó en dirigir a la empresa hacia el mercado de los seguros médicos a corto plazo. En unos pocos años, gracias a sus agresivas y creativas estrategias de marketing, la ascendieron a directora financiera o CFO y, dos años después, a directora ejecutiva o CEO. Tras haber triplicado el valor en bolsa de la empresa con su gestión, se había convertido en la niña mimada de Wall Street.

Después de leer el artículo, Brian regresó al retrato de Williams, ataviada para la caza del zorro. Mientras lo contemplaba, se preguntó qué parte del éxito financiero de Peerless dependía de la fulminante negativa de la compañía a abonar ciertos servicios de sus asegurados, tal como le acababa de suceder a él. Tras reflexionar unos minutos sobre el asunto, decidió volver a la web de Peerless y avanzar. Tenía preocupaciones más inmediatas que resolver, como pedir una revisión de la negativa a abonar los servicios de la visita a Urgencias de Emma, que esperaba sinceramente que se resolviera a su favor para así poder preservar la economía familiar.

Una vez solventado este incómodo asunto, Brian le concedió un respiro a Camila como canguro de Juliette y se pasó casi una hora leyéndole a su hija *El rincón de Puh* en el dormitorio de la niña. Al terminar el cuarto capítulo, Brian alzó la mirada y se percató de que Juliette se había quedado dormida. Con el mayor sigilo posible, salió de la habitación de puntillas.

—¿Cuánta información quieres sobre cada uno de los invitados de Foster? —preguntó Camila cuando Brian entró en la oficina y se sentó frente a su escritorio. Ella estaba frente al suyo, trabajando con el ordenador.

—Cuanta más mejor —dijo él, mientras encendía su ordenador. Confiaba en que la celebración de Foster siguiera adelante, pese a la creciente preocupación por la segunda ola de COVID. Con esta idea en mente, se conectó para echar un vistazo a las cuentas bancarias de Protección Personal SL y valorar si disponían de fondos suficientes para, como mínimo, apaciguar al hospital mientras Emma siguiera internada, sobre todo en caso de que Peerless se negara a correr con los gastos. Como esperaba, los fondos de que disponían no eran como para tirar cohetes e iba a ser complicado atender los gastos corrientes y llenar la nevera si no se materializaba algún encargo de cierta relevancia durante el próximo mes.

—El líquido de que disponemos es ridículo —comentó Brian en voz alta. Resultaba deprimente y ahora, por muchas razones, se arrepentía de haberse ido con toda la familia de vacaciones a Cape Cod, aunque la cabaña de la playa hubiera sido una ganga. Siguiendo el hilo de estas reflexiones, pensó que ojalá al menos no hubieran hecho la dichosa barbacoa en la playa. Todo habría sido muy diferente.

—Como si no lo supiera —dijo Camila—. Necesitamos con urgencia un espaldarazo de buena suerte. Crucemos los dedos por que salga adelante lo de Foster. Te insisto en una cosa: deja de pagarme el sueldo hasta que las cosas mejoren.

—Camila, no podemos hacer eso —respondió Brian, y no lo decía por decir.

—Sé que tú y Emma no cobráis nada desde hace meses. Es lo justo, porque además me estáis dando alojamiento con pensión completa.

—A estas alturas ya eres como de la familia —le aseguró Brian—. ¿Qué te parece si diferimos tu sueldo? Podría ser una solución dadas las circunstancias.

—Por mí perfecto, llámalo como quieras —dijo Camila.

Con la aceptación por parte de Camila de diferir su salario, Brian volvió a echar un vistazo a los números. Con este nuevo planteamiento, podía reunir entre cinco y diez mil dólares para contentar al hospital, siempre y cuando el banco les siguiera permitiendo diferir el pago de la hipoteca de la casa. Con la hipoteca en mente, Brian decidió llamar a su gestor bancario, Marvin Freeman. Mientras sonaba el teléfono, dio gracias a los astros por el hecho de que él y Emma no hubieran pedido un préstamo para arrancar su empresa de seguridad y en lugar de eso renegociaran la hipoteca de la casa. Después del habitual intercambio de comentarios amables, Brian fue directo al grano sobre el motivo de la llamada.

—Como te puedes imaginar nuestra empresa está sufriendo las consecuencias de la situación generada por el coronavirus.

—La vuestra y otras miles.

—¿Qué posibilidades tenemos de volver a renegociar la hipoteca para conseguir algo de liquidez para ir tirando?

—Brian, no hace ni un año que renegociamos la hipoteca —dijo Marvin. Su voz cambió el tono afable por otro mucho más frío.

—Ya me temía que me dirías esto —admitió Brian—. ¿Qué me dices de una línea de crédito? Algo que nos facilite liquidez si la cosa se nos complica.

—¿Qué puedes ofrecer como garantía para una línea de crédito? —preguntó Marvin—. ¿Tenéis acciones o bonos?

—No, no podemos ofrecer nada como aval. La casa es el único patrimonio que tenemos.

—Si no podéis ofrecer nada como aval, yo tengo las manos atadas, amigo mío. No puedo darte una línea de crédito sin eso. Además, el banco ya os está permitiendo diferir los pagos de la hipoteca en el futuro inmediato.

—Sí, y os lo agradezco, Marvin. Supongo que, de algún modo, esto ya es una línea de crédito.

—Puedes verlo de este modo, pero te advierto que no se va a poder prolongar mucho en el tiempo.

—Lo entiendo, Marvin, gracias de todos modos.

—Siento no poderte ser de más ayuda.

Brian colgó y volvió a mirar el magro balance de sus cuentas. Una vez constatada la postura del banco, tenía claro que no iba a poder pagar gran cosa al MMH sin ponerse a sí mismo, a su esposa, a su hija y a su todavía joven empresa en serio riesgo. Ahora más que nunca, le parecía trágico vivir en un país rico en el que la atención médica de urgencias más básica podía llevar a una familia decente y trabajadora a una situación límite.

8

27 de agosto

Brian salió por la puerta principal poco después de las ocho de la mañana y, mientras se colocaba la mascarilla, echó un vistazo a la calle frente a su casa. La calzada estaba en proceso de repavimentación, pero de momento solo la habían taladrado y levantado. Era un caos y resultaba peligroso atravesar la calle, y no tenía ni idea de cuándo iban a acabar. En muchos aspectos, parecía una representación simbólica de su vida esta última semana.

Hacía ya una semana que Emma estaba hospitalizada y no mostraba los claros signos de mejoría que Brian esperaba ver. Le habían dicho que entre las primeras veinticuatro y cuarenta y ocho horas que pasó en la UCI, había mejorado y que se mostraba razonablemente más orientada. Pero cuando la pasaron a planta y pudo empezar a visitarla, observó que su estado mental variaba según los días. A veces no parecía ni reconocerlo y se pasaba la mayor parte del tiempo dormida. Seguía teniendo fiebre, lo que sugería que el virus de la EEE continuaba activo pese a los anticuerpos que pudiera generar su sistema inmune.

Al menos el hecho de que estuviera en planta le permitía a Brian ir a verla, y gracias a Camila, a su madre y a la madre de Emma, que se turnaban para cuidar de Juliette, había podido pasar bastante tiempo con ella. La pequeña echaba de menos a su madre y se mostraba mustia, irritable y poco sociable a pesar de los enormes esfuerzos de sus tres cuidadoras extra. Además, la niña no comía bien y eso los preocupaba a todos. Brian agradecía sobremanera que le echaran una mano en el cuidado de su hija, porque no estaba muy seguro de tener la paciencia que eso requeriría. Pasar las noches con ella era ya todo un reto cuando se despertaba llorando.

Pese a que Brian dedicó una tarde entera para ir hasta Southampton a echar un vistazo a la mansión veraniega de los Foster y encontrarse con la futura novia con el objetivo de que Camila pudiera elaborar un presupuesto de sus servicios de seguridad, lo cierto es que pasó el resto de los días con Emma. Tenía la sensación de que las enfermeras no dedicaban el tiempo necesario para asegurarse de que su mujer se moviera lo suficiente. Por su formación en la Unidad de Emergencias, él sabía lo importante que era que el paciente no se pasara todo el tiempo echado en la cama.

Varias veces al día, Brian la obligaba a caminar arriba y abajo por el pasillo, pese a las continuas quejas de su mujer. Dos días atrás, mientras caminaba con ella, había notado un cambio en su paso. Una suerte de torpeza casi imperceptible al principio, pero que fue a más en las siguientes veinticuatro horas. El día anterior por la mañana, cuando la sacó de la cama, esa torpeza era sin duda más evidente y así se lo comentó a la doctora Shirley Raymond, que tenía a Emma a su cargo. Ella a su vez alertó al neurólogo que hacía el seguimiento de Emma. Este nuevo síntoma, designado por los médicos como espasticidad, inquietó a Brian, y ahora, mientras se dirigía hacia el MMH Inwood, se preguntaba si ese día encontraría a Emma peor.

Sintiendo la necesidad de hacer ejercicio, algo a lo que ahora no podía dedicar tiempo, decidió ir al hospital literalmente corriendo. Con la mascarilla puesta le resultó un poco incómodo, pero pudo soportarlo. Cuando atravesó la puerta principal y avanzó por el suelo de mármol del vestíbulo, una de las empleadas del mostrador de información gritó su nombre. Con la cantidad de tiempo que pasaba a diario en el hospital, ya lo conocía todo el mundo.

—¡Señor Murphy! Harriet Berenson quiere hablar con usted —le dijo una de las chicas ataviadas con bata rosa.

—¿Quién es Harriet Berenson? —preguntó él. Estaba casi sin aliento, pese a que hacía poco más de una semana que Emma y él habían dejado de entrenarse a diario.

—Es una de las encargadas de dar las altas a los pacientes. Su despacho está en la segunda planta.

Brian se quedó de piedra. Jamás había oído hablar de que existieran encargados de dar las altas. ¿Y por qué una encargada de dar altas iba a querer hablar con él? ¿No estaría pensando en darle el alta a Emma? Eso no era posible, sobre todo ahora que estaba desarrollando una nueva y alarmante sintomatología. Después de dudar unos instantes si ir primero a ver a Emma o pasar antes por el despacho de Harriet Berenson, acabó optando por lo segundo. Tenía que averiguar cuanto antes si estaban pensando en darle el alta a Emma. La mera idea de tener que cuidar de ella en casa lo aterraba.

—Ah, sí —dijo Harriet cuando él entró en su despacho. Cogió una de las carpetas que tenía sobre el escritorio y la abrió—. Hoy le vamos a dar el alta a Emma Murphy. Quería hablar con usted para organizar los servicios poshospitalarios.

—No le pueden dar el alta a mi esposa —dejó bien claro Brian. Emma apenas podía valerse por sí misma—. Esto no va a funcionar. Nuestra casa no está adaptada a sus necesidades. No tengo claro que en su estado actual pueda subir un tramo de escaleras y los dormitorios están en el piso superior.

—Es bueno saberlo —dijo Harriet—. En esto consiste mi trabajo: asegurarme de que su mujer recibe los cuidados que necesita. Podemos buscarle una residencia para que cuiden de ella.

—Pero estos últimos días tiene dificultades para caminar —comentó Brian—. Y está empeorando.

—¿Cree que una clínica de rehabilitación sería la mejor opción?

—No lo sé —balbuceó Brian—. No lo he pensado. No se me había pasado por la cabeza que pudieran darle ya el alta. Todavía tiene síntomas del virus de la EEE. De hecho, por lo que sé, todavía tiene fiebre.

—La doctora Katherine Graham no opina lo mismo —replicó Harriet—. Nos ha pasado la orden de alta esta mañana.

—¿Quién es la doctora Graham? —preguntó Brian. Era la primera vez que oía ese nombre.

—Es nuestra directora médica.

—¿Sabe la doctora Shirley Raymond que le van a dar el alta a mi mujer? —Brian había hablado el día anterior a mediodía con la doctora Raymond y ella no le había comentado nada al respecto.

—Seguro que sí —dijo Harriet—. Como le acabo de decir, la doctora Graham es nuestra directora médica. Si su mujer necesita ayuda para fortalecerse y volver a caminar sin problemas, la mejor opción sin duda es una clínica de rehabilitación. ¿Qué le parece la Clínica de Rehabilitación Hudson Valley? Está en Hudson Heights, de modo que queda cerca y tiene unas instalaciones de primera. Mandamos allí a muchos de nuestros pacientes.

—Supongo que es mejor opción que una residencia —admitió Brian. Una clínica de rehabilitación parecía una opción razonable, pero seguía sin gustarle.

—De acuerdo, pues voy a hacer ahora mismo la gestión —dijo Harriet—. Sé que en estos momentos en la Hudson Valley disponen de plazas, porque ayer mismo envié allí a un paciente. Por cierto, me han dicho que tiene que ir a ver usted a Roger Dalton en cuanto acabemos esta reunión. ¿Sabe dónde está su despacho?

—Sí. —No le entusiasmaba la idea de tener que volver a ver a Roger Dalton. No había hablado con él desde la desagradable reunión que habían tenido hacía una semana y Brian había optado por dejar correr el tema de la elevada factura de Urgencias.

Sin embargo, ahora, ante la posibilidad de que le dieran el alta a Emma, no le quedaba otro remedio que hablar con él.

Después de salir del despacho de Harriet, dudó unos instantes sobre si ir primero a ver a Dalton o ir a comprobar cómo estaba Emma. A regañadientes, decidió que lo mejor era quitarse de encima la reunión con Dalton, ya que podía costarle dejar a Emma sola si esta se alteraba al saber que le daban el alta. Brian bajó al primer piso por la escalera y se dirigió a la parte que ocupaba Administración.

Con Roger Dalton no tuvo tanta suerte como con la señorita Berenson. No solo estaba reunido en ese momento, sino que además había otra persona aguardando su turno. Al menos, la espera le permitió reflexionar sobre el alta de Emma. Seguía sin gustarle la idea, pero tuvo que admitir que no sabía nada de la clínica de rehabilitación Hudson Valley, tan solo conocía su ubicación. Tal vez al tratarse de una clínica de rehabilitación prestaran más atención a Emma, pero aun así la incertidumbre le inquietaba, porque no sabía con qué se iban a encontrar.

Cuando por fin entró en el despacho de Dalton y se sentó, creyó estar preparado para cualquier cosa que le soltara aquel hombre, pero resultó que no lo estaba, sobre todo porque la reunión empezó con mal pie.

—Pensaba que habíamos quedado en que se pondría en contacto conmigo para acabar de hablar de la elevada factura de Urgencias —dijo Roger con tono recriminatorio.

—Tenía previsto hacerlo —se defendió Brian—. He pedido a la aseguradora una revisión de la denegación del pago y estaba esperando la respuesta.

—Ya le han dado la respuesta —le espetó Roger—. Ayer le informaron por correo electrónico de que se reafirmaban en la denegación del pago. Lo sé porque les reenvié la factura al no tener noticias de usted.

Durante un instante, al verse desbordado por la indignación, apartó los ojos de la cara de ese hombre, cubierta por una mascarilla. Ya en su primera cita ese burócrata le había parecido un tipo despreciable y ahora esa actitud santurrona que adoptaba le recordó por qué.

—Supongo que me va a decir que no ha visto el correo electrónico —continuó Roger en tono desdeñoso.

Tras una breve pausa para no perder el control, Brian dijo:

—Así es. Todavía no he visto ese correo electrónico de Peerless. Porque resulta que he estado muy ocupado atendiendo a mi mujer, que no acaba de mejorar. ¿El motivo por el que ha pedido verme es la factura de Urgencias?

—No, no se trata de eso —replicó Roger.

—Bien, pues en ese caso quizá podría explicarme de qué se trata.

—Me temo que tengo más malas noticias para usted. Cuando ayer nuestra directora médica me informó de que iban a darle el alta a su esposa, preparé una factura hospitalaria preliminar. Dada la mala suerte que hemos tenido con Peerless Health, quería hacérsela llegar cuanto antes. Bien, pues la aseguradora me informó de que tampoco iban a abonar ni un dólar de la factura de la estancia hospitalaria, que de momento está estimada en 161.942,88 dólares.

Durante unos instantes de perplejo silencio, la mente de Brian trató de asimilar dos datos increíbles: el disparatado coste de la estancia hospitalaria y la mera idea de que la aseguradora dijera que no iba a correr con los gastos de la necesaria hospitalización de una paciente. No tenía claro cuál de las dos cosas era más indignante.

—Señor Murphy, ¿qué debo deducir de su silencio? —preguntó Roger—. Tenemos un problema bien gordo. Si le soy sincero, como institución nos resulta muy complicado tratar con estas aseguradoras que ofrecen pólizas a corto plazo, sobre todo desde que han proliferado con la actual crisis del coronavirus con personas que han perdido la cobertura que tenían vinculada a su empleo.

—Más de ciento sesenta mil dólares es una factura elevadísima —logró decir Brian, pensando en voz alta mientras trataba de asimilar la cifra.

—No es en absoluto una factura inusual por una estancia hospitalaria hoy en día —dijo Roger—. Recuerde que su esposa ha pasado varios días en la unidad de cuidados intensivos que, como Urgencias, resulta muy cara de mantener y hacer funcionar. Y durante estos ocho días le han hecho muchas pruebas, incluidas varias resonancias y unos cuantos encefalogramas.

—Supongo que sí —dijo Brian abstraído. De nuevo su mente iba a toda máquina, intentando poner este coste en la perspectiva de sus experiencias vitales. La única vez en que había manejado una cifra como esa fue cuando Emma y él compraron la casa. Pero eso era una inversión, no un gasto inesperado, y encima su mujer seguía estando enferma.

—Señor Murphy, por favor —dijo Roger—. Tenemos un problema muy serio y necesito que me preste toda su atención. Hay que decidir cómo proceder.

—¿Peerless ha dado alguna explicación de por qué no pensaba cubrir ni un solo dólar de la factura hospitalaria?

—Sí, la han dado —dijo Roger—. Me han dicho que está relacionado con la franquicia de su póliza, que estaba claramente explicado en las cláusulas. Señor Murphy, ¿revisó usted las cláusulas de su póliza?

—No al detalle —reconoció Brian, consciente de que estaba mintiendo como ya había hecho en la reunión con Ebony Wilson.

—Bien, pues parece que ha sido un grave error —comentó Roger en tono paternalista.

Brian se aguantó las ganas de preguntarle a Roger cuántas pólizas de seguros médicos con tantas páginas como una novela y repletas de legalismos incomprensibles se había leído de cabo a rabo en su vida.

—Sé que la póliza tenía un deducible de diez mil dólares. ¿Eso no quiere decir que la compañía de seguros cubre el resto?

—Cada póliza es diferente —le explicó Roger—. Tendrá que averiguarlo usted. Entretanto, ¿qué nos propone hacer con su deuda con el hospital, que ya asciende a 189.375,86 dólares? Tenemos que saberlo, porque si no nos veremos obligados a pasarlo directamente a cobros.

—Mi intención es aclarar la situación con Peerless hoy mismo —insistió Brian—. Y no voy a hacerlo por teléfono. Esta cantidad de dinero requiere una reunión cara a cara con algún responsable de la empresa.

—De acuerdo, eso es cosa suya —dijo Roger—. Pero tiene que decirme algo en breve. No puede alargar indefinidamente esta situación.

—Contactaré con usted en cuanto pueda. Pero antes de marcharme, tengo que preguntarle una cosa. ¿La decisión de dar el alta a mi mujer se ha tomado antes o después de saber que Peerless no iba a abonar la cantidad adeudada?

—Me parece que no entiendo su pregunta. —Roger apoyó la espalda en el respaldo de la silla, arrugó la frente y se quedó mirando a Brian a través de sus gruesas gafas.

—No puedo evitar pensar que el motivo por el que se ha decidido dar el alta a mi mujer de forma tan repentina está relacionado con el hecho de que la elevada factura de Urgencias y ahora la de la hospitalización no vayan a ser abonadas de forma inmediata.

—Es una acusación absurda —dijo muy ofendido Roger. Se inclinó hacia delante, miró fijamente a Brian y le dijo—: Los médicos y las enfermeras son quienes toman todas las decisiones sobre los pacientes. ¡Nosotros, los que trabajamos en la gestión económica, no intervenimos jamás! Lo único que hacemos es arrimar el hombro para que el hospital sea solvente. Ninguna de las dos áreas interviene en las decisiones de la otra de ninguna manera.

—¿Seguro? —dudó Brian—. Hasta ahora, que yo sepa, en ningún momento se había hablado de darle el alta a mi mujer, y yo he hablado cada día con la doctora Raymond, que era quien llevaba su caso. La decisión parece haberse tomado de manera precipitada. Y mi mujer estos últimos días ha desarrollado nuevos síntomas de espasticidad. Por lo que yo puedo constatar a diario, en estos momentos no está mejor que cuando la ingresaron.

—Déjeme decirle una cosa, joven —espetó Roger, señalando con insistencia a Brian con el índice, que tenía ligeramente torcido—. Este hospital jamás ha permitido que los problemas financieros afecten a las decisiones sobre el cuidado de los pacientes. ¡Jamás! Me ofende el mero hecho de que se atreva a sugerirlo.

—Hay una pregunta que me ronda por la cabeza —dijo Brian, arqueando las cejas en un gesto de provocación. Sintió una ligera satisfacción al comprobar que era capaz de provocar tal indignación e incomodidad en Roger—. ¿Quién es en realidad esta tal doctora Graham, la supuesta directora médica? No la he visto nunca y llevo viniendo aquí a diario desde hace más de una semana para visitar a mi mujer. ¿Forma parte más del sector clínico o del de gestión?

—¿Qué diantre insinúa?

—Lo que me pregunto es si está más preocupada por la salud del paciente o por la salud económica del hospital. Tan sencillo como esto.

—La doctora Graham forma parte del equipo de administración, pero es médico titulada —replicó Roger molesto—. Un médico siempre es médico, en todas las circunstancias. Esto debería ser obvio.

—Espero que tenga razón —dijo Brian. Se levantó; ya daba por hecho que las posibilidades de obtener una respuesta clara eran escasas—. Entretanto, espero recibir una copia de la factura del hospital, y me gustaría que estuviera en un idioma inteligible. La segunda factura de Urgencias que me mandó usted también parecía hecha con la máquina del código Enigma.

—Veré lo que puedo hacer —respondió Roger—. Pero permítame advertirle de antemano: la factura hospitalaria será mucho más complicada que la de Urgencias, sobre todo en el apartado relacionado con la UCI. Y la factura del MMH Inwood no es la única que va a recibir. También recibirá facturas de médicos que no son empleados del MMH, pero visitaron a su esposa durante su ingreso.

—¿Qué clase de médicos? —preguntó Brian mientras volvía a sentarse. Esto le parecía un insulto añadido o, más exactamente, una suerte de extorsión.

—Especialistas de varias áreas —respondió con vaguedad Roger—. Algunas de las visitas de especialistas las realizan médicos externos.

—¿Esto es la facturación médica sorpresa de la que he oído hablar vagamente?

—Sí —admitió Roger.

—Bueno, páseme la información que pueda —dijo Brian mientras se ponía de nuevo en pie para marcharse—. Volveré a contactar con usted en cuanto haya mantenido mi reunión cara a cara con alguien de Peerless Health, que espero que sea hoy mismo.

Mientras se dirigía al ascensor, no podía quitarse de la cabeza la preocupación de que a Emma le dieran el alta por el asunto de las facturas, idea que lo indignaba. Cuando entró en la habitación de Emma, se la encontró dormida, lo cual cada vez era más habitual. En lugar de despertarla, la dejó descansar y fue al mostrador de las enfermeras. Durante toda la semana anterior, había establecido cierta relación con varias de las del turno de día, incluida la enfermera jefe, Maureen O'Hara, a cuyo hermano Brian conocía muy bien; habían ido juntos al colegio y después habían coincidido en la academia del NYPD.

—Así que le van a dar el alta a Emma —comentó Brian cuando logró captar la atención de Maureen. Era una mujer práctica, bajita y voluminosa, como su hermano, que dirigía la cuarta planta con puño de hierro. Como la mayoría de las enfermeras, llevaba una pantalla de plástico, además de la mascarilla.

—Eso me han dicho —respondió Maureen—. Si te soy sincera, me ha sorprendido mucho.

—¿Crees que es lo más adecuado?

Maureen se encogió de hombros.

—La verdad es que aquí no estamos haciendo gran cosa por ella. De hecho, haces más tú que nosotros, mucho más que la simple terapia física. Lo que más me preocupa es el seguimiento de las convulsiones.

—A mí también —dijo él—. ¿Qué pasa con esta tal doctora Katherine Graham?

—¿A qué te refieres?

—No estoy seguro. Me han dicho que es la persona que firmó el alta.

—No es algo inusual —dijo Maureen—. Lo hace muy a menudo.

—¿Qué tipo de médico es? —preguntó Brian—. No la he visto nunca por aquí.

—No viene muy a menudo por planta. Tiene su despacho en la zona administrativa. Por lo que sé, era internista antes de que la nombraran directora médica.

—¿Y la doctora Raymond? ¿Dónde está hoy?

—Está en la sala de historiales médicos. La he visto ir hacia allí no hace ni cinco minutos.

Consciente de que estaba cruzando una línea roja, Brian, se dirigió a la sala y abrió la puerta. En lugar de estar repleta de historiales médicos como se esperaba, estaba llena de superficies de trabajo y ordenadores. La doctora Raymond y varias personas más estaban introduciendo datos en los ordenadores. El único ruido que se oía era el de los teclados.

—Disculpe, doctora Raymond —la llamó un poco cohibido—. ¿Podría hablar con usted un momento?

Para alivio de Brian, ella se levantó de inmediato y se acercó a la puerta. Bajando la voz, le preguntó qué deseaba.

—Acabo de enterarme de que van a darle el alta a mi mujer —susurró Brian.

La doctora Ryamond salió de la sala y cerró la puerta.

En contraste con Maureen, la doctora Shirley Raymond era muy delgada y desprendía energía y nervio.

—Sí —dijo—. Me han informado del alta esta mañana.

—Entonces ¿no ha sido por decisión suya? —A Brian le sorprendió enterarse de que ella no había participado en la decisión.

—No, no lo he decidido yo. Para mí es obvio que Emma sigue estando bajo los efectos de una infección viral activa. Además, se la ve cada vez más somnolienta y confusa. Y, por lo que sé, en neurología no han terminado de evaluar la espasticidad que ha aparecido.

—El plan ahora es enviarla a la clínica de rehabilitación Hudson Valley.

—Ah, no lo sabía —dijo la doctora Raymond. Se encogió de hombros—. Supongo que puede funcionar. Debería estar bajo observación por los espasmos, ya que es evidente que la encefalitis sigue activa, y eso lo pueden hacer en Hudson Valley. De todos modos, si de mí dependiera, la mantendría aquí monitorizada y en observación.

—Me han dicho que el alta la ha firmado la doctora Graham. ¿La conoce?

—Sí, claro. Es una de las jefazas.

—¿Es buena como doctora?

La doctora Raymond dejó escapar una risilla nerviosa.

—Vaya pregunta más rara. Sí, supongo que es una buena doctora.

—Si le soy sincero, estoy preocupado. ¿Cree que puede haber alguna posibilidad de que los líos que tenemos con los pagos hayan influido en la decisión de dar el alta a mi mujer?

Ella negó con la cabeza.

—No. No practicamos la medicina de este modo. Tiene que haber una razón médica por la que la doctora Graham ha decidido darle el alta. Tal vez sea para liberar camas para el montón de enfermos de COVID-19 que se esperan.

—Me alivia oírle decir esto. Bien, pues gracias por atenderme y por haber cuidado de Emma.

—De nada. Y buena suerte. Me temo que la recuperación de su mujer va para largo. La EEE es una enfermedad persistente.

—Sí, esa es la impresión que tengo —murmuró Brian, y se alejó hacia la habitación de Emma, mucho más confuso y asustado de lo que esperaba después de mantener esta conversación.

9

27 de agosto

Eran poco más de las dos de la tarde cuando Brian salió de la clínica de rehabilitación Hudson Valley y se detuvo en los escalones de la entrada para recapitular. Estaba decaído. Había sido una mañana muy estresante. Emma se había resistido a la idea de abandonar el MMH Inwood, pero él poco había podido hacer, y además hasta cierto punto era verdad que en el MMH no estaban haciendo por ella gran cosa en lo que a la rehabilitación se refería. Emma no había vuelto a sufrir ningún nuevo ataque de convulsiones, de modo que tal vez el seguimiento de este síntoma no era tan importante. Además, el concepto de «rehabilitación» a Brian le sonaba bien y esperaba que ahora pudieran trabajar mejor los problemas de movilidad de Emma. Pero eso fue antes de ver la clínica.

Durante el proceso de admisión, Brian tuvo que volver a firmar documentos en los que daba el nombre de su aseguradora médica y se comprometía a hacerse responsable de todos los gastos. Conociendo a los de Peerless, era obvio que estaba aceptando acumular más deudas, pese a que no tenía modo alguno de siquiera conseguir el dinero que ya debía.

Y por si todo esto no fuera ya de por sí bastante malo, la clínica de rehabilitación Hudson Valley resultó una decepción. En brutal contraste con el recién renovado edificio del MMH Inwood, la clínica era vieja y estaba deteriorada, en especial la habitación de Emma. Además, el número de enfermeras por paciente era significativamente inferior que en el MMH, lo cual significaba que lo más probable era que a Emma no le hicieran ningún seguimiento para controlar que no se repitieran las convulsiones. Por suerte, ella no parecía ser consciente del estado de la clínica y cayó en un sueño profundo en cuanto la instalaron en la cama y le tomaron las constantes vitales. Había sufrido un gran estrés durante el traslado, pese a que había ido en ambulancia y la habían sacado del hospital y entrado en la clínica en camilla. El trayecto en ambulancia había durado poco más de quince minutos y Brian la había podido acompañar.

Desde el momento en que Emma contrajo una enfermedad de la que él no había oído hablar en su vida en una inocente barbacoa, Brian había vivido una auténtica pesadilla. Como trabajador responsable que seguía las reglas, siempre había tenido la sensación de tenerlo todo bajo un razonable control. Ahora era todo lo contrario. Era como si hubieran arrastrado a Emma al borde de un precipicio sin que ella fuera consciente, se hubiera precipitado al vacío y Brian y su familia la tuvieran agarrada con la punta de los dedos. Para empeorar las cosas, él no tenía ni la más remota idea de que el coste de una semana de estancia hospitalaria pudiera llegar a hundirlo en la miseria por culpa de una compañía de seguros sin escrúpulos. Era vergonzoso que en estos momentos debiera casi doscientos mil dólares y la cifra fuera en aumento.

Sacó el móvil del bolsillo e hizo una llamada rápida a Aimée para contarle que habían trasladado a Emma y para pedirle que se lo comentara ella a la madre de Emma. A continuación, le resumió las restricciones y los requisitos para las visitas vigentes en estos momentos. Cuando la llamada ya llegaba a su fin, experimentó una repentina e inesperada sobrecarga de emoción que lo dejó al borde del llanto.

—Brian, ¿estás bien? —preguntó Aimée, al detectar que se le había quebrado la voz.

—Esto es más estresante de lo que había imaginado —se las apañó para decir Brian después de un silencio. No había compartido con su madre sus agobios financieros ni su inquietud porque a Emma pudieran haberle dado el alta en el MMH debido a la factura impagada—. Espero que esta clínica de rehabilitación Hudson Valley funcione.

—Seguro que sí —le animó Aimée—. Tengo varios amigos que estuvieron hospitalizados ahí y se recuperaron perfectamente. No es el Ritz, ni siquiera el MMH, pero el personal es amable y solícito.

—Más les vale que lo sean, porque si no lo van a pagar caro. —En cuanto la emoción lo desbordó, esta se transformó en rabia, y de pronto recordó que tenía que ir a las oficinas de Peerless Health—. Mamá, lo siento, tengo que dejarte.

—De acuerdo, cariño —dijo Aimée—. Le comentaré a Hannah que ahora Emma está ingresada en esa clínica de rehabilitación, e iremos a verla en el horario de visitas. Vuelve a casa y cuida de tu encantadora hija. Ella también necesita tus atenciones.

Brian colgó, impaciente por hacer su visita a Peerless. Cada vez más furioso y con ganas de acabar con ese asunto cuanto antes, decidió tomar el metro para ir allí. Era, sin duda, la forma más rápida de llegar al centro de Manhattan desde Inwood.

Diez minutos después estaba en un tren en dirección sur e iba pensando en la factura de la hospitalización que le había enviado por correo electrónico Roger Dalton, a la que había echado un vistazo en el móvil mientras esperaba a que tramitaran el alta de Emma. Tal como Roger le había advertido, era casi indescifrable y estaba escrita en un código similar al de la de Urgencias, aunque en este caso sí había algunos conceptos que se entendían a la perfección y que lograron irritar a Brian sobremanera. Uno de ellos era un escandaloso cargo de 970 dólares por una supuesta «sesión de evaluación de terapia física».

Por la fecha en que estaba datado el servicio, Brian recordaba a la perfección el episodio. Apareció en la habitación de Emma una joven vivaz y muy simpática, que la sacó de la cama y la paseó por el pasillo, exactamente igual que había hecho él quince minutos antes. Otro cargo digno de mención eran los treinta dólares por un simple ibuprofeno que Brian pidió para Emma ese mismo día, porque ella se quejaba de dolor de cabeza. Desde el punto de vista de Brian, si estos cargos eran representativos de lo que había en la factura, la situación era realmente absurda, por no decir fraudulenta.

Desde la parada de metro de Columbus Circle le quedaba un paseo relativamente corto hasta el edificio de la Sexta Avenida donde la aseguradora médica Peerless tenía sus oficinas centrales. A Brian se le hizo raro recorrer las calles del centro de Manhattan con tan pocos transeúntes. Como en el metro, la mayor parte de las personas con las que se cruzó iban con mascarilla. Al llegar al edificio, le pareció una curiosa coincidencia que estuviera casi pegado al que albergaba las oficinas de Priority Capital. Al pensar en Priority Capital y Calvin Foster, Brian esperó que el presupuesto que había enviado para la elegante boda en Southampton fuera bien recibido y que estuviera a punto de asegurarse un ingreso.

Había decidido no pedir cita previa para la reunión con Peerless, porque dudaba de que quisieran recibirlo. Estos días, las empresas limitaban las reuniones presenciales y preferían hacerlas por teléfono o mejor aún a través de un impersonal cruce de correos electrónicos. Lidiar con un cliente insatisfecho como Brian era mucho más fácil desde la distancia, sobre todo online. Como es obvio, Brian todavía tenía que sortear el servicio de seguridad con el que contaban todos los edificios de oficinas de Manhattan para poder acceder a las oficinas de la aseguradora Peerless. Pero él todavía disponía de los duplicados de su placa y tarjeta de identificación del NYPD. El hecho de que en la identificación pusiera RETIRADO debajo de la foto no le impedía poder acceder a cualquier sitio en la ciudad. Además, sabía que muchos de los guardias de seguridad de los edificios comerciales de NY eran agentes retirados del NYPD.

Mientras cruzaba la puerta giratoria, sacó la cartera para tenerla lista. Al igual que la calle, el interior del edificio también estaba casi desierto. De camino al mostrador de seguridad, le animó ver a un tipo bien arreglado, de cabello cano y un ligero sobrepeso, sentado detrás de una pantalla de plástico, que, con su corte al cepillo y su bigote, tenía pinta de policía jubilado. Con un ensayado gesto despreocupado, Brian le mostró en un abrir y cerrar de ojos la identificación y los dos cruzaron una mirada de complicidad, como si fueran miembros de un club privado.

—¿Qué tal, colega? —saludó Brian.

—Bien, gracias —dijo el guardia de seguridad con una amplia sonrisa—. ¿Eres de la comisaría de Midtown North?

—No, de la Unidad de Emergencias.

—¡Oh, vaya! —dijo el guardia. La Unidad de Emergencias tenía mucho prestigio en el NYPD puesto que los llamaban a ellos cuando los agentes uniformados se enfrentaban a una situación complicada—. ¿En qué puedo ayudarte?

—¿Y tú? ¿Cuál fue tu último destino?

—Me jubilé en Midtown North. Por eso encontré este trabajo.

—Una buena opción, pero parece que estos días no estás muy atareado.

El guardia de seguridad se rio.

—Es increíble —dijo—. Esto es como la morgue. Te llegas a preguntar si algún día volveremos a la normalidad. Bueno, ¿en qué puedo ayudarte?

—Necesito hablar con alguien de la aseguradora médica Peerless —explicó Brian—. ¿Hay gente en las oficinas o están todos teletrabajando?

—Vienen algunos. Sobre todo jefazos. No hay ni secretarias ni machacas.

—¿Y Ebony Wilson? —preguntó Brian—. ¿Por casualidad la conoces?

—Por supuesto que conozco a Ebony. Es una de las que viene por aquí a diario. Es amable y siempre saluda. No como la jefa suprema de Peerless.

—¿Te refieres a Heather Williams? —Le vino a la mente la imagen singular y extravagante de esa mujer vestida con el pretencioso atuendo para la caza del zorro.

—No sé cómo se llama —confesó el guardia—. Nunca he querido saberlo.

—¿Por qué?

El guardia miró a ambos lados para asegurarse de que no había nadie escuchando, pese a que el enorme vestíbulo estaba desierto. Un conserje, que limpiaba los molinetes de acceso con desinfectante cuando entró Brian, se había esfumado.

—Es muy altiva y se cree por encima de todo el mundo. O al menos eso me parece a mí. No solo no se molesta ni en saludar, sino que me ignora por completo, como si no existiera. Pasa por aquí rodeada por sus fieles como si fuera el papa.

—¿Qué quieres decir con lo de «fieles»?

—Siempre va acompañada por tres o cuatro personas que revolotean a su alrededor, adulándola. Es ridículo. Ella ni siquiera pulsa el botón del ascensor. Algunos son guardaespaldas armados. Lo sé porque una vez hablé con uno de ellos. Es un antiguo marine.

—¿Guardaespaldas armados? Sorprendente —comentó Brian—. ¿Estás seguro de lo de los guardaespaldas armados? ¿Ese antiguo marine no te estaría tomando el pelo?

—Lo juro sobre una pila de biblias —dijo el guardia—. No estoy exagerando.

—Pero ¿por qué? Parece desmesurado, por no decir otra cosa.

—El exmarine con el que hablé me contó que esa mujer ahora es multimillonaria. Según él, gana diez millones anuales.

—No puede ser verdad. —La idea de que la CEO de una pequeña y prometedora empresa de seguros médicos pudiera ganar semejante salario sonaba disparatada.

—No es nada inusual —insistió el guardia—. Como pequeño inversor que soy, sé que algunos de los CEO de las grandes compañías de seguros médicos en las que he invertido ganan más de veinte millones de dólares al año.

—¿En serio? —preguntó Brian. No tenía ni idea de que en el mundo de los seguros médicos se pagaran estos salarios, aunque ahora las astronómicas facturas hospitalarias de Emma empezaban a cobrar sentido. Alguien tenía que embolsarse los beneficios.

—Es cierto. Las compañías de seguros médicos son una inversión estupenda. Hazme caso.

—Me lo voy a pensar —respondió Brian, a falta de otra respuesta. Se preguntó si el guardia de seguridad no estaría exagerando. Veinte millones por dirigir una empresa que vendía seguros médicos parecía disparatado.

—Uno se entera de muchas cosas siendo guardia de seguridad en un edifico de este tamaño —añadió su interlocutor.

—Seguro que sí. ¿Hoy has visto entrar a Ebony Wilson?

—Oh, sí —dijo el guardia—. Está arriba.

—Bien, es una de las personas con las que tengo que hablar.

—¿Se ha metido en algún lío?

—No, no —aclaró rápidamente Brian—. Solo necesito hablar con ella sobre Peerless. ¿En qué piso está?

—En el cuarto. ¿Quieres que la avise?

—Preferiría que no lo hicieras. Ya conoces el truco. A menudo es mejor pillar a según qué personas desprevenidas, porque puedes acabar recabando más información.

—Entendido. —El guardia le lanzó una mirada de complicidad y alzó el pulgar—. Pasa por el último molinete de la izquierda.

—De acuerdo —dijo Brian, y en ese momento entró por la puerta giratoria un joven vestido de manera informal, con tejanos, polo y zapatillas deportivas. Al pasar junto a ellos, mostró una identificación al guardia de seguridad y se dirigió a los molinetes.

—Buenos días, señor Bennet —dijo en voz alta el guardia. Y a continuación le susurró a Brian—: Trabaja en Peerless.

—Vaya, pues me viene de perlas —dijo Brian, tomando una rápida decisión. Se dirigió sin perder un segundo al molinete para los visitantes y pasó por él. Corrió tras el señor Bennet, que ya se había metido en uno de los ascensores, que llevaba de la planta cuarenta a la sesenta, y pudo llegar hasta él antes de que se cerraran las puertas.

—Disculpe —dijo al entrar.

—Tranquilo —respondió con tono afable el señor Bennet.

—El guardia ha mencionado que trabaja usted para Peerless —dijo Brian, haciéndolo sonar como un comentario informal.

—Pues sí —admitió el señor Bennet—. Soy director de ventas. ¿Y usted?

—Dirijo una empresa de seguridad —dijo Brian—. Estoy impresionado, y espero que no se tome esto como un comentario ofensivo, pero tiene usted más aspecto de estudiante universitario que de ejecutivo de una empresa de salud.

—Me lo tomaré como un cumplido —respondió el señor Bennet con una sonrisa, apartándose un poco el cabello rubio de los ojos.

—He oído que Peerless va viento en popa.

—Ha oído bien.

—Entonces ¿diría que las acciones de la empresa son una buena inversión?

—Una inversión excelente —aseguró el señor Bennet—. Sobre todo con la pandemia de coronavirus, estamos vendiendo pólizas como si no hubiera un mañana. Si es usted inversor en bolsa, le recomiendo que compre acciones.

—Tal vez lo haga —dijo Brian asintiendo con la cabeza—. Gracias por el consejo.

—De nada.

El ascensor se detuvo en la planta cincuenta y cuatro y el señor Bennet salió, seguido de Brian. Con una tarjeta, el tipo desbloqueó la puerta que daba acceso a las oficinas de Peerless. Un instante después estaban ante el vacío mostrador de la recepción en un elegante vestíbulo amueblado con sofás de cuero de alta gama y con vistas orientadas al oeste de la Sexta Avenida, que incluían una pequeña franja del río Hudson. Pero, de lejos, lo que captaba toda la atención en el vestíbulo era el cuadro, casi de tamaño natural, de Heather Williams ataviada con las galas de la caza del zorro.

—Disculpe —dijo el señor Bennet volviéndose para mirar a Brian—. ¿A quién viene a ver, si puedo preguntárselo?

—A Ebony Wilson —respondió Brian medio distraído. Era difícil apartar los ojos del cuadro, sobre todo después de escuchar las opiniones del guardia de seguridad sobre la personalidad y el narcisismo de la retratada.

—¿Le está esperando?

—Sí —le aseguró Brian—. ¿Me puede decir cuál es su despacho?

—Claro. ¡Sígame!

Después de bordear varias mesas de secretarias vacías, el señor Bennet se detuvo ante una puerta abierta y se asomó.

—Ebony, tienes visita.

—¿Quién es? —oyó Brian que preguntaba la mujer.

El señor Bennet se volvió y lo miró enarcando las cejas en un gesto interrogativo.

—Brian Murphy —dijo él, mientras avanzaba hacia la puerta y se asomaba al despacho. En marcado contraste con Roger Dalton, cuya profunda voz de barítono no encajaba para nada con su presencia física, Ebony Wilson y su persuasiva voz sí casaban bien. Era una afroamericana de aspecto atlético con la cara pecosa. Llevaba el cabello negro recogido en una trenza y estaba sentada detrás de una pantalla de ordenador.

—Encantado de conocerlo, señor Murphy —dijo para despedirse el señor Bennet, que se alejó por el pasillo en dirección a su despacho.

—Igualmente —respondió Brian.

Ebony apoyó la espalda en el respaldo de la silla y se sacó los auriculares inalámbricos que utilizaba para mantener sus conversaciones telefónicas como supervisora del departamento de reclamaciones. Ladeó un poco la cabeza y observó con atención a Brian.

—¿Brian Murphy? —preguntó—. ¿Lo conozco de algo?

—En cierto modo —dijo Brian de un modo difuso. Entró en el pequeño despacho y se sentó, sin que nadie le hubiera invitado a hacerlo, en una de las dos sillas disponibles—. Hablamos por teléfono hace una semana.

—Hablo con un montón de gente cada día. Va a tener que concretar un poco más. ¿Es usted empleado de Peerless?

Brian dejó escapar una risa burlona.

—No, no soy empleado de Peerless y nunca nos hemos visto en persona. Hablamos por teléfono sobre la denegación de pago por parte de Peerless de una factura por la atención a mi mujer en las Urgencias del MMH Inwood. Usted me aconsejó que pidiera una revisión, lo hice y de nuevo se ha denegado el pago. Pero no es este el motivo que me trae por aquí.

—¿Cómo demonios ha entrado usted aquí? —preguntó Ebony mientras se ponía en pie.

—Caminando —respondió Brian.

—No me refiero a cómo lo ha hecho físicamente. Me refiero a cómo ha pasado por el control de seguridad y ha conseguido entrar en nuestras oficinas.

—El señor Bennet ha tenido la amabilidad de dejarme entrar en las oficinas —dijo Brian—. En cuanto a la seguridad del edificio, me he limitado a mostrar mi identificación del NYPD. ¿Quiere que se la enseñe a usted también? —Brian se inclinó hacia delante en la silla para sacar la cartera.

—No, no hace falta, ahora que ya está usted aquí. De acuerdo, así que es usted cliente de Peerless. Si no ha venido por la denegación del pago de una factura, ¿qué es exactamente lo que le trae por aquí?

—No he dicho que no sea por la denegación del pago de una factura —la corrigió él—. De hecho, este es el motivo. Solo que no es la de Urgencias sobre la que ya hablamos. Ahora es la factura de la estancia hospitalaria la que me preocupa. Hoy mismo me han dicho que Peerless tampoco piensa abonarla y quiero saber por qué. La situación que estamos viviendo es el motivo por el cual mi mujer y yo decidimos pagar un seguro médico: por si uno de los dos tenía que ingresar en el hospital.

—Tal vez sea mejor que sí me enseñe su identificación del NYPD —dijo Ebony—. Todo esto no tiene ni pies ni cabeza.

Brian obedeció y mostró la identificación muy rápido, como había hecho con el guardia de seguridad, pero Ebony no iba a ser tan fácil de engatusar y pidió verla más de cerca.

—Ya veo. Así que está usted retirado —dijo, devolviéndosela—. No parece tan mayor como para estar jubilado.

—Mi mujer y yo hemos puesto en marcha una empresa de seguridad —explicó Brian—. Ella también era agente del NYPD.

—Motivo por el cual deduzco que adquirieron la póliza de seguro médico de Peerless.

—Correcto. Intentábamos actuar de manera responsable, porque no podíamos permitirnos afrontar las cuotas que nos pagaba el seguro médico del NYPD cuando éramos policías.

—¿Tiene su número de póliza con Peerless?

—Sí —dijo Brian, y se lo dio. Ella lo introdujo en el ordenador para acceder al documento. Mientras Ebony lo leía, Brian echó un vistazo a su alrededor. Incluso este pequeño despacho estaba decorado con tal opulencia que le hizo preguntarse cómo sería el despacho de Heather Williams. También se preguntó cómo podía sostenerse todo ese nivel con cuotas como los modestos doscientos dólares mensuales que él y Emma habían estado pagando. Pero en ese momento recordó que cuando contrataron la póliza en diciembre, les dijeron que se estaban vendiendo como rosquillas, porque había montones de autónomos que no podían permitirse las pólizas estándar que las empresas pagaban a sus empleados. Y eso fue antes de que, durante la pandemia, doce millones de americanos perdieran sus trabajos y los seguros médicos vinculados con ellos. Aunque solo un millón de esos doce hubiera contratado pólizas de Peerless, solo eso ya habría significado el ingreso de doscientos millones de dólares mensuales para la empresa.

—A ver, he encontrado su caso y me he leído hasta el último informe del perito. En realidad, es muy sencillo. ¿Se leyó usted las cláusulas de la póliza con atención, tal como le sugerí en nuestra conversación telefónica sobre la factura de Urgencias? Recuerdo que confesó usted que no lo había hecho cuando la contrató.

—No, no lo he hecho todavía —dijo Brian—. La enfermedad de mi mujer me ha absorbido por completo desde que hablamos.

—Bien, respóndame a esto: ¿es usted consciente de que la póliza tiene un deducible muy elevado?

—Por supuesto —dijo él—. El vendedor nos dijo que era de diez mil dólares.

—¿Y qué me dice de la cantidad que pagaría Peerless por día de hospitalización?

—No estoy muy seguro de recordar ese detalle.

—En la página trece de la cláusula de su póliza se especifica con total claridad que Peerless pagará mil dólares por día una vez cubierto el deducible.

De pronto, al darse cuenta de lo idiotas que habían sido Emma y él, Brian se sintió avergonzado. Pese a que mil dólares diarios parecía mucho dinero cuando contrataron la póliza, la estancia hospitalaria de Emma en el MMH Inwood había costado más de veinte mil dólares diarios.

—Y ahora hablemos del deducible —continuó Ebony—. ¿Entiende usted cómo funciona el deducible de Peerless?

—Diría que sí —respondió Brian—. Significa que nosotros nos hacemos cargo de los primeros diez mil dólares y a partir de ahí entra Peerless.

—No, no es así como funciona el deducible en las pólizas a corto plazo de Peerless. Por eso debería haberse leído con atención su póliza, señor Murphy. Con el seguro de salud Peerless, el deducible está vinculado a los pagos de Peerless, no a los pagos del titular de la póliza.

—No la sigo —dijo Brian, desconcertado por los matices semánticos.

—Peerless empieza a pagar los mil dólares por día de hospitalización una vez que se hubieran pagado los diez mil dólares si no hubiese deducible. Es decir, que la hospitalización tendría que ser de más de diez días. Es a partir del undécimo cuando Peerless empieza a pagar mil dólares diarios. Es una permutación del concepto de deducible ideada por Heather Williams, nuestra apreciada CEO, cuando era directora financiera.

—Pero esto es un completo disparate —dijo un perplejo Brian—. Es lo contrario de lo que todo el mundo entiende por deducible.

—Disculpe, pero está explicado de forma muy clara en la póliza. Por eso se le aconsejó que se la leyera con atención. Todos nuestros vendedores ponen mucho empeño en que los clientes entiendan cómo funcionan sus pólizas. Y está todo explicado en nuestros detallados folletos promocionales, que estoy segura de que le entregaron.

—Tal vez estuviera explicado —admitió Brian, aunque aun así se sentía estafado y estaba indignado. De hecho, en primer lugar, apenas se acordaba de cómo Emma y él habían acabado contratando el seguro médico de Peerless y no otro. ¿Fue él quien lo encontró o fue cosa de Emma? No lo tenía claro. Lo único que recordaba era haber hablado con ella sobre la necesidad de tener un seguro «por si las moscas» y que lo que tenían que buscar era una póliza a corto plazo, que el gobierno estaba promoviendo. En muchos sentidos, estaban entre la espada y la pared debido al demencial sistema sanitario del país, en el que para gozar de un buen seguro tenías que trabajar para una gran empresa o ser empleado del gobierno.

—¿Puedo ayudarlo en algo más? —preguntó Ebony. Brian percibió que la mujer estaba ya al límite de su paciencia con la inesperada visita—. Tengo que seguir trabajando, hay al menos una docena de personas esperando para hablar conmigo.

—Me quedan algunas preguntas más —dijo Brian, y su creciente indignación lo hizo enrojecer—. Tengo ante mí una factura de casi ciento ochenta mil dólares que además no para de crecer, de modo que estoy anonadado. No tenía ni la más remota idea de que la hospitalización de una persona fuera tan cara. Pero usted y sus colegas de esta empresa sí lo sabían, ya que trabajan en el maldito sector sanitario. Aquí va mi pregunta: más allá del demencial asunto del deducible, ¿cómo demonios pueden ustedes justificar vender una póliza que va a llevar a la bancarrota a una familia porque le van a cubrir solo mil dólares diarios de gastos? Lo que quiero decir es que, a diferencia de los ciudadanos de a pie que apenas tenemos relación con los hospitales, ustedes, que trabajan en el negocio de los seguros médicos, sin duda saben que abonar mil dólares diarios en costes hospitalarios es equivalente a apagar el incendio de un bosque orinando.

—¡Un momento, señor Murphy! —tartamudeó Ebony con evidente indignación—. No voy a quedarme aquí sentada permitiendo que me insulte.

—Tal vez debería exponer mis quejas a alguien que ocupe un cargo superior —dijo Brian, refrenando su ira al comprender que estaba hablando con una subordinada—. Lamento haberla tomado con usted. Pero intente comprender mi situación. Me enfrento a la ruina económica, y tal vez los detalles de mi cobertura médica estaban explicados en letra pequeña, pero como ciudadano de a pie, me parece una práctica que bordea el fraude. Tal vez debería presentar una denuncia por prácticas desleales y engañosas a la asociación de consumidores.

—Como ya le expliqué hace una semana por teléfono, está en su derecho de presentar una queja e incluso de iniciar acciones legales —dijo Ebony, algo más calmada por las disculpas de Brian y su cambio de tono—. Pero, como también le comenté, las posibilidades de que eso fructifique en algo positivo son casi nulas. En Peerless cubrimos un espacio muy concreto, que es necesario y que el gobierno nos ha animado a explotar, al menor precio posible. Cualquiera puede optar por una póliza que cubra una mayor proporción de gastos, o incluso todos los costes hospitalarios, pero los seguros son como todo lo demás: obtienes unos servicios en función de lo que pagas.

—¿Qué le parecería concertarme una reunión con esa tan apreciada CEO que tienen aquí? Es ella la que debería hacerse una idea de lo que le está haciendo a las personas de carne y huesos que adquieren sus pólizas.

Ebony puso una cara de pasmo cargada de ironía.

—Vaya, sería una confrontación interesante —dijo casi atragantándose—. Permítame decirle una cosa: Heather Williams está en la cresta de la ola y no habla con simples mortales. Yo aquí hago un buen trabajo y se me valora muy positivamente, pero ni remotamente tendría opción de reunirme con ella. Incluso los inversores de altos vuelos a veces tienen que pagar para que ella les dedique una pequeña parte de su tiempo.

—Parece una mujer encantadora —dijo Brian con sarcasmo, recordando además lo de los guardias armados.

—Es todo un personaje, de eso no hay duda. Pero es muy buena en lo que hace. Debo decir que todos admiramos mucho el impulso que le ha dado a la compañía, sobre todo con las acciones que ha repartido entre los empleados para incentivar el compromiso con la empresa.

Quince minutos después, más indignado y agobiado de lo que recordaba haberse sentido nunca, Brian salió del despacho de Ebony. Tenía la sensación de no haber conseguido nada. Al llegar a la vacía entrada de Peerless, sin nadie en el mostrador de recepción, se dejó caer en uno de los sofás de cuero, preguntándose qué porcentaje de esa cara pieza de mobiliario habían pagado Emma y él con sus cuotas. Para colmo, se dio cuenta de que se había sentado justo frente al altivo retrato de la caza del zorro.

Un repentino clamor de voces al fondo del largo pasillo captó su atención. Unos minutos después, un grupo de cinco personas pasó por la recepción camino de los ascensores. Quien encabezaba la procesión no era otra que la mismísima mujer del cuadro, con unos cinco o diez años más. Brian calculó que debía de ser uno o dos años más joven que Emma, que tenía treinta y cuatro. Cuando pasó ante él con andares rápidos y decididos, miró fugazmente hacia donde estaba sentado él. Por un instante, se dibujó en su rostro minuciosamente maquillado y de labios finos una mirada de desdeñosa perplejidad, pero no aminoró el paso.

—¡Disculpe! ¿Heather Williams? —dijo Brian sin pensárselo—. Necesito hablar con usted. Creo que le serían muy útiles unas lecciones de moral. —El imprevisto arrebato le sorprendió incluso a él mismo, pero tuvo el efecto deseado. La CEO de Peerless se detuvo ante la puerta de las oficinas que le habían abierto para que pasara. Se volvió y sometió a Brian a un estupefacto pero también desdeñoso repaso.

—¿Usted me va a dar a mí consejos? —preguntó con tono incrédulo—. ¿Quién demonios es usted? —Su tono era estridente. Era obvio que no estaba acostumbrada a ser interpelada por un desconocido, sobre todo en sus propias oficinas—. ¿Sabe que hablar conmigo cuesta mil dólares por minuto?

—Me parece una ganga —dijo él, mientras se levantaba del sofá. Quería aprovechar el fortuito encuentro para mirarla a los ojos—. Pensaba que serían como mínimo dos o tres mil.

A pesar de su evidente irritación, Heather se rio. Por lo visto, la ironía burlona de Brian le resultó atractiva a la narcisista. Desde su atalaya de su metro noventa, a Brian le pareció que esa mujer debía de medir metro setenta y cinco, como Emma, pero era mucho más delgada. Lo que no se esperaba era que el hecho de levantarse de golpe alarmase a dos de los cuatro hombres que acompañaban a Heather, uno de ellos el que se había adelantado para abrirle la puerta. Los dos vestían trajes negros que no les sentaban muy bien y llevaban las típicas gafas de aviador. De inmediato, Brian dedujo que los dos hombres de más edad eran los guardaespaldas de los que le había hablado el guardia de seguridad del edificio.

Cuando Brian vio que los dos tipos avanzaban hacia él, deslizando la mano bajo la pechera de la americana, probablemente para desenfundar sus armas, él, de manera instintiva, cogió la P365 Sig Sauer automática de nueve milímetros que llevaba siempre en la cintura desde que era policía. Brian manejaba con mano experta las armas de fuego, sobre todo una pistola con la que se entrenaba con frecuencia y tenía licencia para llevar. Por suerte, en ese momento, Heather evitó una situación potencialmente peligrosa al extender los brazos para contener a los hipermotivados escoltas. Brian relajó el dedo que ya tenía en el gatillo.

—Se lo repito: ¿quién es usted? —preguntó Heather—. ¿Y qué le lleva a pensar que puede darme algún consejo?

—Soy un cliente muy pero que muy insatisfecho con la aseguradora médica Peerless —respondió Brian. Y señalando a Heather con un dedo acusador, añadió—: Debería usted sentirse avergonzada por diseñar y vender unas pólizas que no valen nada.

En respuesta a lo que les pareció un gesto potencialmente

amenazador de la mano de Brian, los dos guardaespaldas volvieron a avanzar hacia él, pero Heather los contuvo por segunda vez. El furibundo Brian tenía pocas dudas de que era capaz de sacarse de encima a este par de tipos con cierto sobrepeso y en baja forma, que parecían más un par de porteros de discoteca que miembros de un servicio de seguridad como Dios manda. En su estado de agitación, de hecho, le habría gustado dejar de contenerse y tumbarlos de un puñetazo.

—¿Que no valen nada? —preguntó Heather con un sobreactuado tono de mofa—. Disculpe, pero miles de inversores muy felices le dirían lo equivocado que está. Y, en cualquier caso, ¿cómo narices ha entrado usted aquí?

—Es la segunda persona que me hace esta pregunta —dijo Brian, imitando el tono sarcástico de Heather—. He entrado caminando, lo cual significa que no solo está usted vendiendo basura moralmente despreciable, sino que además parece que no le irían mal unos consejos profesionales sobre seguridad. Por suerte, resulta que un servidor es experto en el tema y estaré encantado de darle mi tarjeta si está interesada.

—¡Lárguese de aquí de inmediato! —soltó Heather, señalando la puerta que daba acceso a la zona de ascensores—. Y si se atreve a acercarse a menos de cien metros de mí, mis guardaespaldas se encargarán de usted.

Brian no pudo evitar reírse mientras repasaba de arriba abajo a los dos supuestos guardaespaldas.

—Espero que sea un deseo y no una advertencia. Pero capto cuándo no soy bien recibido, de modo que haré caso de su invitación y me largaré. Sin embargo, a pesar de sus amenazas, tengo la sensación de que va a volver a oír hablar de mí muy pronto. Usted, su actitud y su empresa me están arruinando la vida. No es justo y pienso hacer algo al respecto.

Sin volver la vista atrás, se dirigió hacia la puerta, sintiendo cierta satisfacción por el sepulcral silencio que había provocado su breve discurso. Por desgracia, al llegar ante la puerta, no

pudo abrirla y tuvo que esperar a que uno de los acompañantes más jóvenes de Heather se acercara y pasara la tarjeta magnética.

—Gracias —dijo Brian con forzada dignidad mientras salía
al vestíbulo.

10

31 de agosto

El lunes por la mañana Brian se despertó mucho antes de lo previsto, pero de inmediato supo que no iba a poder dormirse otra vez. Lo había despertado el característico zumbido de un mosquito. Se sentó en la cama y se puso a escuchar aguzando el oído. Todavía no había salido el sol, pero la primera claridad del alba llenaba la habitación de luz más que suficiente para permitirle ver. Al cabo de un momento, vio cómo el insecto se posaba sobre su brazo izquierdo, justo por encima del codo. Lo observó durante un segundo, mientras el bicho se preparaba para picarle. Se fijó en que era de la misma especie que los de la barbacoa playera, un mosquito tigre asiático, con sus típicas franjas blancas sobre el cuerpo y las patas negras.

Con una rapidez propulsada por el miedo, aplastó al insecto con fuerza suficiente como para hacerse daño en el brazo. El golpe redujo al mosquito a una mancha de sangre, lo cual permitía deducir que ya se había alimentado. Utilizó un pañuelo de papel para limpiarse, se levantó de la cama y comprobó la ventana abierta. La esquina de la mosquitera no estaba bien encajada y dejaba un pequeño hueco abierto al exterior. Brian la ajustó y la colocó bien. Con el corazón acelerado, se volvió a la cama y se tapó con la colcha, sorprendido de que el mosquito tigre pudiera llegar hasta esta zona tan urbanizada.

Se había acostado poco antes de la medianoche, agotado tanto mental como físicamente. Las cinco horas que más o menos había dormido no eran suficientes, pero el enfrentamiento con el mosquito le dio que pensar. Para él era tan obvio como deprimente que no había ninguna garantía de que durante la complicada semana que ahora empezaba las cosas fueran a mejorar. Se echó boca arriba y contempló el techo del dormitorio para asegurarse de que no había ningún otro mosquito merodeando. Pese a que sabía que no iba a volver a conciliar el sueño, no se levantó y se quedó en la cama elucubrando, entre la autocompasión y los lamentos por el curso que había tomado su vida. Todo se desmoronaba a su alrededor. El viernes ya había empezado con mal pie, cuando le llamó la secretaria de Calvin Forbes para informarle de que la boda prevista para octubre se había cancelado hasta nuevo aviso, lo cual significaba que hasta el potencial ingreso con el que contaba se había esfumado.

Después de esa desoladora noticia, Juliette tuvo una fuerte pataleta mientras Camila intentaba obligarla a comerse el desayuno. Y por si eso no fuera suficiente, a continuación Brian empezó a recibir una serie de llamadas tanto en la línea de trabajo como en la suya personal, además de un montón de correos electrónicos de una empresa llamada Cobros Premier, que amenazaba con una demanda por el impago de la factura de 189.375,86 dólares al MMH Inwood y con un fulminante descenso en su calificación para recibir créditos si no presentaba de inmediato un plan con plazos de pago. Le sorprendió que este acoso empezara solo un día después de haber tenido el encuentro cara a cara con Roger Dalton. Cuando intentó contactar telefónicamente con él para pedirle explicaciones de por qué este mecanismo se había puesto en marcha tan rápido, tuvo que contentarse con dejarle un mensaje de voz.

Brian siguió contemplando el techo con la mirada perdida, mientras se preguntaba por qué la factura era tan astronómica, cuando desde su punto de vista el MMH Inwood no había hecho nada aparte de observar cómo la salud de Emma se iba deteriorando. Más allá de controlarle las convulsiones en Urgencias, no la habían sometido a un tratamiento serio y desde luego no la habían curado. En muchos aspectos, estaba peor cuando le dieron el alta que cuando entró en Urgencias. Y para colmo, a Brian le habían llegado tres facturas de servicios externos al hospital más por correo electrónico. La de menor cantidad era de una empresa de ambulancias, Adultcare, que tenía las narices de cargarle novecientos dólares por trasladar a Emma unas veinte manzanas desde el MMH Inwood hasta la clínica de rehabilitación Hudson Valley. De haber sabido el coste de este traslado cuando le dieron el alta a Emma, Brian la hubiera llevado él mismo en coche.

Sin embargo, eran todavía peor las otras dos facturas, mucho más elevadas, de sendos médicos. La más cara era la del neurólogo que no formaba parte del personal del MMH Inwood, pero al que habían llamado para que visitara a Emma. El coste de su evaluación ascendía a 17.197,50 dólares. La otra era de un cardiólogo externo, que reclamaba el pago de 13.975,13 dólares después de que, al parecer, una enfermera detectara cierta aceleración en el corazón de Emma al tomarle el pulso. Al final, se determinó que el corazón de Emma latía con absoluta normalidad, pero el resultado de todo eso era que en estos momentos la deuda de Brian ascendía ya a la abrumadora cantidad de 221.448,49 dólares.

Un bocinazo procedente de la calle 217 Oeste, acompañado de un indignado grito, interrumpió momentáneamente las divagaciones de Brian, pero un instante después volvía a rumiar sobre cómo la industria médica se había convertido en una depredadora financiera con precios astronómicos, sobre todo los hospitales. Acabó dándose cuenta de que la mayoría de las personas con buenos seguros médicos, como Emma y él cuando eran empleados del NYPD, se convertían en cómplices por permitir que se produjera esta situación absurda. Cuando las compañías aseguradoras pagaban las facturas hospitalarias, y los buenos seguros lo hacían, nadie se preocupaba por saber a cuánto ascendían estas ni pedían ninguna aclaración, aunque resultasen ser casi indescifrables. Ahora veía con claridad que esta actitud sostenida a lo largo del tiempo había contribuido a permitir que los precios crecieran de manera exponencial, creando la fórmula perfecta para el desastre cuando alguien perdía la cobertura de su seguro o tenía uno de mala calidad como las pólizas a corto plazo que ofrecía Peerless. En su opinión, eso equivalía a una suerte de fraude tolerado, ya que hospitales como el MMH Inwood podían crear su propia demanda y cargar los costes que les diera la gana. Y encima, empresas de ética más que dudosa como Peerless podían subirse al carro y ganar una fortuna.

Si el viernes fue un mal día, el sábado fue todavía peor. Había empezado de forma prometedora, cuando llamó Aimée y se ofreció a ir a echar una mano con Juliette, cuyo comportamiento no hacía más que empeorar. En muchos aspectos, la niña estaba tan apegada a su abuela paterna como a su madre, y con Aimée presente desayunó bien por primera vez en muchos días y durante un rato volvió a ser la Juliette de antes, feliz con sus dibujos animados. La tregua permitió que Aimée y Brian pudieran hablar tranquilos un rato, que él aprovechó para contarle a su madre todos los detalles de la escandalosa factura de la hospitalización de Emma. Impactada por la elevada cifra, Aimée le sugirió que se pusiera en contacto con un abogado especializado en facturas hospitalarias.

—¿Qué demonios es un abogado especializado en facturas hospitalarias? —preguntó Brian—. Jamás he oído hablar de algo así.

—Por lo visto ayudan a la gente con esto —respondió Aimée—. Yo tampoco había oído hablar de ellos, pero una amiga mía tuvo un problema con el MMH Inwood y me dijo que un abogado especializado en facturas hospitalarias la ayudó. Su abogada se llama Megan Doyle y tiene el despacho aquí cerca. Deberías ir a verla.

Después de esa mañana relativamente plácida y con Aimée a cargo de Juliette y a la espera de que llegara también Hannah para unirse, Brian se fue a la clínica de rehabilitación Hudson Valley, con la intención de pasar el día con Emma. Su plan era hacerse una idea real de cómo era la calidad de la rehabilitación que estaba recibiendo. Pero igual que había sucedido el jueves en el MMH, en cuanto entró en la clínica le dijeron que tenía que ir a ver de inmediato a Antonia García a su despacho en el área de administración.

Con cierta inquietud, Brian obedeció y en cuanto puso un pie en el despacho de esa mujer supo, por su lenguaje corporal, que venían problemas, lo cual ella le confirmó de inmediato.

—Se nos ha informado de que la factura del MMH Inwood es muy elevada y no se ha pactado un plan de pago —dijo Antonia. Le lanzó una mirada expectante con sus penetrantes ojos negros enmarcados en unas gafas de montura también negra.

—Hace solo unos días que le han dado el alta a mi mujer —dijo Brian de modo evasivo.

—Pero también nos ha llegado la información de que su factura se le ha pasado a una empresa de cobro de morosos. Como se puede imaginar, estas noticias no son muy alentadoras para nosotros.

—Tampoco lo son para mí —replicó él.

—Además, no hemos tenido buenas experiencias con su aseguradora, Peerless Health.

—No me sorprende —apostilló Brian.

—Seguro que puede entender nuestro dilema. Con la pandemia, la clínica de rehabilitación Hudson Valley, como la mayoría de los centros médicos, está en la cuerda floja financiera. Le voy a ser franca: vamos a necesitar que nos haga un pago por adelantado para poder continuar el proceso de rehabilitación de su mujer.

—Entiendo —dijo Brian, sintiendo que encajaba un nuevo golpe bajo—. ¿De qué cantidad estaríamos hablando?

—El mínimo serían dos mil dólares por día durante los primeros diez días. A partir de ahí reevaluaríamos la situación y los progresos de la paciente.

—Me temo que no tengo veinte mil dólares guardados debajo del colchón. —Apenas podía contener el sarcasmo en su tono.

—Ya me lo imaginaba, por eso ya he hablado con nuestro director médico, el doctor Harold Spenser —le informó Antonia—. Desde el punto de vista médico, él no ve ningún impedimento para que se le pueda dar el alta a su mujer y que continúe su rehabilitación en casa con un fisioterapeuta que contrate usted.

—¿Qué le parecería un avance más modesto, digamos de unos cinco mil dólares? —preguntó Brian—. Sería un gesto de buena fe para mantener a mi mujer como paciente de la clínica.

—Me temo que no es posible. En estos momentos, la factura de su esposa ya casi asciende a cinco mil dólares.

A partir de aquí la conversación se complicó, porque a Brian le indignó saber que la factura de Emma podía ascender ya a cinco mil dólares, pese a que solo llevaba ahí tres días, las instalaciones de la clínica no parecían precisamente nuevas, disponía de poco personal y apenas había recibido tratamiento alguno. Al final, se decidió que había que dar el alta a Emma y, para evitar otra factura de mil dólares por la ambulancia, Brian decidió llevarla él mismo a casa.

Aunque le costó meterla en el coche, en cuanto arrancaron, ella se espabiló un poco y dijo:

—No me esperaba que me dieran el alta, pero estoy encantada de volver a casa. —Estaba casi sin aliento después del esfuerzo para instalarse en el asiento del copiloto. No había duda de que la espasticidad había ido a peor.

—Me lo imagino. A todos nos va a hacer mucha ilusión tenerte de vuelta, sobre todo a Juliette, que te ha echado mucho de menos.

—Y yo a ella —confesó Emma—. Por cierto, ¿cómo va el negocio? Me daba miedo preguntar.

—No muy bien —dijo Brian con tono pesaroso—. Teníamos en marcha una boda para el próximo mes en los Hamptons, pero el viernes se canceló. Camila se pasa el día intentando conseguir algo a través de las redes sociales.

—¿Cómo andan nuestras finanzas? —preguntó Emma.

—Me temo que tampoco muy bien —respondió Brian con una mueca. Hasta ahora no le había dicho a Emma ni una palabra acerca de los problemas con Peerless ni de la factura hospitalaria, y no pensaba hacerlo hasta que estuviera del todo recuperada, porque no tenía sentido estresarla en su situación.

Al principio, la vuelta a casa de Emma generó entusiasmo, sobre todo porque tanto Aimée como Hannah estaban allí para recibirla con Juliette y Camila. Juliette, como es lógico, estaba eufórica, al menos al principio. Pero el clima de felicidad no duró mucho, ya que las limitaciones de movilidad de Emma y su precario estado emocional hicieron que la celebración se acabara enseguida. Ella se fatigó muy rápido, no tenía fuerzas y paciencia para aguantar el tirón de Juliette, que pedía atención y muestras de cariño constantes, de modo que Emma no tardó en querer acostarse para dormir. Ayudarla a subir hasta el dormitorio del piso de arriba fue un agotador calvario para todos; aunque podía caminar con cierta dificultad sobre una superficie plana, las escaleras le resultaban casi inabordables.

Para Brian lo más difícil fue la noche, cuando se quedó a solas con su mujer. A pesar de que Emma se había pasado la mayor parte de la tarde del sábado durmiendo, estuvo buena parte de la noche despierta, emocionalmente inestable y muy inquieta, lo cual sometió a Brian a un auténtico estrés. Incluso llegó a caerse de la cama hacia las cuatro de la madrugada. Y para colmo, tuvo que levantarla y acompañarla al baño varias veces a lo largo de la noche, algo que no era nada fácil. Él apenas pudo dar alguna cabezada y le quedó claro por qué había sido mejor acabar siendo policía que médico, una idea que le rondó durante algún tiempo en su adolescencia.

El domingo se dedicó a conseguir que la nueva situación en casa fuera más soportable para todos. Por suerte, Hannah tenía una conocida cuyo difunto marido había sido un enfermo crónico que durante los últimos años de su vida necesitó una cama de hospital con barandillas en los laterales. Como la viuda ya no necesitaba la cama para nada, la ofreció generosamente para que Brian la instalara en el cuarto de invitados de la segunda planta, junto a la habitación de Camila. Para gran alivio de Brian, Hannah insistió en pasar esa noche con su hija para permitirle a él disfrutar de unas horas seguidas de sueño.

El sonido del timbre inquietó a Brian por todo lo sucedido en estos complicados últimos días, de modo que saltó de la cama y se puso la bata a toda prisa. Mientras se dirigía hacia la escalera, se preguntó quién demonios podía llamar a la puerta un lunes por la mañana cuando todavía no eran ni las ocho.

Cogió la mascarilla de la mesita del vestíbulo, se colocó las gomas por detrás de las orejas y abrió la puerta. Había bajado a toda prisa para evitar que quienquiera que fuese volviera a pulsar el timbre por la impaciencia. Al abrir, se topó con un hombre de cabello cano, vestido con corrección, con camisa blanca, corbata mal anudada y americana. Estaba alejado unos dos metros y medio de la puerta, plantado en el último escalón de la corta escalera que daba acceso a la entrada, en medio del pequeño jardín delantero. Pese a que, debido a la mascarilla, solo le veía la frente y los ojos azules tras las gafas de montura al aire, Brian tuvo la sensación de que le sonaba de algo. El tipo sostenía un sobre en la mano derecha y tenía los brazos pegados a los costados.

—¿En qué puedo ayudarlo? —preguntó Brian, intentando no mostrarse irritado. No eran horas de llamar al timbre, y menos ante la posibilidad de despertar a Emma y Juliette. Gracias a los teléfonos y los correo electrónicos, las visitas a domicilio no eran muy habituales en estos tiempos, sobre todo desde la pandemia.

—Mis disculpas —dijo el tipo con un ligero acento irlandés—. De verdad.

Al oír el acento de su interlocutor se activaron los recuerdos de Brian.

—¿Grady? —preguntó, ladeando un poco la cabeza para tener otra perspectiva—. ¿Grady Quillen?

—Sí, soy yo. Perdona que te moleste tan temprano.

—No pasa nada, Grady. Tampoco es tan pronto. Ya estaba despierto, aunque el resto de la familia sigue durmiendo. ¿Qué pasa? —Ese hombre era uno de los patrulleros de la comisaría del distrito 34 cuando el padre de Brian estaba al mando. Sabía que Grady no vivía muy lejos, en la avenida Payson, en un apartamento que daba al parque de Inwood Hill.

—Lo creas o no, tengo que preguntarte si eres Brian Yves Murphy.

—¿Es una broma?

—Ojalá lo fuera —dijo Grady avergonzado.

—¿Qué tal la familia? —preguntó Brian—. ¿Todos están bien en estos tiempos locos?

—Sí, estamos bien y con buena salud. Gracias por preguntar, pero me lo estás poniendo más difícil de lo que ya es. ¿Es usted Brian Yves Murphy?

—De acuerdo. Sí, soy Brian Yves Murphy. ¿Satisfecho?

—No mucho —dijo Grady antes de hacerle entrega del sobre—. Después de jubilarme del NYPD hace cinco años, me pasé unos meses mano sobre mano, volviendo loca a mi mujer. Ya conoces la expresión: «En la prosperidad y en la adversidad..., pero dame un poco de espacio». Así que me busqué un trabajo como notificador para Cobros Premier. Mantiene a flote mi matrimonio y me permite pagarme el whisky. Lo siento, Brian.

—Entonces ¿supongo que me puedo dar por notificado? —Miró su nombre impreso en el sobre y debido a su pasado como agente de policía supo de inmediato lo que significaba. El hecho de que Grady se hubiera convertido en notificador no le sorprendió lo más mínimo. El de notificador, junto con el guardia de seguridad en un edificio comercial, era uno de los típicos empleos para los policías retirados.

—Me temo que sí —dijo Grady—. Es una reclamación y una citación. Siento ser el portador de malas noticias, pero no podía negarme a hacer esta entrega por el simple hecho de conocerte.

—Si tienes unos minutos, sentémonos para charlar un rato —sugirió Brian señalando el suelo—. Disculpa que no pueda invitarte a entrar, pero aquí estaremos bien. —Salió y se sentó en el escalón superior. Cumpliendo de sobra con la distancia de dos metros por la pandemia, Grady se sentó en otro escalón y se giró. No se estaba mal con el primer sol de la mañana y la suave temperatura, rodeados por los arbustos y las azucenas que llenaban el pequeño jardín delantero de Brian.

Después de hojear un momento el documento que le había entregado Grady para confirmar de qué se trataba, Brian volvió a meter los papeles en el sobre y alzó la vista.

—Por favor, no te sientas en absoluto responsable por esto. No me sorprende, solo me deja atónito la rapidez del proceso. Pensaba que como mínimo dispondría de los habituales treinta días para resolverlo antes de que llegaran estos papeles.

—Sé por mi trabajo que en los últimos años el MMH Inwood ha sido cada vez más agresivo con la reclamación de pagos —comentó Grady—, pero con la pandemia estrangulando las finanzas de los hospitales, han acortado al mínimo los plazos.

—Eso he oído.

—Para que te hagas una idea, desde marzo casi no doy abasto, me encargan entre diez y quince servicios a la semana de media. Y no soy el único notificador de Premier. Somos tres.

—¿Los tres cubrís solo la zona de Inwood? —preguntó Brian, alarmado por la cifra si se trataba solo del vecindario.

—Mayormente sí —dijo Grady—. También entregamos algunas notificaciones en Hudson Heights.

—¿Cómo sabes que es el hospital el que ha acelerado los requerimientos y no la empresa de cobros?

—Muy fácil. El hospital es el propietario de Cobros Premier. Forman parte de la misma organización empresarial.

—¿Me estás tomando el pelo? —preguntó Brian, todavía más sorprendido que por las cifras. Descubrir que el MMH Inwood estaba metido en el negocio del cobro de morosos significaba que el hospital era más implacable incluso de lo que ya pensaba.

—En absoluto —dijo Grady—. Fue idea del CEO del hospital, Charles Kelley.

—¿Cómo lo sabes?

Grady soltó una breve y sardónica carcajada.

—Lo sé porque todos en Cobros Premier lo idolatran y también los que trabajan en el área de administración del hospital. Todos lo consideran un genio de las finanzas. Es muy generoso repartiendo acciones entre los empleados mejor pagados del MMH, lo cual quiere decir que a mí no me ha llegado ni una. Pero te digo una cosa: si tuviera algún dinero ahorrado, compraría acciones del MMH, porque son caballo ganador, no paran de subir.

Para desagrado de Brian, Charles Kelley y sus tácticas se parecían mucho a Heather Williams y su modelo de negocio.

—Me gustaría poder conocer en persona a Charles Kelley —dijo Grady—. He oído que gana más de cinco millones anuales. ¿Te lo puedes creer? Creo que el único CEO que gana más es el que dirige el Centro Médico de la Universidad de Pittsburgh. Ese gana más de seis millones. ¡Qué locura!

Con la disparatada cantidad de dinero que debía por los siete días de hospitalización de Emma en mente, ahora Brian sí se lo podía creer. Jamás hasta ese momento se le había pasado por la cabeza que el sector de los cuidados médicos pudiera ser una mina de oro tan portentosa.

—Entonces ¿qué vas a hacer con respecto a este asunto? —preguntó Grady—. Como amigo, quiero asegurarme de que te queda claro que tienes treinta días para responder a la citación o se celebrará un juicio sumario contra ti.

—Sí, ya lo sé —dijo Brian.

—Como es obvio, no he podido evitar ver que el MMH Inwood te ha puesto un pleito por casi ciento noventa mil dólares. ¿A quién de tu familia han hospitalizado?

—A mi mujer, Emma —le explicó—. Ha pillado un virus grave por culpa de la picadura de un mosquito en Cape Cod. Pero no es una enfermedad contagiosa, no tienes que preocuparte.

—No me preocupa —dijo Grady—. Qué mala suerte. ¿Cómo está ahora?

—Regular —admitió Brian, que no quiso entrar en detalles—. Al menos ya está en casa.

—Me alegra oírlo. ¿Qué es lo que ha pasado con tu seguro médico? Pensaba que tu mujer y tú teníais la cobertura de la ESU.

—La tuvimos hasta diciembre, cuando decidimos dejar la policía para poner en marcha nuestra propia empresa de seguridad —le explicó Brian. Empezaba a cansarse de tener que dar tantas explicaciones—. Al dejar el cuerpo, perdimos el seguro municipal y nos vimos obligados a contratar una póliza a corto plazo, que resulta que no vale ni el papel en el que está impresa. No nos pagan ni un céntimo.

—Vaya —dijo Grady—. ¿Has consultado con un abogado?

—Todavía no. Eso significaría más desembolso de dinero.

—Pero en este caso dinero bien gastado —dijo Grady—. Hazme caso.

—Creo que voy a volver a pasarme por la administración del MMH Inwood para intentar razonar con ellos y llegar a un acuerdo.

—Si quieres mi opinión, y algo sé del tema, las posibilidades de que eso prospere son prácticamente nulas. Necesitas un abogado, porque en Premier son muy tenaces. Fíate de lo que te digo: no van a dejarte en paz, van a ir a por todo, incluida tu casa. Por cierto, es una de las casas más bonitas de Inwood.

—Tuvimos suerte de poder comprarla.

—Te lo digo muy en serio; en Premier no sueltan la presa una vez que le han hincado el diente. Quizá conozcas a un vecino mío, Nolan O'Reilly.

—Conozco a la familia —dijo Brian—. ¿Qué pasa con él?

—Tuve que entregarle una notificación. Lo acabó perdiendo todo, y tanto él como su mujer tienen los salarios embargados de aquí a la eternidad.

—¿También fue por una factura hospitalaria? —preguntó Brian.

—Sí, en su caso ascendía al doble que la tuya. Le exigían el pago de la operación de su hijo, y para empeorarlo todo, encima el chico falleció.

—Qué horror.

—Conozco a un abogado —continuó Grady—. Tiene la oficina en Broadway, un poco más abajo. Es un chico del barrio y es muy bueno. Le pasé el contacto a mi vecino y se dejó la piel para ayudarlo.

—¿Me estás hablando del vecino que lo perdió todo? —preguntó Brian.

—Por desgracia sí.

—Pues no es la mejor publicidad para ese abogado que conoces —soltó Brian.

—Ya sé que suena fatal, pero en el caso de mi vecino, él no respondió a la citación original y se produjo el juicio sumario. Cuando sucede eso, es casi imposible arreglar el desaguisado, así que ¡por favor, responde!

—No te quepa duda de que me voy a hacer cargo de la situación. ¿Cómo se llama ese abogado?

—Patrick McCarthy.

En ese momento vio a Aimée que giraba por la esquina con una bolsa de CHOCnyc, una panadería francesa de Inwood. Tanto él como Grady se pusieron en pie. Ella se detuvo al ver a Grady, y como había hecho Brian, ladeó la cabeza y arrugó la frente, porque ese hombre sin duda le sonaba de algo, pero no acababa de ubicarlo.

—Hola, señora Murphy —saludó Grady para echarle un cable—. Soy Grady Quillen.

—*Oui*, Grady Quillen —repitió Aimée—. Encantada de volver a verte.

—Siento el fallecimiento del subinspector Murphy —dijo Grady, inclinando la cabeza.

—Gracias —respondió Aimée con tono afable—. Nos pilló a todos desprevenidos. —El padre de Brian había muerto de un ataque al corazón hacía medio año, cuando era jefe de la comisaría del distrito.

Tras unos minutos de charla, Grady se marchó, diciendo que todavía le quedaba trabajo por hacer. Cuando desapareció de su vista, Aimée se giró hacia Brian y le preguntó:

—¿Por qué ha venido tan temprano?

Él alzó el sobre.

—Es notificador y me acaba de entregar esto. Me temo que el MMH Inwood ya ha puesto en marcha la demanda contra mí por la factura de Emma.

—*C'est terrible* —dijo Aimée, con una mueca de preocupación en la cara—. ¿Por qué tan rápido?

—Es terrible —repitió Brian, imitando el acento francés de su madre—. Tengo la sensación de que mi vida se está desmoronando y ni siquiera sé por dónde empezar para tratar de encauzar la situación.

11

31 de agosto

Pasaban unos minutos de las once de la mañana cuando Brian aminoró el paso de su carrera al acercarse al MMH Inwood y siguió trotando por la acera. Desde que iba al instituto, siempre se había mantenido en buena forma física. Era muy disciplinado con la práctica del deporte y echaba mucho de menos sus entrenamientos diarios con pesas y sus ejercicios cardiovasculares. Tal vez ahora, que Emma ya estaba en casa y Aimée y Hannah se habían ofrecido a echar una mano, podría recuperar algo parecido a su rutina de antaño. Gracias a la ayuda de su madre y de la madre de Emma esa mañana él y Camila habían podido trabajar unas horas en la oficina de casa, buscando modos de reactivar el negocio de Protección Personal SL. Mientras planeaban estrategias, entraron varias llamadas amenazantes de Cobros Premier, que confirmaron la tenacidad de la que le había hablado Grady.

Después de recibir la denuncia y la citación, Brian tenía mucho interés en ver a Roger Dalton con la esperanza de detener lo antes posible el proceso de cobro puesto en marcha, y tras asegurarse de que contaba con la ayuda de Aimée y Hannah, se dirigió al hospital. Ahora, mientras entraba, se preguntó si la visita merecería la pena. Después del comentario de Grady sobre las «prácticamente nulas» opciones, no era muy optimista, pero no perdía nada por intentarlo.

Al entrar en la ostentosa zona administrativa del hospital recordó que siempre había creído que el MMH Inwood era un activo del barrio. Ahora pensaba todo lo contrario, especialmente después de enterarse de que muchos residentes de Inwood eran sometidos a acoso para que pagaran lo que, a todas luces, parecían ser facturas hospitalarias muy infladas.

Brian no había pedido cita, prefirió aparecer de improviso y defender su caso. Pero no tardó en darse cuenta de que había sido un error, porque tuvo que esperar mucho rato. Cuando pasó al despacho, Roger aumentó su pesimismo al anunciarle que la reunión sería breve porque no disponía de mucho tiempo.

—Intentaré ir rápido —dijo Brian, luchando por controlar las emociones. Empezaba a detestar a este tipo delgaducho—. Me ha sorprendido y decepcionado que mi caso se haya pasado tan rápido a Cobros Premier, que ya me están presionando. Si no me equivoco, esto es legalmente cuestionable. Además, usted y yo hemos estado en contacto permanente y sabe que me estoy tomando la situación lo bastante en serio como para hacer una visita en persona a la sede de la aseguradora Peerless Health la semana pasada.

Roger resopló aburrido e irritado, y jugueteó con sus huesudos y retorcidos dedos.

—Si le soy sincero, no me quedaba otra opción; vivimos tiempos difíciles. Pasar los casos a la empresa de cobros de forma inmediata se ha convertido en la política estándar, dictada desde arriba, cuando resulta obvio que alargar los plazos no va a solucionar nada, que es lo que su actitud me ha llevado a pensar. Usted rehusó establecer un plan de pagos. Caso cerrado.

—No puedo organizar un plan de pagos en mi situación económica, con la pandemia sin dar tregua —dijo Brian indignado—. Los ingresos de mi empresa estos días son igual a cero.

—Justamente ese es el problema —dijo Roger—. No vamos a poder establecer un plan de pagos razonable. En eso estamos de acuerdo.

—¿Qué quiere usted decir exactamente con «dictada desde arriba»?

—Exactamente eso —respondió Roger.

—¿De qué alturas hablamos?

—De la cima.

—Permítame hacerle una pregunta —dijo Brian—. ¿MMH Inwood es la propietaria de Cobros Premier?

—¿Por qué lo pregunta? ¿Qué relevancia tiene eso? Usted debe lo que debe.

—Creo que tiene muchísima relevancia —argumentó Brian—. Y su respuesta desde luego confirma mis sospechas. Cuando dice que la política se dicta desde la cima, ¿puedo dar por hecho que se está refiriendo al CEO, el señor Charles Kelley?

—Obvio que sí —dijo Roger, cada vez más harto de la conversación—. Después de todo, él es el director ejecutivo.

—De modo que su intervención debe ser muy directa en lo que se refiere al funcionamiento esencial del hospital, como el cobro de facturas y la agilización de este proceso.

—Oh, sí —dijo Roger con tono enfático—. El señor Kelley es el responsable directo del éxito económico del MMH y del impulso constructivo que se ha llevado a cabo. Tanto el campus como el MMH Midtown se han renovado por completo, hasta convertirlos en instalaciones del siglo XXI. Todo esto requiere inversión, de manera que el señor Kelly ha conseguido que los trabajadores del área de negocios nos sintamos tan esenciales como cualquier otro departamento. Charles Kelley es un hombre de negocios superdotado. ¡Recuerde lo que le digo!

—Empiezo a pensar que «despiadado» tal vez se acerque más a la verdad que «superdotado» —dijo Brian—. ¿Sabe que ya me han entregado la notificación?

—No lo sabía —dijo Roger—, pero no me sorprende. En cuanto una factura impagada se pasa a cobros, yo ya no estoy involucrado en el procedimiento.

—Me gustaría que volviera a involucrarse y detuviera la maniobra legal. ¿Por qué no podemos volver a hablar usted y yo sobre algún modo benevolente de organizar los pagos durante la pandemia?

—Esto no es posible —dijo Roger negando con la cabeza de forma ostensible.

—¿Por qué no?

—El señor Kelley, con su extraordinaria visión del negocio, ha insistido en que Cobros Premium opere como una entidad independiente a pesar de ser propiedad del MMH Inwood. A efectos de contabilidad e impuestos, Premier ha comprado su deuda. Yo ya estoy desvinculado por completo, de manera que a partir de ahora, tiene que entenderse con ellos.

—Pero ¿si el señor Kelley le diera a usted permiso para volver a involucrarse, entonces usted podría hacerlo?

—Obviamente —dijo Roger con una sonrisa desdeñosa, como si fuera la idea más disparatada que hubiera oído en todo el día—. Pero eso no va a ocurrir.

—¿Con qué frecuencia viene por aquí? —preguntó Brian. Se había percatado de que en todas sus visitas recientes al área administrativa del MMH Inwood, el despacho de Charles Kelley y la elegante sala de reuniones adyacente estaban siempre vacías.

—No muy a menudo. Quizá un par de veces a la semana. Pasa la mayor parte del tiempo en su despacho del MMH Midtown, que es un hospital cuatro veces más grande que este.

—¿Se puede hablar con él? —preguntó Brian—. Quiero decir, ¿puedo pedir cita con él? Si es un hombre de negocios tan brillante como dice usted, tal vez debería escuchar la voz de un ciudadano al que sus políticas han afectado negativamente. En última instancia, debería preocuparle la imagen que tiene el hospital en el vecindario, que me parece que está deteriorada, porque me he enterado de que no soy la única persona a la que se le ha puesto una demanda.

Roger se rio de forma todavía más ostentosa que antes.

—No va a poder concertar una cita con Charles Kelley —se mofó—. Imposible. Está muy ocupado. Además, no dispone de tiempo para discutir casos individuales de facturas de pacientes.

—Pues tal vez debería buscarlo —insistió Brian—. Como hombre de negocios que trabaja en la industria de los servicios, creo que debería preocuparle la imagen que proyecta el hospital. ¿Qué le parece si intento acercarme a él sin cita previa?

—No va a gastar ni un minuto hablando con usted —le advirtió Roger—. Escuche lo que le digo: es un hombre muy muy ocupado. Además, va a ponerse en riesgo si intenta abordarlo sin haber concertado una cita.

—¿Por qué? —preguntó Brian.

—Su chófer va armado.

—¿Por qué tiene un chófer armado el CEO de un hospital? —preguntó Brian. Como experto en seguridad, el asunto despertaba su interés profesional.

—Porque es un hombre tremendamente importante, que dirige varias prestigiosas instituciones —le explicó Roger con impaciencia—. Lo tiene para protegerle de gente como usted, si me permite serle sincero. Qué pregunta más absurda.

—De acuerdo —dijo Brian, intentando mantener la compostura—. Pasemos a otro tema. ¿Usted o alguien de este departamento han contactado con la clínica de rehabilitación Hudson Valley para informarles de que no habíamos pagado la factura de la hospitalización de mi mujer?

—No lo creo. Yo desde luego no lo he hecho, si es lo que me está preguntando.

—Alguien lo ha hecho —dijo Brian—. El pasado jueves su departamento financiero me planteó un ultimátum: o bien pagaba por adelantado veinte mil dólares por la estancia de mi mujer en la clínica o la ponían de patitas en la calle por segunda vez por la desorbitada factura que yo todavía no había abonado aquí.

—Este comentario me ofende —dijo Roger irritado—. Parece que esté dando por hecho que a su esposa se le dio el alta porque no pagó la factura y que, además, los costes que se le cargaron son injustos. Ambas afirmaciones son del todo falsas, como ya le he dicho antes. —Se puso en pie—. La reunión ha terminado. Quiero que salga del despacho ahora mismo o me veré obligado a llamar a seguridad para que lo desalojen.

Durante un fugaz momento de irracionalidad, Brian fantaseó con negarse a abandonar el despacho para provocar que una o dos personas de seguridad del hospital con escasa formación intentaran sacarlo de allí. Sin embargo, sintiéndose humillado por esta expulsión sumaria después de haber hecho un sincero esfuerzo acercándose al hospital e intentando resolver el problema de la factura, salió del despacho de Dalton sin perder ni un segundo. Maldiciendo en voz baja y furioso contra un sistema concebido para ganar dinero por encima de cualquier otra consideración, se dirigió con paso firme hacia la puerta que llevaba al vestíbulo del hospital. Pero durante su recorrido no pudo evitar detenerse y echar un vistazo al despacho vacío de Charles Kelley y a la elegante sala de reuniones acristalada.

Movido por una morbosa curiosidad, y aprovechando que la puerta estaba abierta, entró en el despacho. Quería comprobar si de sus paredes colgaba un retrato equivalente al ostentoso cuadro de la caza del zorro de Heather Williams, y no quedó decepcionado. Encima de una falsa chimenea había un cuadro casi de tamaño real en el que aparecía un hombre rubio de mediana edad, ataviado con un traje de tres piezas y con los brazos apoyados sobre un impresionante escritorio muy parecido al que había en el despacho. Brian se acercó para leer lo que ponía en la placa grabada que había debajo del lienzo. En efecto, era Charles Kelley. Aunque la pintura era de calidad muy inferior al fastuoso retrato de Heather, el de Charles proyectaba la misma sensación de privilegio y ostentación, y ambos compartían la misma sonrisa de superioridad.

—Como dos gotas de agua —dijo Brian en voz alta, negando con la cabeza en un gesto de repugnancia.

—¡Disculpe! —gritó una voz—. ¿Qué hace aquí? ¡No puede entrar en este despacho!

Brian se volvió y se topó con una secretaria que echaba humo por la violación del sanctasanctórum de Charles Kelley.

—Estaba admirando la pintura —se excusó Brian con una impostada sonrisa ingenua.

Unos minutos después, cruzaba la puerta giratoria que llevaba a la calle, todavía indignado y rabioso, sin poderse quitar de la cabeza a los dos CEO que eran la quintaesencia de todos los males de la medicina americana y del capitalismo desenfrenado. Y como persona emprendedora que era, sabía que no podía quedarse cruzado de brazos permitiendo que la codicia de esos dos personajes dictara sin oposición alguna el desmoronamiento de su vida. Tenía que hacer algo. Pero no sabía qué.

12

Mientras Brian giraba desde Park Terrace Este hacia la calle 217 Oeste y aminoraba el paso al avanzar por la calle en obras, cada vez tenía más claro la necesidad de contratar a un abogado pese al gasto añadido que eso suponía. Tenía dos opciones: llamar al que le había sugerido Grady, que tenía experiencia enfrentándose al MMH Inwood, o contactar con el abogado del bufete de alto nivel al que habían acudido él y Emma para el papeleo legal de la fundación de Protección Personal SL. Cuando subía las escaleras del jardín delantero en las que Grady había estado sentado esa mañana, decidió darle una oportunidad a Patrick McCarthy. Sin duda, su minuta sería mucho más económica. Sin embargo, no era ese el único motivo. Brian también consideró que la experiencia previa de Patrick con el MMH era un activo, como también lo era que fuese de la zona. En barrios como Inwood, formar parte de la comunidad local marcaba la diferencia.

Al llegar a lo alto de la escalera y pese a sus preocupaciones, se detuvo. Se sentía impelido a echar un vistazo a su alrededor. Estaba rodeado de la desordenada profusión de azucenas anaranjadas que flanqueaban ambos lados del camino de acceso a la casa y que habían sido plantadas por los anteriores propietarios en lugar de optar por un minúsculo césped. Después de admirar las flores, alzó la vista para contemplar la casa, con su llamativa combinación de ladrillo y piedra, propia del estilo neotudor. A Emma y a él les encantaba la casa desde que eran niños y ambos se sentían muy orgullosos de ser ahora los propietarios. Sin embargo, la presión ejercida por Cobros Premier del MMH Inwood podía poner en riesgo su propiedad. La idea le devolvió de golpe a la realidad y reavivó de nuevo la indignación que había sentido en el despacho de Roger Dalton, por lo que se obligó a pensar en otra cosa.

La otra cosa a la que le daba vueltas su mente era con qué se encontraría al cruzar la puerta. Lo único positivo que esperaba del precipitado regreso de Emma a casa era que su presencia mejoraría de manera drástica el ánimo y el comportamiento de Juliette. Sin embargo, eso no había sucedido. La evidente ansiedad de la niña había aumentado porque a Emma, en su estado, le resultaba imposible atender las necesidades de su hija. Como consecuencia de ello, Juliette volvía a negarse a comer, otra vez se quejaba de difusos dolores y tenía frecuentes pataletas.

Los peores temores de Brian se materializaron en cuanto entró en casa. Mientras se sacaba los zapatos en el recibidor, oyó los lloros y lamentos de su mujer y su hija, desde dos puntos diferentes, una desde la cocina y la otra desde la habitación de invitados del piso superior. Se jugó mentalmente a cara o cruz qué situación era más urgente atender y decidió acudir primero a la cocina, donde Juliette estaba sentada en la barra del desayuno y Camila ante el fregadero lavando una sartén. Brian y Camila cruzaron una rápida mirada y ella puso los ojos en blanco.

Brian se sentó en el banco junto a Juliette. La niña tenía delante un plato con un sándwich caliente de queso recién hecho.

—¿Qué pasa, cariño? —preguntó él.

Juliette incrementó el llanto.

—Me ha dicho que le apetecía mucho un sándwich caliente de queso —dijo Camila. Era obvio que su paciencia estaba al límite—. Pero ahora no se lo quiere comer. —Camila terminó de fregar la sartén y se volvió hacia ellos, apoyándose en el fregadero, con los brazos en jarra.

—¿Por qué no te lo comes? —preguntó Brian a su hija.

Casi ahogada por las lágrimas, Juliette se las apañó para decir:

—No me encuentro bien.

—Cuánto lo siento, cariño —dijo Brian. Miró a Camila, que empezaba a estar desquiciada—. Voy a quedarme un rato con ella.

—Te lo agradezco en el alma —dijo Camila, y de inmediato salió de la cocina.

—Si no quieres comer, ¿qué quieres hacer?

—Quiero ver dibujos animados con Bunny. —Como de costumbre, Bunny estaba pegado a ella.

—¿Y por qué no los ves? —Brian deslizó el mando a distancia hacia Juliette.

—Camila me ha dicho que no podía poner la tele hasta que no me acabara el sándwich.

Brian sospechó que había sido un tira y afloja para ver cuál de las dos se salía con la suya, nada sorprendente ni inusual teniendo en cuenta la personalidad de ambas. Cogió el mando y encendió el televisor.

—¿A qué te refieres cuando dices que no te encuentras bien?

A Brian le interesaba saber más sobre las continuas muestras de malestar físico de Juliette, que habían empezado con las convulsiones y la hospitalización de Emma, y no habían hecho más que empeorar desde que su madre había vuelto a casa.

Juliette se pasó la mano por el estómago, que es lo que hacía otras veces cuando él le pedía que le especificara dónde le dolía.

—Y además me duele la cabeza.

—Vaya, siento que no te encuentres bien. ¿Bunny tiene los mismos síntomas?

Juliette asintió.

—Cuanto más miro este sándwich de queso, mejor pinta tiene —aseguró Brian—. ¿Te importa si le pego un bocado?

Juliette empujó el plato hacia su padre. Brian dio un mordisco y masticó con aire pensativo.

—¡No está nada mal! ¡De hecho, está buenísimo! Quizá deberías dejar que Bunny lo probara.

Después de ofrecerle el sándwich a Bunny para que lo probara, Juliette por fin le hincó el diente. Brian decidió no hacer ningún comentario. En lugar de eso, se limitó a quedarse sentado con ella y disfrutar durante unos minutos de un episodio de *George el Curioso*. Mientras lo miraban, Juliette jugueteó con el sándwich, pero no volvió a probar bocado, hasta que reapareció Camila.

—Lo siento —se disculpó—. No sé lo que me ha pasado.

—No seas boba —dijo Brian, desestimando las disculpas con un gesto de la mano—. Lo entiendo perfectamente. Estamos todos muy estresados.

—Creo que será mejor que vayas a ver si puedes ayudar a Aimée y Hannah. Están teniendo problemas con Emma.

—¡De acuerdo! —Brian se levantó de la barra de desayuno. Durante todo el rato que había estado en la cocina, oía de tanto en tanto unos gemidos lejanos y a alguien alzando la voz. Con cierto temor ante lo que pudiera encontrarse, subió por la escalera. Pensó que si Aimée y Hannah juntas no podían dominar la situación, poco más podría hacer él.

La cama de hospital ocupaba el centro de la habitación, con el cabecero apoyado contra la pared, entre las dos ventanas que daban a la entrada del garaje y a la casa de al lado. La cama del cuarto de invitados en la que Hannah había pasado la noche estaba desplazada contra la pared que daba al pasillo. Aimée y Hannah estaban una a cada lado de la cama de hospital, en la que Emma estaba echada, con el torso envuelto en una toalla. Le corrían lágrimas por la cara y sobre un taburete al lado de Hannah había una palangana con agua y jabón. Cuando Brian entró y se acercó a los pies de la cama, Hannah cubrió con una toalla la barriga de Emma.

—No deja que la aseemos —explicó Hannah irritada.

A Brian le quedó muy claro que las tres estaban emocionalmente sobrepasadas. La gran pregunta era: ¿qué hacer?

—Quiero darme una ducha —se quejó Emma, con tono desesperado—. ¡No me dejan!

—Es demasiado peligroso —la sermoneó Hannah—. No caminas bien, te puedes caer. Y entonces estarás peor de lo que estás.

—Es cierto —corroboró Aimée.

—¿Qué tal un baño en el lavabo grande? —propuso Brian. Estaba claro que Emma se sentía prisionera y en el lavabo de la habitación de invitados solo había un plato de ducha.

—Eso sería una opción, pero tiene que dejar que la acompañemos hasta allí y después de vuelta a la cama —dejó claro Hannah, con ese tono de madre dominante que siempre había sido.

—¿Qué os parece si las dos os tomáis un descanso y os preparáis un café? —les sugirió Brian. Dado que necesitaba la ayuda de ambas, lo último que deseaba era ofenderlas—. Me gustaría estar un momento a solas con mi mujer.

Aimée y Hannah cruzaron miradas interrogativas y aceptaron a regañadientes. Se marcharon sin decir palabra. Hannah, que fue la última en salir, cerró la puerta tras ella.

—No quiero estar aquí —dijo Emma para sorpresa de Brian. Durante los últimos días, había mostrado diversos grados de confusión. Pero ahora no solo parecía orientada, sino lúcida y casi como era antes—. Noto que voy a peor, no mejoro. Necesito volver al hospital para que me curen.

Brian asintió, sin saber muy bien qué decirle. Como había leído que la mayoría de las personas que se recuperaban de una encefalitis acababan padeciendo serios déficits neurológicos, no le parecía el momento de sacar a colación el tema de qué iba a significar curarse. Tampoco estaba preparado para explicarle que no era posible reingresarla en el MMH Inwood, aunque ella lo prefiriera e incluso pareciera lo más sensato desde el punto de vista médico. La situación era mucho más compleja y desgarradora.

—Además, en casa soy una carga —continuó Emma, y de nuevo los ojos se le llenaron de lágrimas.

—No eres ninguna carga —dijo Brian, tratando de quitarle hierro al asunto, aunque en muchos aspectos la vuelta a casa de Emma había resultado mucho más difícil de lo que esperaba. Le dio un abrazo y le agarró la mano—. Y tu madre y mi madre están encantadas de que hayas vuelto. Para ellas es una oportunidad de ayudar. Están contentas de poder echar una mano.

Aprovechando la lucidez que ahora mostraba Emma, Brian sacó el tema de Juliette. Brian vio que ella se horrorizaba al saber que su actitud desde que volvió a casa el sábado había agudizado los problemas de comportamiento de Juliette.

—No tenía ni idea —dijo Emma apesadumbrada—. Apenas recuerdo nada de lo que ha pasado desde que he vuelto, lo cual es aterrador.

—Te ha echado mucho de menos. Me parece que lo que más impacto le causó fue ver tus convulsiones en el coche. Eso asusta a cualquiera, con más razón a una niña de cuatro años tan apegada a su madre como Juliette lo está contigo.

—¡Oh, Dios! Voy a tener que compensarla. Me hace sentir fatal, pobre criatura. Lo ha tenido que pasar muy mal.

—No es culpa tuya —dijo Brian—. Pero cualquier cosa que hagas o digas sin duda ayudará.

Sin previo aviso, Emma retiró la mano y aplastó la palma contra la frente, apretando con tal fuerza que frunció el ceño y los nudillos se le quedaron blancos. Al mismo tiempo, con la otra mano agarró ruidosamente una de las barandillas de la cama. Asustado por el repentino movimiento y el ruido, Brian parpadeó y dio un paso atrás.

—¿Qué pasa? ¿Qué ha sucedido? ¿Estás bien?

Emma apartó la mano de la frente, parpadeó y lo miró.

—¡Vaya! Qué raro ha sido. Creo que ya estoy bien. He sentido una sacudida y ahora me duele la cabeza.

—¿Quieres que te traiga algo? ¿Un ibuprofeno?

—No, estoy bien. Me siento un poco rara, pero el dolor de cabeza ya se me ha pasado.

Brian volvió a acercarse a la cama y agarró el brazo de Emma.

—¿Estás segura?

—Creo que sí. —Parpadeó varias veces—. Lo que quiero es darme ese baño de una vez. Aunque odie admitirlo, mi madre tiene razón en lo de que en mi estado es peligroso darme una ducha. No quiero caerme, pero tampoco quiero obligarlas a lavarme en la cama como si fuera un bebé.

—Vale, voy a abrir el grifo de la bañera —dijo Brian—. Y después, ¿me dejas que llame a mi madre y a la tuya para que vuelvan? Están deseando ayudar.

—Supongo que sí. ¡Llámalas! Entretanto, baja una de las barandillas, para que pueda sentarme unos minutos en la cama, para acostumbrarme a estar erguida. ¿Tú qué vas a hacer mientras me doy el baño?

—Si no te importa, voy a pasar más rato con Juliette.

—Buena idea —dijo Emma, que parecía de nuevo la de siempre—. Dile que iré a verla después de darme el baño. Que tengo muchas ganas de estar con ella.

—Seguro que le va a hacer mucha ilusión oírlo —dijo Brian y le dio un cariñoso apretón en el brazo a su mujer.

13

Después de pasar casi media hora con Juliette viendo *Pregunta a los StoryBots* y conseguir que se comiera el resto del sándwich caliente de queso, Brian se alegró de comprobar que su hija parecía volver a la normalidad. Cuando ella y Camila se pusieron a colorear juntas, Brian echó un vistazo a Emma antes de encerrarse en la oficina de casa. El plan era hacerse una idea de qué ahorros disponían si se veían obligados a afrontar todo el otoño sin encargos de seguridad, que era lo que empezaba a intuirse que sucedería. La cruda realidad era que a partir de Año Nuevo las arcas estarían vacías, incluso contando con el ofrecimiento de Camila de diferir el cobro de su salario. La idea de perderla justo ahora, con todo lo que estaba pasando con Emma y Juliette, era aterradora.

Mientras estaba sumido en estos negros pensamientos, un repentino grito agudo y angustioso reverberó por la habitación y provocó en el cuerpo de Brian un aumento súbito de adrenalina que lo propulsó desde la silla hasta el pasillo. Enseguida dedujo que los gritos incesantes provenían del piso de arriba, aunque también se empezó a escuchar un gimoteo procedente de la cocina. Brian subió por la escalera como un cohete y en un parpadeo llegó a la habitación de invitados. Allí se topó con Aimée y Hannah petrificadas como estatuas, tapándose la boca con la mano y con los ojos como platos.

En la cama de hospital, Emma estaba sufriendo otro ataque severo de convulsiones y tenía la espalda grotescamente arqueada y las manos y las piernas le temblaban. Lo más perturbador era que se estaba golpeando la cabeza de forma repetida contra las barandillas metálicas, lo cual provocaba un ruido horripilante. Sin dudar ni un segundo, Brian corrió hasta la cama y desplazó a su esposa hacia el centro de la cama para evitar que se lastimara la cabeza. Al aparecer Brian, las dos mujeres dejaron de gritar.

—Gracias a Dios que has venido —gimoteó Aimée, que se acercó a la cama. Hannah permaneció inmóvil, sin retirar la mano de la boca.

—¿Qué ha pasado? —Brian se las apañó para mantener a Emma alejada de los laterales de la cama y logró ladearla para evitar que se ahogara. Debido a la musculatura y fuerza física de Emma, tuvo que hacer un considerable esfuerzo para conseguir girarla.

—¡No lo sé! Nada especial. Había terminado el baño y habíamos conseguido meterla otra vez en la cama, lo cual no ha sido fácil. El proceso la ha irritado. ¿Puede haber sido esto lo que lo que ha provocado las convulsiones?

—No creo —dijo Brian, mientras hacía fuerza para mantener a Emma en el centro de la cama y ladeada. De pronto se percató de que la cara empezaba a adquirir un tono azulado porque no respiraba.

—¿Busco algo para colocarle en la boca para impedir que se muerda la lengua?

—No, no es necesario —dijo Brian—. Eso es una leyenda. Basta con mantenerla ladeada y evitar que se golpee.

—¿Llamamos a una ambulancia? —preguntó muy nerviosa Hannah. Se había recuperado un poco, pero seguía sin moverse de donde se había quedado petrificada.

Brian no respondió de inmediato, porque no sabía qué hacer y mantener a Emma en el centro de la cama requería de toda su atención. Daba por hecho que las convulsiones cesarían en algún momento, igual que sucedió en el coche cuando regresaban de Cape Cod. Pero a medida que pasaban los minutos, Brian se fue poniendo cada vez más nervioso, sobre todo porque el rostro de Emma estaba cada vez más azul.

—¡Hannah! —gritó Brian por encima del hombro—. ¡Corre, llama a una ambulancia!

Encantada de poder hacer algo útil, Hannah sacó con movimientos nerviosos el móvil del bolsillo. Pulsó emergencia, marcó el 991 y se llevó el aparato a la oreja.

—¡Dile a quien te atienda que podría ser una crisis epiléptica! —gritó Brian—. Dile que necesitamos una ambulancia ALS.

—¿Qué es una ambulancia ALS?

—¡Es una ambulancia medicalizada! —gritó Brian.

Dado que las convulsiones de Emma en la cama de hospital seguían provocando bastante ruido, Hannah salió al pasillo. Un momento después, entró de nuevo y le preguntó a Brian:

—¿Cuánto rato lleva con convulsiones?

—No lo sé —respondió Brian—. Diles que cinco minutos.

Hannah volvió a salir, pero no tardó en reaparecer y quedarse junto a Aimée.

—Vale, ya está en camino una ambulancia medicalizada.

Brian no dijo nada. Su preocupación iba en aumento, porque su mujer estaba cada vez más azul.

—¡Que llegue rápido, por favor! —dijo en voz baja.

—¡Esto es *très inquiétant*! —comentó Aimée, que había oído el comentario de Brian, pese al ruido que provocaban las convulsiones de Emma.

—¡Por supuesto que es inquietante! —replicó Brian irritado porque el comentario le pareció una obviedad.

—¡Mami! —De pronto, un desgarrador grito se abrió paso entre los ruidos de la cama provocados por las convulsiones de Emma. Todas las miradas se volvieron hacia la puerta y vieron la silueta de Juliette iluminada desde el pasillo.

Aimée fue la primera en reaccionar, salió disparada hacia la puerta y se llevó a Juliette entre palabras tranquilizadoras. Un momento después apareció Camila, sumándose a la conmoción general.

—Lo siento —balbuceó—. Me he girado un momento y Juliette había desaparecido de la cocina.

Brian no dijo nada. Conforme pasaban los segundos y la lividez de Emma no hacía más que aumentar, estaba cada vez más preocupado, porque este ataque ya estaba durando el doble que el primero.

—¡Alguien tendría que bajar para abrir a los sanitarios de la ambulancia!

—Ya voy yo —se ofreció rápidamente Camila, contenta de poder hacer algo que apaciguara su sentimiento de culpa. Desapareció antes de que nadie pudiera responderle.

—¿Los sanitaros van a poder parar las convulsiones? —preguntó Hannah nerviosa. Aunque todavía consternada, se había recuperado lo suficiente como para acercarse a la cama y ahora estaba junto a su yerno.

—¡Y yo qué sé! —soltó Brian desbordado. Estaba tan angustiado que ya no era capaz de pensar con claridad.

Pasados diez minutos que parecieron horas, se oyeron sirenas. Música celestial para los oídos de Brian. Por los ruidos dedujo que se trataba de más de un vehículo, lo cual lo sorprendió. Rápidamente el volumen de las sirenas llegó al máximo, se desactivaron y dejaron de oírse, lo cual indicaba que los coches estaban frente a la casa. Unos minutos después, cuatro sanitarios, una mujer y tres hombres, entraron en tromba en la habitación de invitados pertrechados con un montón de instrumentos, incluida una silla plegable de las que utilizaban para bajar a los pacientes por las escaleras. Todos iban ataviados con trajes protectores debido a la pandemia.

La mujer, que sin duda estaba al mando y daba las órdenes, echó a un lado a Brian. El ruido provocado por las convulsiones de Emma se intensificó.

—Mi nombre es Alice, soy paramédico, y este es George, mi colega —se presentó a toda prisa, señalando al hombre que se había colocado al otro lado de la cama y llevaba un maletín médico—. ¿Cuánto tiempo lleva la paciente con convulsiones?

—No estoy seguro —dijo Brian, pero sabía que era importante dar una respuesta—. Probablemente más de veinte minutos. —Brian, junto con Hannah, retrocedió hasta la puerta que daba al pasillo.

—¡De acuerdo! —dijo Alice mirando a George—. Saca el taladro intraóseo Arrow.

—¿Qué dosis inyectamos? —gritó George mientras abría el maletín y sacaba lo que parecía un taladro de carpintero normal y corriente.

—Cinco miligramos —dijo Alice. Miró a los otros dos paramédicos y añadió—: ¡Tom, necesito glucosa! Y Bill, ¡prepara el oxímetro! Está muy cianótica. Y prepara oxígeno con una cánula nasal.

—No puedo ver esto —dijo Hannah, y salió en busca de Aimée, Juliette y Camila.

Brian no se movió de donde estaba. Aunque se encontraba muy preocupado por Emma, no pudo evitar quedarse impresionado y confiado por la rapidez y seguridad con la que los paramédicos actuaban. Lo más impresionante era el despliegue que podían hacer los médicos actuales *in situ*. En el pasado, y estamos hablando de hace solo una década, los conductores de ambulancia eran solo eso, conductores. Salían y llevaban a los pacientes al hospital para que recibieran asistencia. Hoy en día era muy distinto, los paramédicos ponían en marcha tratamientos para salvar la vida del paciente en el lugar donde se encontrara, como estaban haciendo ahora. Brian confiaba en que lograrían controlar las convulsiones enseguida.

Para su alivio, más o menos un minuto después de administrarle la inyección intraósea, las horribles sacudidas de Emma empezaron a remitir y acabaron desapareciendo por completo.

Rápidamente, los sanitarios le tomaron las constantes vitales. Alarmado, Brian vio que Emma no recuperaba la consciencia pese a que las convulsiones ya habían cesado.

—El pulso es estable y la presión sanguínea baja —dijo Alice, mientras se sacaba de las orejas el estetoscopio—. ¿Y el nivel de oxígeno?

—No muy alto —informó George—. Por debajo de noventa, aunque parece que respira bien.

—Vamos a colocarle los electrodos del electrocardiógrafo, la pasamos a la silla y la bajamos. ¡Vamos! ¡Moveos! ¡Tenemos que llevarla a Urgencias ya!

Tom y Bill cogieron la silla y la acercaron a la cama, lo cual le permitió a Brian entender la organización jerárquica de los sanitarios que habían acudido a la llamada. Alice y George eran paramédicos, es decir el personal de la ambulancia medicalizada, y Tom y Bill eran técnicos de emergencias médicas, lo cual probablemente quería decir que la suya era una ambulancia de traslado asistencial básico. Mientras Tom y Bill organizaban las correas de seguridad para asegurar a Emma en la silla, Alice y George bajaron las barandillas de la cama. Justo en ese momento, casi como si fuera una reacción a ello, Emma empezó a sufrir otro ataque convulsivo severo.

—¡Prepara diez miligramos más de midazolam! —ordenó Alice, mientras George y ella agarraban a Emma para que no se cayera de la cama debido a las convulsiones. Unos segundos después, le pasaban a Alice la jeringuilla con la dosis indicada, que inyectó en la cánula que todavía estaba insertada en la médula ósea de Emma. Las convulsiones fueron aminorando hasta cesar por completo. Alice pareció quedarse tranquila, hasta que intentó tomarle la presión sanguínea y descubrió que Emma no tenía presión sanguínea ni pulso, pese a que el electro que George le había colocado mostraba un latido lento pero regular. Y tampoco respiraba.

—¡Dios bendito! —exclamó Alice—. Parada cardiorrespiratoria, tenemos una AESP. ¡Iniciamos reanimación cardiopulmonar ya!

George se subió a la cama y empezó a aplicar compresiones torácicas. Alice cogió un resucitador manual que le pasó Tom, encajó la toma de oxígeno y se lo aplicó a Emma para ayudarla a respirar.

Brian se quedó horrorizado por el repentino giro de los acontecimientos, porque sabía que el hecho de que le estuvieran aplicando a su mujer de treinta y cuatro años reanimación cardiopulmonar significaba que estaba a las puertas de la muerte. Se sentía como atrapado en una pesadilla de la que no lograba despertar. Estaba absolutamente petrificado.

—¿Cómo demonios ha podido sufrir una AESP? —preguntó George mientras hacía las compresiones.

—No estoy segura, pero sospecho que puede tratarse de resistencia vascular —dijo Alice—. Tom, prepara un miligramo de epinefrina e inyéctaselo de inmediato.

—¿Un colapso circulatorio por anoxia? —preguntó George. Detuvo un momento las compresiones para que Tom pudiera conectar la jeringa a la cánula tibial.

—Sí —dijo Alice—. Este es el tipo de casos en que daría lo que fuera por disponer de alguna clase de encefalograma de emergencia para poder estar cien por cien seguros, pero sospecho que se trata de esto. Bueno, es más que una sospecha, es la única explicación.

Pese a que lo que le pedía el cuerpo era huir o esconderse, Brian no podía moverse. Consciente de que la situación había ido de mal en peor, necesitaba desesperadamente al menos entender qué estaba pasando, así que logró volverse hacia Bill, que en ese momento estaba desocupado.

—¿Qué es una AESP?

Aunque sin dejar de prestar atención a lo que estaba sucediendo, Bill miró a Brian y le explicó:

—Actividad eléctrica sin pulso. El corazón intenta palpitar, pero no puede. Normalmente significa que no le llega sangre, o le llega muy poca, porque está estancada debido a un colapso circulatorio.

Antes de que Bill le pudiera dar más detalles, Alice le ordenó que fuera a la ambulancia a por el Lucas CPR, un aparato de compresiones torácicas que funcionaba con pilas. Al salir, Bill tuvo que esquivar a Hannah, que se disponía a entrar de nuevo en la habitación. Para evitar que viera la escena, Brian la detuvo, bloqueándole la visión.

—¿Qué está pasando? —preguntó Hannah, intentando ver algo pese al bloqueo visual de Brian—. ¿Cómo está Emma? ¿Ya se han detenido las convulsiones?

—Es importante que ninguna de vosotras entréis aquí —dijo Brian, evitando intencionadamente contestar la pregunta de Hannah—. ¿Dónde está Aimée?

—En la cocina, con las demás. Solo quiero asegurarme de que Emma está bien.

—La están atendiendo —dijo Brian con evasivas—. En serio, es mejor que no estés aquí. —Y para confirmar lo que le acababa de decir, la condujo de vuelta al pasillo. En ese momento llegaba Bill corriendo con el aparato y los esquivó para entrar en la habitación—. De un momento a otro se van a llevar a Emma al hospital —añadió Brian—. Ve con las otras. Yo acompañaré a Emma si me lo permiten, y os llamaré en cuanto pueda.

—De acuerdo —aceptó Hannah a regañadientes, y dio unos pasos atrás. Después bajó por la escalera.

Cuando Brian regresó a la habitación de invitados, supo por las órdenes que oyó a Alice que Tom le estaba inyectando a Emma una segunda dosis de epinefrina, un estimulante cardiovascular muy potente, lo cual probablemente significaba que la primera no había hecho efecto. Se acercó a la cama y se dirigió a Alice que, junto con George, estaba preparando a toda prisa el dispositivo:

—Tengo formación como técnico de emergencias —le dijo—. ¿Me puedes explicar qué está pasando aquí?

—Lo siento. Tenemos que llevarnos a la paciente. No tengo tiempo para explicaciones.

En cuanto el aparato técnico empezó a aplicar las compresiones torácicas, pasaron a Emma de la cama de hospital a la silla. Brian vio claro que esta gente llevaba tiempo trabajando en equipo, porque cada uno sabía cuál era su papel sin necesidad de hablar o recibir indicaciones. Mientras Alice le aplicaba el oxígeno pegada a Emma, Tom y Bill sacaron la silla de la habitación, la bajaron por la escalera y la sacaron a la calle. George iba en la retaguardia con el resto del equipo. Brian los siguió, cogió una mascarilla de la mesita del vestíbulo y se la puso. En el exterior, varios vecinos que habían salido de sus casas al oír las sirenas observaban en silencio cómo metían rápidamente a Emma en la ambulancia medicalizada. A Brian toda la escena le resultaba extrañamente irreal, sobre todo por las mascarillas que llevaba la gente. Era como si estuviera actuando en una película de ciencia ficción. Alice subió en la parte trasera para hacer el recorrido con Emma. George iba a dirigirse al asiento del conductor, pero Brian lo agarró del brazo.

—Es mi mujer —dijo con voz rasposa—. ¿Puedo acompañarla en la ambulancia?

—Por supuesto —dijo George—. ¡Suba!

Mientras se sentaba en el asiento del copiloto, Brian se sintió todavía más atrapado en una pesadilla de la que no podía despertar. El hecho de que su mujer estuviera en la parte trasera luchando por su vida resultaba tan inverosímil que no podía ser verdad.

14

Ir en la ambulancia, con la sirena puesta, le produjo a Brian una sensación de *déjà vu*. Le recordó los innumerables recorridos que había hecho en uno de los pesados vehículos de la ESU para atender alguna situación problemática, como un tirador activo o un incidente con rehenes. Cuando formas parte de la ESU del NYPD casi todas las llamadas son por incidentes graves y requieren estar preparado para lo peor. Lo bueno y lo malo de ese trabajo era que uno nunca se aburría, algo que sí podía sucederle a un patrullero. A medida que la ambulancia se acercaba al MMH Inwood, tuvo la ensoñación de estar de nuevo en uno de los vehículos de la ESU en una de las misiones de antaño, porque eso significaría que Emma no iba detrás luchando por su vida.

George y Alice habían utilizado la radio para avisar a las Urgencias del MMH Inwood de que llevaban una paciente en situación crítica y que estaba recibiendo reanimación cardiopulmonar. Brian escuchó la llamada con creciente preocupación. Lo que más lo alarmaba era la petición por parte de Alice de un encefalograma urgente con consulta neurológica. Él sabía que se salía de los protocolos habituales para un paciente con un paro cardiaco común y corriente y al que ya se estaba sometiendo a reanimación cardiopulmonar.

En el acceso a Urgencias esperaba un grupo de médicos y enfermeras, todos ataviados con trajes protectores, incluidas pantallas faciales. Entre ellos se hallaba el doctor Theodore Hard, un tipo delgado, de aspecto rudo y cabello blanco, que era el médico jefe del turno. Aunque Brian bajó a toda prisa de la ambulancia, en ese momento ya estaban metiendo en Urgencias a Emma, con el dispositivo Lucas bombeando su tórax y Alice suministrándole oxígeno con el resucitador manual. Brian tuvo que correr para alcanzarlos. Sabía que lo más probable era que no le dejaran entrar, pero aun así se sumó al cortejo y, en medio de la conmoción, nadie cuestionó su presencia pese a que era el único que no llevaba el traje protector y la pantalla facial.

Todo el grupo se dirigió con rapidez a una de las salas del Nivel 1 de Trauma, donde pasaron a Emma de la camilla de la ambulancia a la mesa. Brian se quedó a cierta distancia, mientras el doctor Hard vociferaba que prepararan un electrocardiograma, colocaran a la paciente un oxímetro y le pusieran una vía intravenosa pese a que la cánula tibial seguía en su sitio. El oxímetro dio una lectura del 95 por ciento, lo cual sugería que la reanimación cardiopulmonar había sido exitosa. En cuanto apareció la señal luminosa del electrocardiograma desplazándose por el monitor, todos pudieron comprobar que había actividad eléctrica, pero estaba claro que no era la normal. También quedó claro enseguida que, si se desactivaba el Lucas, no había ni pulso ni presión sanguínea. De inmediato volvieron a la reanimación cardiovascular con compresiones manuales, mientras Alice, que no había dejado de manejar el resucitador en ningún momento, le hizo al doctor Hard un rápido resumen de lo sucedido en casa de la paciente y en el trayecto en ambulancia, y le listó los medicamentos que le habían administrado y la duración aproximada de las convulsiones iniciales. Enfatizó lo cianótica que estaba la paciente y, a continuación, describió su sorpresa al comprobar la actividad eléctrica sin pulso después del segundo ataque convulsivo y lo que creía que eso significaba.

—Creo que es probable que esté en lo cierto —dijo el doctor Hard, que no había dejado de asentir mientras escuchaba las explicaciones de Alice. Cuando ella concluyó su rápido resumen, el doctor sacó una minilinterna del bolsillo, se inclinó y estudió las pupilas de Emma.

—¡Oh, oh! No hay ninguna reacción —sentenció mientras se reincorporaba—. Esto no es muy alentador, por no decir otra cosa. Sugiere que el cerebro no reacciona. ¡De acuerdo! Que bajen los de neurología y le hagan un electroencefalograma de urgencia. Mientras tanto, continuamos con la reanimación cardiaca y extraemos sangre para comprobar electrolitos, glucosa y troponina para asegurarnos.

Dado que era la única persona con ropa de calle, a Brian le parecía que llamaba mucho la atención y sospechaba que en cualquier momento le pedirían que saliera de allí. Aprovechando la nueva oleada de actividad para cumplir las últimas órdenes del doctor Hard, Brian echó un vistazo a la sala de trauma y no tardó en divisar una larga bata blanca de médico colgada en la parte interior de la puerta. Intentando no llamar la atención, se acercó, descolgó la prenda del colgador y se la puso. Le quedaba demasiado ceñida, pero no era cuestión de ponerse exigente. Era consciente de que la bata llevaba una identificación con un nombre, pero no podía hacerla desaparecer poniéndosela al revés. Vestido de esta guisa se sintió un poco menos fuera de lugar y cruzó los dedos para que nadie le hiciera alguna compleja consulta médica, que sin duda lo dejaría en evidencia como un infiltrado.

Unos minutos después, Alice y George informaron al doctor Hard de que tenían que volver a su puesto para estar disponibles para la próxima salida. Después de recoger sus pertenencias y despedirse de los demás, George reconoció a Brian pese a la bata blanca y se le acercó.

—Un momento, ¿es usted médico? —preguntó George, momentáneamente confuso. Se inclinó hacia la identificación y leyó el nombre—. ¿La doctora Janice Walton? Me parece a mí que no. Lo siento, pero no puede estar aquí.

Brian se puso a explicarle a la desesperada que necesitaba estar junto a su esposa.

—Lo siento —insistió George—. Me imagino lo doloroso que es todo esto para usted, pero aquí solo está permitida la entrada de personal sanitario. —Llamó a Tamara Reyes, una de las enfermeras de Urgencias, que se acercó de inmediato. George le explicó que Brian Murphy era el marido de la paciente.

—¡Dios mío! ¿Ha estado viendo todo esto? —dijo Tamara, observándolo mientras él se sacaba con dificultad la bata y la devolvía al colgador—. Pobre hombre. ¿Cómo ha entrado aquí? Oh, da igual. ¡Sígame! Lo acompañaré al vestíbulo. Debería haber ido allí para firmar los papeles de la admisión de su mujer.

Aceptando con resignación que había sido descubierto y bastante sorprendido de haber estado tanto rato sin que nadie se percatara de su presencia, Brian siguió a Tamara. En el vestíbulo había cola para firmar los papeles de ingreso, pero la enfermera hizo caso omiso y llamó a una de las empleadas. Le presentó a Brian. Le dijo que el señor Murphy era el marido de la paciente que había sufrido un paro cardiaco y le pidió que rellenara los papeles y le hiciera firmar una hoja de consentimiento.

Durante los siguientes quince minutos, Brian dio la información habitual, incluido el número de póliza de Peerless. Mientras lo hacía, se preguntó cómo iban a intentar esquivar esta vez el abono de la visita a Urgencias, ya que Emma desde luego no había entrado por su propio pie. También se preguntó si al introducir la empleada su nombre en el ordenador del hospital este iba a detectar de inmediato que debía a la institución casi doscientos mil dólares. De ser así, la chica no dijo nada. Después de firmar todo lo que se requería, Brian buscó un sitio para sentarse. Eligió el fondo de la sala, lo más alejado posible de la gente.

El tiempo pasaba con lentitud. Los minutos parecían horas. En un determinado momento, sacó el móvil y llamó a casa, más que nada para decir que estaba en la sala de espera, ya que de momento no tenía ninguna novedad. Al sostener el teléfono, observó que la mano le temblaba. Por mucho que lo intentara, no era capaz de detener el temblor y se dio cuenta de que se debía a que tenía todos los músculos del cuerpo contraídos. Cambió de idea y no llamó; en lugar de eso, decidió comprobar el correo electrónico, pero estaba distraído. Era incapaz de concentrarse. Lo que intentaba hacer en realidad era ocupar su mente con algo para no pensar en lo que estaba pasando en la sala de traumas, pero le resultaba imposible. No podía sacarse de la cabeza la imagen de Emma siendo reanimada. Por su formación en Emergencias y su experiencia como policía, sabía muy bien lo que eso podía significar si el paciente no respondía de inmediato.

Intentando no pensar en lo peor, Brian paseó la mirada por la sala de espera de Urgencias. Estaba menos concurrida de lo habitual. A diferencia de él, nadie parecía nervioso, lo cual le hizo sentir peor. Entonces, de pronto, vio al doctor Hard, que había emergido de las profundidades de Urgencias. El médico se detuvo y después de echar un vistazo a la sala, su mirada se cruzó con la de Brian. Avanzó en su dirección con paso decidido.

Dando por hecho que quería hablar con él, Brian se levantó de un salto. Mientras el médico se acercaba, Brian, en un intento desesperado de desviar la atención de la realidad, pensó que sin el traje protector, con su cuerpo delgado y larguirucho, aquel hombre parecía más el héroe de una película del oeste que un médico de Urgencias de Nueva York. Por desgracia, no parecía que fuera a salvarlo. Como la mascarilla le cubría buena parte de la cara, Brian no podía distinguir su expresión, pero su modo de caminar sugería que iba a darle malas noticias. Temiéndose lo peor, Brian trató de mantener la calma.

El doctor Hard se detuvo a dos metros de él.

—¿Es usted Brian Murphy, esposo de Emma Murphy? —preguntó. El tono era serio y empático, e iba a ir al grano.

—Sí, soy yo —se las apañó para decir Brian. Tenía la garganta completamente seca.

—Me temo que tengo malas noticias —dijo el doctor Hard—. Acompáñeme, por favor.

SEGUNDA PARTE

15

Brian tuvo que entornar los ojos al salir de las Urgencias del MMH Inwood a la claridad del día de finales de verano y se quedó dudando en la acera. Estaba abrumado y jamás en su vida se había sentido tan aturdido. ¿Estaba atrapado en una pesadilla aterradora de la que no podía escapar? Si se trataba de la realidad, ¿estaba deprimido o furioso? Era difícil decidirlo, ya que su mente saltaba una y otra vez de un extremo al otro.

Hacía una hora, el doctor Hard lo había conducido hasta las profundidades de Urgencias y se había detenido ante la sala de trauma a la que los paramédicos habían llevado a Emma. Después de haberle dicho a Brian que tenía muy malas noticias que darle, el médico no había vuelto a abrir la boca hasta ese momento. Brian sabía lo que se avecinaba y trató de mantenerse firme.

—Le hemos hecho a su esposa un EEG de urgencia, que es un electroencefalograma que permite ver las ondas cerebrales.

—Sé lo que es un EEG —dijo Brian con tono irritado, todavía no estaba preparado para escuchar qué más tenía que decirle el médico.

—El electroencefalograma de su esposa ha salido plano, incluyendo la nula actividad en el bulbo raquídeo, que es el responsable de las funciones vitales básicas. Creemos que su estado epiléptico se ha prolongado durante demasiado tiempo y ha privado al cerebro de oxígeno por un periodo excesivo.

Aunque Brian ya lo sospechaba de antemano, las palabras del doctor Hard fueron como una sucesión de relámpagos a cuya luz todo quedó definitivamente claro: Emma había fallecido. Las convulsiones provocadas por la inflamación del cerebro debida a una enfermedad producida por un mosquito habían acabado con su vida. La sucesión de acontecimientos era tan absurda que parecía imposible. ¿De verdad era la vida humana tan frágil y trágica? La pregunta quedó reverberando en su cabeza, al igual que la última petición de Emma de volver al hospital, donde la hubieran podido tratar de inmediato del tercer ataque convulsivo y por tanto tal vez ahora estaría viva.

A Brian le permitieron ver el cadáver de Emma en la sala de trauma. Contemplar ese cuerpo pálido y sin vida sobre la mesa, con el tubo endrotraqueal saliéndole de la boca y una vía intravenosa clavada en el brazo era contemplar una imagen salida de una pesadilla. Resultaba difícil imaginar que alguien en la plenitud de la vida, con tanta vitalidad y fuerza, pudiera ser vencido con tanta facilidad por un insecto, que parecía en comparación tan pequeño e inofensivo.

Después de ver el cadáver de Emma, Brian supo que debía tomar varias decisiones. En una especie de trance, recordó la funeraria que había organizado el funeral de su padre hacía un año. Una rápida llamada bastó para hacerles el encargo; a Brian le costaba asimilar el carácter definitivo de lo sucedido. Le explicaron que después de que el cuerpo de Emma fuera examinado por un forense, la funeraria Riverside podría recoger sus restos mortales. Y después de firmar varios documentos, le dijeron que ya podía irse a casa.

El ruido de una sirena sacó a Brian de su trance y vio una ambulancia que entraba a toda velocidad al acceso del hospital y giraba por la rampa de Urgencias. Vio cómo se abrían las puertas y sacaban a un paciente, de un modo muy parecido a como habían hecho con Emma unas horas antes. ¿Hacía solo unas horas que había sucedido todo?

Brian respiró hondo y sacó el móvil. Había estado retrasando la llamada a casa para dar la noticia, pero sabía que debía afrontarla. Podía, claro, esperar a llegar a casa y dar la noticia en persona, pero le parecía injusto, ya que había prometido mantenerlas informadas. Sintió un estremecimiento ante la idea de tener que explicarle a Juliette que su madre se había ido y no volvería nunca más a casa. Teniendo en cuenta lo mal que lo había pasado con la hospitalización de Emma, eso sería devastador para ella.

Brian reunió fuerzas para abrir los contactos del móvil y estaba a punto de clicar el número de Aimée cuando se detuvo. Algo captó su atención. A unos treinta metros, un chófer uniformado con algo de sobrepeso lanzó sin ninguna educación una colilla a la acera. También le llamó la atención el vehículo contra el que estaba apoyado. Era un reluciente Maybach negro aparcado en una zona en la que una señal indicaba que no se podía aparcar justo enfrente de la entrada principal del hospital. Aunque era habitual ver Maybachs y otros vehículos de lujo en ciertas zonas de Manhattan, sobre todo en Wall Street y en el centro, localizar uno de esos en Inwood era como encontrar un trébol de cuatro hojas. Se guardó el móvil en el bolsillo y, ansioso por encontrar alguna distracción que le hiciera olvidar su paralizadora tristeza, se acercó para echar un vistazo. Mientras se acercaba, el chófer se estaba encendiendo un nuevo cigarrillo y, tras hacerlo, tiró la cerilla usada con la misma desconsideración con la que había tirado la colilla. A continuación sacudió los brazos y asumió un aire entre aburrido y altanero que irritó sobremanera a Brian. El tipo llevaba mascarilla, pero colgada de una oreja con total descuido.

Sin un plan claro en mente, Brian se acercó al vehículo. El chófer lo miró con desprecio colonialista, como si fuera un nativo de una zona remota y a medio civilizar de Manhattan. Brian reaccionó con rabia y se puso tenso ante la autosatisfecha actitud de superioridad de ese individuo que, sin duda, formaba parte de ese mundo capitalista que también había creado Peerless Health y la cadena de hospitales MMH. Por su experiencia como agente de policía, dedujo que el tipo llevaba una pistolera bajo la axila por el característico bulto que se formaba en su uniforme. El hecho de que ese tipo considerara adecuado y necesario ir armado para hacer una visita al «salvaje» Inwood le pareció indignante.

De hecho, estaba a punto de decirle al tipo que recogiera la colilla y la cerilla usada, a lo que estaba seguro de que se negaría, cuando de pronto cayó en la cuenta de algo. Hasta ese momento no se le había ocurrido pensar en quién podía ser el propietario del Maybach.

—Vaya cochazo —dijo Brian, señalando el enorme vehículo con un movimiento de la cabeza.

El chófer no respondió, sino que se limitó a mirarlo con unos ojos cuya expresión Brian no podía ver porque los tapaban las gafas de sol del tipo. Llevaba gorra de chófer, pero colocada de un modo informal, muy echada hacia atrás en la rapada cabeza.

Con deliberada intención provocadora, sin dejar de mantener los dos metros de distancia, Brian se puso a la altura del asiento trasero del Maybach. Con casi todos los músculos de su metro noventa y sus noventa kilos en tensión, golpeó disimuladamente con los nudillos en la ventanilla. Como se esperaba, apenas hizo ruido, confirmando sus sospechas de que el vehículo estaba blindado.

La acción de Brian cogió desprevenido al altivo chófer, que se irguió, tiró el cigarrillo a medio fumar y le dijo con un fuerte acento de Brooklyn:

—¡No toque el coche! —No era una petición, sino una orden en toda regla.

Con todo el cuerpo en tensión, Brian estaba preparado para

tumbar al chófer. Pero este no acompañó su amenaza verbal con ningún tipo de gesto. En lugar de eso, añadió:

—Por favor, apártese.

Un poco decepcionado, Brian se relajó un poco y dijo:

—¡Un Maybach blindado! No vemos muchos de estos por aquí, en Inwood.

—Me sorprende que no haya visto este alguna vez. Suele venir por aquí dos o tres veces por semana. —Se apoyó en la capota y miró a lo lejos, como si Brian ya no mereciera más atención por su parte.

Brian se inclinó para observar el neumático trasero.

—¡Vaya! También lleva neumáticos antipinchazos. —Se apartó del coche para poder contemplarlo con perspectiva—. Guau. Neumáticos antipinchazos delante y detrás.

Ahora ya tenía la certeza casi absoluta de quién era el propietario de ese automóvil; si esa persona visitaba el hospital dos o tres veces por semana y podía pagarse un Maybach blindado, no había duda. Tenía que tratarse del CEO del MMH Inwood, Charles Kelley.

Brian dejó de mirar el coche y se puso a observar la entrada principal del hospital. En el estado mental en el que se encontraba, le pareció que el destino podía estarle poniendo en bandeja una oportunidad de sacar toda la rabia contenida por la evitable muerte de Emma. Si no le hubieran dado el alta, habría estado bajo vigilancia y las convulsiones se hubiesen podido controlar a tiempo y muy probablemente seguiría viva. De pronto, Brian ya apenas albergaba dudas de que Charles Kelley y Heather Williams tenían una responsabilidad notable no solo en la muerte de Emma, sino también en su futura bancarrota, la posible pérdida de su casa y en el hecho de haberle arruinado la vida en general.

Con una nueva idea en la cabeza, Brian se volvió hacia el chófer.

—Dígame, ¿es posible que este impresionante coche pertenezca al incomparable Charles Kelley?

Por un instante, una levísima pero detectable sonrisa se dibujó en las comisuras de los labios del chófer, mientras le lanzaba una mirada condescendiente.

—No estoy autorizado a decir para quién trabajo como chófer.

Para Brian, esta respuesta equivalía a admitir lo que sospechaba y el efecto fue inmediato. Como propulsado por un cañón, salió corriendo hacia la entrada del hospital, lo cual provocó que el chófer abandonase su impostada indiferencia.

—¡Eh! —gritó el sorprendido chófer—. ¿Qué coño hace? ¿Adónde va?

Brian no aminoró el paso para responderle. Era un hombre con una misión. Después de haber visitado tantas veces el despacho de Roger Dalton e incluso una vez el de Kelley, sabía exactamente adónde ir. Como el hospital tenía establecidas restricciones a las visitas por la pandemia, en cuanto cruzó la puerta giratoria lo abordó una mujer con una tabla sujetapapeles que le preguntó si podía ayudarlo en algo. Además de la tabla, también sostenía varias mascarillas para ofrecer a quien no la llevara.

Sin detenerse, ya que llevaba la mascarilla puesta, Brian volvió la cabeza por encima del hombro y le dijo que tenía una cita en administración con el señor Charles Kelley. Eso fue suficiente para la chica, que se limitó a asentir y se dispuso a esperar a la siguiente persona que entrara.

Aunque la idea de encararse con Kelley había sido un impulso no meditado, ahora que iba de camino, estaba cada vez más convencido de seguir adelante con el plan. Sabía que sin asomo de duda lo considerarían *persona non grata*, pero estaba decidido a soltar su discurso. Después de empujar la puerta que separaba el amplio vestíbulo con suelo de mármol de la enmoquetada zona de administración, se fue directo hacia el despacho de Kelley, al ver que la sala de reuniones estaba vacía.

—¡Disculpe! —le gritó una recepcionista y secretaria a Brian, que ya se dirigía hacia la puerta cerrada del despacho—. ¿Adónde se cree que va? ¡No puede entrar ahí! —Era la misma mujer que en su anterior visita había sacado indignada a Brian del despacho de Kelley. Descolgó el teléfono y, frenética, marcó un número.

Al llegar ante la puerta del despacho de Kelley, Brian no se molestó en llamar. Probó a girar la manilla, comprobó que la puerta no estaba bloqueada y entró. Kelley estaba manteniendo una reunión con cinco de sus subalternos, entre ellos Roger Dalton, sentados en el enorme sofá de cuero o en sillas. Kelley estaba de pie, detrás de su gran escritorio, por lo que parecía en mitad de una presentación con PowerPoint. Había un televisor de pantalla plana colgado de la pared en el que aparecía la frase IN-CREMENTO DE LA RECAUDACIÓN DE FACTURAS PENDIENTES DE CO-BRAR DURANTE LA PANDEMIA DE COVID-19.

El tiempo se detuvo por un instante, permitiendo a Brian dar un repaso a Charles Kelley y admirar la destreza del pintor que le había hecho el retrato que colgaba sobre la falsa chimenea. En carne y hueso, Kelley era un hombre apuesto, de pómulos altos y rostro anguloso. Lucía el cabello rubio peinado con meticulosidad y vestía un traje caro. A diferencia del retrato, su tono de piel era muy moreno y su cabello tenía reflejos dorados como si acabara de regresar de unas vacaciones en el Caribe pese a la pandemia. A Brian le hizo pensar en un modelo de anuncio de ropa para hombre de alta gama. Lo único que le sorprendió fue su altura, que calculó que andaría por los dos metros.

—¿Quién demonios es usted? —preguntó Charles, tras recuperarse del momentáneo silencio provocado por la inesperada aparición de Brian. Su tono era condescendiente, al igual que la expresión que se dibujó de inmediato en su rostro, lo cual a Brian le recordó a la actitud de Heather Williams.

—Soy un cliente agraviado y vecino de este barrio desde hace muchos años —soltó Brian mientras avanzaba con paso decidido hacia Kelley, señalándolo con el dedo—. Tengo que hablar con usted sobre el hospital y su misión, y a usted le conviene escucharme.

Roger Dalton se alzó del sofá y se interpuso en el camino de Brian.

—Es Brian Murphy —dijo Roger, colocándose entre Brian y Charles Kelley—. Se ha retrasado en el pago de la factura y esta se ha derivado a cobros.

Brian se quedó un instante descolocado por la osadía del enclenque Roger Dalton.

—¡Siéntate, Roger! —le ordenó, señalando el sofá del que se había levantado—. Tú no tienes una responsabilidad personal en este lío. El señor Kelley sí.

—Sí, siéntate, Roger —repitió Charles—. De acuerdo, señor Murphy. ¿Qué es exactamente lo que cree que me puede contar de mi hospital que yo no sepa ya? Sea lo que sea, sin duda ya estaré al corriente.

—¡Usted no puede ni imaginárselo! —replicó Brian, acercándose al escritorio mientras seguía apuntando con el índice a la bronceada cara de Charles Kelley—. ¿Tiene usted la más mínima idea de lo que está haciendo su gestión centrada en exclusiva en los beneficios económicos a familias como la mía, que están luchando por seguir a flote durante esta pandemia? Mi mujer acaba de fallecer hace unos minutos de encefalitis después de que le dieran el alta de este hospital sin estar curada de la EEE, solo porque yo no podía pagar la estratosférica e incomprensible factura.

—Siento que su esposa haya fallecido —dijo Charles, cruzando los brazos—. Pero le aseguro que su alta y su muerte no tienen absolutamente nada que ver con que usted pudiera o no pudiera abonar la factura. En el MMH a todos los pacientes se les presta la misma atención médica y se les proporcionan los mejores cuidados posibles.

—Mentira —replicó Brian. Sabía detectar los discursos que no eran más que una sucesión de lugares comunes y desde luego la experiencia vivida por Emma y él nada tenía que ver con lo que decía Kelley—. Los hechos son muy claros: mi mujer tenía que estar bajo observación por las convulsiones porque seguía padeciendo una inflamación cerebral, pero se le dio el alta pese a que ninguno de nosotros lo deseaba. Si hubiera continuado ingresada en el hospital, no habría muerto. Tan sencillo como esto.

En ese momento, dos guardias de seguridad del hospital con uniformes negros entraron apresuradamente en el despacho de Charles Kelley, sin duda en respuesta a la nerviosa llamada de la secretaria. Sin tomarse el tiempo de evaluar el peligro que representaba, cometieron el error de abalanzarse sobre él.

Brian reaccionó por puro reflejo y desplegó sus contrastadas habilidades, de modo que bloqueó de inmediato el ataque de los dos guardias y los tiró al suelo de forma humillante, pasándoles sus propias chaquetas por encima de la cabeza para inhabilitarlos. Mientras ellos trataban de liberarse, la actitud de Charles cambió de forma radical al darse cuenta de que Brian representaba un peligro real. Descruzó los brazos, agarró la silla con ruedas y se apartó del escritorio. Brian, por su parte, se había acercado al escritorio y había plantado sobre él ambas manos, mientras miraba fijamente a un aterrado Charles.

—Le voy a hacer un resumen de lo que opino —dijo Brian con vehemencia—. Creo que su manera de gestionar, compinchado con las aseguradoras, se puede considerar un fraude, porque se aprovechan de la no injerencia del gobierno en la gestión sanitaria para maximizar sus beneficios. Usted y sus cobradores de morosos están llevando a la bancarrota a cientos de familias.

Antes de que Charles pudiera responder a estas acusaciones, el chófer de la limusina, que ejercía también de guardaespaldas, entró en tromba en el despacho de modo similar a los dos guardias de seguridad. Cometió el mismo error que ellos y se abalanzó sobre Brian. En este caso, Brian no solo lo tiró al suelo y le pasó la chaqueta por encima de la cabeza rasgándola al hacer la maniobra, sino que también lo desarmó.

A estas alturas, los dos guardias habían conseguido liberarse de las chaquetas y ponerse en pie. Con la intención de hacer un segundo intento de controlarlo, dieron un paso adelante, pero les entraron las dudas al ver que Brian tenía en la mano la pistola Glock del chófer. Para su alivio, este se limitó a vaciar el cargador y tiró las balas a un rincón del despacho, donde repiquetearon contra el suelo y rebotaron contra la pared.

—He venido aquí para hablar, no para pelear —advirtió, mirando a los ojos a los dos guardias para asegurarse de que captaban el mensaje y lo dejaban en paz—. Necesito desahogarme y dejar claro lo que este hospital le está haciendo a este barrio. —Lanzó la pistola a la papelera que había junto al escritorio y provocó tal estruendo que todos los presentes se sobresaltaron.

Empeñados en intentar reducirlo, los dos guardias de seguridad avanzaron otro paso hacia él, pero Charles alzó la mano, intuyendo que Brian no pretendía hacer daño a nadie.

—¡Deteneos! —les ordenó—. Vamos a dejar que este hombre diga lo que tenga que decir.

—Gracias —dijo Brian por pura cortesía, porque estaba convencido de que Charles no hacía otra cosa que seguirle la corriente—. Hasta hace poco disponía de un buen seguro médico, de manera que nunca tuve que preocuparme por las facturas hospitalarias, como cuando mi hija nació prematura. Ahora creo que cometí un gran error. Todos, yo incluido, somos culpables de haberles dejado a ustedes las riendas, porque su codicia y su secretismo no conocen límites. Todos ustedes son los ladrones de guante blanco de la nueva era.

Brian estaba solo empezando a soltarle su rapapolvo a este arrogante hombre de negocios sin principios cuando de nuevo fue interrumpido por la llegada de más personal de seguridad. En esta ocasión se trataba de un viejo agente de policía uniformado que, como Brian había hecho años atrás, se estaba ganando un dinero extra haciendo labores de vigilancia en el hospital en su día libre. Entró corriendo, preocupado sobre todo por no perder por el camino ningún elemento de la diversa parafernalia policial que llevaba cogida del cinturón, pero se detuvo en seco al verlo. De manera casi simultánea, ambos se reconocieron.

—¿Brian Murphy? —peguntó el agente, perplejo. Le habían avisado de que un perturbado se había colado en el despacho del presidente del hospital.

—¿Liam Byrne? —preguntó Brian. No veía a Liam desde hacía casi dos años y ahora el hombre tenía todo el pelo cano. Además, la mascarilla hacía más difícil reconocerlo.

De inmediato Charles prestó atención a la conversación entre quienes parecían ser dos viejos conocidos. Con tono desdeñoso, le preguntó a Liam:

—¿Conoce al intruso?

—Sí. Es del NYPD, como yo. De hecho, es miembro del equipo de élite de la Unidad de Emergencias. Y su padre, en paz descanse, era el jefe de mi comisaría.

—Vaya sorpresa —dijo Charles, con una mezcla de desagrado e incredulidad—. ¡Un policía! Resulta difícil de creer dado su comportamiento. Debería habérselo pensado dos veces antes de hacer esto. En fin, ha llegado a tiempo de evitar males mayores, pero sáquelo de aquí antes de que lo haga arrestar por asalto e intimidación criminal.

—Sí, señor —dijo Liam. Se acercó a Brian y le susurró—: Creo que es mejor salir de aquí sin discutir.

Durante unos momentos de indecisión, Brian paseó su mirada entre Charles Kelley y Liam Byrne. Tenía muchas cosas pendientes de decirle a Charles, pero ver a un amigo del barrio, que además había estado a las órdenes de su padre, le ayudó a volver a la realidad. En su estado mental, afectado por la muerte de Emma, lo último que tendría que haber hecho era meterse en el despacho de Charles Kelley para lanzarle sus recriminaciones. Sintió un escalofrío al pensar en qué habría podido pasar si el chófer de la limusina hubiera sacado el arma antes de entrar en el despacho o si los guardias de seguridad hubiesen ido armados. Podría haber muerto alguien, y ese alguien podría haber sido él.

De pronto se sintió avergonzado. Miró a los ojos a Liam y le dijo:

—¡De acuerdo! Tienes razón. Salgamos de aquí.

Liam agarró a Brian del brazo y salieron los dos del despacho. La secretaria no abrió la boca cuando pasaron por delante de su escritorio, pero la expresión de su cara daba a entender que estaba muy satisfecha de que su rápida actuación hubiera impedido males mayores. Avanzaron por el pasillo, oyendo a sus espaldas a Charles despotricando y pidiendo explicaciones de cómo era posible que ese tipo se hubiera colado en su despacho.

Brian y Liam no dijeron nada hasta que llegaron al vestíbulo del hospital, donde sabían que podían hablar sin que nadie los oyera.

—¿Qué narices hacías allí echándole la bronca al presidente del hospital? —preguntó Liam susurrando y con tono preocupado—. Por lo que sé es un tipo de cuidado.

—Mi mujer, Emma, ha muerto hace aproximadamente una hora. He actuado sin pensar —dijo, después de soltar un profundo suspiro.

—Por Dios bendito. Lo siento mucho. ¿Qué ha pasado?, ¿ha sido un accidente? ¿O por el COVID?

—No, ni una cosa ni la otra. —Brian luchó por contener las lágrimas y tuvo que tomar aire varias veces para conseguir no echarse a llorar. Pese a sus esfuerzos, los ojos se le humedecieron y se deslizaron por sus mejillas unas lágrimas que se secó con el dorso de la mano—. Ha muerto de una enfermedad viral llamada encefalitis equina occidental —añadió cuando le fue posible hablar.

—No he oído hablar de ella en mi vida —dijo Liam, y le puso la mano en el hombro en un gesto de empatía.

—Yo tampoco había oído hablar de ella —admitió Brian. Respiró hondo—. Pero por lo visto vamos a oír mucho este nombre en los próximos años, debido al cambio climático. La transmiten unos mosquitos que hasta hace poco vivían solo en los trópicos, pero por culpa del calentamiento global, ahora han llegado hasta Maine.

—¿Otro virus del que vamos a tener que preocuparnos, además del coronavirus?

—Me temo que sí —dijo, dejando escapar otro suspiro.

—¿Y le estabas hablando a Charles Kelley sobre el cambio climático? —preguntó Liam.

Pese a su precario estado mental, Brian soltó una fugaz carcajada y negó con la cabeza.

—No exactamente —dijo—. No, quería asegurarme de que supiera que mi mujer tal vez seguiría viva si no le hubieran dado el alta cuando todavía no estaba curada, porque yo no podía pagar la disparatada factura del hospital, que ascendía a casi doscientos mil dólares. Al menos eso es lo que me temo que ha sucedido. Me he enterado de la peor manera posible de un montón de cosas turbias sobre los hospitales y las aseguradoras médicas. Están compinchados, chupando el dinero de todos como si no hubiera un mañana.

—¿Y el estupendo seguro médico que tienes como miembro del NYPD? —preguntó Liam—. ¿Cómo has acabado debiendo tanto dinero?

Pese a que estaba harto de explicar lo mismo una y otra vez, Brian volvió a contar que Emma y él habían dejado el NYPR para montar su propia empresa de seguridad y habían acabado contratando un seguro de Peerless Health, que describió como un fraude legalizado.

—Estas pólizas médicas a corto plazo te cobran la prima, pero después se las ingenian para evitar pagar por casi todo. Quiero decir que nadie se lee la letra pequeña de los seguros médicos.

—En eso tienes razón —dijo Liam.

—El hospital ya me ha demandado —le explicó Brian y continuó—: Por lo que sé, este tipo de procedimiento exprés, muy agresivo, es cosa de Charles Kelley. Incluso ha hecho que el hospital monte su propia empresa de cobro de morosos.

—He oído que ese tío es un hijo de puta de la peor calaña —comentó Liam—. Yo me mantengo a distancia. ¿Recuerdas a Grady Quillen?

—Sí, claro —dijo Brian—. Me sorprende que lo menciones, porque fue él quien me entregó los documentos del pleito que me ha puesto el hospital.

—Por eso lo he mencionado. Había oído que trabajaba aquí como notificador después de jubilarse. Pensaba que sería alguien con el que te podía interesar hablar para que te diera algún consejo.

—Me pasó el teléfono de un abogado —dijo Brian—. Y también me contó que le salía el trabajo por las orejas, lo cual quiere decir que el MMH está demandando a un montón de gente, de modo que no estoy solo.

—Eso te lo garantizo. A un vecino mío también lo han demandado.

—Grady también me habló del caso de uno de sus vecinos —explicó Brian—. El MMH es mucho más implacable de lo que imaginaba. Yo siempre había pensado que era un gran activo para el barrio. Ahora ya no estoy tan seguro.

—¿Cómo has venido hasta aquí?

—En la ambulancia —respondió Brian.

—Puedo llamar a la comisaría y pedir que un coche patrulla te lleve a casa —ofreció Liam.

—No es necesario —dijo Brian—. Vivo cerca. Pero gracias por el ofrecimiento.

Tras unas palabras sobre lo mucho que todo el mundo en la comisaría echaba de menos al subinspector Conor Murphy, Brian se despidió. Le dio las gracias a Liam por acudir en su rescate en el despacho de Charles Kelley y admitió que había actuado impulsado por la ira y sin pensárselo bien.

Una vez en la soleada calle, Brian se detuvo un momento para echar un último vistazo al reluciente Maybach negro. Que semejante coche fuera propiedad de una persona que trabajaba en el sector sanitario le parecía como poco inmoral.

16

31 de agosto

En una especie de trance, Brian se dirigió de vuelta a casa sin prestar atención alguna a lo que le rodeaba. El impulsivo e histriónico despliegue en el despacho de Kelley estaba en las antípodas de su habitual modo de proceder, basado en la meticulosa planificación y la fijación de objetivos. Era consciente de que de ninguna manera ese episodio iba a contribuir a cambiar la situación en la que ahora se encontraba atrapado. Para empeorar las cosas, llamar a Charles Kelley ladrón de guante blanco de la nueva era probablemente incluso incrementara el monumental ego de ese tío.

Al girar por Park Terrace Este y empezar a subir la colina, Brian aminoró el paso hasta detenerse. Después de tanto pensar en ese momento, Brian se dio cuenta de que lo que realmente lo había impulsado a irrumpir en el despacho de Kelley era evitar tener que enfrentarse con Juliette, Aimée y Hannah; evitar incluso pensar en cómo les iba a dar la horrible noticia. En cierta forma, estaba negando de modo inconsciente la muerte de Emma, y el hecho de tener que contárselo a ellas, incluida Camila, significaría el desmoronamiento de esa negación.

—Quizá ya han llamado al hospital para preguntar —pensó Brian en voz alta, pero sabía que era una pura ilusión. El peso de contar la verdad recaía sobre sus hombros. Lo que más miedo le daba era decírselo a Juliette. No podía ni imaginarse cuál iba a ser su reacción.

Respiró hondo y siguió caminando. Sabía que el terreno psicológico no lo manejaba con la misma soltura que el físico, así que durante los siguientes minutos intentó no seguir dándole vueltas al asunto.

Desde el instante en que pisó la casa, se dio cuenta de que las malas noticias no lo habían precedido. Oyó la alegre melodía de la serie de dibujos animados *Pinkalicious & Peterrific* procedente de la cocina, y Aimée y Hannah estaban en la sala hablando sin alzar la voz. Las dos aparecieron en el vestíbulo mientras Brian se quitaba la mascarilla y los zapatos.

—¿Cómo está Emma? —preguntó Aimée con cautela. Hannah estaba a su lado, un poco más retrasada, con la preocupación dibujada en el rostro.

Una vez más, como ya le había pasado con Liam Byrne, Brian se quedó sin habla. Tardó un minuto en recomponerse. Para entonces, ambas mujeres ya habían adivinado qué sucedía.

—Emma no lo ha superado —logró por fin articular Brian con muchas dificultades.

Hannah dejó escapar un agudo gemido, que por suerte fue muy breve, mientras la cara se le contraía en una mueca de horror. En contraste, la reacción de Aimée fue rodear a Brian con sus brazos y apretarlo con fuerza contra ella.

—No puedo ni imaginarme cómo te sientes. Lo siento de corazón, *mon fils*.

—Gracias —se las apañó para decir Brian. Mientras Aimée lo mantenía agarrado, él contó con voz entrecortada los detalles de lo sucedido esa mañana. Le costaba evocarlo, pero pensó que merecían saberlo.

Aimée soltó a Brian y cruzó una mirada con Hannah, que se había tranquilizado.

—Se lo tenemos que contar a Juliette —dijo Aimée, controlando las emociones.

Hannah asintió varias veces, secándose las lágrimas de la cara.

—Sí, esto es lo primero que tenemos que hacer, sin duda, y tiene que decírselo Brian.

—*Bien sûr* —dijo Aimée—. Estoy totalmente de acuerdo.

—Y hay que preparar un velatorio y avisar a todo el mundo —dijo Hannah—. Hay un montón de cosas que hacer.

—No quiero un velatorio —dijo de manera abrupta Brian. Le había desconcertado que sugerir eso fuera la primera reacción de Hannah, pero era consciente de que no debía de extrañarle. Sabía que el método de Hannah para superar cualquier crisis era bloquear las emociones con actividad y planes. Emma se lo había contado muchas veces.

—¡Pero tenemos que organizar un velatorio! —replicó Hannah con un tono que impedía cualquier discusión—. ¡Es lo que se espera que hagamos! —También a ella le desconcertó la respuesta de Brian, que suponía echar por tierra una prominente y venerada tradición irlandesa.

—No discutamos esto ahora —rogó Brian—. Juliette puede oírnos. Y tengo que pensar lo que puedo permitirme gastar. Además, no estamos en tiempos normales. —Mientras decía todo esto, cayó en la cuenta de que no tenía ni idea de qué hubiera querido Emma. Pese a los peligros a los que se habían enfrentado como agentes de la ESU del NYPD, nunca habían hablado entre ellos de la muerte y de cómo les gustaría que les despidieran en el caso de que fallecieran.

—Bueno, hay que organizar un velatorio y una misa funeral, aunque sea con aforo reducido por la pandemia. Y podemos ayudarte con los gastos.

—Ahora no —insistió Brian, pero se dio cuenta de que su actitud les podía parecer egoísta a Hannah y su familia. Emma y él, aunque habían tenido desde la infancia fuertes vínculos con la fe católica por su ascendencia irlandesa, se habían distanciado de ella en la universidad. Ninguno de los dos había apostatado, pero a ambos la Iglesia les parecía demasiado apegada a los rituales y alejada del mundo real. Como consecuencia, no habían seguido cumpliendo de forma regular con sus obligaciones de feligreses, como ir a misa y confesarse.

—De acuerdo —dijo Hannah resignada. Pero volvió a la carga en cuestión de segundos—. Podemos organizar el velatorio en mi casa. También me puedo encargar de cerrar los detalles del funeral en la iglesia del Buen Pastor. Entretanto, vosotros dos y Camila podéis centraros en Juliette. ¿Has hablado ya con una funeraria?

—He llamado a Riverside, en Broadway —dijo Brian.

—Buena elección —dijo Hannah—. He tratado con ellos en alguna ocasión. Son muy profesionales.

—Yo también tengo muy buen recuerdo de ellos —se sumó Aimée—. Fueron de gran ayuda en el funeral de Conor.

—Lo recuerdo —dijo Hannah—. De acuerdo. Me pongo en marcha. Buena suerte con Juliette. —Sin esperar una respuesta, se inclinó y se puso los zapatos. Y acto seguido la mascarilla—. Estamos en contacto —añadió antes de salir.

—Increíble —dijo Brian mientras cerraba la puerta tras la marcha de Hannah—. Parece que lo de preparar el velatorio la motiva.

—Hannah se comporta así desde que la conozco —dijo Aimée—. Es su mecanismo de defensa. Y no me sorprende. Después de todo, canalizar las emociones hacia la celebración en lugar de hacia el lamento forma parte de la tradición irlandesa que gira alrededor de la muerte. Una tradición que he llegado a apreciar, sobre todo después del fallecimiento de tu padre.

—Sí, recuerdo que me lo dijiste.

—Ahora llega la parte difícil —dijo Aimée—. ¿Estás preparado para darle la noticia a tu hija?

—No mucho —admitió Brian, con el corazón apretándole el pecho—. ¿Crees que voy a ser capaz de hacerlo?

—Desde luego que sí —le aseguró Aimée—. Tienes que ser

tú quien se lo diga. ¿Me permites una sugerencia? No quiero entrometerme, pero como madre puedo darte un consejo.

—Adelante —dijo Brian, dispuesto a recibir cualquier sugerencia.

—Este es un buen momento para servirse del poder de consolación de la fe —sugirió Aimée—. Hace un año que he estado llevando a Juliette a misa, y os agradezco a ti y a Emma que me lo permitierais. Ha absorbido muchas cosas. Aunque lo que más le gusta es lo de ponerse elegante para ir a misa, también ha mostrado disposición a hablar de creencias, sobre todo cuando comentábamos cosas sobre el abuelo Conor y el Cielo. Creo que es una manera de no presentar la muerte como un final sin más, sobre todo a un niño.

—Así, creo que lo podré hacer —dijo Brian, agradecido por la sugerencia.

—Seguro que sí —dijo Aimée, y le agarró a Brian el hombro para infundirle ánimos.

Brian y Aimée se dirigieron juntos a la cocina. Juliette alzó un momento la mirada al verlos entrar, pero volvió a concentrarse en sus dibujos animados. Brian le indicó a Camila con un gesto que saliera al pasillo, mientras Aimée se sentaba junto a Juliette para ver la tele con ella.

Una vez fuera de la cocina, Brian le dio a Camila la noticia.

—¡No, no! —dijo ella sin alzar la voz, mientras se santiguaba—. Lo siento, Brian.

—Gracias. Todavía no he asumido lo que ha ocurrido, pero tengo que decírselo a Juliette, por duro que sea. ¿Qué tal ha estado después de ver las convulsiones de su madre?

—No muy bien —dijo Camila—. Al principio, no he conseguido que hablara del tema. Cuando por fin lo ha hecho, no ha dicho gran cosa y ha empezado a quejarse de que no se encontraba bien.

—¿Qué le pasaba?

—Empieza diciendo que no tiene hambre y que le duele el

estómago —contó Camila—. Se niega a comer nada, por más cosas que le ofrezca. Y se queja de dolor de cabeza. Pero no puede dolerle mucho, porque lo único que quiere es ver la tele, de modo que no sé qué le pasa. Está siempre de mal humor, lo cual entiendo que es comprensible.

—Entonces ¿no ha comentado nada relevante sobre lo que ha visto?

—Ni una palabra —dijo Camila—. Y yo tampoco he querido insistir. Quiero decir que hasta a mí me ha impactado lo de las convulsiones. Ha sido muy violento.

—Sí, horrible —se mostró de acuerdo Brian—. Sobre todo la segunda vez. Bueno, gracias por todo. De todos modos, tengo que decirle que su madre se ha ido y espero que podamos manejar su reacción.

A pesar de que para ser admitido en la ESU Brian había recibido formación en seminarios sobre negociación de secuestros, en estos momentos se sentía incapaz de enfrentarse a su hija de cuatro años. Aun así, volvió a entrar en la cocina y se sentó en la barra del desayuno frente a su madre y Juliette. Sin saber muy bien por dónde empezar, optó por estirar el brazo, coger el mando a distancia y apagar el televisor.

Juliette reaccionó de inmediato con indignación y trató de recuperar el mando, pero Brian lo mantuvo fuera de su alcance.

—Juliette, tengo que hablar contigo —le dijo—. Después, podrás volver a encender la tele.

Juliette miró a su padre con evidente angustia, como si ya supiera lo que le iba a decir, pero Brian siguió con el plan de aplicar lo mejor posible las sugerencias de su madre.

—Como ya sabes, mamá estaba muy enferma —empezó— y no mejoraba, pero ahora se ha ido al cielo y ya ha dejado de sufrir. Está con el abuelo Conor y están muy contentos de volver a verse.

Brian cerró los ojos unos segundos, sintiéndose incapaz de continuar con eso, diciendo cosas en las que él mismo no creía.

Y por un instante se preguntó si Heather Williams y Charles Kelley habrían pensado alguna vez en que su comportamiento conducía a situaciones terribles como esta, situaciones que jamás deberían llegar a suceder. Cuando abrió los ojos, Juliette seguía mirándolo, como digiriendo lo que acababa de decirle su padre. Brian respiró hondo y continuó:

—De modo que mamá no va a volver a casa. Pero quiero que sepas que me tienes a mí y a las dos abuelas y a Camila. Todos te queremos.

De repente Juliette soltó un dolorido gemido, en cierto modo similar al de Hannah, se bajó del asiento y saltó al regazo de Brian. Rodeándole el cuello con los brazos y la cintura con las piernas, lo abrazó con fuerza y hundió la cara en su camisa. Él notaba los gimoteos apagados de su hija. La abrazó y le lanzó una mirada desvalida a Aimée. No sabía qué hacer o qué más decir. Pero lo que sí sabía era que Juliette era su responsabilidad y a quien, a partir de ahora, tenía que dedicarse en cuerpo y alma.

En cuanto Juliette rompió a llorar, se desenganchó de su padre. Volvió a su asiento y habló por primera vez:

—¿Cuándo va a volver mamá del hospital?

—Cariño, ya te he dicho que no va a volver —dijo Brian—. Está con Jesús y el abuelo en el Cielo.

En lugar de hacer más preguntas, Juliette quiso coger el mando y esta vez Brian dejó que lo hiciera. Un instante después la alegre y melodiosa banda sonora de *Pinkalicious & Peterrific* llenó la cocina, sobre todo en cuanto Juliette subió el volumen. Aimée se levantó e intentó darle un abrazo cariñoso a Juliette, pero la niña se resistió, sin apartar la vista del televisor.

—Tu papá tiene razón —dijo Aimée, alzando la voz por encima de la tele—. Todos te queremos, así que puedes estar tranquila aunque tu mamá se haya ido al Cielo.

Camila metió también baza, pero obtuvo la misma falta de respuesta por parte de Juliette. Los tres adultos se miraron y se encogieron de hombros, llegando a la conclusión de que, en apariencia, de momento no se podía hacer nada más. Ya le habían dado la noticia a la niña, quisiera o no darse por enterada.

Durante unos minutos, Brian se quedó de pie en la cocina, apoyado contra el fregadero, mirando a su hija y a su madre y pensando en la reacción de su suegra, mientras su mente navegaba entre ideas y emociones dispersas acerca de Heather Williams, Charles Kelley y Emma. Se concentró en Emma y se preguntó si de verdad era posible que se hubiera marchado para siempre. Y otra idea igual de perturbadora: ¿seguiría con vida si él hubiese insistido en que no le dieran el alta en el hospital? ¿Tenía él alguna responsabilidad en lo sucedido?

Brian sintió que lo invadía una nueva oleada de emociones, que no le pareció apropiado exteriorizar delante de su hija. Se apartó del fregadero para estar un momento a solas, salió de la cocina y se fue al despacho. Durante su ausencia, recaería sobre Aimée y Camila el peso de confortar a Juliette.

Sentado en el amplio escritorio bajo una lámpara de araña, Brian intentó no mirar la silla vacía de Emma que tenía delante. Encendió la pantalla del ordenador y echó un vistazo a la situación financiera, con la vaga esperanza de pensar en otra cosa. Con Emma muerta, tendría que replantearse seriamente la viabilidad de Protección Personal SL y si iba a ser capaz de tirar adelante sin sus comentarios críticos y su colaboración. De repente, de forma inesperada, se planteó la posibilidad de ser readmitido en la ESU del NYPD y recuperar su antiguo trabajo. En las actuales circunstancias, la idea de un sueldo fijo, un seguro médico decente y un plan de pensiones era muy atractiva. Tenía que indagar acerca de si eso era posible.

Estaba inmerso en estas reflexiones, cuando sonó el teléfono del trabajo. Con la esperanza de que se tratara de alguien interesado en contratar un servicio de seguridad, Brian descolgó. Para su desesperación, no se trataba de un potencial cliente, sino de un representante de Cobros Premier. El tipo, con una irritante voz aguda, le lanzó una amenazante diatriba advirtiéndole de que, si no les ofrecía de inmediato un plan viable de plazos para pagar la deuda de 189.375,86 dólares, su clasificación crediticia bajaría a la categoría de basura y le resultaría imposible conseguir una tarjeta de crédito, cualquier tipo de préstamo o una hipoteca.

Debido a su estado de hipersensibilidad emocional, Brian perdió el control y le dijo a su interlocutor que se fuera a tomar por culo. Colgó el teléfono con tal furia que el auricular salió disparado. Por un instante, Brian observó la superficie del escritorio en busca de algo que tirar al suelo y romper, pero el arrebato se le pasó enseguida. Entonces volvió a sonar el teléfono. Esta vez Brian no respondió. Sabiendo lo que sabía de las agencias de cobros, era consciente de que no le iban a dar respiro. En eso consistía el juego.

Mientras dejaba que el teléfono sonase, abrió la cuenta bancaria online y echó un vistazo al saldo. La situación era crítica, sobre todo con los gastos del funeral que iba a tener que asumir. No tenía ni idea de cuánto podía costar y, de manera egoísta, se preguntó cuánto estaría dispuesta a pagar su familia política, los O'Brien, después del ofrecimiento de Hannah. Por desgracia, sabía que no tardaría en obtener respuesta a estas preguntas. Por fin dejó de sonar el teléfono y salvo por el lejano murmullo de los dibujos animados procedente de la cocina, la habitación volvió a quedar en silencio. Pero esa llamada le sirvió para recordarle que lo habían demandado y que tenía que hacer algo antes de que expirase la fecha límite para responder. La posibilidad de perder la casa rondaba por su cabeza. No podía permitir que eso pasara por un montón de motivos, el principal de los cuales era Juliette. Perder a su madre ya le iba a crear una tremenda inseguridad. Si, además, perdía su casa y el entorno familiar de su habitación eso tendría un impacto terrible en ella.

—De acuerdo, vamos allá —dijo en voz alta. Cogió el móvil para hacer una búsqueda en Google y tecleó «Patrick McCarthy». Necesitaba un abogado, costara lo que costase, y dado que tanto Grady como Liam le habían recomendado a la misma persona, contratar al tal McCarthy parecía un riesgo que merecía la pena asumir, sobre todo teniendo en cuenta que era del barrio.

Para sorpresa de Brian, el propio abogado respondió al segundo timbrazo, lo cual le hizo preguntarse si eso era una buena o mala señal. Esperaba hablar con una secretaria o tener que dejar un mensaje en el buzón de voz. Por un momento, la situación lo pilló con la guardia baja, pero la cosa cambió de inmediato en cuanto se presentó.

—Sé quién eres —dijo Patrick—. ¿Tu padre no era jefe de policía?

—Sí —confirmó Brian—. Comandante de la comisaría 34.

—También conozco a tu hermana. Íbamos a la misma clase. ¿Qué puedo hacer por ti?

—El MMH Inwood me ha demandado por casi doscientos mil dólares —le explicó Brian. Le gustó cómo sonaba la voz de Patrick, transmitía confianza.

—Eso, por desgracia, no es nada inusual.

—¿En serio? —Brian se sorprendió al oírlo—. ¿Has llevado muchos casos?

—Unos cuantos —dijo Patrick—. Sobre todo en estos últimos tiempos, con la pandemia. ¿Ya te han entregado la notificación?

—Esta mañana, me la ha entregado Grady Quillen.

—Entonces disponemos de treinta días para responder —dijo Patrick—. ¿Cuándo te va bien que nos veamos?

—Lo antes posible. —Como hombre de acción que era, Brian tenía que mantenerse activo para no verse superado por la muerte de Emma y la angustiosa posibilidad de perder la casa.

—Por mí, podríamos vernos mañana mismo. ¿Qué tal te va?

—Perfecto —dijo Brian—. Cuanto antes, mejor.

—Puedo estar en el despacho a las siete y media. ¿Es demasiado pronto para ti?

—Me va bien —dijo Brian. Pensó que las posibilidades de dormir algo esa noche eran escasas.

—En ese caso, quedamos a esa hora —confirmó Patrick—. Tráeme los documentos, claro. Y lleva mascarilla. Les exijo a los clientes que se la pongan en el despacho.

—Ningún problema —dijo Brian. Le gustó saber que Patrick cumplía las normas anticovid.

—Mi despacho está en el 5030 de Broadway —dijo Patrick—. No tengo secretaria, de modo que cuando llegues, llámame y yo te abriré para hacerte entrar.

—Pues nos vemos mañana —dijo Brian antes de colgar.

17

1 de septiembre

Como se esperaba, a Brian le resultó casi imposible conciliar el sueño esa noche. Ni siquiera las pastillas que se tomó, sintiéndose algo culpable porque se las habían prescrito a Emma, le hicieron efecto y se pasó la mayor parte de la noche dando vueltas por la casa con la cabeza hecha un lío. En varias ocasiones, se asomó a echar un vistazo a Juliette, que dormía tranquilamente agarrada a Bunny. Parecía que la niña había encajado la noticia mejor de lo que se esperaba, lo cual era, hasta cierto punto, un alivio. Puso toda su confianza en las dos abuelas, que habían pasado todo el día con ella. Incluso se la habían llevado a dar un paseo por el parque Isham que tanto le gustaba y después hasta la iglesia del Buen Pastor para encender una vela por Emma. Cuando Aimée le contó a Brian lo que pensaban hacer, él puso los ojos en blanco ante la idea de llevar a cabo este ritual con una niña de cuatro años, pero al parecer eso había relajado mucho a Juliette, lo cual llevó a Brian a repensar el papel de la religión en la vida de su hija. Él no tenía la menor duda de que en esos momentos lo único que lo mantenía entero era la responsabilidad de cuidar de su hija para asegurarse de que podría atravesar sin ahogarse el océano emocional de perder a su madre.

A las siete de la mañana, mientras Juliette y Camila todavía dormían, Brian se preparó para salir. Dejó una nota a Camila y le mandó un mensaje de texto a Aimée para que supiera dónde estaba. Recogió los documentos que le había entregado Grady de la oficina de casa.

Una de las muchas ventajas de vivir en Inwood, en pleno Manhattan, era lo cerca que quedaba todo. Como el barrio tenía poco más de un kilómetro cuadrado, un tercio de cuya superficie era un parque arbolado, se podía ir a todos los lados caminando, sobre todo a las tiendas situadas a lo largo de la avenida Broadway. Brian bajó por la doble escalera de la calle 215 Este, uno de los lugares más emblemáticos de Inwood, al que le tenía mucho cariño desde la infancia.

Cuando llegó al edificio en el que estaba la oficina de Patrick McCarthy, que era una de las muchas construcciones altas de uso comercial de Inwood, siguió las instrucciones de Patrick y lo llamó para que le abriera. Mientras lo hacía, se preguntó si eso no significaría que el abogado no ganaba lo suficiente para pagar una secretaria, pero dejó de lado estas preocupaciones cuando vio a Patrick salir del ascensor y acercarse. Tenía un aspecto impresionante y era más joven de lo que Brian se esperaba. Era muy alto, casi como Charles Kelley.

—Bienvenido —le saludó Patrick mientras le abría la puerta. En persona sonaba más seguro de sí mismo que por teléfono.

Cuando Brian pasó junto a él al entrar, notó un leve pero inmediato vínculo. Al igual que él, Patrick tenía el cabello casi negro y los ojos azules.

—Te agradezco que hayas aceptado venir en persona pese a la pandemia —dijo Patrick mientras se dirigían al ascensor—. Creo que es importante que nos conozcamos personalmente si vamos a trabajar juntos. Veo que has traído toda la documentación; muy bien, la voy a necesitar. —Brian le entregó los papeles cuando entraban en el ascensor.

De camino a la cuarta planta, el abogado ojeó los papeles mientras Brian le resumía todo lo sucedido con la enfermedad, la hospitalización y el fallecimiento de Emma el día anterior. Esta información cogió a Patrick por sorpresa.

—Lo siento —dijo, con auténtica empatía—. Te han demandado por varios cientos de miles de dólares y has perdido a tu esposa. Una combinación terrible.

—He perdido a mi esposa y a mi socia —añadió Brian.

—Me sorprende que estés tan entero teniendo en cuenta que ha pasado tan poco tiempo.

—Si te soy sincero, supongo que todavía no me lo acabo de creer —confesó Brian—. Además, soy una persona muy activa. Siempre me ha resultado difícil quedarme sentado en cualquier circunstancia.

En el despacho del abogado, que era muy espartano, Brian se sentó en una de las dos sillas metálicas plegables, mientras que Patrick lo hacía en una vetusta silla tras el escritorio metálico. El escaso mobiliario lo completaban una pequeña estantería y un archivador. El decorado no sugería un negocio muy lucrativo. El único detalle que indicaba que estaban en el siglo XXI era un iMac, con su teclado y su ratón.

—Bueno, responderé a la demanda y fijaremos una fecha en el juzgado —le propuso Patrick mientras ordenaba los documentos dando unos golpecitos sobre el escritorio antes de dejarlos justo delante de él. Miró a los ojos a Brian y añadió—: Debo advertírtelo. Tenemos por delante una batalla muy dura.

—Cuando Grady me entregó la demanda, y por cierto me recomendó tus servicios, me dijo que habías intentado ayudar a un vecino, Nolan O'Reilly, pero que la cosa no había salido muy bien.

—Eso es quedarse corto, pero lo intentamos con todas nuestras fuerzas.

—Eso no es muy alentador —dijo Brian, esperando que le dijera que su situación era muy distinta.

—Entiendo perfectamente cómo te sientes ahora. Como ya te he dicho, la batalla va a ser dura y te diré por qué. La mayoría de las veces, los jueces se ven obligados a fallar a favor del hospital porque los servicios se han prestado y todo el mundo, antes de que lo ingresen, tiene que firmar un formulario en el que se hace responsable de pagar la factura. Además, los hospitales pueden cargar los servicios que les dé la gana sin avisar de antemano ni al paciente ni a la familia.

—Doy fe de ello —dijo Brian, y soltó una breve y desolada carcajada—. Pero me gustaría saber si mi caso es diferente al de O'Reilly, ya que en el suyo hubo un juicio sumario.

—Lo siento, pero debido a las normas de confidencialidad entre abogado y cliente no puedo dar detalles de otros casos. Espero que lo entiendas.

—Por supuesto —dijo Brian. No le parecía que limitarse a confirmar si hubo o no un juicio sumario fuera una violación de las normas, pero no insistió—. ¿Tienes mucha experiencia en este tipo de casos?

—Por desgracia sí. En estos momentos, estoy llevando más de veinte casos.

—¿Parecidos al mío?

—Muy similares —le confirmó Patrick—. El MMH Inwood no para de demandar a familias por facturas hospitalarias impagadas, sobre todo desde que empezó la pandemia de COVID-19.

—¿Has llevado casos donde el resultado haya sido un poco mejor que el de O'Reilly? Grady me dijo que perdieron hasta la casa.

—Claro —dijo Partick—. Estate tranquilo, he llevado muchos casos con un final mucho más positivo.

—De acuerdo, esto me anima. Te seré sincero, lo que más me preocupa es poder perder la casa.

—Lo entiendo perfectamente —dijo Patrick comprensivo—. ¿Estás al día en los pagos de la hipoteca?

—No —admitió Brian, y un escalofrío le recorrió el cuerpo—. ¿Eso es importante?

—Me temo que sí. —Patrick arqueó las cejas—. Según la Ley

de Vivienda de Nueva York, en casos de insolvencia la casa queda protegida, pero eso no se aplica si no se está al día en el pago de la hipoteca.

—Mierda —replicó Brian—. Solo me he retrasado dos meses por la pandemia.

—Si puedes hacerlo, te recomiendo encarecidamente que te pongas al día en los pagos cuanto antes.

—El banco sabe el motivo de los retrasos —dijo Brian—. He estado en contacto con ellos; de hecho, fueron ellos los que me animaron a hacerlo. Mi mujer y yo montamos una empresa de seguridad privada en el peor momento posible: a mediados de diciembre, justo antes del estallido de la pandemia. Hemos intentado no quedarnos sin liquidez para mantener la empresa en funcionamiento.

—Lo entiendo, pero estoy seguro de que la otra parte lo usará en tu contra. De manera que, si puedes, ponte al día.

A continuación, dedicaron unos minutos a hablar de las tarifas de Patrick, cuyo cobro él aceptó posponer a cambio de cobrar un modesto anticipo de quinientos dólares.

—Créeme, entiendo tu situación —le dijo Patrick—. Todos andamos igual debido a la pandemia. Me puedes pagar el resto cuando tu empresa vuelva a tener ingresos.

—Es muy amable por tu parte —dijo Brian, agradecido y aliviado. Tuvo la sensación de que esta confianza era otra de las ventajas de vivir en este barrio.

—De acuerdo —dijo Patrick, poniendo ambas manos sobre los documentos de Brian—. Me encargaré de llevar estos papeles al juzgado de inmediato. Entretanto, necesito la factura del hospital. ¿Te han dado una copia?

Brian soltó una breve carcajada asqueada.

—A base de mucho insistir, conseguí que me mandaran una, pero no sirve para nada. Todo está codificado. No se entiende nada.

—Esto me lleva a la siguiente pregunta. ¿Has considerado contratar a un abogado especializado en facturas hospitalarias?

—Es curioso que me lo preguntes. Mi madre me hizo la misma pregunta. En mi vida había oído hablar de abogados especializados en facturas hospitalarias.

—Es el signo de los tiempos —dijo Patrick—. En la actualidad muchos hospitales están dirigidos por administradores privados cuya misión es maximizar los beneficios, y una de las maneras de camuflarlo es hacer que la facturación sea lo más incomprensible posible.

—¿Crees que me sería de ayuda un abogado especializado en este tema?

—Este tipo de profesionales repasarían tu factura con lupa. Ellos son capaces de entender ese lenguaje abstruso y siempre acaban encontrando un montón de errores o cargos excesivos. A veces su sola intervención logra reducir la factura a la mitad o incluso más.

— ¡Jamás me habría podido imaginar que llegaría a vivir una situación como esta! —dijo Brian, alzando las manos en un gesto de sorpresa—. Es jodidamente irónico. Se supone que los hospitales están para salvar a la gente, no para engañarla.

—Como ya te he dicho, es el signo de los tiempos. El Congreso de Estados Unidos se ha dormido en los laureles y ha permitido que los costes de los servicios médicos alcancen niveles nunca vistos. Y es generalizado: las tarifas hospitalarias, el precio de los medicamentos, el coste de las prótesis... Todo está por las nubes.

—¿Entonces me aconsejas buscar a un abogado especializado en facturas hospitalarias?

—Sin duda —dijo Patrick—. Aunque signifique un gasto más para ti.

—¿Me recomiendas a alguno en concreto?

—Sí. Hay una abogada en este mismo edificio que por lo que he podido comprobar de primera mano es excelente en su trabajo. Me ha ayudado en un montón de casos. Se llama Megan Doyle, y también estudió en el mismo colegio que nosotros.

—Megan Doyle —repitió Brian—. De hecho, es la que mi madre me mencionó. Me dijo que había ayudado a una vecina suya.

—No me sorprende. Megan ha ayudado a mucha gente.

—¿Me puedes pasar su contacto?

—Puedo hacer algo mejor —dijo Patrick—. Puedo llamarla ahora mismo. Es mejor ponerse a trabajar inmediatamente, porque va a necesitar una copia completa del historial hospitalario y los hospitales no se muestran muy cooperativos con los abogados que llevan estos asuntos, por no decir otra cosa. De hecho, ponen todas las dificultades posibles, creando todo tipo de impedimentos y retrasos que hay que ir sorteando.

—Le puedo pasar la factura del hospital que tengo —ofreció Brian.

—Ella conseguirá una mejor, mucho más completa —dijo Patrick—. Créeme, las facturas que los hospitales les facilitan a los pacientes nunca están tan detalladas como la que ella solicitará. ¿La llamo? Necesitará verte para empezar el proceso.

—¿Crees que me puede recibir ahora mismo?

—Creo que sí. No será la primera vez que me echa una mano con un cliente.

—De acuerdo, pues vamos a intentarlo —dijo Brian.

Patrick puso el altavoz del teléfono e hizo la llamada. A diferencia de él, Megan sí tenía secretaria, que procedió a pasarle la llamada. La conversación fue afable, breve y directa al grano. Megan podía hacerle un hueco entre dos citas y le dijo que tenía que bajar a verla directamente en cuanto terminase con Patrick.

Tras la concisa charla, en la que también hablaron un momento del caso de otro cliente, Patrick colgó y miró a Brian.

—Megan te va a gustar —le dijo—. Es muy simpática, pero también muy profesional, y es muy buena en su especialidad.

—Aunque lograse reducir mi factura a la mitad, me va a seguir costando pagarla —advirtió Brian—. Pero permíteme que te haga otra pregunta. ¿Y si demandásemos a la empresa que gestiona mi supuesto seguro médico, Peerless? Han rechazado todas mis peticiones de revisión, negando toda responsabilidad con el pago de los gastos pese a que yo he abonado todas las cuotas. Para mí es un fraude.

—Lo indagaré si insistes, pero si quieres que te diga la verdad, las posibilidades de éxito por ahí son minúsculas. Según mi experiencia, las pólizas a corto plazo son una estafa tolerada. Han gastado millones en honorarios de abogados para protegerse. ¿Te leíste toda la letra pequeña de la póliza antes de adquirirla?

—No, no lo hice —admitió Brian.

—Ellos cuentan con eso —le explicó Patrick—. Su publicidad se basa en recalcar que son muy baratos, y en efecto lo son. Después están encantados de cobrarte las cuotas, pero a la hora de abonar gastos, nada de nada; su forma de actuar no es ni remotamente justa.

—¿Y por qué se tolera? —preguntó Brian, desconcertado.

—Esa es una pregunta para la que no tengo respuesta —dijo Patrick negando con la cabeza.

—Hay otro tema que creo que debería investigarse. Creo que hay una posibilidad real de que a mi mujer le dieran el alta antes de que fuera médicamente seguro hacerlo, probablemente porque yo no estaba pagando las facturas. Creo que la gestión orientada a obtener beneficios que está haciendo Charles Kelley, el CEO del hospital, pone en peligro a los pacientes.

Patrick arqueó las cejas.

—Aclaremos lo que estás dando a entender. ¿Crees que ha habido negligencia por parte del hospital?

—Sí —respondió Brian—. De haber seguido en el hospital bajo vigilancia, es probable que Emma siguiera hoy con vida.

—Hummm. Esto podría abrir un nuevo frente —reflexionó Patrick—. Aunque no creo que pueda influir en el caso de la demanda por impago. Lo que puedo hacer es pasarle esta información a un abogado amigo mío especialista en mala praxis médica, si tú me das permiso para hacerlo.

—Claro, si crees que merece la pena.

—Voy a darle una vuelta —dijo Patrick—. Entretanto, iniciaré el proceso para que nos asignen una fecha en el juzgado.

Se levantó y Brian hizo lo mismo, impaciente por conocer a su abogada especializada en facturas hospitalarias.

18

1 de septiembre

Brian tardó solo unos minutos en bajar desde el despacho de Patrick McCarthy hasta el de Megan Doyle, que estaba en la planta baja; más cómodo imposible. El contraste entre un espacio y el otro era notorio. A diferencia del cuchitril de Patrick, en este había una amplia sala de espera y una recepcionista, lo cual daba a entender que a Megan le iba mucho mejor en el terreno económico que a Patrick. Por lo que parecía, el negocio de Megan iba viento en popa, a pesar de la pandemia, o tal vez debido a ella.

A Brian la madura recepcionista le recordó a la bibliotecaria del instituto, y estuvo tentado de preguntar si eran parientes, pero no recordaba el nombre de la bibliotecaria. Siguiendo los protocolos establecidos con la pandemia, se había añadido una pantalla de plexiglás a su escritorio. Entre la pantalla y la mascarilla que llevaba puesta, Brian tuvo que elevar la voz al dar su nombre.

—La señorita Doyle le recibirá en cuanto tenga un hueco entre pacientes —replicó la recepcionista elevando también el tono—. Mientras tanto, le ruego que vaya rellenando este formulario con sus datos.

Con el formulario en una tabla sujetapapeles, Brian se volvió para buscar el mejor sitio donde sentarse en la sala de espera. Pese a lo temprano que era, ya había dos personas esperando, que habían escogido esquinas opuestas de la sala bajo las ventanas que daban a Broadway. Para mantener la distancia social que se exigía, Brian se dirigió a la otra punta de la sala.

Mientras rellenaba el formulario, le dio vueltas al curioso detalle de que la recepcionista se había referido a los clientes como «pacientes». Le pareció bastante raro que Megan utilizara la misma jerga que la comunidad médica, lo cual daba a entender que revisar una disparatada factura hospitalaria era similar a enyesar un hueso roto.

Mientras terminaba de rellenar el formulario, entró una cuarta persona en la sala de espera. A Brian le llamó la atención la edad de la mujer. Mientras que el hombre y la mujer sentados bajo las ventanas tenían más o menos la edad de su madre, rondarían los setenta años, la recién llegada parecía tener más o menos su edad. Llevaba unos shorts ceñidos y un maillot rosa chillón con franjas blancas. Y, como Brian, cuando dio su nombre a través del plexiglás alzó la voz para asegurarse de que se la oía. La chica se llamaba Jeanne Juliette-Shaw. La recepcionista le dijo lo mismo que a Brian, que también a ella la colaría entre vistitas programadas. La única diferencia es que a ella no le dio un formulario para rellenar, lo cual significaba que era ya clienta.

Pese a hallarse en la sala de espera de una abogada especializada en facturas hospitalarias, a que su vida se había desmoronado y a que estaban en mitad de una pandemia, Brian no pudo evitar sentir curiosidad por esta mujer por tres detalles. Primero, porque era joven, lo cual significaba que, al igual que él, no debería estar peleándose con una enrevesada factura hospitalaria. Segundo, porque tenía un claro acento francés. Tal y como había pronunciado su nombre, estaba claro que había crecido en Francia, como Aimée. Y tercero, porque su apellido —Juliette-Shaw— le llevó a pensar en el nombre de su hija.

Jeanne se dirigió a la única esquina de la sala que quedaba libre, bastante cerca de él, aunque respetando de sobra los dos metros requeridos. Al sentarse, saludó con un movimiento de la cabeza a Brian, que no pudo evitar observarla, pese a ser consciente de que podría resultar maleducado. La chica sacó el móvil del bolsillo trasero de su mallot de ciclista y se abstrajo contemplando la pantalla.

—Disculpa —dijo Brian, incapaz de contenerse—. No he podido evitar oír tu apellido compuesto, Juliette. Es... —Por un momento no supo qué decir, ya que había empezado a hablar de forma impulsiva, sin nada planeado. Al final, tras un incómodo silencio, añadió—: Es muy bonito.

—Gracias —dijo ella, que de inmediato volvió a concentrarse en el móvil.

—Me ha llamado la atención, porque mi hija de cuatro años se llama así —añadió Brian, en un intento de iniciar una conversación.

Jeanne volvió a alzar la vista. Debido a la mascarilla, Brian no tenía clara cuál era su reacción, pero vio una leve arruga en la comisura de los ojos que como mínimo sugería una sonrisa, aunque para su consternación, la chica no dijo nada, forzando a Brian a continuar:

—Elegimos este nombre porque era el apellido de soltera de mi madre. Mi madre se crio en Francia. Vino a Estados Unidos a estudiar la carrera universitaria, de hecho estudió en el Barnard College, donde conoció a mi padre, que estudiaba en Columbia con una beca de hockey, y después nacimos nosotros, sus hijos.

Brian se sentía incómodo, motivo por el cual hablaba tanto. Aunque era una persona muy sociable, nunca se había sentido cómodo conversando con mujeres a las que no conocía.

—Juliette no es un apellido muy común —dijo Jeanne—. Ni siquiera en Francia. ¿De qué parte de Francia es tu madre?

—De Normandía —dijo Brian, aliviado de que la chica le hiciera alguna pregunta—. De cerca de Bayeux.

—Es una parte interesante de Francia.

—¿Has estado allí?

—Claro. Todo el mundo visita Bayeux por el tapiz.

—Supongo que tienes razón —dijo Brian—. Incluso yo he visto el tapiz; muchas veces, de hecho. Mi madre nos llevaba cada año a mis hermanos y a mí a Francia, para visitar a los abuelos franceses. Para facilitar las cosas, incluso nos sacó a todos pasaportes franceses para no tener que hacer largas colas en inmigración. Mi segundo nombre es Yves, por el padre de mi madre. —Brian no entendía por qué sentía la presión de seguir hablando. En general era muy reservado, no era propio de él ir contando su vida por ahí.

—Tus hermanos y tú fuisteis muy afortunados —dijo Jeanne.

—Es verdad —se mostró de acuerdo Brian. Y en un intento de desviar la conversación de su persona, añadió—: Tienes un acento encantador y muy marcado. ¿Eres francesa?

—Sí y no —respondió ella—. Como tu madre, crecí en Francia. Yo también vine a Estados Unidos para estudiar en la universidad, pero me acabé quedando y tengo la ciudadanía. Me considero tan americana como francesa.

—Como debe ser. ¿Podrías estar relacionada con la familia de mi madre, ya que, como dices, el apellido Juliette no es muy común?

—Lo dudo —respondió Jeanne—. Crecí en otra parte de Francia, que no es tan conocida en el extranjero. Se llama la Camarga. Está en el sur, y todos mis parientes han vivido siempre allí.

—Tienes razón. Nunca he oído hablar de la Camarga. Pero le preguntaré a mi madre.

—Ella sí la conocerá, está en el delta del río Ródano —le explicó Jeanne—. Es una zona de marismas, dedicada a la agricultura; hay más pájaros, ganado y caballos que personas.

—Le echaré un vistazo en Google —dijo él—. Debería presentarme. Soy Brian Murphy.

—Encantada de conocerte, Brian —dijo ella—. Yo soy Jeanne Juliette-Shaw.

—También es un placer conocerte. Si no te importa, ¿puedo

hacerte una pregunta sobre Megan Doyle? ¿Es tu primera visita, como es mi caso?

—No, lleva trabajando en mi caso varios meses. He venido para firmar los últimos documentos.

—¿Y te ha sido útil?

—Muy útil —confirmó Jeanne—. Ojalá hubiera acudido a ella antes. Pero no sabía que existían este tipo de abogados.

—Hasta hace unos días, yo tampoco.

—Una de las cosas que más echo de menos de Francia es el sistema de salud público —dijo ella—. Es muchísimo mejor. Aquí puede ser un desastre y yo soy la prueba viviente.

—Entonces, supongo que a ti también te llegó una factura hospitalaria elevadísima, ¿no?

—*Énorme* —dijo Jane—. Descomunal.

—¿Y también te demandaron?

—¡Y tanto! Ya lo creo que me demandaron.

—¿Un hospital de la zona? —preguntó Brian.

—Sí, en efecto. El MMH Inwood.

—¿No tenías seguro? —inquirió Brian.

—Teníamos seguro, pero era una póliza a corto plazo, que resultó no valer para nada —explicó Jeanne—. No cubrieron ningún gasto.

—¿No habrías contratado por casualidad un seguro médico con Peerless?

—¿Cómo lo has adivinado? —dijo ella, arqueando las cejas.

—En cuanto has dicho que no cubrieron ningún gasto —dijo él con tono de mofa—. Nosotros teníamos el mismo seguro y no han pagado ni un céntimo. Me he enterado de que es su *modus operandi*, gracias a su CEO, Heather Williams.

—He oído hablar de ella —dijo Jeanne—. Es muy popular en Wall Street.

—¿Qué excusa puso Peerless para no pagar vuestra factura, si te lo puedo preguntar?

—Adujeron que el ataque al corazón que sufrió mi marido se

debía a una enfermedad preexistente —empezó a contar Jeanne—. No sé cómo, dieron con la información de que años atrás había acudido al médico varias veces con dolor en el pecho. Pese a que en aquel entonces el médico no encontró nada preocupante, salvo el colesterol un poco elevado y la presión alta, la aseguradora se obstinó en decir que el ataque al corazón se debía a una enfermedad preexistente. Por desgracia, el juzgado les dio la razón. Nos timaron. No sabíamos que una póliza a corto plazo podía argumentar algo así.

—Es criminal, quiero decir que prácticamente cualquier cosa se puede considerar debida a una enfermedad preexistente.

—No puedo estar más de acuerdo —dijo ella—. Es criminal.

—¿Al menos tu marido se recuperó?

—Ojalá —dijo Jeanne—. Murió después de varias operaciones, esperando un trasplante que nunca llegó. Con un seguro pésimo, que no iba a cubrir ningún gasto, y sin recursos para pagar la operación de medio millón de dólares, el hospital nos dio largas. Vimos claro que las posibilidades de que llegaran a trasplantarle un nuevo corazón eran escasas. Vivió algún tiempo con lo que llaman un dispositivo de asistencia ventricular, pero la calidad de vida era mala.

—Siento oírlo —dijo Brian, incómodo por haber preguntado. Y, de pronto, se sorprendió a sí mismo, contando sin apenas voz—: Entiendo cómo te sientes. Yo perdí a mi mujer ayer mismo.

—¡Oh, no! —exclamó Jeanne—. ¿Qué pasó?

—Hace unas semanas contrajo una enfermedad viral llamada encefalitis equina occidental, o EEE de forma abreviada. Creo que le picó un mosquito mientras hacíamos una barbacoa en la playa.

—¡Dios mío! Qué tragedia. No había oído hablar en mi vida de la EEE.

—Yo tampoco —dijo Brian—. Pero al parecer es un problema que me temo que va a ir a más. Los mosquitos tigre asiáticos pueden ser portadores del virus y extender la enfermedad desde los trópicos hasta Canadá.

—Entre esto y el coronavirus, parece que las enfermedades víricas se están convirtiendo en una amenaza existencial. ¿Y dices que tu mujer falleció ayer?

Él asintió.

—Lo siento mucho. Y me sorprende que puedas estar haciendo gestiones. Cuando falleció mi marido, yo fui incapaz de salir de casa durante semanas.

Brian respiró hondo varias veces y empezó a hablar, pero tuvo que detenerse. Por fin consiguió articular las palabras:

—Supongo que todavía estoy en la fase de negación y rabia. Pero tengo que moverme, sobre todo porque el MMH Inwood me ha demandado y amenaza con quitarme la casa. Por eso he venido a ver a Megan Doyle y al abogado que está en una planta de más arriba, con la esperanza de que puedan ayudarme.

—Supongo que te refieres a Patrick McCarthy. ¡Vaya! Estás siguiendo los mismos pasos que yo. Por si te sirve de consuelo, al menos te puedo garantizar que trabajan muy bien juntos.

—Es bueno saberlo. Gracias.

—En Francia sería imposible que se produjera una situación como esta —dijo ella—. Eso basta para que me plantee seriamente volver allí, pese a lo mucho que amo este país. —Y arrugando la nariz, añadió—: Has dicho que tenías una hija. ¿Qué tal lo lleva?

—Me temo que no muy bien. Estaba muy apegada a su madre. Ya lo pasó muy mal cuando hace dos semanas hospitalizaron a mi mujer. Tener que explicarle ayer que su madre había muerto ha sido lo más difícil que he hecho en mi vida.

—Para un niño es horrible perder a un progenitor, sobre todo si es la madre, sin ofender a los padres.

—No me ofendo. Lo entiendo.

—Tu mayor reto será convencerla de que vas a estar muy pendiente de ella, de que está a salvo. Tendrá miedo a ser abandonada, y solo afrontándolo de cara podrás hacer que desaparezca.

—Me parece que sabes más de este tipo de situaciones que yo. ¿Tienes algún tipo de formación en salud mental? ¿O también tienes hijos?

—No, no tengo hijos —dijo Jeanne—. Pero estudié Psicología en la Universidad de Fordham, donde conocí a mi marido, probablemente de un modo muy similar a como tu madre conoció a tu padre. También cursé un máster en Psicología escolar y trabajé de psicóloga escolar durante unos años. En ese periodo me tocó tratar a muchos estudiantes que habían perdido a sus padres.

—Vaya, eso lo explica todo —dijo Brian, impresionado por su experiencia.

—Vas a tener que estar preparado para que tu hija muestre un repertorio de síntomas potencialmente muy diverso —le explicó—. Puede desarrollar síntomas psicosomáticos, como dolores estomacales. En el terreno mental puede experimentar una regresión.

—¿Qué quieres decir con «regresión»?

—Es retroceder a una edad más temprana. Por ejemplo, puede dejar de hablar, olvidar todo su aprendizaje para contenerse y hacer sus necesidades en el lavabo, o pedir leche y negarse a ingerir alimentos sólidos. Es imposible de predecir. Tendrás que estar preparado para lo que venga, sea lo que sea.

En ese momento se abrió la puerta del despacho y apareció una mujer de cabello cano con muletas. Detrás de ella iba una chica que Brian supuso que sería Megan Doyle. A pesar de la mascarilla que le tapaba la cara, parecía más joven de lo que se esperaba, mucho más joven que Patrick McCarthy; de hecho, parecía más una estudiante universitaria que una profesional ya titulada. Llevaba una americana azul, tejanos y una blusa blanca de cuello abierto. Pero lo que a él le gustó de inmediato fue la sensación de seguridad y el entusiasmo que mostró cuando saludó a las dos personas mayores que esperaban bajo las ventanas y les decía que enseguida las atendería.

Después de entregarle unos documentos a la recepcionista y coger la tabla sujetapapeles con el formulario que había rellenado Brian, también saludó a Jeanne antes de llamarlo a él e indicarle con un gesto que la siguiera al despacho.

—Buena suerte —dijo Jeanne cuando Brian se puso en pie.

—Gracias —replicó él, y respiró hondo—. La voy a necesitar.

19

1 de septiembre

Al igual que la sala de espera, el despacho de Megan no tenía nada que ver con el destartalado cuchitril de Patrick McCarthy. No es que fuera muy elegante, pero al menos el mobiliario se veía bastante nuevo, de aire moderno; era de madera clara y líneas simples, al estilo minimalista escandinavo. Además de los ineludibles escritorio y sillas, había una estantería grande que Brian vio que estaba repleta de manuales sobre facturación hospitalaria y textos jurídicos, que le hicieron sentirse un ignorante en ese terreno.

—Por favor —dijo Megan, señalándole la silla que estaba a algo más de dos metros de su escritorio. Ella también se sentó y repasó el formulario que había rellenado Brian.

—Bien —empezó Megan con tono jovial—, esta reunión preliminar nos llevará solo unos minutos y la principal finalidad es que firmes un formulario de autorización de paciente a abogado, para que podamos ponernos en marcha y conseguir una copia completa de tu factura hospitalaria. También vamos a aprovechar este encuentro para hablar de mi tarifa. Veo que te ha demandado el MMH Inwood por casi doscientos mil dólares.

—La cifra va a aumentar —le advirtió él—. Habrá un cargo adicional por la visita de ayer a Urgencias. —Y a continuación, Brian le hizo un resumen de la enfermedad de Emma y su fallecimiento.

—Siento que hayas perdido a tu esposa —dijo Megan con sinceridad. Se le hundieron los hombros de forma visible.

—Eso es, sin duda, lo más trágico porque ya no tiene solución —dijo Brian consternado—. Pero la situación económica a la que me enfrento es una auténtica locura y habrá que hacer algo. ¿Crees que puedes ayudarme?

—Desde luego, sin ninguna duda —dijo Megan, recuperando su entusiasmo—. Todavía no he tenido ningún cliente cuya factura no haya logrado reducir de forma significativa. Te puedo asegurar que el MMH Inwood hincha las facturas e introduce conceptos erróneos tanto o más que el resto de los hospitales de la ciudad, sobre todo cuando se trata de pacientes que no tienen seguro o tienen uno de mala calidad. Con lo de seguros de mala calidad me refiero a aquellos que son de aseguradoras que no han negociado rebajas sustanciales sobre el «precio base» del hospital.

—Perdón, pero ¿qué es el «precio base» del hospital? ¿Es como un listado de los precios de sus servicios? No lo he visto nunca.

—Ni lo verás, aunque lo pidas —dijo Megan—. No está pensado para ser mostrado en público. Es un listado de precios de bienes y servicios hinchados de forma artificial como punto de partida para empezar a negociar deducciones a las compañías de seguros más poderosas, es decir las más grandes. Estos precios no tienen nada que ver con la suma de coste y beneficio, que es como se suele determinar el precio de un producto en el mercado real y como Medicare intenta determinar lo que pagará. Y para complicar todavía más las cosas, los hospitales no paran de subir estos precios base, sobre todo cuando una cadena hospitalaria compra un hospital general en bancarrota. Es todo un gran negocio, porque tanto los hospitales como las compañías de seguros aumentan sus beneficios cuanto más dinero se invierte en la atención sanitaria. Por desgracia, son personas como tú las que sufrís las peores consecuencias de este estúpido y carísimo juego de intereses. Te acaban cargando un precio base elevadísimo, hinchado de forma artificial, que está muy por encima de lo que pagan todos los demás.

—Increíble. No tenía ni idea. Dios mío, me siento como un auténtico ignorante.

—No seas duro contigo mismo. La mayoría de la gente no tiene ni la más remota idea de la existencia de esta desafortunada realidad, y muchos ciudadanos todavía viven con la ilusión de que los hospitales y las compañías de seguros les ayudarán cuando lo necesiten.

—Me temo que yo formaba parte de ese grupo.

—Bueno, dejemos ya de hablar de esta deplorable realidad —dijo Megan, recuperando el entusiasmo—. En cuanto me firmes la autorización, empezaré a escalar la montaña cuya coronación será la entrega de la factura completa y detallada, algo nada fácil de conseguir, porque me pondrán todas las pegas posibles antes de acceder a dármela. Pero no te preocupes, me conozco al dedillo todas sus triquiñuelas y tácticas de dilatación. ¿Has tratado con alguien en concreto en el departamento financiero del hospital?

—Sí —dijo Brian—. Con Roger Dalton.

—Bien. Él es casi humano. —Se rio de su propio chiste—. Y entiendo que te está llevando el caso Patrick McCarthy, porque es él quien me ha llamado.

—Sí, hemos empezado hoy —le confirmó Brian.

—¡Perfecto! —dijo Megan—. Tenemos muy buena relación. ¿Tienes alguna pregunta?

—En estos momentos no sé lo suficiente del tema como para hacer preguntas. —Sabía que, en cuanto saliera del despacho, le vendrían a la cabeza una docena.

—Si me lo permites, te voy a hacer un esbozo de lo que es más que probable que suceda —añadió ella—. Aunque no te puedo prometer nada, por mi experiencia hasta ahora con las facturas del MMH, podré reducírtela entre un veinticinco y un noventa por ciento. Sé que es una horquilla enorme, pero es lo que me ha enseñado la experiencia. En cuento tenga en mi poder tu factura detallada, me pondré a trabajar. A partir de ahora, después de habernos visto en persona, podremos ir manteniendo reuniones online. Doy por sentado que dispones de un ordenador y de internet.

—Sí, claro —dijo él—. De hecho, se me acaba de ocurrir una pregunta. Parece que tienes una cantidad enorme de trabajo. ¿Tienes muchos clientes entre los vecinos de Inwood?

—Demasiados. Y la pandemia no ha hecho más que empeorar las cosas, porque la gente que se ha quedado sin trabajo ha perdido también el seguro asociado a él y ha optado o bien por estar sin seguro o bien por contratar uno a corto plazo como en tu caso. Es un aspecto más de la tragedia americana provocada por el COVID-19.

—¿Y en cuanto a tu tarifa? ¿Cómo te tengo que pagar?

—Puedes pagarme o bien por horas o con un porcentaje del dinero que logremos ahorrarte —le explicó Megan—. La decisión es tuya y no tienes que tomarla ahora. En cuanto pueda echarle un vistazo a la factura hospitalaria, podré darte una idea aproximada de a cuánto ascenderá mi tarifa.

—Patrick me ha ofrecido posponer el pago hasta que pase lo peor de la pandemia y mi empresa remonte. ¿Tú me puedes ofrecer lo mismo?

—Sí —dijo Megan—. Siento tener que dar la reunión por acabada, pero tengo que seguir con los clientes que tenían cita concertada. Pero antes de concluir, fírmame esta autorización de acceso a los datos privados del paciente para que me pueda poner en marcha.

—Por supuesto. —Brian se levantó y se acercó a la esquina del escritorio hacia la que ella había deslizado los documentos que tenía que firmar.

Con los papeles firmados en mano, siguió a Megan a la sala de espera. Mientras ella llamaba a uno de los clientes más mayores, Brian se dirigió a la recepcionista, tal como le había dicho la abogada, y le entregó el formulario firmado. Mientras lo hacía y oía a Megan diciéndole que se pondría en contacto con él si necesitaba algo más, Brian intentaba armarse de valor para retomar su charla con Jeanne Juliette-Shaw. Por suerte, no tuvo que improvisar nada. Para su alivio, en cuanto terminó con las gestiones con la recepcionista, Jeanne se levantó y se le acercó. Llevaba en la mano su tarjeta.

—Disculpa, Brian —empezó—. Siento de veras lo de tu mujer y he estado pensando en tu hija. Por mi experiencia como psicóloga escolar, creo que los próximos meses no van a ser fáciles ni para ti ni para ella. Si puedo ser de alguna ayuda, sobre todo si surgen problemas, estaré encantada de echar una mano. En estos momentos no estoy trabajando por motivos varios con los que no te voy a aburrir, de manera que estaré disponible si me necesitas. Por supuesto, lo haría sin cobrar.

Brian se quedó de inmediato abrumado por la generosidad de Jeanne e impresionado por su fortaleza.

—Es muy amable por tu parte —respondió tartamudeando.

—Quería darte mi número por si estás interesado —le dijo Jeanne y le tendió la tarjeta.

Él la cogió e intentó leer el número con cierta dificultad. Los ojos se le habían llenado de lágrimas por la oferta y el altruismo de Jeanne amenazaba con resquebrajar el muro que había levantado para mantener sus emociones a buen recaudo.

—Es muy posible que te llame —tartamudeó.

—Lo siento si te he incomodado —dijo Jeanne—, pero me gustaría echar una mano si es posible.

—No me has incomodado en absoluto —se esforzó en decir Brian, pese a que no era cierto. Se concentró en la tarjeta y logró controlar sus emociones. En ella se leía, en negrita, ALARMAS SHAW y una dirección de Washington Heights. Ella figuraba como vicepresidenta. Había un número de teléfono de la oficina, pero estaba tachado, y debajo Jeanne había anotado el móvil.

—¡Vaya! —exclamó Brian, respirando hondo para recomponerse—. ¡Todo este rato hablando con toda una vicepresidenta y yo sin saberlo!

—Vicepresidenta de una empresa de alarmas en quiebra —le corrigió Jeanne con una sonrisa irónica—. Alarmas Shaw acabó quebrando cuando intenté pagar al MMH Inwood lo que les debía, lo cual fue imposible, y entonces ellos me pusieron una demanda.

—Dios mío —dijo él, y la creciente indignación le hizo olvidar su pesadumbre. La historia de Jeanne era un brutal recordatorio de lo despiadado que podía llegar a ser el MMH Inwood y del pérfido comportamiento de Peerless no solo con él, sino con mucha más gente—. ¿La demanda del MMH fue lo que llevó a tu empresa a la quiebra?

—Sí, con ayuda de la pandemia.

—Parece la tormenta perfecta —dijo Brian—. Una tormenta en la que también yo estoy atrapado. Mi mujer y yo pusimos en marcha una empresa de seguridad personal justo cuando la pandemia estaba empezando en Wuhan, China. Desde que llegó a Estados Unidos, apenas hemos tenido trabajo.

—Te habrás fijado en que en la tarjeta el teléfono de la oficina está tachado —dijo Jeanne—. Pero el móvil sigue operativo. Así que, por favor, llámame si crees que puedo serte de ayuda con algún consejo profesional con relación a tu hija. O si crees que te puedo ayudar a ti. Si acabas de perder a tu esposa, me imagino por lo que estarás pasando.

—¿Vives en Inwood?

—Sí. En la avenida Seaman. Mi casa da al parque Emerson.

—Es uno de los lugares favoritos de mi hija —dijo Brian, arreglándoselas para sonreír.

—Entiendo perfectamente por qué —respondió Jeanne—. ¿Dónde vivís vosotros?

—En la calle 217 Este.

—¡Muy bonito! Conozco esa zona. ¿No vivirás por casualidad en una de esas encantadoras casas unifamiliares?

—Pues sí, y me gustaría preservarla de las garras del MMH Inwood —dijo él, mientras su ánimo volvía a ensombrecerse.

—Ojalá sea así —dijo Jeanne, y le lanzó una mirada compasiva.

20

1 de septiembre

Mientras Brian se acercaba a la puerta de su casa, no sabía qué iba a encontrarse. Nadie le había mandado mensajes de texto durante las más de dos horas que llevaba fuera. Lo primero con lo que se topó fue la banda sonora de unos dibujos animados procedente de la cocina; sonaba a *George el Curioso*. Afortunadamente no había rastro ni de peleas ni de llantos. Lo siguiente que oyó fue a Aimée y Hannah hablando en la sala. Aimée le invitó a unirse a ellas con un gesto.

—¿Ha habido suerte? —le preguntó.

—Depende de lo que entiendas por suerte —respondió él—. He conseguido un abogado. Se llama Patrick McCarthy, iba a la clase de Erin en primaria y parece bastante competente, aunque es más joven de lo que me esperaba.

—Seguro que será bueno —le animó Aimée—. Viene de una buena familia. Y su padre también es abogado.

—También he conseguido una abogada especializada en facturas hospitalarias, Megan Doyle; la que me dijiste que había ayudado a una vecina. Debo decir que parece muy profesional, aunque parece todavía más joven que el otro abogado. Lo importante es que está convencida de que puede recudir la factura hospitalaria de Emma de manera significativa. De hecho, en algún momento se me pasó por la cabeza que tal vez tuviera un cierto exceso de confianza en sí misma, pero, en fin, ya veremos.

—Me alegra saber que has hecho caso de mi sugerencia. Esa chica ayudó a Alana Jenkins. Pero queríamos hablarte de Juliette. La cosa no acaba de ir bien.

—¿Qué pasa? —Tras considerar el sonido de los dibujos animados procedente de la cocina como un signo esperanzador, no era esto lo que esperaba oír.

—Se niega a hablar con ninguna de nosotras.

Brian asintió y repasó mentalmente la advertencia que le había hecho Jeanne sobre la regresión.

—Y se niega a comer —continuó Aimée—. Camila ha puesto todo su empeño, ha hecho lo imposible, le ha preparado su desayuno favorito con huevos, beicon y tostadas con azúcar. Para darle un respiro a Camila, me he sentado con Juliette un rato, intentando que interactuase conmigo, pero no ha habido suerte. Ha habido un cambio enorme desde ayer por la tarde cuando la llevamos a la iglesia del Buen Pastor, allí seguía siendo la de siempre. Ahora, lo único que quiere es ver dibujos animados, y se pone a llorar si alguien intenta que deje de ver la tele.

—No pinta bien —dijo Brian—. De acuerdo, voy a ver si logro darle la vuelta a la situación.

—Antes de que vayas, ¿cómo estás tú? —quiso saber Aimée, y la pregunta le pilló con la guardia baja.

Como si mantuviera el equilibrio sobre el filo de una navaja, en cuanto su madre le hizo la pregunta, sintió que sucumbía a una oleada de emoción. Al ver que su hijo estaba a punto de desmoronarse, se levantó, se acercó a él y le dio un largo abrazo. Brian no se opuso. Cuando por fin lo soltó, él se secó las comisuras de los ojos con el dorso de la mano.

—Lo siento —balbuceó.

—No te preocupes —dijo Aimée. Tiró de él hacia el sofá en el que había estado sentada—. Antes de ir a ver a Juliette, quédate un momento con nosotras. Hannah quiere comentarte algunas cosas.

Incapaz de resistirse, Brian se sentó y dejó escapar un suspiro que sonó como un globo deshinchándose. Hannah empezó a hablar de inmediato:

—Me alegra poder decir que he hecho muchos progresos —dijo. Sentada en el otro sillón, frente a ellos, se inclinó hacia delante—. He contactado con la funeraria Riverside y han demostrado una gran profesionalidad. En cuanto hayan preparado a Emma, lo cual, por lo que me han dicho, les llevará varias horas, la traerán a casa para celebrar un velorio como Dios manda, que empezará esta tarde y continuará toda la noche. Varios familiares, e incluso algunos vecinos, se han ofrecido a echar una mano con la comida, las bebidas y otros preparativos, como velas, flores y arreglos de la casa. ¿Qué te parece?

Hannah hizo una pausa en su monólogo y lo miró a la espera de alguna respuesta. Brian no tenía claro que le gustara la idea de celebrar esa tradicional despedida, pero no tenía ganas de discutir al respecto. Era obvio que Hannah estaba tratando de asimilar la muerte de su hija concentrando su atención en todos estos detalles. Una vez más pensó que ojalá Emma y él hubieran hablado alguna vez de la muerte para poder saber qué hubiera querido ella que hicieran. Trató de imaginárselo y llegó a la conclusión de que ella hubiese querido que su madre tomara la decisión si eso podía ser de alguna ayuda. Con esa idea en la cabeza, se limitó a asentir.

—Bien —dijo Hannah, como si se hubiera quitado un peso de encima con la tácita aceptación de Brian—. Para mañana ya he organizado la misa funeral en la iglesia del Buen Pastor, seguida por el entierro en el cementerio de Woodlawn. Espero que no te importe, pero hemos tirado adelante y ya hemos pagado los gastos.

—Es muy generoso por tu parte —dijo Brian. No era alguien que acostumbrara a esperar o aceptar ayuda económica, pero estos eran tiempos excepcionales y, teniendo en cuenta el estado de sus finanzas, lo agradeció.

—Estamos encantados de poder ayudar, porque sabemos lo duros que están siendo los tiempos para el negocio —dijo Hannah, y le lanzó una mirada compasiva—. Lo que sí te pediría que hicieras es avisar a los amigos y colegas de Emma en el NYPD, aunque el aforo tanto del velatorio como del funeral será limitado por la pandemia.

—Yo me encargo de eso —dijo Brian. Se le ocurrió que también podía ser una oportunidad para al menos sondear la idea de volver al NYPD con el jefe de la ESU, el subcomisario Michael Comstock. Sin Emma a su lado, no tenía ni idea de cuánto entusiasmo podía poner todavía en Protección Personal SL, sobre todo con la pandemia en marcha.

—¡Bien! —exclamó Hannah y se dio unas palmadas en las rodillas antes de ponerse en pie—. Siento tener que dejaros a solas con Juliette, pero tengo que ir a casa para asegurarme de que todo está controlado. Queda todavía mucho por hacer.

—Lo comprendemos —dijo Aimée—. Nosotros nos encargamos de Juliette, gracias por organizar el velatorio y el funeral.

—Es lo menos que podía hacer —dijo Hannah con un gesto de la mano quitando importancia a sus esfuerzos. Se volvió, desapareció en el vestíbulo para ponerse los zapatos y salió por la puerta.

Por un instante, madre e hijo se miraron.

—Es un torbellino —dijo Brian pasados unos segundos.

Aimée asintió.

—No tiene otra opción, y tú eres muy generoso por permitirle salirse con la suya.

—No tengo energía suficiente para discutir con ella. Además, no sé qué hubiera querido Emma, más allá de ahorrarle sufrimientos a su madre.

—*Je comprends* —dijo Aimée—. Además, en estos momentos tienes que concentrar toda tu energía en Juliette. Mi instinto maternal me dice que va a necesitar toda tu atención. Estoy más que dispuesta a ayudar, pero me temo que la mayor parte de la carga la vas a tener que soportar tú.

—Mi instinto paternal me está mandando el mismo mensaje —se mostró de acuerdo Brian, mientras rebuscaba en el bolsillo del pantalón y sacaba la tarjeta de la ya desaparecida empresa que le había dado Jeanne—. Esta mañana he tenido un inesperado encuentro en la sala de espera de Megan Doyle. Ha entrado otra clienta de la abogada y cuando se ha presentado he oído su nombre: Jeanne Juliette-Shaw. —Le tendió la tarjeta a Aimée.

—¿En serio? —preguntó ella. Miró la tarjeta y arqueó las cejas—. Es sorprendente. Juliette no es un apellido muy común.

—Por eso me he atrevido a entablar una conversación con ella —explicó Brian—. Resulta que, como tú, creció en Francia y, también como tú, vino a Estados Unidos a estudiar en la universidad, en la Fordham para ser exactos. Y allí conoció a su futuro marido.

—*Une telle coïncidence* —dijo Aimée. Le devolvió la tarjeta—. *Mon Dieu!* ¿Le has preguntado de qué parte de Francia es?

—Sí. De la Camarga.

—Fascinante, pero yo no conozco a ninguna familia Juliette de la Camarga —dijo Aimée—. Tendré que preguntarle a mi madre. Es una zona muy especial de Francia, muy poco poblada. Yo nunca he estado allí. Lo que sé es que tienen una raza especial de caballo, llamado camarga, que tiene el pelaje gris claro, casi blanco.

De repente, dejó de oírse el sonido de los dibujos animados procedente de la cocina, pero no se oyó ni un movimiento de Juliette. Brian se puso tenso y Aimée le lanzó una mirada interrogativa mientras escuchaban atentamente.

—¿Qué puede significar esto? —dijo Brian.

—Me pregunto lo mismo. Al menos no se oye a Juliette quejándose, así que no puede ser tan malo.

—Supongo que no —dijo Brian, y se relajó de manera ostensible—. En cualquier caso, acabo lo que te estaba contando: ya sé que en las actuales circunstancias suena raro que haya mantenido una conversación con una desconocida mientras esperaba para hablar con una abogada especializada en facturas hospitalarias, pero resulta que nuestras situaciones tienen unas similitudes sorprendentes. Jeanne también perdió hace poco a su marido y el MMH Inwood le puso una demanda por impago de la factura. Pero lo más interesante de todo es que hablamos un poco de Juliette y resulta que Jeanne es psicóloga escolar y tiene experiencia terapéutica con alumnos que habían perdido a sus padres. Se ha ofrecido a ayudarme y por eso me ha dado su tarjeta con el número de móvil. De hecho, incluso me ha advertido de que Juliette podía sufrir una regresión y mostrar síntomas psicosomáticos.

—Quizá pueda ser útil —dijo Aimée—. Teniendo en cuenta el comportamiento de Juliette de esta mañana, creo que contar con el consejo de una profesional sería fantástico. Tal vez podrías llamarla. Intuyo que Juliette va a necesitar ayuda y tu presencia y atención van a ser cruciales, pero tal vez no serán suficientes.

—Puede que tengas razón —dijo Brian, y se puso en pie y se dirigió a la cocina. En lugar de seguirlo, Aimée fue hacia el vestíbulo—. ¿No vienes conmigo? —preguntó él.

—Creo que será mejor que vaya a echarle una mano a Hannah y me parece que es mejor que Juliette tenga toda tu atención, sin más presencias.

Brian asintió y continuó hasta la cocina. Para su sorpresa, Juliette ya no estaba allí, solo vio a Camila enjuagando los platos y metiéndolos en el lavavajillas.

—¿Dónde está Juliette? —preguntó él.

—Se ha ido a su habitación —respondió ella—. De repente ha dicho que no se encontraba bien y que quería meterse en la cama. Si quieres que te diga la verdad, aunque me preocupa que no se encuentre bien, me he alegrado de que al menos dijera algo. Es la primera vez que ha hablado desde que se ha levantado.

—Esto no es buena señal —dijo Brian, recordando la advertencia de Jeanne sobre la regresión.

—Me ha parecido que estaba caliente y he visto que tenía escalofríos, así que le he puesto el termómetro. Estaba a 38,3.

—Oh, vaya —dijo Brian—. ¿Por qué le ha subido fiebre? ¡Un momento! ¿38,3 se puede considerar fiebre para una niña de cuatro años? —Sabía que la temperatura corporal oscilaba mucho durante el día, también en los adultos, pero sobre todo en los niños.

—Es curioso que lo preguntes —dijo Camila—. Yo he tenido la misma duda, así que lo he buscado en Google. He llegado a la conclusión de que todo lo que pase de 38 grados se puede considerar fiebre, pero está justo en el límite. Pero si le sumamos que lleva días diciendo que no se encuentra bien, empieza a resultar inquietante.

Brian recordó que Jeanne también le había comentado que Juliette podía desarrollar sintomatología psicosomática y se preguntó si eso incluía la fiebre. La verdad es que no lo sabía y pese a sus conocimientos médicos como técnico de emergencias, no tenía apenas experiencia pediátrica. Aunque no le entusiasmaba la idea de llamar a Jeanne el mismo día en que se habían conocido por miedo a abusar de su generosidad, pensó que la fiebre podía ser un síntoma lo bastante serio como para dejar de lado sus dudas. Se sentó en la banqueta, sacó el móvil y la tarjeta de Jeanne. Tras hacerle un sucinto resumen de la cualificación profesional de Jeanne a Camila, telefoneó, con la esperanza de que a ella no le pareciera demasiado invasivo que llamara tan rápido. Sonó varias veces sin que nadie descolgara y cuando ya creía que iba a saltar el buzón de voz, la mujer respondió. Brian notó que a Jeanne le faltaba el aliento. Le dijo quién era y le preguntó si llamaba en un momento inoportuno y si todavía estaba en el despacho de Megan Doyle.

—La respuesta a ambas preguntas es no. Me alegro de que llames. Estaba dando un paseo en bici por el parque de Inwood

Hill, no muy lejos de las Cuevas Indias. Es solo que me ha llevado un minuto sacar el móvil del bolsillo trasero.

—Siento interrumpir tu paseo —dijo Brian—. Pero tengo una pregunta muy concreta, si tienes un momento. Me dijiste que mi hija podía desarrollar síntomas psicosomáticos como reacción al fallecimiento de mi mujer. ¿La fiebre puede ser un síntoma psicosomático?

—¡Buena pregunta! Si la memoria no me falla, la fiebre sí puede ser un síntoma psicosomático. Pero creo que solo se ha visto en niños bastante más mayores que tu hija. Me dijiste que tenía cuatro años, ¿verdad?

—Sí, tiene cuatro, pero hoy, tal como también comentaste, se está comportando como si tuviera menos. Ha dejado de hablar casi todo el tiempo.

—Oh, vaya —dijo Jeanne—. No pinta bien. Escucha, si quieres, puedo pasar por tu casa e intentar hablar con ella. En general, se me dan muy bien los niños. Si te preocupa el COVID, te informo de que me hice una prueba la semana pasada y di negativo, y cumplo con las normas antipandemia al pie de la letra.

—Me harías un gran favor si te pasaras por aquí —dijo Brian, y le dio el número de la casa. Añadió que él también se había hecho un test con resultado negativo hacía poco y toda la familia seguía al pie de la letra las recomendaciones.

—¡Perfecto! En este aspecto no vamos a tener ningún problema, voy para allá.

Después de colgar, Brian se quedó sentado en la banqueta unos minutos, pensando en la suerte que había tenido al iniciar una charla con Jeanne. Pese a que se había implicado mucho en el cuidado de Juliette, siempre había tenido a Emma a su lado. Ahora estaba solo y se sentía como un pez fuera del agua.

—Bueno, no ha podido ir mejor —le dijo a Camila, que se había sentado frente a él—. Viene hacia aquí.

—Espero que pueda echar una mano —dijo ella.

—Voy a subir a la habitación de Juliette, a ver si consigo hacerla hablar. ¿Quieres venir conmigo o necesitas un respiro?

—Te acompaño. En la oficina no tengo nada pendiente.

Mientras subían por la escalera, Brian le hizo un resumen rápido de cómo había conocido a Jeanne, similar al que le había hecho a su madre.

—Vaya encuentro más afortunado —dijo ella al llegar al descansillo y ya a punto de entrar en la habitación de Juliette—. Puede ser de gran ayuda.

Todavía en pijama, Juliette estaba echada de costado en la cama, dándoles la espalda. Cuando Brian se acercó, vio que tenía los ojos abiertos y que no parpadeaba, pero la niña no se movió. Se estaba chupando el pulgar, algo que hacía años que había dejado de hacer. A él le pareció una nueva prueba de la regresión. Con la otra mano agarraba a Bunny, aplastado contra su pecho.

—Hola, Calabacita —dijo Brian, utilizando uno de los muchos motes cariñosos que le habían puesto. Ella no respondió ni se movió—. Camila me ha dicho que no te encontrabas bien. ¿Me dices qué te pasa? ¿Te duele la garganta o es el estómago? —No hubo respuesta—. Camila me ha dicho que tenías escalofríos, ¿es verdad? —Siguió sin haber respuesta.

Brian le puso la palma de la mano en la frente y le pareció que tenía fiebre.

—¿Qué te parece si volvemos a la cocina y vemos algo en la tele, lo que quieras? Lo vemos juntos. ¿Qué te parece? ¿Es una buena idea? —Juliette no se movió ni respondió. Él miró a Camila, que se encogió de hombros como diciendo «ya te lo he dicho». Brian volvió a concentrar su atención en Juliette y dijo—: Quiero volver a ponerte el termómetro. ¿Lo hacemos aquí o en la cocina?

—Quiero a mi mamá —musitó Juliette y al oírlo a Brian se le encogió el corazón.

—Ya lo sé, Calabacita —susurró Brian—. Yo también la echo

de menos, pero mamá está en el Cielo. Yo estoy aquí y ahora va a venir otra persona que quiere conocerte. ¿Te parece bien?

Juliette ni se movió ni respondió y él le acarició el hombro para establecer un contacto físico.

—Vale, voy a buscar el termómetro y vuelvo enseguida.

21

1 de septiembre

Jeanne, Camila y Brian salieron de la habitación de Juliette y permanecieron dubitativos en el descansillo. Tanto Brian como Camila habían quedado impresionados por la creativa manera en que Jeanne había interactuado con la niña hasta conseguir que hablara. Se había dirigido primero a Bunny, como si fuera el peluche el que estuviera sufriendo, y le había contado que ella de niña había tenido una conejita muy parecida que era tan importante para ella que se la había traído a América. Después le había preguntado a Juliette si le dejaba un momento a Bunny y, para sorpresa de Brian y Camila, la niña le había prestado su conejito de peluche.

—Oh, pobre Bunny —dijo Jeanne, acariciándole la cabeza—. No me extraña que no se encuentre bien. Ha perdido uno de los ojos.

—Pero ve bien —dijo Juliette. A partir de este mínimo intercambio de palabras, Jeanne inició una conversación y sacó el tema de los síntomas de la niña. De forma bastante rápida, consiguió que Juliette admitiera que le dolía la garganta, tenía dolor de cabeza y malestar en el estómago.

—Desde luego tienes muy buena mano con los niños —comentó Camila.

—Gracias —respondió ella—. Tengo mucha práctica por mis años como psicóloga escolar.

—¿Y qué conclusión sacas en este caso? —le preguntó Brian.

—Creo que la sintomatología de Juliette es básicamente psicosomática, pero aun así me preocupa que además pueda estar incubando alguna enfermedad —dijo Jeanne—. Es la fiebre lo que me inquieta. Has confirmado que tiene fiebre, ¿verdad?

—Sí, en efecto —dijo Brian—. Se la he vuelto a tomar justo antes de que vinieras. Tiene 38,2, que está en el límite. Tiene fiebre, aunque no es muy alta.

—No tengo conocimientos médicos para saber si esa fiebre puede ser preocupante o no, pero... ¿hay alguna posibilidad de que haya estado expuesta al coronavirus? Siento decirlo, pero no hay que descartar que tenga COVID

—Desde luego no mientras yo he estado con ella —dijo Brian—. Y tampoco aquí en casa. —Lanzó una mirada interrogativa a Camila.

—En casa está claro que no —dijo Camila—. No hemos tenido ninguna visita, aparte del personal médico que vino ayer, y todos llevaban trajes protectores completos. Y no me parece que haya podido estar expuesta las pocas veces que ella y yo hemos salido desde que Emma enfermó. Todas las salidas han sido al parque Emerson o al parque Isham, y no socializaba y además llevaba la mascarilla. Pero la verdad es que el comportamiento de los últimos días podría deberse a que no se encuentra bien.

—Estoy de acuerdo —dijo Brian—. Desde que mi mujer enfermó y Juliette fue testigo de un ataque convulsivo, no ha sido la misma.

—Bueno, si algo he aprendido en los últimos ocho meses, es que el coronavirus se contagia con mucha facilidad en determinadas situaciones —comentó Jeanne—. Mi consejo es que la vea un médico. ¿La lleva algún pediatra?

—Por supuesto —dijo Brian—. El doctor Rajiv Bhatt, que tiene consulta en Broadway. Vayamos a la oficina; lo llamaré desde ahí.

Siguieron todos a Brian escaleras abajo. Al entrar en el despacho, este encendió la luz.

—Bonita decoración —dijo Jeanne tras echar un vistazo—. No he visto muchas oficinas con una lámpara de araña.

—Esta habitación era el comedor antes de que mi mujer y yo la transformáramos en la oficina de nuestra empresa de seguridad —explicó Brian, mientras indicaba con un gesto a Jeanne que se sentara en alguna de las sillas.

—Voy a preparar café y después le echaré un ojo a Juliette para asegurarme de que sigue dormida —dijo Camila—. ¿Alguien quiere que le traiga algo de la cocina?

—Yo estoy bien —dijo Brian mientras buscaba en los contactos el número del doctor Bhatt.

—Gracias, yo tampoco quiero nada —dijo Jeanne con un gesto de rechazo con la mano.

Mientras llamaba, Brian miró a Jeanne, que seguía vestida con la ropa de ciclista.

—Parece que eres muy aficionada al pedaleo —dijo—. A mi mujer y a mí también nos gustaba mucho ir en bici.

—Era el deporte que mi marido y yo compartíamos.

Brian alzó la mano para indicar que ya estaba en línea. Escuchó sin decir palabra, colgó y dejó el móvil.

—Ocupado —dijo.

—A Camila se la ve muy implicada con tu hija —comentó Jeanne.

—Así es. Es increíble. Tengo mucha suerte de poder contar con ella. La contratamos por su experiencia en los negocios, pero acabó instalándose para vivir con nosotros por la pandemia. Desde entonces se ha convertido en un miembro más de la familia. La verdad es que no sé qué haría si un día decidiera marcharse.

—Espero que no te moleste la pregunta —dijo Jeanne—, y no tienes que contestarme si no quieres, pero me intriga lo que has comentado sobre la empresa de seguridad que montasteis tu mujer y tú. ¿Qué experiencia teníais para montar un negocio así?

—Los dos éramos policías de Nueva York —le explicó Brian—. Pero lo más importante es que ambos éramos graduados en la academia de la Unidad de Emergencias y fuimos agentes de la ESU un total de diez años de servicio entre los dos. Eso significa que teníamos una gran experiencia en el ámbito de la seguridad pública.

—Disculpa mi ignorancia, pero no sé qué es la ESU —dijo Jeanne.

—Es una Unidad de Emergencias. Es como las fuerzas especiales del ejército. Cuando el NYPD se enfrenta a una situación límite, en la que alguien está a punto de tirarse de un rascacielos o de un puente, o en una situación en la que hay un tirador activo, rehenes o muchas víctimas como en el 11-S, o incluso cuando hay que ejecutar una orden judicial que comporta un elevado peligro, nos llamaban a nosotros para hacernos cargo del caso.

—¿Quieres decir que erais miembros de los SWAT?

—La Unidad de Armas y Tácticas Especiales era solo una pequeña parte de nuestra unidad —dijo él—. El entrenamiento para la ESU cubre muchos aspectos y es muy intenso. Recibimos formación en múltiples disciplinas: buceo, tácticas de negociación, salto desde helicópteros, curso de técnico de emergencias médicas, todo lo que se te ocurra. Mi mujer, Emma, fue una de las pocas mujeres que llevó a cabo ese entrenamiento. Estaba en muy buena forma física, por no decir otra cosa.

—Caramba. Parece que tienes una formación que te permitiría ir mucho más allá de la seguridad personal.

—Esa era la idea. Pensábamos que, con nuestra formación, nos llovería el trabajo. Pero el momento de poner en marcha el negocio resultó ser pésimo debido al COVID-19. —Alzó el teléfono—. Voy a intentar llamar otra vez al pediatra.

Brian marcó y escuchó. Escuchó sin decir palabra más tiempo del que Jeanne se esperaba y dejó escapar un suspiro de frustración antes de colgar.

—¡Maldita sea, está de vacaciones!

—¿El mensaje del contestador sugiere el nombre y el número de un médico alternativo?

—No —dijo Brian—. No me sorprende, porque hay muy pocos pediatras por esta zona. Lo que propone en el mensaje es que, para cualquier consulta urgente que no pueda posponerse hasta su regreso el lunes, se acuda a las Urgencias del MMH Inwood. Lo ha dejado todo listo para que los médicos de Urgencias del MMH puedan acceder online a los historiales clínicos de sus pacientes para hacer el seguimiento si es necesario.

—¿En el caso de Juliette el seguimiento del historial clínico es importante? —preguntó ella.

—Podría serlo —dijo Brian a regañadientes—. No estoy seguro, pero Juliette nació prematura y pasó los dos primeros meses en la unidad pediátrica del Columbia-Presbyterian Hospital. Fue allí donde conocimos al doctor Bhatt.

—De cuerdo, creo que está claro. Vamos a llevarla al MMH Inwood. Será, además, lo más práctico porque allí mismo le pueden hacer la prueba de COVID-19.

—¡No lo veo claro! —dijo Brian con una expresión dubitativa—. Con la demanda por casi doscientos mil dólares que me han puesto, el MMH Inwood es el último sitio al que me apetece llevarla. Maldita sea, por lo que he visto hasta ahora, hasta podrían negarse a atenderla.

—No van a negarse a atenderla —descartó Jeanne—. Creo que por ley no pueden negarse.

—Tal vez, pero seguro que se van a mostrar poco amables o hasta hostiles con nosotros.

—Me cuesta creerlo —dijo Jeanne—. El MMH Inwood puede tener una actitud muy agresiva con los cobros y estar demasiado centrado en los beneficios, pero creo que hay una línea divisoria muy clara entre la parte médica y la parte financiera y sus triquiñuelas con las facturas. En mi caso, nunca tuve la impresión de que los médicos que trabajan en el día a día del hospital tuvieran la más mínima idea de lo que estaban haciendo los del departamento financiero. Aunque, claro está, si deberían o no saberlo ya es otro asunto.

—Yo no lo tengo tan claro —replicó él—. En el caso de mi mujer, fue la directora médica la que decidió darle el alta, y me sigue rondando la duda de si lo hizo porque yo no podía pagar la factura.

—Hummm —convino ella—, puede que tengas razón. ¿Sabes que este cargo de director médico es de creación bastante reciente en los hospitales?

—No lo sabía —reconoció Brian.

—Durante el tiempo que duró el pleito, y debido a mi cada vez mayor interés por el funcionamiento de los negocios cuando dejé mi trabajo como psicóloga escolar y empecé a dirigir una empresa de alarmas, pasé muchas horas investigando sobre las prácticas financieras del sector hospitalario moderno. Es, cuando menos, revelador. O tal vez «espeluznante» sea un término más adecuado. Una de las cosas que llegué a entender es que el director médico, o CMO en jerga hospitalaria, es en realidad una figura administrativa contratada por el CEO. Aunque tenga una formación inicial como médico, el CMO suele tener además algún tipo de formación suplementaria en el ámbito de los negocios, como un MBA, por ejemplo, de manera que sus objetivos están más vinculados con los costes hospitalarios que con la gestión médica del día a día. Aunque suene parecido, un director médico no tiene nada que ver con un director del área de cirugía o un director del área de medicina interna, cuya orientación profesional es justo la contraria.

—No tenía ni idea —dijo Brian—. Pensaba que el puesto de CMO sería una especie de suma de los directores de cirugía y medicina interna, todavía más sensibilizado con las necesidades del paciente.

—No, es un puesto de gestión administrativa, enfocado sobre todo en mantener los costes bajos y maximizar los beneficios —le aclaró Jeanne—. Espero no estar aburriéndote con estas minucias económicas.

—Todo lo contrario, pero estás aumentando mis dudas sobre si a mi mujer le dieron el alta demasiado pronto. Me siento un ingenuo frente al mundo de la medicina moderna.

—Tú y un montón de gente. Por desgracia, todo gira alrededor del dinero. La cantidad de dinero que mueve el sector sanitario ha atraído al sector del capital inversión por los potenciales beneficios astronómicos. Son las empresas de capital inversión las que han obligado a los hospitales a contratar asesores de compensaciones y beneficios.

—¿Qué demonios es un asesor de compensaciones y beneficios?

—Son ejecutivos con una elevada formación cuyo único objetivo es maximizar el beneficio —le explicó Jeanne—. Les da igual si se trata de un hospital o de una empresa de transporte de mercancías por carretera. Sus tejemanejes y consejos han contribuido de manera significativa al aumento de los precios de los servicios hospitalarios y, por tanto, de los beneficios.

—Creía que en estos momentos muchos hospitales tenían serios problemas financieros —dijo Brian, y se dio cuenta de que Roger Dalton le había dado una información sesgada.

—Eso es cierto —dijo ella—. Pero solo desde que el coronavirus les ha obligado a recortar los lucrativos servicios de cirugía optativa, como la colocación de prótesis. Dejando de lado esta piedra en el camino, los hospitales, sobre todo los que forman parte de cadenas hospitalarias, han sido virtuales minas de oro, en gran parte gracias a los equipos de asesores de compensaciones y beneficios. Son los hospitales comunitarios y los rurales, que todavía están muy orientados hacia la atención de los pacientes y de los vecindarios a los que prestan servicio, los que lo están pasando peor. Van a acabar cerrando o siendo absorbidos por cadenas hospitalarias financiadas por empresas de capital inversión, que rápidamente los convierten en máquinas de hacer dinero. Y está sucediendo por todo el país, gracias a sus asesores de compensaciones y beneficios y a los CEO como Charles Kelley. Bienvenido al siglo XXI.

—Me parece indignante —afirmó Brian—. Con todo lo que me estás contando, estoy cada vez más convencido de que a mi mujer le dieron el alta por motivos económicos. ¡Qué desastre!

—Entra dentro de lo posible —admitió Jeanne—. Eso te lo concedo. Pero lo que me gustaría dejar claro es que el CMO y los asesores de compensaciones y beneficios el MMH Inwood no tienen ningún poder de decisión sobre el día a día de la práctica médica en Urgencias. Allí nadie va a saber que debes dinero al hospital y que este te ha demandado. Y volviendo a Juliette, creo que debería verla un médico, uno del MMH que tenga acceso a su historial clínico si necesita revisarlo, y que deberían hacerle una prueba de COVID. De hecho, me temo que el gran problema va a ser que ella se va a negar a ir, pero si quieres puedo echar una mano para ayudar a convencerla.

—Seguro que tienes razón: se va a negar a ir. Puede ser muy tozuda. Es muy generoso por tu parte ofrecerte a echar una mano, cosa que te agradezco de corazón. Pero ¿por qué lo haces, si puedo preguntártelo sin parecer desagradecido?

—Si te soy completamente sincera, es porque siento enormemente que hayas perdido a tu mujer ayer mismo —dijo Jeanne—. Tengo muy presente lo que te va a tocar pasar, porque mi propio duelo es todavía muy reciente. No entiendo cómo puedes llevarlo tan bien.

—Como ya te he comentado en el despacho de Megan, todavía no me lo acabo de creer. Además, soy de esas personas que necesitan estar siempre activas, y Juliette necesita mi apoyo y que mantenga toda la estabilidad posible en nuestras vidas.

—Lo comprendo —dijo ella, poniéndose en pie—. Vamos a ver si conseguimos que coopere sin demasiadas reticencias.

En ese momento le sonó el móvil a Brian. Respondió a la llamada mientras se levantaba y con un gesto le indicó a Jeanne que esperara. Era Aimée, que llamaba desde casa de los O'Brien.

—El velatorio de Emma está a punto de empezar —dijo Aimée—. Hannah me ha pedido que te llame, porque quiere saber si tú y Juliette vais a pasar por allí. Ya sé que hace un rato parecías reticente, pero ella cree que es importante para Juliette poder despedirse de su madre y quizá dejarle algo sobre el ataúd.

—Hay un problema —empezó a explicarle Brian, estremeciéndose ante la perspectiva del velatorio, sobre todo pensando en su hija. Se había olvidado por completo ante la creciente preocupación por la salud de la niña—. Juliette tiene fiebre y no se encuentra bien, nos empieza a preocupar que pueda tratarse del coronavirus.

—¡Oh, no! —exclamó Aimée—. *Mon Dieu*! ¿Qué vas a hacer? ¿Le vas a hacer una prueba?

—Sí, creo que tenemos que hacérsela, porque habrá que tomar medidas si da positivo. La vamos a llevar a Urgencias del MMH Inwood.

—¿Camila y tú?

—No, me acompaña Jeanne Juliette-Shaw, la mujer de la que te he hablado antes —le explicó Brian—. La he llamado porque Juliette había dejado de hablar. Jeanne ha tenido la amabilidad de venir y ha sido de gran ayuda porque ha conseguido que Juliette se comunicara. Por eso nos hemos enterado de que no se encuentra bien, porque hasta entonces no había abierto la boca. Por suerte no tiene tos ni le cuesta respirar, pero no puedo ignorar su malestar. He llamado a su pediatra, pero está de vacaciones.

—Oh, Dios mío, *mon fils* —dijo desolada Aimée—. Se lo voy a comentar a Hannah, a ver si puede retrasar el velorio. Si Juliette da positivo, tendremos que cancelarlo, porque nos tendremos que poner todos en cuarentena. Si no, sería un desastre después de otro desastre. Llámame en cuanto sepas el resultado. Hannah se va a poner de los nervios. El empeño que ha puesto en organizar esto es lo que la mantiene entera.

—Por supuesto que te llamo en cuanto sepa algo —dijo Brian, con ciertos remordimientos por sus reticencias a celebrar el velorio, sobre todo ante la idea de que Juliette tuviera que ver el cadáver de su madre. Ni siquiera sabía cómo digeriría él esa visión.

Mientras Brian conducía a Jeanne escaleras arriba, ella le preguntó:

—¿Cómo se llamaba la directora médica que le dio el alta a tu mujer probablemente antes de tiempo?

—Doctora Katherine Graham —respondió él volviendo la cabeza.

—Me lo imaginaba —dijo ella indignada—. ¡Vaya pésimo ejemplo para la profesión médica! Es la misma persona a la que responsabilizo de que el MMH Inwood no buscara un nuevo corazón para mi marido con la prontitud requerida. Claro que la culpa en última instancia recae sobre Charles Kelley, que es el responsable del funcionamiento del hospital y de haberla contratado a ella. ¿No te indigna todo esto cuando piensas en ello?

Brian se detuvo en lo alto de la escalera y la esperó.

—Hace que me hierva la sangre —admitió irritado mientras ella llegaba al descansillo—. Incluso me presenté en el despacho de Kelley justo después de la muerte de Emma, y hubiera hecho lo mismo en el de Heather Williams si hubiera tenido la posibilidad. Pero ahora mismo no puedo pensar en estas cosas. Tengo que concentrar mis energías en Juliette y encontrar una manera de salir de este atolladero.

22

1 de septiembre

Brian sacó el móvil y consultó la hora.

—Mierda —susurró—. Llevamos aquí esperando casi dos horas. —Se lo decía a Jeanne, pero no quería que Juliette lo escuchara, lo cual era poco probable, porque llevaba cascos y estaba viendo dibujos animados en el ordenador portátil. Los tres estaban sentados bastante aislados en una esquina de la sala de espera de Urgencias.

Conseguir que Juliette se aviniera a ir al hospital no había sido fácil. Al principio se negó en redondo, pero Jeanne utilizó la misma táctica de la que se había servido para conseguir que la niña hablara. Se dirigió a Bunny, explicándole al peluche por qué era importante que fuera al hospital para hacerse la prueba de COVID-19. Cuando por fin Bunny aceptó, Juliette no opuso resistencia. Camila los acercó en coche y se comprometió a recogerlos una vez acabada la visita médica.

—Estoy empezando a pensar que nos están aplicando un tratamiento correctivo y por eso nos hacen esperar —dijo Brian, sin levantar la voz—. No estoy tan seguro como tú de que haya una total desconexión entre el departamento administrativo y los médicos de Urgencias. No parece que haya tanta gente como para que nos tengan dos horas esperando con una niña de cuatro años enferma.

—No lleguemos a conclusiones precipitadas. Seguro que tienen mucho trabajo. Desde que estamos aquí hemos visto llegar tres ambulancias. Y las enfermeras del mostrador de admisiones no han podido ser más amables. Además, no sabemos qué está sucediendo detrás de esa puerta.

—Me sorprende que Juliette todavía no se haya quejado —dijo Brian, echando un vistazo a su hija.

—Se ha portado como un angelito —corroboró Jeanne—. Vamos a concederle al equipo de Urgencias el beneficio de la duda y esperemos que la visiten enseguida.

—Tengo otra pregunta que hacerte como psicóloga escolar que eres. Era mi madre la que ha telefoneado cuando estábamos en la oficina. Me llamaba para decirme que el velatorio de mi mujer estaba a punto de empezar y quería saber si iba a llevar a Juliette. No sé qué pensar sobre someter a una niña de cuatro años al mal trago de asistir al velatorio de su madre. ¿Tú qué opinas?

—Como persona ajena a la comunidad irlandesa, probablemente como tu madre, tengo mucho respeto por vuestros ritos fúnebres, incluidos los velatorios. En el caso de mi marido, también se celebró un velatorio y me sorprendió la cantidad de niños que aparecieron, incluido un sobrino de diez años y dos sobrinas de la edad de Juliette.

—Pero aquí se trata de su madre, no de una tía o un tío. Me preocupa que obligarla a ver el cadáver empeore todavía más las cosas. Quiero decir que ya quedó muy impactada por las convulsiones.

—Mi consejo es que le preguntes a Juliette qué quiere hacer. Plantéaselo como una oportunidad de despedirse de su madre, pero déjale claro que su madre no le hablará ni le responderá de ninguna manera. Sé muy sincero con ella y deja que ella tome la decisión.

—¿En serio? —preguntó con escepticismo. Le parecía disparatado dejar la decisión en manos de una niña de cuatro años.

—Según mi experiencia, los niños son capaces de tomar las

decisiones por sí mismos —le dijo Jeanne—. Mucho más de lo que la gente cree. En cualquier caso, ese es mi consejo.

—Bien, gracias. Me lo pensaré.

—Por cierto, la enfermedad vírica que tuvo tu mujer, ¿es contagiosa?

—No, la encefalitis equina occidental necesita un agente transmisor como, por ejemplo, el mosquito—dijo Brian—. Por lo que he averiguado, el mosquito tiene que picar a un pájaro, que es el portador habitual, y después picar a un ser humano o a un animal.

—¿Por qué la llaman «equina»?

—Apareció por primera vez en caballos.

—Gracias a Dios que al menos no se contagia con la facilidad del COVID-19 —dijo Jeanne.

—Tienes razón —dijo Brian sin mucho entusiasmo. Tenía demasiadas cosas en la cabeza.

—Es aterrador pensar que puedes infectarte mortalmente en una barbacoa. Es increíble la cantidad de cosas que he aprendido sobre virus este año.

—Los seres humanos sanos no tenemos ni idea de lo cerca del precipicio que estamos en ciertos momentos —reflexionó él—. Resulta mucho más inquietante cuando las instituciones en las que confías para que te ayuden cuando las necesitas, como hospitales y aseguradoras, no te responden como deberían.

—Es una situación inquietante a muchos niveles.

—¿Por qué cantidad te demandó el MMH Inwood? —inquirió Brian—. Espero que no te moleste que te lo pregunte.

—No, no me molesta en absoluto —le aseguró Jeanne—. Algo más de cuatrocientos mil dólares.

—¡Madre mía! —dijo Brian—. ¿Cómo subió tanto la factura?

—Muy fácil —dijo ella—. Hubo muchos ingresos hospitalarios, varias estancias en cuidados intensivos cardiacos y la operación para implantarle el dispositivo de asistencia ventricular.

Todo suma muy rápido, sobre todo para personas como tú y como yo que tenemos pésimos seguros.

—Esta es la lección que he acabado aprendiendo —dijo él con amargura.

—Los más de cuatrocientos mil dólares era la cifra antes de que interviniera Megan Doyle. Ella la ha reducido a casi la mitad.

—Eso es alentador.

—Sí, pero sigue siendo casi un cuarto de millón de dólares —se lamentó Jeanne—. Suficiente para llevar a la bancarrota a la mayoría de los americanos, excepto al uno por ciento de millonarios. ¿Qué excusa te puso a ti Peerless para no pagar las facturas hospitalarias? No podían aplicaros la misma que nos dieron a nosotros.

Brian soltó una amarga carcajada.

—No, no se les ocurrió decir que la enfermedad de Emma era preexistente. Su estrategia constó de dos partes. La primera con relación a la factura de Urgencias, que dijeron que no iban a abonar porque Emma solo requería asistencia ambulatoria y podía haber acudido a un médico de cabecera que hubiese prescrito su ingreso hospitalario. Dijeron que intentaban reducir el uso abusivo de las Urgencias. No era más que una excusa, y los muy cabrones me invitaron a poner una queja. Después vino la factura de la estancia hospitalaria y aquí se sacaron de la manga una interpretación muy particular del deducible. No te voy a aburrir con los detalles. Pero aunque acabaran pagando, sería solo mil dólares por día, que cuando mi mujer y yo contratamos el seguro que nos podíamos permitir, creímos erróneamente que era una cantidad muy elevada. No teníamos ni idea de lo irrisoria que es.

—A nosotros nos embaucaron con lo mismo.

—¿Cuánto hace que murió tu marido? —preguntó Brian—. Si prefieres no hablar de eso, lo entiendo perfectamente.

—No pasa nada. Hace algo más de un año.

—¿El MMH Inwood te demandó de inmediato como a mí?

—No —empezó a explicar Jeanne—. Idiota de mí, intenté pagarles la cifra inicial. Disponía de cierta cantidad de dinero en la cuenta de la empresa, de modo que les adelanté setenta y cinco mil dólares y acepté pagar veinte mil mensuales durante dos años. Hice varios pagos mensuales, hasta que estalló la pandemia, se cerró todo y el negocio de las alarmas sufrió un parón casi completo. Fue entonces cuando me demandaron.

—¿La demanda tuvo algo que ver con la quiebra de tu empresa?

—Por supuesto que sí —dijo ella—. También me embargaron cualquier ingreso que pudiera tener por el negocio, en caso de intentar sacarlo a flote. Pero si quieres que te diga la verdad, al morir mi marido, ya no tenía ningún interés en continuar con la empresa, pese a que en los tres años que llevaba metida en eso, había aprendido un montón sobre la tecnología y el negocio de las alarmas. Mientras él estaba vivo, tenía sentido, porque era un técnico buenísimo, pero no un hombre de negocios, y habría tenido que pagar un sueldo elevado si contrataba a alguien para llevar la parte financiera del negocio.

—Lo entiendo perfectamente. Yo mismo me estoy preguntando ahora si tengo lo que hay que tener para tirar adelante con Protección Personal SL sin mi mujer. Supongo que soy un poco como tu marido, mientras que Emma era la que llevaba la parte financiera con Camila. De hecho, me he planteado si debería intentar recuperar mi antiguo trabajo en la ESU del NYPD.

—Yo voy a volver a la psicología escolar en cuanto acabe el proceso legal —dijo Jeanne—. El único motivo por el que no lo he dejado correr ya es porque no quiero que el MMH Inwood me embargue el salario.

—Quiero irme a casa —dijo Juliette de repente, sacándose los auriculares.

—Lo entiendo, cariño —dijo Brian—. Yo también. Voy a ver por qué tardan tanto en atendernos.

Cuando empezó a levantarse, Jeanne lo agarró del brazo.

—No creo que merezca la pena que armes jaleo —le dijo—. Lo único que lograrás será empeorar las cosas. Es solo una sugerencia.

Brian dudó y echó un vistazo al mostrador de admisiones, que bullía de actividad. Al llegar hacía dos horas, una enfermera de triaje había escuchado sus comentarios sobre los síntomas de Juliette, había comprobado que era paciente del doctor Rajiv Bhatt y que su historial médico se podía consultar si era necesario ya que había nacido prematura, después le tomó las constantes vitales a la niña y les dijo que la atenderían enseguida. Ese había sido el último contacto que habían tenido con el mostrador y nadie se había dirigido a ellos para disculparse o darles una explicación. Por otro lado, Brian era consciente de que Jeanne tenía razón y que armar un escándalo podía ser contraproducente.

—Seré un perfecto caballero —prometió Brian—. Solo quiero asegurarme de que no se han olvidado de nosotros.

23

1 de septiembre

—¡Juliette Murphy! —llamó una enfermera con traje protector y mascarilla que surgió de las profundidades de Urgencias.

—¡Por Dios! Ya era hora —murmuró Brian mientras se ponía en pie. Llevaban más de tres horas esperando. Por suerte hacía media hora que Juliette se había quedado dormida.

—Ha sido una larga espera —coincidió Jeanne—. Pero, insisto, intenta no mostrarte agresivo, por el bien de Juliette.

—Me va a ser difícil no comentarles que hemos visto entrar a varias personas después de nosotros que han pasado por delante, mientras nosotros seguíamos aquí esperando con una niña de cuatro años.

—No creo que vayas a conseguir nada positivo si te muestras irritado —le dijo Jeanne—. Trata de pensar en que al menos la van a visitar y le van a hacer la prueba del COVID-19.

—De acuerdo, de acuerdo —dijo él, y respiró hondo para tranquilizarse—. Tienes razón, intentaré ser amable. —Se inclinó y cogió en brazos a Juliette—. ¡Vamos, calabacita! —la animó—. Ahora te va a ver un médico y después nos vamos a casa.

La niña refunfuñó un poco y se volvió a quedar dormida casi de inmediato en brazos de su padre, con la cabeza apoyada en el hombro. Mientras Brian recogía a Bunny, le comentó a Jeanne:

—Digas lo que digas, estoy convencido de que nos han hecho esperar por la enorme deuda que tengo con el hospital. Lo siento, pero es la única explicación.

—No lo sabes con seguridad —dijo Jeanne.

—Tengo esa intuición.

—Intuirlo y saberlo con seguridad son dos cosas diferentes.

—Tal vez —dijo Brian—. ¿Puedes recoger el resto de las cosas?

—¡Déjalas aquí! Yo las vigilo, no te preocupes.

—¿No vas a entrar con nosotros?

—No soy familia y son muy estrictos con las normas de la pandemia. Por suerte me han dejado quedarme en esta sala con vosotros. Os espero aquí. Que vaya bien.

—Supongo que tienes razón —dijo él—. ¡Allá vamos! Al menos intentaremos no eternizarnos también en la visita.

Con Juliette dormida en un brazo y Bunny en la otra mano, Brian atravesó la sala de espera y se acercó a la enfermera que había voceado el nombre de su hija. Llevaba una pantalla facial además de la mascarilla.

—Vaya, vaya —dijo la enfermera con tono afable—. Parece que la princesita se ha quedado dormida. Creo que es una buena señal, quizá ya se encuentra mejor.

—Llevamos tres horas esperando —dijo Brian, haciendo un esfuerzo por mantener un tono neutro.

—Lo siento. Tenemos mucho jaleo, como siempre. Me llamo Olivia. Sígame, por favor.

Cargando con Juliette y Bunny, Brian siguió a la enfermera hasta una pequeña consulta con una mesa de examen, un lavamanos, dos sillas y un escritorio con un monitor. Olivia dio una palmada en la mesa de examen, le pidió a Brian que dejara allí a Juliette y se lavó las manos. En un primer momento Juliette se resistió, pero se mostró cooperativa en el nuevo entorno en cuanto Olivia le dio un hemostato para que lo sostuviera. Con mucha amabilidad y cariño, la enfermera comprobó las constantes vitales de la niña mientras conversaba con ella sobre Bunny, que Juliette había recuperado.

—¿Qué temperatura tiene? —preguntó Brian.

—37 —leyó Olivia—. Perfectamente normal.

—¿En serio? —preguntó él—. La última vez que se la hemos tomado en casa pasaba unas décimas de 38. ¿Seguro que la lectura es correcta?

—Vamos a tomarla otra vez —propuso Olivia con tono afable. Estaba utilizando un termómetro de infrarrojos—. ¡Pues sí! No tiene fiebre. —Y dirigiéndose a Juliette, le preguntó—: Cariño, ¿cómo te encuentras ahora?

—Quiero irme a casa —dijo Juliette.

—Te entiendo perfectamente —replicó Olivia. Consultó un momento la tableta que llevaba y le preguntó—: Pero ¿qué me dices del dolor de garganta, de cabeza y de estómago?

—Ahora estoy bien —respondió Juliette.

—¿Estás segura? —dijo Olivia—. Muy bien, señorita Juliette, en unos minutos vendrá a verte la doctora Kramer. ¿De acuerdo?

Juliette asintió y le devolvió a Olivia el hemostato antes de que esta saliera de la sala.

—¿Estás segura de que ya no te duele la garganta? —le preguntó Brian perplejo.

Juliette asintió y se dispuso a bajar de la mesa de examen, pero Brian se lo impidió y se sentó a su lado. Siguiendo la estrategia de Jeanne, preguntó por los síntomas utilizando a Bunny como intermediario. La niña insistió en que a Bunny ya no le dolía ni la garganta, ni la cabeza ni el estómago.

Pasaron casi veinte minutos hasta que una jovencísima doctora Mercedes Kramer entró apresuradamente en la minúscula sala acompañada de Olivia. Juliette, que ya estaba harta, respondió a la batería de preguntas de la doctora con secas negativas: no le dolía la garganta, no tenía la nariz tapada, no tenía dolor de cabeza, no tosía, no tenía ganas de vomitar y en términos generales no se encontraba mal. Sin dejar de hablar con ella, la doctora Kramer se lavó las manos e hizo a la niña un rápido pero concienzudo examen, e incluso le permitió a Juliette escuchar el latido de su propio corazón. Cuando terminó, dijo:

—Señorita Juliette, creo que está usted como una rosa. —Y le acarició el hombro con un gesto tranquilizador.

—Doctora Kramer, ¿puedo hablar un momento a solas con usted? —preguntó Brian cuando la médica se volvió hacia él, presumiblemente para decirle que su hija rebosaba salud.

—Claro —dijo la doctora Kramer y señaló la puerta para que salieran al pasillo.

—He pensado que era pertinente comentarle que mi hija ha estado sometida a mucho estrés —explicó Brian, luchando por mantener bajo control sus emociones, ahora desatadas por la larga espera y la desaparición de los síntomas de Juliette—. Su madre falleció ayer de EEE y mi hija vio cómo padecía dos ataques convulsivos, incluido el de ayer que le acabó provocando la muerte.

—Oh, es terrible —dijo la doctora Kramer con tono empático—. Siento su pérdida. ¿Su esposa pasó por nuestras Urgencias?

—Sí —dijo Brian—. Ayer. La trajeron en una ambulancia medicalizada.

—Oh, sí. He oído hablar de ese caso. Una tragedia, sobre todo tratándose de una mujer joven y sana. La EEE es una enfermedad peligrosa, pero en el caso de su hija lo que parece es que está digiriendo la muerte de su esposa bastante bien.

—La verdad es que no —replicó él—. Durante la semana larga en que mi mujer ha estado enferma, mi hija ha tenido altibajos emocionales y de conducta. Y la cosa empeoró ayer cuando le dijimos que su madre había muerto. Dejó de hablar y hoy tenía escalofríos y cuando le hemos tomado la temperatura, estaba a 38.

—En estos momentos no tiene fiebre —dijo la doctora Kramer.

—Pero su fiebre era real —insistió Brian—. Yo mismo le tomé la temperatura. No llegaba a 38, pero casi. Me preocupa que se pueda haber contagiado de COVID.

—¿Ha estado con alguien que lo tenga? —preguntó la doctora Kramer—. ¿O ha estado en algún sitio muy concurrido?

—No, no.

—¿Alguno de sus amigos o alguien de la familia ha dado positivo?

—No, nadie. Y cuando ha salido de casa, no ha socializado y ha llevado siempre la mascarilla. O al menos eso es lo que me han dicho. Pero aun así, los síntomas hacen que nos preocupe que se pueda haber infectado.

—No parece que tenga COVID-19 —dijo la doctora Kramer—. Y tiene muchos motivos para desarrollar síntomas psicosomáticos, incluida la subida de la temperatura corporal. Si una persona se contagia de COVID-19 y empieza a desarrollar síntomas, aunque sean leves, no se recupera de forma espontánea en cuestión de horas, créame.

—¿Cómo puede estar tan segura en el caso de mi hija? —preguntó él—. Me gustaría que le hicieran la prueba del COVID-19 y quizá un análisis de sangre para asegurarnos de que todo está bien.

—Señor Murphy, su hija no tiene fiebre, en este instante no presenta ningún síntoma y no hay ninguna señal de alarma en el examen físico. No necesita una analítica ni una prueba de COVID-19. Además, en estos momentos estamos desbordados con pruebas de COVID-19 a personas que sí presentan síntomas y a todos los pacientes a los que ingresamos.

—Hemos esperado más de tres horas para que nos atendieran —se quejó Brian—. Al menos podría hacerme este favor.

—Siento la espera —dijo la doctora Kramer, tratando de no perder la paciencia—. Nos esforzamos por atender a todo el mundo cuanto antes, pero tenemos que priorizar en función de la urgencia.

—Eso ya me lo han dicho, pero no veo que esto esté tan lleno. Tres horas es mucho tiempo de espera para una niña.

—Hacemos el triaje lo mejor que podemos —le explicó la doctora Kramer, cada vez más irritada—. Tenemos que priorizar a los pacientes que están más graves.

—No me está escuchando. Hemos visto a un número considerable de personas que han llegado después de nosotros, no parecían muy graves y han pasado antes mientras que a nosotros se nos ignoraba. Le diré lo que esta actitud me lleva a sospechar. Sospecho que nos han hecho esperar porque debo al hospital un montón de dinero por el tratamiento de mi esposa. Y ahora, por este motivo, usted se está negando a valorar en serio los síntomas de mi hija. No le quiere hacer ninguna prueba de laboratorio porque teme que yo no la pague.

Ostensiblemente ofendida, la doctora Kramer le replicó:

—Señor Murphy, los médicos que trabajamos en Urgencias no tenemos ni la más remota idea de la situación económica de los pacientes con relación al hospital. No discriminamos a nadie por ningún motivo, y decidimos el orden de acceso al servicio en función de la urgencia. A los pacientes que llegan, una vez se les han tomado los datos, los diagnosticamos y los tratamos lo más rápido posible. Pedimos pruebas cuando las consideramos necesarias. Esto es todo lo que puedo decirle.

En ese momento, Olivia se asomó al pasillo y dijo:

—Siento interrumpir, pero la señorita Juliette y Bunny se mueren de ganas de volver a casa.

—Señor Murphy, le recomiendo encarecidamente que haga caso a su hija y vuelva a casa. Los dos han estado sometidos a muchas tensiones. Siento su pérdida. —Y dicho esto, la doctora Kramer se dio la vuelta y se alejó por el pasillo.

De nuevo indignado, en este caso por ser tratado con condescendencia, Brian se quedó mirándola, pero se aguantó las ganas de perseguirlas para decir la última palabra. En lugar de eso, se dio la vuelta y entró en la consulta.

—¡Vámonos, calabacita! —dijo, y se inclinó para coger en brazos a Juliette y a Bunny.

24

1 de septiembre

Cuando Brian se reunió con Jeanne en la sala de espera unos minutos más tarde, ya se había calmado un poco. Ayudó el hecho de haber visto que mientras discutía con la doctora Kramer, Juliette había estado entretenida. Olivia le había dado otra vez el hemostato para que jugara con él y ahora la niña le estaba contando que de mayor quería ser cirujana.

—Bueno, ¿qué han dicho los médicos? —preguntó Jeanne, guardando su móvil. Se levantó y recogió el ordenador portátil de Brian.

—Nada de nada —respondió él, dejando entrever su indignación—. Han dicho que está como una rosa y se han negado a hacerle una analítica o una prueba de COVID-19. Hemos esperado tres horas para nada.

—¿Y a qué han atribuido la fiebre?

—Ya no tenía —dijo Brian. Sentó a Juliette para poder sacar el móvil y llamar a Camila—. No me lo podía creer. Le han tomado la temperatura un par de veces con un termómetro de infrarrojos. Las dos veces ha dado 37. No estoy seguro de que se hayan creído que hace un rato estaba a 38.

—¿Tú estás bien?

—Un poco estresado —admitió él—. Esperaba que hubieran mostrado más interés en llegar a algún diagnóstico.

Mientras Brian hacía la llamada para que los fueran a recoger, Jeanne le preguntó a Bunny qué tal había ido la visita al médico. Juliette respondió que había estado jugando con el hemostato y le contó cómo funcionaba. En cuanto Brian terminó de hablar con Camila, los tres salieron al exterior y, bajo el cálido sol de la tarde, esperaron en la esquina del hospital a que llegara el coche. Mientras esperaban, Jeanne preguntó por qué la doctora no le había hecho al menos la prueba del COVID-19.

—No lo ha considerado necesario, sobre todo teniendo en cuenta la nula exposición y la ausencia de síntomas —le explicó Brian irritado—. Me ha dicho que estaban desbordados haciendo pruebas a gente que sí presentaba sintomatología y a los pacientes a los que ingresan.

—¿La fiebre, la garganta rasposa y el dolor de cabeza no son síntomas suficientes?

—Cuando han examinado a Juliette no tenía ninguno de estos síntomas y tampoco fiebre —dijo Brian con ostensible frustración—. He intentado presionarla, pero la doctora ha sido tajante, porque según ella los síntomas del COVID-19 no desaparecen en unas horas y, de hecho, creo que tiene razón. En cuanto a los síntomas de Juliette, ella los ha atribuido a reacciones psicosomáticas.

—¿Incluso la fiebre?

—Sí, incluso la fiebre.

—Bueno, al menos Juliette parece habérselo pasado bien y ahora quiere ser cirujana —dijo Jeanne, intentando ver el lado positivo.

—Ojalá pudiera decir lo mismo de mí —dijo Brian—. La actitud de la doctora me ha puesto nervioso, y me temo que he sonado un poco agresivo al acusarla de que nos habían hecho esperar a propósito.

—Oh, oh. Ya me lo temía.

—No he podido evitarlo —confesó él.

—Bueno, al menos ahora tenemos la certeza de que Juliette

está bien —dijo Jeanne—. Creo que deberías llamar a tu madre para decírselo y que el velatorio pueda seguir adelante.

—¡Oh, mierda! —susurró Brian, apretando los dientes—. Intentaba no pensar en eso. Todavía no sé qué decidir sobre lo del velatorio. No estoy seguro de poder soportarlo ni de si tiene sentido hacerle pasar a Juliette por eso.

—Sé cómo te sientes. Hace un año, yo también tuve mis dudas sobre si acudir o no al velatorio de mi marido. Pero ¿sabes qué? Al final, me alegré de que me obligaran a participar, y me permitió entender las tradiciones funerarias irlandesas como una celebración de la vida en lugar de un simple duelo por la pérdida. Además, gracias al velatorio estreché lazos con mi familia política.

—Entonces ¿cambiaste de opinión sobre el velatorio de tu marido después de haber acudido?

—Sí, así es —le aseguró Jeanne—. Me ayudó a superar el mal trago. Me alegré de que me hubieran forzado a ir.

—De acuerdo. Te creo, pero ¿qué me dices con respecto a ya sabes quién? —Señaló con un gesto de la cabeza a Juliette, que le cogía de la mano—. ¿De verdad crees que debo preguntarle si quiere ir?

—Como te he comentado antes, Riley tenía un sobrino y dos sobrinas muy pequeños que fueron a su velatorio. Dos de ellos creo que tenían cuatro años, igual que tu hija. En aquel momento, temí por el efecto que pudiera tener la experiencia en sus jóvenes psiques, pero lo digirieron muy bien y parecían orgullosos de haber sido incluidos. Como ya te he dicho, mi consejo es que le preguntes a ella. Los niños de esta edad tienen una idea intuitiva de qué es la muerte.

—Oh, Dios —murmuró él. Miró a Juliette, que le soltó la mano para recoger a Bunny de la acera. Mientras limpiaba al conejo de peluche, Brian le dijo:

—Juliette, tengo que hacerte una pregunta.

—¿Se lo vas a preguntar ahora? —inquirió Jeanne alarmada—. ¿Te parece el sitio más adecuado?

—¿Por qué no? De pronto, he reunido el coraje para hacerlo y debo hacerlo cuanto antes. ¿Crees que es un error preguntárselo aquí?

—No, supongo que no.

—Juliette, cariño —continuó Brian, mientras le cogía otra vez la mano—. Ayer perdimos a mamá. Murió y se fue al cielo, y hoy la abuela y el abuelo van a hacer una celebración de la vida de mamá que se llama velatorio. El cuerpo de mamá estará allí para que todo el mundo lo pueda ver por última vez y despedirse antes de que la entierren.

—¿Cómo puede estar el cuerpo de mamá en casa de la abuela si se ha ido al cielo? —preguntó Juliette, levantando la cabeza para mirarlo.

—Es su espíritu o su alma lo que ha ido al cielo —le explicó Brian, lanzando a Jeanne una rápida mirada para asegurarse de que iba por buen camino. Ella asintió para darle ánimos—. Su cuerpo sigue aquí, con nosotros. Pero ya no tiene vida. No puede hablar ni moverse.

—¿Tendrá un aspecto asqueroso? —preguntó Juliette haciendo una mueca.

—No, estará tan guapa como siempre —le garantizó Brian, conteniendo la emoción—. Puedes llevar algo para dejar con el cuerpo de mamá si quieres que lo tenga ella.

—¿Puedo llevarle a Bunny?

—Claro que puedes llevarle a Bunny —dijo Brian, y respiró hondo para mantener una expresión tranquila. Volvió a mirar a Jeanne y vio que ella también tenía que contener la emoción—. Estoy seguro de que el espíritu de mamá será muy feliz de tener con ella a Bunny.

—Quiero ir y llevarle a Bunny —dijo Juliette.

—De acuerdo, perfecto. Tú, Bunny y yo iremos juntos. —Volvió a mirar a Jeanne, que alzó el pulgar.

—Quiero que tú también vengas—dijo Juliette mirando a Jeanne.

—Gracias, cariño —dijo Jeanne. Estaba emocionada y le lanzó a Brian una mirada rápida y llorosa—. Pero no creo que sea apropiado. El velatorio es para la familia, sobre todo durante la pandemia, porque está limitado el número de personas que pueden asistir. Pero si quieres, iré mañana a hacerte una visita y me cuentas cómo ha ido todo.

—Vale —dijo Juliette satisfecha, mientras el Subaru de los Murphy apareció a lo lejos acercándose a la entrada del hospital.

25

1 de septiembre

Ir desde el MMH Inwood hasta casa les llevó apenas unos minutos, pero a Brian le bastaron para llamar a Aimée y contarle que a Juliette los médicos la habían visto completamente sana y por lo tanto había luz verde para celebrar el velatorio de Emma. Aimée recibió feliz ambas noticias y prometió comentárselo a Hannah de inmediato. A continuación preguntó cuándo se pasarían Brian y Juliette y él le dijo que irían hacia allí en una hora.

Camila giró en el camino de acceso a la casa de los Murphy y detuvo el coche. Juliette y ella se dirigieron a la puerta trasera, que daba directamente a la cocina. Jeanne se demoró un momento para decir que recogería la bici del garaje y se iría a casa.

—Espero que vaya todo bien en el velatorio —añadió—. Y espero que surta en ti el mismo efecto que tuvo el velatorio de mi marido en mí.

—Eso espero. Y quiero darte las gracias de corazón por tu ayuda y generosidad. Has estado de maravilla con Juliette. ¡En serio! No sé cómo agradecértelo.

—Ha sido un placer —dijo Jeanne—. Es una niña encantadora. Y hablar con ella me ha hecho recordar lo mucho que echo de menos mi trabajo de psicóloga escolar. Es mucho más gratificante que llevar una empresa. De modo que, si necesitas más ayuda con ella después del velatorio y del funeral, estoy a tu disposición y ya tienes mi teléfono.

—Como ya te he dicho un montón de veces, no sé cómo agradecerte tanta generosidad.

Después de que Jeanne recogiera su bici, Brian la acompañó hasta la calle.

—El pavimento en este tramo está en muy mal estado—le dijo—. Ve con cuidado. Han levantado el asfalto para repavimentar, pero nadie sabe cuándo van a hacerlo. Es peligroso, porque está todo patas arriba.

—Iré con cuidado —prometió Jeanne—. Llevaré la bici en la mano hasta que vea que es seguro montarse.

—Buena idea. Gracias otra vez por todo. De verdad.

—De nada —dijo Jeanne y mientras se alejaba hacia Park Terrace Oeste se despidió de espaldas, alzando la mano por encima del hombro. Brian la contempló hasta que giró en la esquina.

Entró en casa por la puerta principal. Se encontró con Camila y Juliette arriba, en el cuarto de la niña, tratando de decidir cuál de los vestidos para ir a la iglesia que le había regalado la abuela Aimée quería ponerse. Mientras elegían, Brian se dirigió a su armario, cogió el único traje oscuro que tenía y se lo puso. No recordaba cuál fue la última vez que lo había usado. A continuación, se peinó el cabello, que aunque lo llevaba bastante corto tendía a la rebeldía. Al volver a la habitación de Juliette comprobó que ya se había decidido y estaba casi lista. Estaba preciosa con su vestido rosa y el cabello rubio recogido en una coleta con una cinta a juego. Ya se había calzado los zapatos negros de charol. Lo cierto es que Brian no tenía ni idea de si este modelito era el más adecuado para un velatorio, pero le daba igual. Si era lo que Juliette quería ponerse, a él ya le parecía bien. La niña sostenía a Bunny con fuerza, apretado contra el pecho.

Mientras contemplaba a su hija, notó la vibración del móvil que indicaba que le había llegado un mensaje de texto. Lo sacó del bolsillo, vio que quien le escribía era Roger Dalton y al abrir el mensaje leyó que este le pedía que lo llamara lo antes posible. Brian no pudo evitar preguntarse de qué podía tratarse, aunque tenía la certeza de que no podía ser nada bueno. Pero entonces pensó que quizá estuviera relacionado con Patrick McCarthy y Megan Doyle y sus intentos de obtener una copia completa de los documentos hospitalarios. Fuera lo que fuese, decidió posponer la llamada hasta después del velatorio. Ahora mismo, ya tenía suficiente presión encima y, pese a todo lo que le había dicho Jeanne, todavía tenía sus reservar sobre si era o no lo más adecuado acudir, tanto para él como para Juliette. También pensó que en el momento adecuado, en el futuro, haría saber que cuando le llegara a él su hora, no quería que su cadáver fuera sometido a estos rituales.

—¿Y tú, Camila? —dijo, cuando Juliette ya estaba lista—. Disculpa por no haberte preguntado antes si querías venir o no, pero si quieres, eres bienvenida.

—No, gracias; creo que es un velatorio reservado para la familia más cercana —dijo Camila, con el mismo argumento que Jeanne.

—Para mí tú eres familia —aseguró Brian.

—Gracias por el comentario, pero quizá otras personas no piensen lo mismo. Prefiero quedarme aquí. —Y entonces tiró de Brian hacia un rincón y le dijo en voz baja—: En cuanto se ha marchado Jeanne, Juliette parece haber vuelto a su actitud silenciosa. Apenas ha vuelto a hablar.

—Oh, no —dijo él—. ¡Maldita sea! No es muy alentador. ¿Tú qué opinas? ¿Me replanteo lo de llevarla al velatorio?

—No, estoy segura de que quiere ir —dijo Camila—. No habría estado tan pendiente de elegir el vestido y el peinado si no quisiera ir. Pero ten presente que la situación va a ser muy estresante para ella.

—Es comprensible —dijo Brian, sopesando sus propias dudas—. Pues bueno, vamos allá.

Mientras salían de casa, Brian elogió a Juliette lo elegante que iba, pero no obtuvo respuesta alguna. Tampoco abrió la boca al bajar los escalones de la entrada cuando él le preguntó qué tal se sentía ahora que ya estaban de camino. La única respuesta que obtuvo fue cuando le preguntó si le había gustado conocer a Jeanne. La contestación se limitó a un simple «sí», sin más comentarios.

El desplazamiento les llevó solo unos minutos y el único pequeño inconveniente fueron los problemas de Juliette para cruzar la calle en obras con sus zapatos de charol. Al acercarse a la residencia de los O'Brien, que era otra de las pocas casas unifamiliares que quedaban en Inwood, divisaron a una docena de personas en el pequeño jardín delantero y algunas más en el porche, conversando entre ellas y en su mayoría manteniendo la distancia de seguridad por la pandemia. Todos llevaban mascarilla, incluidos los niños presentes. Muchos adultos sostenían en la mano vasos de cristal tallado que Brian dio por hecho que contendrían whisky Jameson. Pese a las mascarillas, reconoció a la mayoría de los congregados, aunque había algunos que no le sonaban de nada. A lo largo de los años, había ido conociendo a casi todos los numerosos parientes de Emma en diversas reuniones familiares en vacaciones. Emma tenía tres hermanos mayores casados y con hijos, y los padres de Emma tenían en total cinco hermanos. Brian también reconoció a algunos de sus parientes por parte de su padre, incluido un tío que era agente del NYPD jubilado. No vio a ninguno de sus hermanos, pero supuso que todavía no habrían llegado. Ninguno de ellos vivía actualmente en Inwood.

Después de atravesar la típica valla blanca y mientras se dirigía a los escalones del porche, Brian fue saludando con un movimiento de la cabeza a diversas personas y dio las gracias a los que estaban lo bastante cerca como para darle las condolencias, pero no se detuvo. Cuando Juliette y él llegaron al porche, salió de la casa Hannah, como si los estuviera esperando.

—Bienvenidos los dos —dijo Hannah con nervioso ímpetu. Y, tomándole la mano a Juliette, añadió—: Ven, Juliette. Despídete de la mejor manera de tu hermosa madre. —Y cogió a la niña en brazos y se metió en la casa. A Brian lo dejó un poco aturullado su fervor, pero entendió que tenía sentido porque Emma había sido su queridísima hija, además de la única niña entre tres hermanos varones más mayores.

Al encontrarse de pronto sin su hija, a Brian lo rodearon diversas personas que se acercaban para darle el pésame. Él les dio las gracias a todos y atravesó la sala rozando a otras personas allí congregadas, mientras se preguntaba qué estaría haciendo Juliette en el interior de la casa. En cuanto pudo, se excusó y entró.

En el vestíbulo, se fijó en que el espejo que había sobre la mesita estaba girado. Era una tradición que había visto en otros velatorios irlandeses a los que había asistido. Se detuvo y echó un vistazo a la enorme casa de los O'Brien. Al fondo se oía música celta a volumen bajo y había otra docena de personas de pie, reunidas en pequeños grupos en la sala de estar y en el comedor, conversando en voz baja.

En el comedor la mesa estaba repleta de comida, básicamente sándwiches. El suegro de Brian, Ryan O'Brien, un sesentón fornido y con notable sobrepeso, estaba en la sala de estar sirviendo bebidas de un improvisado bar desplegado en el buró. A la derecha, en una pequeña sala con una ventana de cristales emplomados, había un féretro de aspecto caro abierto y rodeado de una cascada de flores blancas, casi todo rosas, que desprendían un agradable aroma. Desde donde estaba, pudo ver el cuerpo de Emma vestido de blanco, con la cabeza y su llamativo cabello pelirrojo reposando sobre una almohada de satén. La imagen le provocó a Brian una sacudida física y emocional, pero le sacó de su consternación la visión de Hannah junto al ataúd, sosteniendo a Juliette en brazos. Era evidente que Hannah estaba hablando pero, entre la distancia y la música de fondo, no pudo oír lo que decía. En cualquier caso, Juliette parecía petrificada, contemplando a su madre con una mano alrededor del cuello de Hannah y agarrando a Bunny con la otra.

Brian se acercó en un intento de escuchar lo que decía Hannah, pero fue en vano por las risotadas de varios parientes varones reunidos alrededor de Ryan. Cuando ya se estaba acercando lo suficiente para poder por fin escuchar, alguien a sus espaldas lo llamó por su nombre. Se volvió y vio a su madre que iba hacia él. Salía de la cocina, con una bandeja de sándwiches tradicionales, pese a que la mesa ya estaba a rebosar.

Indeciso por unos instantes entre su hija y su madre, se dirigió hacia su madre, que se acercaba con paso firme.

—Es estupendo veros a los dos aquí —dijo Aimée—. ¿Cómo lo llevas, cariño?

—Razonablemente bien —respondió Brian—. La que me preocupa es Juliette.

—¿Ya habéis comido algo? Hay un montón de comida y va a ir saliendo más.

—No tengo hambre —dijo él. Lo último que le apetecía en estos momentos era comer o beber.

—Me alegro de que hayas traído a Juliette. Tenía la sensación de que eras reticente a hacerlo. ¿Qué te ha hecho cambiar de opinión?

—Jeanne Juliette-Shaw —dijo Brian—. La mujer de la que te he hablado, a la que he conocido en el despacho de Megan Doyle. Me sugirió que le preguntara a Juliette si quería venir, lo he hecho y Juliette ha dicho que sí. Me ha sorprendido, pero tal vez no debería haberlo hecho. Parece que Jeanne entiende muy bien a los niños.

—Bueno, sé lo contenta que está Hannah —dijo Aimée—. Estaba esperando ansiosa a que llegarais tú y Juliette.

En ese momento, Brian y Aimée vieron que Hannah se inclinaba para permitirle a Juliette dejar a Bunny a la derecha de Emma, a la altura de su pecho. Después la niña extendió el brazo dubitativa y con un dedo tocó la firme mejilla sin vida de Emma. Casi de inmediato lo apartó, como si hubiera tocado algo ardiendo y dejó escapar un gimoteo lo bastante alto como para que Brian y Aimée lo oyeran.

A Brian se le paró el corazón y se acercó justo en el momento en que Hannah se volvía hacia la sala de estar. Al ver a su padre, Juliette estiró ambas manos. Sintiendo la necesidad de protegerla, Brian la cogió en brazos y la niña de inmediato hundió la cabeza junto al cuello de su padre y le agarró con fuerza la cabeza.

—Juliette ha sido muy buena y se ha despedido de su madre —dijo Hannah—. Y le ha regalado a Bunny para que le haga compañía. Estoy muy orgullosa de ella.

Al notar la inusual fuerza con la que su hija lo agarraba, Brian se sintió de inmediato inquieto ante la posibilidad de que la experiencia le hubiera provocado algún daño psicológico, y se preguntó si no se habría equivocado al llevarla allí. Fue un nuevo recordatorio de que a partir de ahora toda su vida debía girar alrededor de las necesidades de su hija.

—Tus primos no tardarán en llegar —le dijo Hannah a Juliette, dándole una palmadita en la espalda—. ¿Tienes hambre? Enseguida sacaremos una tarta.

Juliette no respondió, pero se sujetó con más fuerza el cuello de Brian.

—Creo que me la voy a llevar a casa —decidió de pronto Brian—. Me parece que todo esto la está agobiando mucho.

—¡Deberíais quedaros y comer algo! —ofreció rápidamente Hannah—. Tenemos un montón de comida, además de la tarta que he mencionado.

—Yo no tengo hambre. Gracias por todo lo que has hecho para organizar el velatorio de Emma.

—De nada —dijo Hannah—. ¿Tú vas a volver? Estoy segura de que vendrá mucha gente que va a querer darte el pésame.

—Tal vez —respondió Brian, aunque tenía claro que no lo haría. También él había tenido suficiente. El amor que sentía por su mujer se lo quería dedicar a su esencia o alma, desde luego no a su cadáver eviscerado y hueco. Podía llegar a entender que este tipo de rituales funerarios fueran de gran ayuda para algunas personas y cumplieran una función social, pero a él no le hacían ningún bien y seguramente a Juliette tampoco. Recordó la frase «polvo al polvo» y su significado, que le explicaron cuando estudiaba de niño el catecismo, y pensó que cada vez tenía más claras las bondades de la cremación.

—De acuerdo —dijo Hannah tensa—. Mañana la misa se celebrará a las diez en la iglesia del Buen Pastor y después será el entierro. Si quieres unirte a nosotros, eres más que bienvenido. Podemos pasar a recogerte.

—Gracias —dijo Brian, sin saber muy bien qué hacer—. Ya te diré algo.

Aún con Juliette en sus brazos, se dirigió a la puerta. A su paso, varias personas lo saludaron alzando los vasos en una suerte de brindis. Él respondió con gestos de asentimiento, pero no se detuvo. Ya en el exterior, mientras atravesaba el porche, bajaba los escalones y recorría el camino hasta la valla, más personas hicieron lo mismo, pero por suerte nadie intentó detenerlo. Cuando estaban ya en la acera, Juliette le pidió que la dejara en el suelo. Lo cogió de la mano y caminaron en silencio. A mitad de camino, le preguntó a su hija si estaba bien y si se alegraba de haberse despedido de su madre. La ausencia de respuesta de la niña le hizo preguntarse de nuevo si no habría sido un error llevarla al velatorio, aunque al menos se alegraba de haberle dejado tomar la decisión a ella y no haberla forzado a ir.

Como intuyó que Juliette iba a tener problemas para digerir la experiencia, se alegró de que Jeanne se hubiera ofrecido a echar una mano. Y de nuevo se preguntó si personajes como Charles

Kelley y Heather Williams tenían la más remota idea del dolor y de las consecuencias que generaban sus egoístas políticas empresariales en familias de carne y hueso. Fue suficiente para ponerse furioso por enésima vez.

26

1 de septiembre

En cuanto Brian y Juliette entraron en casa, los recibió Camila, con la preocupación dibujada en su rostro.

—¿Qué tal ha ido? —preguntó—. Habéis vuelto mucho antes de lo que esperaba.

—¿Quieres contárselo a Camila? —le preguntó Brian a Juliette mientras se quitaban los zapatos y las mascarillas. Como la niña no abrió la boca, él añadió—: Juliette ha tocado a mamá y eso la ha asustado, ¿no es así, calabacita?

Juliette fue directa hacia la escalera, con la intención de encerrarse en el santuario de su habitación.

Brian y Camila contemplaron cómo se alejaba.

—Pensándolo bien, creo que no ha sido tan buena idea llevarla al velatorio —dijo él cuando la niña ya no podía oírlos—. Parecía que la cosa iba bastante bien hasta que ha tocado la cara de Emma. No sé si ha sido decisión suya o si Hannah, que la tenía cogida en brazos, la ha animado a hacerlo. Tampoco sé si es importante quién haya tomado la iniciativa. Pero por un motivo u otro, la ha asustado muchísimo. No me extraña; yo mismo no hubiera querido hacerlo por nada del mundo. En cualquier caso, me ha parecido mejor traerla a casa cuanto antes.

—¡Oh, vaya! —exclamó Camila, mirando hacia las escaleras—. Voy a subir para ayudarla a quitarse el vestido y ponerse algo más cómodo. Y veré si tiene hambre.

—Gracias —dijo Brian, con un suspiro de alivio.

—¿Y tú? —le preguntó ella—. ¿Cómo lo llevas?

—Así, así —respondió Brian, extendiendo la mano y haciéndola bascular de un lado a otro—. Me cuesta digerir estos ritos funerarios. No me gustaron cuando falleció mi padre y todavía me gustan menos con relación a Emma. En mi opinión, el duelo debería ser íntimo y no público.

—¿Vas a volver al velatorio? —preguntó Camila—. Si quieres hacerlo, yo me ocupo de Juliette.

—No creo que lo haga. Ya he tenido bastante duelo público por un día. Estaré en la oficina, tengo que hacer una llamada.

Sentado en su despacho, se quedó mirando la silla vacía de Emma. De pronto le cayó encima todo el peso de la evidencia de que se había ido para siempre y le invadió una desbordante sensación de pérdida. Por suerte, esta cascada de emociones desapareció tan rápido como había aparecido cuando pensó en Juliette sufriendo en su habitación. Las necesidades urgentes de su hija barrieron cualquier tentativa de dejarse arrastrar por sus propias emociones y concentró sus esfuerzos en cómo ayudarla a superar la muerte de su madre a la temprana edad de cuatro años.

Sin embargo, la silla vacía de Emma le volvió a traer a la cabeza las reflexiones que había hecho el día anterior sobre Protección Personal SL y si estaba dispuesto a seguir adelante con el proyecto en unos tiempos tan complicados. Con este asunto en mente, Brian decidió posponer la llamada a Roger Dalton, que era a quien iba a telefonear, y llamó al subcomisario Michael Comstock, el oficial al mando de la ESU del NYPD. Se esperaba tener que dejar su nombre y número de teléfono para que le devolvieran la llamada, pero se llevó la grata sorpresa de que pudo hablar directamente con su antiguo superior. Aunque al subcomisario no le había hecho ninguna gracia perder a dos de sus agentes más populares y talentosos cuando él y Emma decidieron dejar el cuerpo, parecía muy contento de que Brian diera señales de vida.

—¿Qué tal estáis Emma y tú?, ¿y cómo os va la empresa de seguridad en plena pandemia? —preguntó Michael.

—Me temo que tengo malas noticias en ambos frentes —respondió él—. La empresa está prácticamente parada ahora mismo. La hemos puesto en marcha en el peor momento posible debido a la pandemia. Casi no hemos tenido trabajo. Pero lo peor es que Emma falleció ayer a causa de un virus.

—¡Oh, no! —dijo Michael—. Oh, cuánto lo siento. Qué noticia más espantosa. ¿Ha sido por el COVID-19?

—No —dijo Brian con un nudo en la garganta—. Ha sido el virus de la encefalitis equina occidental.

—¿Es algo parecido al virus del Nilo Occidental?

—Es muy similar —dijo Brian—. Es un virus distinto, pero también se contagia a través de los mosquitos. Creemos que se contagió mientras hacíamos una barbacoa en Cape Cod.

—¡Qué tragedia!, ¡qué pérdida! Era una mujer excepcional. ¿Cuándo está previsto el funeral? Me gustaría asistir y enviar una representación del cuerpo de policía.

—La misa y el entierro se celebrarán mañana. Le agradezco el ofrecimiento, pero debido a la pandemia solo pueden asistir los familiares.

—Entiendo —dijo Michael con pesar—. Bueno, te mando mis más sinceras condolencias a ti y a tu familia.

—Gracias, señor. Hay algo más que querría hablar con usted. Después de perder a mi mujer, me estoy planteando si tiene sentido que siga con nuestra precaria empresa, sobre todo con la pandemia por medio, sin un final a la vista. Lo que quería preguntarle es si vería con buenos ojos que me postulase para reincorporarme a la ESU. —Brian cruzó supersticiosamente los dedos, con la esperanza de obtener una respuesta afirmativa, pese a que todavía no tenía decidido tirar la toalla de forma definitiva con Protección Personal SL.

—Depende de tu grado de compromiso —replicó Michael—. Tal y como lo preguntas, me da la impresión de que todavía no lo tienes claro, lo cual es comprensible puesto que tu mujer acaba de fallecer. Permíteme decirte lo siguiente: con tu formación, la ciudad ha hecho una inversión considerable en ti, y esto sin duda juega a tu favor. Pero para concederte una segunda oportunidad en la ESU, tendría que estar convencido de que te comprometes cien por cien a volver. Necesito un compromiso en firme antes de dar luz verde. Para serte sincero, vuestra repentina renuncia tuvo un efecto negativo en la moral del grupo durante un tiempo, porque a los dos se os respetaba mucho por aquí.

—Lo siento —dijo Brian—. No era nuestra intención.

—Te recomiendo que cuando lo tengas claro, te reúnas conmigo en el cuartel general y después pases algún tiempo participando en alguna de nuestras actividades. Debido a la pandemia, esta primavera no hemos tenido una nueva promoción de cadetes. En lugar de eso, hemos intensificado los cursillos de refresco y recertificación para toda la ESU, sobre todo en técnicas de asalto de edificios y de buceo. ¿Te resulta atractivo?

—Muy atractivo —aseguró Brian—. Me encanta y, por lo que a mí respecta, cuanto antes pueda empezar, mejor.

—Bueno, esa decisión os la dejo a ti y a tu familia. Seguro que necesitas algún tiempo para adaptarte a la nueva situación y pasar el duelo por tu esposa.

—Al contrario —dijo Brian—. Necesito mantenerme ocupado. No hay nada que me apetezca más que volver a ponerme en forma y entrenar. De hecho, me ayudaría a salir adelante.

—Entonces, no se hable más —dijo Michael—. Sin una nueva promoción de cadetes, mi calendario es flexible, aunque esto cambiará en breve. El próximo mes tendremos una nueva promoción que formar, aunque reducida debido a la pandemia.

—¿Podría pasarme mañana mismo por la tarde para verle a usted, por ejemplo a las tres? —preguntó Brian—. Incluso me gustaría poder participar ya en algún entrenamiento si es posible. —La idea de poder participar en una simulación de asalto en el TAC o edificio de entrenamiento con armas de fuego le resultaba de lo más atractiva, como cualquier tipo de ejercicio con armamento. No practicaba con armas de fuego desde diciembre, ni siquiera con la omnipresente P365 Sig Sauer automática que en estos momentos sentía aplastada contra su espalda.

—Te puedo encontrar un hueco. Y lo comentaré con el equipo de instructores. Es un buen momento. Sé que mañana se va a organizar un ejercicio de asalto a una casa, en el que participarán algunos agentes del equipo A. Como mínimo, podrás participar como observador. Seguro que todos estarán encantados de volver a verte.

—Lo mismo digo —comentó Brian. Cuando era miembro de la ESU, antes de la renuncia, pasaba a menudo sus días de fiesta en la academia del Campo Floyd Bennet para echar una mano a los instructores con los cadetes e incluso a veces participaba en los ejercicios, porque le ayudaba a mantenerse en forma y estar siempre al nivel requerido en las recertificaciones.

—Y si mañana después del funeral cambias de opinión, lo entenderé —dijo Michael—. Solo tienes que hacérmelo saber para que pueda informar a los demás.

—Por supuesto.

Se despidieron y Brian colgó y se quedó un rato con la mirada perdida. La idea de someterse a una intensa actividad física le proporcionó cierto alivio teniendo en cuenta la devastación emocional en que lo había sumido la muerte de Emma y la creciente preocupación por cómo Juliette iba a poder superar la muerte de su madre. Pero esa sensación no duró mucho, porque recordó que tenía pendiente llamar a Roger Dalton.

Con el teléfono todavía en la mano, hizo la llamada. Mientras sonaba, volvió a preguntarse si tendría algo que ver con la entrada en escena de Patrick McCarthy y Megan Doyle pidiendo una copia de la factura completa. Por lo que Megan le había contado, se esperaba que el hospital estuviera buscando argucias para dilatar la entrega de lo que se les requería.

—He creído que debía saber que la cantidad que le ha demandado Cobros Premier podría incrementarse en breve en otros 26.399,46 dólares —empezó a explicarle Roger en cuanto se puso al teléfono—. A menos, claro, que suceda un milagro.

Con cierta dificultad, Brian logró mantener la calma. Le indignó el tono burlón de Roger y de haber estado cara a cara frente a él en su despacho le habría sido difícil controlarse y no agarrar por el pescuezo a ese enclenque. Para Brian ese tipo era el representante del insaciable afán de beneficios de Charles Kelley.

—¿Ha oído lo que le he dicho? —preguntó Roger ante la ausencia de respuesta por parte de Brian.

—Sí, pero estaba esperando a que me explicase de dónde se supone que salen esos veintiséis mil y pico dólares extra.

—Es el último cargo de Urgencias por el segundo ingreso de Emma Murphy —dijo Roger—. Supongo que ya se lo imaginaba.

—¿Es por el ingreso de ayer? —preguntó sorprendido, incluso incrédulo, por la rapidez con la que se había emitido la factura.

—Sí, es de ayer —confirmó Roger—. Como usted ya es un moroso, el hospital no tiene muchas esperanzas de que pague esta factura. Lo que la gente como usted no entiende es que nuestros elevados gastos crecen segundo a segundo, día a día, y no podemos permitirnos el lujo de no pagarlos cuando toca hacerlo.

—Adelante, envíe la factura a Peerless —dijo Brian, tentado de colgarle. Este tipo le resultaba cada vez más repulsivo. Era como si ese burócrata diera rienda suelta a sus instintos sádicos hundiendo un poco más profundamente el cuchillo que el MMH Inwood le había clavado.

—Ya lo he hecho —soltó Roger—. Usted y su aseguradora son tal para cual. Me han respondido al cabo de una hora para informarme de que, una vez más, no piensan cubrir los gastos.

—¡Un momento! —estalló Brian—. ¿Cómo es posible? Fue una urgencia de primera magnitud. En esta ocasión mi mujer no entró por su propio pie. ¡La metieron en una camilla mientras le hacían reanimación cardiopulmonar!

—Hemos enviado a Peerless todos los informes, incluida la declaración de los paramédicos que respondieron la llamada al 911 —dijo Roger—. No tengo ni idea de por qué se han negado a pagar, pero será mejor que hable con ellos enseguida y trate de revertir la situación, porque de lo contrario la suma de dinero de la demanda de Cobros Premier se incrementará.

—Por supuesto que voy a averiguar qué ha sucedido. —Brian sintió una nueva oleada de indignación hacia Peerless y las argucias de Heather Williams, un resentimiento que ya igualaba al que sentía hacia Charles Kelley y Roger Dalton. Al mismo tiempo, la suma de dinero que pretendían cobrarle por unas horas en Urgencias era desmesurada y provocaba también indignación. Pese a que era consciente de que ponerse a discutir los precios con Dalton era por completo fútil, no se pudo contener.

—Desde luego que voy a hablar con Peerless, pero ¿cómo demonios puede costar más de veintiséis mil dólares una estancia en Urgencias de unas horas? Es un auténtico atraco a mano armada, sobre todo teniendo en cuenta el desenlace.

—Siento que acabara de ese modo —dijo Roger—. Como ya le he dicho una y otra vez, tener en funcionamiento unas Urgencias de nivel 1 de Trauma veinticuatro horas al día siete días a la semana es carísimo. Su mujer utilizó las instalaciones y el equipo de alta tecnología. También requirió de un equipo completo de personas altamente cualificadas para hacerle la reanimación cardiorrespiratoria y un examen neurológico de urgencia. Además...

Incapaz de seguir escuchándole ni un segundo más, Brian le colgó. Se sentía como un volcán a punto de estallar. Se levantó del escritorio y bajó al sótano donde él y Emma habían montado una pequeña sala de ejercicios con una bici estática, pesas y un televisor plano. Necesitado de desfogar su furia, cogió unas pesas de veinte kilos e hizo una serie de flexiones de bíceps hasta quedar agotado. Con un sonido seco, las volvió a dejar en el soporte.

Sintiéndose un poco más relajado, subió de nuevo a la oficina. Se sentó, respiró hondo y llamó a Ebony Wilson, que, como ya se esperaba, tardó un buen rato en responder. Entretanto, tuvo que sufrir una nueva sesión de música ambiental en bucle.

—Hola, al habla Ebony Wilson, supervisora de reclamaciones —dijo con su melosa voz cuando por fin descolgó—. ¿Con quién tengo el gusto de hablar?

Cuando Brian se identificó y le preguntó si se acordaba de él, la respuesta fue una breve carcajada.

—¡Por supuesto que me acuerdo de usted! ¿Cómo no iba a acordarme? Se convirtió usted en el tema del día cuando se presentó aquí sorteando todos los controles de seguridad de nuestra CEO. Debo decirle que tuvo usted mucha suerte de no acabar arrestado o incluso herido de gravedad.

—No estoy tan seguro de que ese hubiera sido el resultado si la situación se hubiera puesto fea —replicó Brian, permitiéndose una pizca de jerga del mundillo de la seguridad—. Pero por suerte eso es agua pasada. De lo que ahora tengo que hablar con usted es de otra denegación de pago con relación a mi esposa, y exijo una explicación.

—Seguro que la hay. Con mucho gusto voy a buscar el expediente. ¿Puede darme otra vez el número de póliza, para abrirlo en pantalla?

Después de dar el número como se le pedía y ser sometido a una nueva sesión de música ambiental, Ebony por fin reapareció en línea.

—Disculpe la espera. Tengo el informe del perito delante. Veo que la reclamación de pago es otra vez de una visita a Urgencias de su mujer, Emma Murphy. También veo que ya no está entre nosotros. Mis más sinceras condolencias.

—Gracias —dijo él, poniendo los ojos en blanco ante la ironía de que alguien de Peerless le diera las condolencias—. La última vez que Peerless se negó a cubrir el gasto fue porque mi mujer había entrado en el hospital por su propio pie y por la tarde. La explicación fue que no requería de los recursos de Urgencias de Trauma 1 solo para ser ingresada en el centro. En esta última ocasión estoy seguro de que le constará en el informe que entró mientras le practicaban una reanimación cardiorrespiratoria.

—Sí, lo veo —se mostró de acuerdo Ebony—. Pero también veo que la reanimación cardiorrespiratoria no fue necesaria.

—¿Me lo puede repetir? —preguntó Brian perplejo.

—Parece que nuestros peritos estudiaron esta petición de pago con mucha atención, dado que su informe es muy extenso —le explicó—. La conclusión a la que llegaron de acuerdo con las declaraciones de los paramédicos es que a su juicio su esposa ya estaba en muerte cerebral antes de subirla a la ambulancia. En el estado de Nueva York, los paramédicos pueden determinar legalmente la muerte, de modo que a partir de ese momento todos los esfuerzos y tratamientos que se aplicaron fueron innecesarios y Peerless no se hace cargo de ellos.

—Es de locos —estalló Brian—. Los paramédicos iniciaron la reanimación cardiorrespiratoria en nuestra casa y continuaron con ella durante todo el trayecto hasta el hospital.

—Puede que fuera así, pero tenían claro que la paciente estaba ya en muerte cerebral debido a una prolongada hipoxia. Al menos esto es lo que pone en el informe. Entiendo que a usted no le satisfaga esta decisión y puede volver a reclamar si cree que nuestros peritos han cometido un error. Puede pedir una revisión y/o puede pedir asesoramiento legal. Está en su derecho.

Incapaz de seguir oyendo más explicaciones manipuladoras, Brian decidió colgar. De nuevo completamente indignado, iba a volver a la sala de ejercicios del sótano para una nueva ronda con las mancuernas, tal y como había hecho después de hablar con Roger Dalton, cuando apareció Camila.

cido en la puerta. Ella se encogió de hombros, mostrando su desconcierto.

—Vale —dijo Brian—. Vamos a ver si podemos encontrar un precioso conejito nuevo para ti y así mamá puede quedarse con Bunny para que le haga compañía tal como tú querías. —Cogió la tableta de Juliette y buscó online conejos de peluche. No tenía claro que fuera a encontrarlos, pero quedó gratamente sorprendido. Había páginas y páginas con todo tipo de conejos de peluche, algunos muy parecidos a Bunny y otros mucho más bonitos, sobre todo en comparación con lo machacado que estaba ya el peluche de su hija—. Mira este —le dijo—. Hay montones.

El comentario hizo aumentar la intensidad del llanto de Juliette y cuando Brian le acercó la tableta para que los viera, ella la apartó de un manotazo. Estaba claro que la niña no estaba por la labor de elegir un nuevo conejito, pero a pesar de todo Brian vio el lado positivo. Como mínimo Juliette había mostrado su respuesta.

—¿Quieres que volvamos a casa de la abuela para buscar a Bunny? —le preguntó. Y dejó la tableta.

Ella negó con la cabeza, lo cual animó más a Brian.

—Si dejas de llorar y me hablas, podemos encontrar una solución —le dijo—. ¿Quieres que vaya yo a casa de la abuela a buscar a Bunny?

Esperó un rato e incluso le repitió la pregunta de si quería que fuera él solo a recuperar al conejito. Sin embargo, Juliette no respondió, aunque el llanto amainó. Brian siguió acariciándole la espalda, sentado en el borde de la cama, durante varios minutos, hasta que se levantó y se acercó a Camila.

—Estoy tan perdido como tú —le dijo en voz baja—. No sé qué tengo que hacer. ¿Crees que debería volver al velatorio y recuperar al conejo?

—No sé si eso serviría de mucho. ¿Y si llamas a Jeanne? Tiene muy buena mano con Juliette. Tal vez a ella se le ocurra qué hacer.

—Sí, creo que es la mejor idea.

Brian sacó el móvil, salió al pasillo e hizo la llamada, con la esperanza de dar con una solución. Se sentía un poco incómodo por llamar por segunda vez en un día a una mujer a la que acababa de conocer para pedirle consejo, pero estaba desesperado. Se quitó un peso de encima cuando ella respondió con tono afable y llamándolo por su nombre nada más descolgar, lo cual muy probablemente significaba que lo había añadido a sus contactos.

—Espero no pillarte otra vez en el parque de Inwood Hill —dijo Brian, bromeando pese a las circunstancias.

Jeanne se rio.

—No, estoy en mi apartamento, pero debo confesar que al salir de tu casa he vuelto allí y he acabado mi paseo. ¿Cómo os ha ido a ti y a tu hija en el velatorio?

—Ha sido muy estresante para los dos —explicó Brian—. Y te llamo justamente por eso. Me dijiste que podía hacerlo si necesitaba ayuda y ahora mismo la necesito. Resulta que Juliette dejó a Bunny en el féretro de mi mujer para que le hiciera compañía.

—Qué encanto de niña —dijo Jeanne.

—Por desgracia, ahora ha cambiado de opinión. En estos momentos está llorando a lágrima viva, porque quiere que le devuelvan a Bunny. Para empeorar las cosas, otra vez ha dejado de hablar. Y yo no sé qué hacer. ¿Alguna sugerencia? Le he ofrecido volver al velatorio y recuperar el maldito peluche, cosa que tampoco es que me haga especial ilusión, pero no está claro que eso la vaya a hacer sentir mejor.

—¡Oh, Dios mío! —dijo Jeanne. Un momento después Brian la oyó suspirar—. A bote pronto, diría que no debes volver a recoger el peluche. Juliette echa de menos a su madre y ahora echa también de menos a Bunny, probablemente los está mezclando a los dos. Debe de pensar que si le devuelven al conejo, también le devolverán a su madre.

—Es posible. También me preocupa que si le traigo de vuelta

a Bunny, a ella siempre le recordará el momento en que vio y tocó a su madre muerta.

—¿Juliette ha tocado el cuerpo de su madre?

—Le ha tocado la cara. No sé si la han animado a hacerlo o si lo ha hecho por voluntad propia. Yo estaba en la otra punta de la habitación cuando ha sucedido y era su abuela quien la sostenía en brazos para que pudiera dejar el peluche en el féretro. Creo que eso la ha asustado mucho.

—Ya me lo imagino. ¿Te parece bien que me pase e intente hablar con ella? Se me ocurre una idea que podría ayudar.

—Oh, sí, por favor —dijo Brian agradecido—. Camila y yo no sabemos cómo manejar la situación. Es desgarrador ver a Juliette sufrir así.

—Voy para allá lo más rápido posible.

27

1 de septiembre

Cuarenta minutos más tarde, Brian oyó el timbre de la puerta. Había estado esperando muy impaciente, sentado a ratos con Juliette y en otros momentos paseándose por la sala de estar.

—Eres como la caballería que llega en el último minuto para salvar la situación —le dijo a Jeanne, tratando de poner una gota de humor mientras la hacía pasar. Ella ya no iba con ropa de ciclista, sino con una veraniega blusa blanca y unos shorts negros, y llevaba una bolsa.

—Siento haber tardado tanto. Tenía que cambiarme y ducharme.

—No pasa nada, ya estás aquí —dijo Brian—. Pero debo admitir que esperábamos ansiosos tu llegada. Estamos completamente perdidos.

Mientras Jeanne se quitaba la mascarilla, Brian se fijó en algo en lo que hasta ese momento no había reparado. En contraste con su tez clara, la de ella era casi tan morena como la de Camila. Cuando se lo comentó mientras ella se quitaba los zapatos, le explicó que era de ascendencia medio argelina y tal vez un poco marroquí si iba todavía más atrás en su árbol genealógico.

—¿Qué tal está la señorita Juliette? —preguntó Jeanne mientras subía por la escalera.

—No ha habido grandes cambios —respondió Brian—. Ha dejado de llorar cuando le hemos dicho que ibas a venir a verla, pero sigue sin hablar. Desde que hemos hablado por teléfono, Camila y yo nos hemos turnado para estar con ella.

—A veces es lo único que se puede hacer en una situación como esta —dijo ella—. Tratándose de niños, la paciencia es una virtud. Ella va a tener que enfrentarse a la inseguridad durante un tiempo, quizá durante toda la vida.

Cuando entraron los dos en la habitación de Juliette, Camila se levantó de la esquina de la cama. Le había estado leyendo a Juliette, aunque la niña no se inmutó y seguía acurrucada en posición fetal. En cuanto Camila y Jeanne se saludaron, Juliette sorprendió a todos girándose y colocándose boca arriba. Miró a Jeanne.

—Hola, *mon* Juliette —dijo ella, tratando de sonar animada mientras se sentaba donde había estado Camila—. Me han dicho que la visita a la casa de tu abuela ha sido horrible. ¿Es verdad?

Juliette asintió.

—Ver a tu madre de ese modo tiene que haberte asustado —dijo Jeanne—. Pero al menos has podido despedirte de ella.

Juliette asintió de nuevo.

—¿Se te hizo muy extraño tocarla? —preguntó Jeanne.

La niña, con expresión de desagrado, respondió:

—Era asqueroso.

—Seguro que sí. Has sido muy valiente. Me han dicho que has hecho algo muy bonito: le has regalado Bunny a mamá para que le haga compañía.

—Quiero que me devuelvan a Bunny —pidió Juliette con expresión desafiante.

—Seguro que quieres de vuelta a tu mamá y a Bunny. Pero se me ocurre una idea que quizá pueda ayudar, y está en esta bolsa. —La alzó, para que Juliette la pudiera ver bien—. ¿Quieres ver qué es?

La expresión de la niña se relajó.

—Sí —dijo.

Jeanne abrió la bolsa, metió la mano y sacó otro conejito de peluche. Era más o menos del mismo tamaño que Bunny, pero gris claro en lugar de marrón claro, y menos flexible, salvo por las orejas, que eran más largas. Estaba además mucho más nuevo y tenía los dos ojos.

—Esta es Jeannot Lapin —dijo Jeanne, pronunciando el nombre con acento francés—. Ya te he hablado de ella. Era mi inseparable amiga cuando yo tenía más o menos tu edad, pero ahora a ella le gustaría quedarse contigo si tú la aceptas y te comprometes a tratarla bien.

Para sorpresa y felicidad de Brian, Juliette cogió el peluche y, cuando lo tuvo en las manos, lo examinó con detenimiento. Pasada la revisión, lo abrazó. Miró a Jeanne y asintió.

—Es una conejita muy mona —le dijo Brian a su hija—. Es fantástica. ¿Te gusta tanto como a mí? —Y cuando Juliette indicó con la cabeza que sí, él le preguntó—: ¿Cómo la vas a llamar, Jeannot Lapin o Bunny 2?

—Jeannot Lapin —decidió Juliette, dejando a todos impresionados con su impecable imitación del acento francés.

—Pues Jeannot Lapin —dijo Brian aliviado—. ¿Y qué me dices de Bunny?, ¿se puede quedar con mamá?

—Sí —dijo Juliette sin dudarlo.

Brian miró agradecido a Jeanne, de nuevo encantado de haber tenido la fortuna de conocerla en el despacho de Megan Doyle. Incluso en el caso de que los esfuerzos de la abogada no acabaran dando ningún fruto, Brian le estaría agradecida por la oportunidad que le había brindado de conocer a esa mujer que tanto estaba ayudando a Juliette.

Camila, que había estado observando desde la puerta, entró en la habitación y se sumó a la celebración. Después de dedicar una larga lista de piropos al nuevo peluche, le preguntó a la conejita si tenía hambre. Juliette respondió por ella diciendo que le apetecían huevos con beicon.

—Pues entonces bajemos a la cocina y asegurémonos de que no se queda con hambre —dijo Camila—. Yo también estoy hambrienta.

Mientras Juliette y Camila salían de la habitación, Brian se volvió hacia Jeanne.

—Bravo —le dijo—. Gracias otra vez. Tienes mano de santo con los niños. Muchísimas gracias por tu ayuda y por regalarle algo tan personal. ¿Me permitirás al menos que te lo pague?

Jeanne soltó una jocosa risotada y respondió:

—Ya he recibido una recompensa más que adecuada por el peluche. No me puedo imaginar un mejor destino para él. Fue mi madre la que insistió que lo trajera conmigo a Estados Unidos. Por suerte he logrado encontrarlo después de hablar contigo. Cuando me trasladé al apartamento en el que vivo ahora, que es más pequeño, tuve que dejar muchas pertenencias apiladas en cajas.

—A pesar de todo, regalárselo a Juliette ha sido muy generoso por tu parte. La verdad es que, si me lo hubieras propuesto por teléfono, lo más probable es que hubiese pensado que no funcionaría. He intentado entusiasmarla con la idea de buscar conejitos de peluche online y no ha mostrado el menor interés. Insisto, es obvio que se te dan muy bien los niños.

—Gracias por el cumplido —dijo Jeanne—. Tal vez sea por la niña que llevo dentro, pero la verdad es que me encanta interactuar con los pequeños. Obviamente, por eso acabé trabajando como psicóloga escolar, al menos durante un tiempo. Lamento muchísimo que Riley y yo no tuviéramos hijos. No deberíamos haberlo pospuesto por el maldito negocio.

—Te entiendo perfectamente. En estos momentos es Juliette quien me mantiene cuerdo.

—Ya he visto lo dedicado a ella que estás —dijo ella.

—He recibido más malas noticias de Peerless y el MMH Inwood —le contó Brian—. Es el cuento de nunca acabar. ¿Te puedo dar un poco la tabarra? Necesito desahogarme con alguien.

—Por supuesto.

—Bajemos a la sala de estar, que al menos estaremos más cómodos.

Mientras bajaban por la escalera, Jeanne dijo:

—Estás haciendo un trabajo maravilloso para que Juliette supere su duelo, pero ¿qué me dices del tuyo? Después de todo, has perdido a tu esposa y a la compañera de tu vida.

—Tienes razón. Como ya te he dicho, sigo en la fase de negación. También es cierto que no he tenido ni un segundo para ponerme a pensar en ello.

—Si lo acabas viviendo de un modo similar al mío, cuando de repente tomas consciencia, es como un terremoto que te sacude emocionalmente.

—Ya me lo imagino. Supongo que me ayuda el tener que estar pendiente de Juliette.

—A eso es a lo que me refiero —dijo Jeanne—. Ten cuidado, porque cuando te llegue a ti el momento de hacer el duelo, puede ser paralizante.

Ya en la sala, se sentaron en sillones confrontados bajo el ventanal que daba a la calle 217 Oeste. Brian le contó las conversaciones telefónicas que había mantenido con Roger Dalton del MMH Inwood y después con Ebony Wilson.

—¡No me puedo creer lo de Peerless! —exclamó Jeanne, cuando él terminó de explicárselo—. Han perfeccionado a unos niveles inauditos el arte del escaqueo, pero seguro que no lo han hecho solo con nosotros. Deben aplicarlo con todos los tenedores de pólizas.

—Estoy seguro de que lo hacen —dijo Brian—. No me extraña que dispongan de una millonada para pagar a su CEO. Lo que hacen es una forma de estafa legalizada. Como la vez anterior, me han dicho que podía pedir una revisión, que está garantizado que no servirá de nada, o que puedo demandarlos. Pero llevarlos a juico me temo que será tan inútil como lo de pedir una revisión. Seguro que están preparados para cualquier eventualidad con su equipo de abogados. Además, poner un pleito es caro y no tienes ninguna garantía de éxito.

—Como crecí en Francia, donde este tipo de estafa tolerada por parte del sistema sanitario sería imposible que sucediera, me pregunto cómo se ha llegado en Estados Unidos a esta situación en la que los hospitales y las aseguradoras actúan con total impunidad.

—Creo que empezó por una suerte de accidente histórico —dijo Brian—. Desde luego, en la época de la Segunda Guerra Mundial, no estaba planeado que aquí en Estados Unidos la asistencia sanitaria estuviese vinculada con el empleo. Y por mi propia experiencia, cuando disfrutaba de un seguro médico bastante bueno como miembro del NYPD, lo que costara me era indiferente. Nunca me importó ni me lo cuestioné. Creo que es una especie de riesgo moral y las consecuencias han sido dramáticas a lo largo de los años. ¿Te puedes imaginar que el hecho de que tu mujer pase unas pocas horas en Urgencias puede costarte casi veintisiete mil dólares, para que encima acabe muerta? Más allá del coste emocional, es como verse obligado a comprar un coche sin saber el precio y que te endosen una chatarra sin derecho a devolución.

—En Francia el gobierno ha intentado contener los costes, pero no es fácil con lo que está sucediendo aquí en Estados Unidos.

—Por lo que sé, Francia y el resto de los países civilizados han intentado mantener controlados los costes de la asistencia médica —dijo Brian—. Esto es un desastre americano único en el mundo, aunque lo que está sucediendo aquí me temo que genera presiones en todos los lados.

—Estoy de acuerdo. Es capitalismo americano desbocado y sin ningún planteamiento moral, llevado a cabo por una industria que se supone que debería ser altruista. No debería permitirse que el capital inversión interfiriera en la asistencia sanitaria.

—Tienes toda la razón —se mostró de acuerdo Brian y negó con la cabeza—. Es una gran ironía: es la tragedia de la codicia personal triunfando sobre el altruismo.

—Exacto, y el resultado final es que provoca sufrimiento a personas como nosotros —dijo Jeanne—. Es indignante, y Charles Kelley y Heather Williams son los símbolos de esta maldita situación.

—Me pregunto cómo pueden conciliar el sueño por las noches.

—Supongo que ni se les ocurre pensar en las vidas que destrozan. Por desgracia, yo soy el mejor ejemplo. No solo perdí a mi marido, sino que con la demanda y la quiebra perdí la empresa y la mayor parte de mis ahorros hasta que entraron en acción Patrick y Megan, y entonces perdí la casa.

—No me digas eso —dijo pasmado Brian—. ¿Perdiste la casa?

—Me temo que sí —le confirmó Jeanne—. Fue en parte culpa mía. Mientras intentaba saldar mis deudas con el hospital, me retrasé en el pago de la hipoteca y la casa quedó a merced de los abogados carroñeros de Kelley.

—¡Qué horror! —dijo Brian—. En estos momentos perder mi casa es mi mayor preocupación, sobre todo por si agrava la sensación de inseguridad de Juliette. Ahora mismo yo también llevo retraso en el pago de las cuotas de la hipoteca.

—Dada mi experiencia, te recomiendo que esto lo arregles cuanto antes.

—Lo sé. Partick McCarthy me hizo la misma recomendación. El problema es que necesito ingresos. Como ya te he comentado en el hospital mientras esperábamos a que atendieran a Juliette, he estado dándole vueltas a la idea de intentar reincorporarme a mi antiguo puesto en el NYPD. Incluso he llamado a mi antiguo superior hace un rato y hemos acordado que me pasaré por el cuartel general de la ESU mañana después del funeral para hablar con él.

—Me parece un plan muy sensato, dado que la pandemia no se va a acabar mañana.

—Tengo que hacer algo —dijo Brian—. Me ha sugerido que me incorpore a los entrenamientos que están realizando los veteranos, ya que con la pandemia no ha habido nueva promoción de cadetes. La verdad es que me apetece mucho realizar ejercicios de simulación, acabe o no reingresando en el cuerpo. El ejercicio físico va a ser muy terapéutico. No hago ejercicio en serio desde Cape Cod y tengo que encontrar un modo de evitar obsesionarme con los problemas.

—Me parece una idea estupenda —dijo Jeanne—. Y para animarte a llevarla a cabo, si te parece bien, puedo venir mañana para hacerme cargo de Juliette.

—¿Si me parece bien? —preguntó Brian con una teatral expresión de sorpresa—. Estaré encantado. Será un gran alivio. Precisamente, lo único que me preocupaba de lo de mañana era tener que dejar a Juliette a cargo de Camila después del funeral, con el peligro de que vuelva muy afectada. Si algo tengo claro es que mi hija te adora.

—Y yo a ella —replicó Jeanne—. Será un placer pasar un rato juntas. Pero, volviendo a lo que estábamos hablando antes, me pregunto si tú y yo somos casos inusuales o si hay más gente del vecindario afectada por el modo de actuar de Charles Kelley y Heather Williams.

—Buena pregunta. El instinto me dice que no estamos ni mucho menos solos. Grady Quillen, el agente de policía retirado que me entregó la demanda, me dijo que le llegaba un montón de trabajo de Cobros Premier, sobre todo en los últimos tiempos. Y a Megan Doyle también parece que le sale el trabajo por las orejas.

—Cuanto más pienso en ello, más curiosidad siento —reflexionó Jeanne—. Si el número de afectados es elevado, ¿por qué no ha salido alguna noticia en los medios que acabe provocando que Kelley y Williams reciban su merecido?

—Esa es quizá la gran pregunta. Personalmente, detestaría adquirir este tipo de notoriedad y que mi penosa historia apareciera en los tabloides, pero tienes razón: parece el material idóneo para diarios sensacionalistas como el *Post* o el *Daily News*. Dramas sobre poderosos ogros de la élite que reciben sueldos millonarios para exprimir a las masas tienen mucho gancho por motivos obvios. Tal vez la confidencialidad vinculada a pacientes y clientes sea lo que haga dudar a los medios.

—Pero no tendrían que utilizar los nombres verdaderos —dijo Jeanne—. Creo que es un tema interesante. Al menos a mí me interesa. Me gustaría saber cuántos vecinos de Inwood han pasado por lo mismo que nosotros y conocer sus historias de horror personales. El hospital local se supone que está para ayudar a la gente y a la comunidad, no para llevar a todo el mundo a la bancarrota.

—No sería difícil averiguar la magnitud de las cifras de afectados por el MMH Inwood y Charles Kelley a través del número de demandas que han interpuesto —dijo Brian—. Indagar en las dimensiones del engaño de la aseguradora Peerless y Heather Williams lo veo más complicado.

—¿Por qué?

—La información sobre demandas interpuestas se puede consultar en la web del Juzgado de lo Civil de Nueva York y en la del Tribunal Supremo de Nueva York. Lo único que tienes que hacer es una búsqueda a partir del demandante Cobros Premier.

—No sabía que este tipo de información fuera accesible al público. ¿Y si lo intentamos?

—¡Acompáñame a la oficina! Utilizaremos mi ordenador.

A los pocos minutos, Brian abrió la web del Tribunal Supremo de Nueva York y tecleó los parámetros de búsqueda, mientras Jeanne observaba por encima de su hombro. Un milisegundo después, se quedaron de piedra. Solo desde 2014 había varios cientos, si no miles, de casos en Manhattan, con demandas del MMH Inwood y el mucho más grande MMH Midtown. Moviendo el cursor pudieron ver que a partir del estallido de la pandemia de COVID-19 el número de demandas se incrementaba de manera muy significativa.

—¡Dios mío! —musitó Brian—. ¿Quién lo iba a decir? Y aquí aparecen solo los casos con cantidades superiores a los veinticinco mil dólares. Si buscamos en el Juzgado de lo Civil demandas de menos de veinticinco mil dólares es muy probable que nos aparezcan un montón más. Parece que MMH y Cobros Premier han demandado a un porcentaje considerable de la población metropolitana de Nueva York.

—Vamos a echar un vistazo a la web del Juzgado de lo Civil —propuso Jeanne.

Varios clics después, de nuevo se quedaron pasmados por el volumen.

—Esto es de lo más esclarecedor —dijo Brian—. El problema es que no podemos utilizar esta búsqueda para localizar los casos en Inwood como tú querías. Al menos yo no lo puedo hacer. Tal vez Patrick McCarthy sí tenga acceso a esta información. Como abogado, tiene más recursos a su alcance para buscar información online en las webs. Lo que también sería interesante saber es cuántos casos abiertos como el mío hay y cuántos ya cerrados.

—Es un problema mucho mayor de lo que había imaginado. —Como aplastada por el peso de las nuevas informaciones, Jeanne se dejó caer en una de las sillas, con las piernas estiradas ante ella y los brazos muertos en los costados—. Y pensar que el hospital gana los pleitos en la mayoría de los casos porque «los servicios se han prestado». Son las palabras que utilizó Patrick McCarthy para explicarme por qué perdimos mi caso. La gente no es consciente de lo que firma cuando ingresa en un hospital.

—Tienes toda la razón —dijo Brian—. Sobre todo cuando se trata de un ingreso en Urgencias. Te dicen que firmes para que puedan tratar cuanto antes a tu ser querido y todo el mundo firma sin mirar nada. Yo también lo hice.

—Y la gente también cuenta con que su compañía de seguros se hará cargo de todo en lugar de preocuparse solo por sus beneficios.

—Es intolerable. Y es también frustrante que durante los procesos, el tribunal no pueda dictaminar sobre los precios que carga el hospital, por muy disparatados que sean. Para un juez tiene que ser desesperante.

—Además, la mayoría de los hospitales no hacen públicos sus precios base, que en los últimos quince años han aumentado más allá de lo razonable.

—Oh, sin duda —dijo Brian con renovada indignación—. Me había olvidado del famoso precio base. ¿Cómo lo sabías tú?

—Ya te conté que, cuando me demandaron, dediqué muchos esfuerzos a indagar en las prácticas del negocio hospitalario en Estados Unidos. ¿Qué sabes tú de eso?

—Solo lo que me contó Megan Doyle durante nuestro breve encuentro.

—Es una parte muy importante de la gran estafa hospitalaria —le explicó Jeanne—. El único momento en que los pacientes pueden llegar a saber cuánto cuestan los servicios es una vez que ya se han realizado y reciben la correspondiente factura, e incluso entonces tienen que contratar a alguien como Megan Doyle para poder entender los conceptos. Es absurdo.

—Sé cómo podríamos conseguir un listado, al menos parcial, de los vecinos de Inwood a los que el MMH Inwood ha demandado o está en vías de demandar —dijo Brian—. Se lo podemos preguntar a Grady Quillen, que me entregó la demanda que me han puesto. Hasta donde sé, él no está sometido a ninguna restricción de confidencialidad de cliente y paciente.

—¿Y crees que accederá a darnos esa información?

Brian se encogió de hombros.

—No veo por qué no. Nos conocemos desde hace años y mi padre era su superior. Le podemos garantizar que no revelaremos nuestra fuente, de manera que quienes le contratan nunca se enterarán. De hecho, ya me dio un nombre: Nolan O'Reilly, cuya historia es parecida a las nuestras, porque perdió a su hijo y además la casa durante el proceso.

—Si logramos reunir aunque sea un par de docenas de historias, combinadas con un número relevante de casos judiciales, podríamos conseguir que el *Post* o el *Daily News* se interesaran lo suficiente como para sacar un artículo. —Se irguió en la silla de forma abrupta, con los ojos brillantes—. ¿Y sabes qué más podemos hacer?

—No, la verdad es que no —dijo él, enarcando las cejas en un gesto de curiosidad.

—Podríamos acudir a nuestro concejal del distrito 10 —expuso Jeanne entusiasmada—. Estoy segura de que podríamos conseguir que se interesara y se involucrara en el asunto. Cuanto más pienso en todo esto, más me desconcierta que se haya estado tolerando desde hace tanto tiempo.

—Desde luego es inadmisible —se mostró de acuerdo Brian, pero sin desplegar el entusiasmo de ella. Él estaba mucho más constreñido por su situación emocional, con el funeral de su mujer previsto para el día siguiente y los problemas de comportamiento de Juliette, como para pensar en un movimiento social, por muy justo que fuera.

—De repente me siento como una Erin Brockovich —dijo Jeanne con fervor—. ¿Has visto la película protagonizada por Julia Roberts?

—Creo que sí —dijo él, tratando de recordar—. Sí, la he visto.

De pronto apareció Camila en la puerta que daba al pasillo.

—Siento interrumpir, pero Juliette acaba de vomitar y dice que se vuelve a encontrar mal.

—¡Oh, Dios! ¿Dónde está? —preguntó nervioso Brian, mientras se levantaba de la silla.

—Está arriba, en su habitación —dijo Camila—. Creo que será mejor que subas a echarle un ojo.

28

1 de septiembre

De un modo inquietantemente similar al de hacía unas horas, Juliette estaba echada de costado en la cama, mirando la pared con las piernas flexionadas. La única diferencia era que ahora tenía a Jeannot Lapin aplastado contra el pecho en un firme abrazo.

—Cariño, me dice Camila que te vuelves a encontrar mal —dijo Brian mientras se sentaba en el borde de la cama y le acariciaba la espalda como había hecho antes. Jeanne se acercó a los pies de la cama y preguntó:

—¿Me cuentas qué te pasa?

Juliette no respondió ni se movió y Brian vio que tenía los ojos cerrados. También se fijó en que esta vez no se chupaba el dedo, lo cual le pareció un avance positivo.

—¿Y qué me dices de Jeannot Lapin? —le preguntó, imitando la táctica de Jeanne de dirigirse a la conejita de peluche para que Juliette se expresara—. Parece que ella tampoco se encuentra muy bien.

—Tiene fiebre —dijo Juliette y giró la cabeza para mirar a su padre—. Tiene frío y después calor.

Brian estiró el brazo, le palpó la frente a la conejita como si le tomara la temperatura y después hizo lo mismo con Juliette.

—Tienes razón —corroboró—. Jeannot está un poco caliente. Quizá deberíamos ponerle el termómetro.

—Se llama Jeannot Lapin —le corrigió Juliette y se giró para colocarse boca arriba.

—Tienes razón —admitió Brian—. Jeannot Lapin. —Se volvió, miró a Camila y le dijo si podía traer el termómetro.

—Por supuesto —respondió ella y desapareció.

—¿A Jeannot Lapin le duele la garganta? —preguntó Brian, redirigiendo la atención hacia su hija con esta pregunta indirecta.

Juliette negó con la cabeza.

—¿Y tiene tos o sólo se encuentra mal? ¿Tiene ganas de volver a vomitar?

Juliette volvió a negar con la cabeza.

—¿Y tiene dolor de cabeza? —preguntó Jeanne.

—Sí, le duele la cabeza —dijo Juliette.

Brian y Jeanne se miraron. Los dos se encogieron de hombros, sin saber qué más preguntar. Camila regresó con el termómetro. Juliette le permitió que se lo pusiera bajo la lengua y después Camila se apartó.

—¿Cuánto rato ha pasado desde que ha comido hasta que ha vomitado? —le preguntó Brian a Camila.

—Ha sido mientras comía. Cuando ya tenía preparados el beicon y los huevos ya se le había quitado el hambre y ha comido con desgana. Hasta que ha vomitado en la misma mesa. Ha sido muy repentino.

Brian asintió.

—Quizá los huevos estaban malos.

—No creo —dijo Camila—. Yo también he comido y no me han sentado mal.

Después de esperar los tres minutos de rigor, Brian le sacó el termómetro a Juliette y lo giró un poco sosteniéndolo entre los dedos para ver la columna de mercurio.

—Vuelve a marcar 38,2 —dijo cuando logró verlo—. No me extraña que Jeannot Lapin se note caliente.

Brian se levantó y le hizo un gesto a Jeanne para que saliera con él de la habitación. Una vez en el pasillo, le dijo:

—No es una fiebre muy preocupante, pero aun así es fiebre. ¿Qué hacemos? Ojalá el doctor Bhatt no estuviera de vacaciones. Lo último que quiero hacer es volver a las Urgencias del MMH Inwood, teniendo en cuenta cómo nos han tratado antes.

—Estoy de acuerdo —dijo Jeanne—. No creo que sea necesario, pero ojalá al menos le hubieran hecho la prueba del COVID.

—La doctora se mostró muy firme con que no era necesario, pero quién sabe. Sigo indignado. También me habría gustado que le hubiesen hecho una analítica básica para asegurarnos de que no está incubando algo.

—Tengo que ir ahora mismo al lavabo —le dijo Juliette con urgencia a Camila en la habitación lo bastante alto como para que Brian y Jeanne lo oyesen desde el pasillo. Cuando asomaron la cabeza, vieron a Juliette y Camila desapareciendo por la puerta del lavabo, que cerraron de un portazo.

—Oh, oh —dijo Brian—. Parece que sigue con problemas gástricos.

Mientras esperaban, para calmar el nerviosismo, cogió a Jeannot Lapin y lo miró de cerca.

—Esta conejita ha sido una bendición. Nunca he sido un entusiasta de los peluches, pero este es realmente mono. ¿De verdad lo tienes desde la edad de Juliette?

—Más o menos —dijo Jeanne—. Quizá era un año mayor.

—¿Y cómo se ha conservado en tan buen estado? —preguntó Brian—. En comparación, Bunny parece como si hubiera ido a la guerra.

—Si te soy sincera, no lo sé. Supongo que siempre he sido muy cuidadosa.

Cinco minutos después, Juliette y Camila salieron del lavabo. La niña fue directa hacia Brian y recuperó a Jeannot Lapin. Después volvió a subirse a la cama y se echó de costado, en la misma posición en la que se la habían encontrado Brian y Jeanne al entrar.

—Tiene un poco de diarrea —informó Camila—. Y retortijones, pero creo que ya se encuentra mejor.

—Gracias a Dios —dijo Brian. Le puso a Juliette la palma de la mano en la frente—. Parece que tiene la misma temperatura que antes. —Juliette le apartó la mano.

—Me ha dicho que quería dormir —comentó Camila.

—Me parece una idea estupenda —dijo Brian—. ¿Es así, calabacita? ¿Quieres echarte una siesta?

Juliette asintió y Brian vio que ya tenía los ojos cerrados.

—De acuerdo —dijo Brian—. Con suerte estarás como una rosa cuando te despiertes. Si nos necesitas, estaremos abajo, ¿de acuerdo? —Se levantó y salió con las dos mujeres de la habitación de Juliette.

Mientras bajaban por la escalera, Jeanne le preguntó a Brian si pensaba telefonear a Grady Quillen para preguntarle si estaría de acuerdo en pasarles los nombres de las familias de Inwood demandadas a lo largo del último año.

—Creo que sería una buena idea, pero no sé si en estos momentos estoy de humor para tirar adelante esta investigación a lo Erin Brockovich que quieres poner en marcha.

—Lo entiendo perfectamente —dijo Jeanne—. Como ya te he dicho, no sé cómo eres capaz de mantenerte tan entero en estos momentos. Pero yo sí dispongo del tiempo necesario y tengo ganas de hacerlo. Si me pasas los nombres, yo iniciaré el proceso y tú puedes participar más o menos en función de cómo te sientas.

—De acuerdo —dijo Brian. Era lo mínimo que podía hacer por ella después de toda la generosa ayuda que le había prestado.

29

2 de septiembre

Cuando la incipiente luz del alba que anunciaba el nuevo día empezó a colarse en el dormitorio, Brian abrió los ojos. Salvo los párpados, no movió ni un músculo para no despertar a Juliette, que dormía a su lado, con la cabeza apoyada en la almohada y la cara girada hacia él. Estaba en la parte de la cama de Emma y tenía cogida por la cintura a Jeannot Lapin, que estaba boca arriba en el centro de la cama.

En lo que a conciliar el sueño se refería, la primera parte de la noche había sido una auténtica tortura para Brian. Le había costado mucho dormirse, pese a que estaba agotado por lo poco que había descansado la noche anterior. Incluso se había quedado adormilado en la cocina mientras cenaba algo con Camila y Jeanne. Ambas lo habían animado a ir a acostarse, cosa que hizo, pero una vez en la cama, después de quitarse la ropa y cepillarse los dientes, se desveló.

Finalmente, a las diez, desistió de seguir intentando conciliar el sueño por sus propios medios y se tomó una de las pastillas para dormir de Emma, lo cual le proporcionó unas horas de descanso, hasta que lo despertó el ruido de la puerta del dormitorio al abrirse. Por un acto reflejo de su entrenamiento en artes marciales, tensó el cuerpo, listo para saltar de la cama y enfrentarse al intruso, pero no fue necesario. Gracias a la semipenumbra que creaba en la habitación la luz de las farolas que se filtraba entre las cortinas, reconoció a Juliette con su camisón, sosteniendo a Jeannot Lapin. Brian se sentó en la cama y le preguntó si se encontraba bien y ella le pidió dormir con él.

—Por supuesto, cariño —le dijo Brian de inmediato y abrió la sábana. Juliette saltó a la cama, se deslizó bajo la manta y colocó a Jeannot Lapin entre los dos. Un instante después, a Brian se le encogió el corazón al oírla decir:

—Echo de menos a mami.

Con cierta dificultad, Brian le dijo que lo entendía perfectamente y que a él le pasaba lo mismo. Después, Juliette se quedó dormida y al cabo de un rato él hizo lo mismo, pensando en que ojalá fuera capaz de llenar, aunque fuera parcialmente, el vacío que la muerte de Emma había dejado en su hija.

A medida que la luz del día se iba filtrando por las ventanas, Brian empezó a ver con más claridad los rasgos de su angelical hija y se maravilló ante el misterio y la abrumadora inverosimilitud del proceso reproductivo. ¿Cómo había sido posible que él y Emma crearan a una criatura humana tan perfecta? En ese momento, en mitad de sus divagaciones, se fijó en algo inquietante. La frente de Juliette estaba cubierta de minúsculas e iridiscentes gotas de sudor y la visión le provocó un escalofrío que le recorrió la espina dorsal. Con la pandemia amenazando con una nueva ola otoñal, la fiebre prolongada en el tiempo no era una buena señal.

Poniendo especial cuidado en no despertar a su hija, Brian se deslizó fuera de la cama. Con delicadeza, plegó la ligera manta de algodón y dejó a su hija tapada solo con la sábana. Bajó unos grados el aire acondicionado y fue a buscar el termómetro en el dormitorio de ella. Aunque odiaba tener que hacerlo, porque dormía profundamente, regresó y la despertó tocándole con suavidad el hombro.

La respuesta de Juliette al despertar fue llorar y después quejarse de que no se encontraba bien. Brian vio que tenía los ojos enrojecidos.

—¿Qué te duele? —le preguntó—. ¿La garganta?

Juliette asintió.

—Y la cabeza —dijo, llevándose la mano a la frente.

—Creo que tienes fiebre. —Brian le palpó la frente y notó que estaba caliente—. Vamos a tener que ponerte el termómetro.

Aunque al principio se quejó de que no quería que le tomaran la temperatura, acabó cediendo ante la insistencia de su padre. Mientras esperaban que pasasen los tres minutos, él le acarició el pelo, maravillándose del color y preguntándose si lo habría heredado de su familia o de la de Emma. Juliette estuvo todo el rato con los ojos cerrados.

Pasado el tiempo, Brian le sacó el termómetro. Cuando miró la temperatura que marcaba se quedó estupefacto.

—¡39! —Esforzándose por disimular su preocupación, le dijo—: Sí, tienes fiebre. ¿Tienes calor?

—No, frío —respondió ella y tiritó de forma ostensible.

De inmediato, él volvió a colocarle encima la manta que había apartado. Le dijo que se quedara en la cama, se puso la bata y salió al pasillo. Al llegar ante la puerta de la habitación de Camila, llamó con unos golpecitos. Oyó un apagado «Un momento» procedente de la habitación. Un instante después se abrió la puerta y una somnolienta Camila se plantó ante él, cerrándose la bata.

—Juliette se ha levantado con 39 de fiebre —le dijo Brian—. Perdona que te despierte, pero te necesitamos. Aunque odio tener que hacerlo, creo que tenemos que volver a Urgencias y necesito que nos lleves en coche para no tener que preocuparme por dónde aparcar.

—¡Oh, no! Qué mala noticia —dijo Camila, que se había acabado de despertar de golpe—. Ayer, después de la diarrea, parecía que ya estaba mejor. ¿Tiene algún otro síntoma?

—Sí, otra vez dolor de garganta y de cabeza. Lo único bueno es que no parece dolerle la barriga, pero tampoco se lo he preguntado.

—¿Quieres ir ahora mismo?

—Sí —dijo Brian—. Sí, querría entrar y salir de Urgencias lo más rápido posible. Nos esperan a los dos en la misa funeral por Emma a las diez y cuanto antes lleguemos al hospital, antes nos atenderán.

—Dame un minuto para vestirme.

—Por supuesto —dijo él—. Yo también voy a vestirme y a Juliette le pondré una bata. Ahora está en mi dormitorio. Se ha presentado en mitad de la noche porque se sentía sola y ya se ha quedado a dormir conmigo.

—Pobrecita. No tardo nada en vestirme.

Al volver a su dormitorio con la bata de Juliette en la mano, Brian se acercó a la cama. Juliette parecía haberse quedado otra vez dormida, pero abrió los ojos en cuanto él se sentó.

—Estaba hablando con Camila —le explicó Brian—. Nos va a llevar al hospital para que los médicos puedan volver a examinarte.

—No quiero ir al hospital.

—Me temo que tenemos que ir —dijo Brian y se contuvo para no decir que él tampoco quería ir. —La incorporó para ponerle la bata—. Tenemos que averiguar qué es lo que te provoca la fiebre para que te receten una medicina que haga que tú y Jeannot Lapin os encontréis mejor. Supongo que ella tampoco se encuentra bien.

Al meterse en el vestidor del dormitorio para vestirse, el corazón le dio un vuelco al ver la ropa de Emma colgada. En ese momento, sin aviso previo de ningún tipo, la jaula de cristal de la negación estalló en pedazos de forma espontánea y le obligó a asumir que su mujer había muerto, que se había ido para siempre y no iba a volver, que él no volvería a oír su voz cristalina ni su risa contagiosa, ni a sentir su tacto ni a compartir esos momentos mágicos en que los dos pensaban en lo mismo al mismo tiempo. «Mierda», musitó apretando los dientes para que Juliette no lo oyera. Se le metió en la cabeza la pregunta existencial de

—Siento molestarte —dijo, sin ser consciente del estado mental de Brian—, pero tenemos un nuevo problema con Juliette.

Atrapado entre la rabia y la atención a su hija, Brian se cubrió la cara con las manos y durante unos instantes se masajeó el cuero cabelludo con fuerza, mientras intentaba aclarar las ideas.

—¿Estás bien?

Brian apretó los dientes y se pasó los dedos por el cabello varias veces, con tal fuerza que casi le dolió, antes de mirar a Camila. Tenía los ojos enrojecidos.

—¿Qué pasa ahora?

—Está llorando desconsolada. Quiere que le devuelvan a Bunny.

—Dios mío —balbuceó Brian, incapaz de dar con una solución sencilla.

—Está en su habitación, muy alterada, y yo no sé qué decirle.

—Ya me encargo yo —dijo Brian. Se levantó y se dirigió a la escalera. Pese a toda la formación que tenía a sus espaldas, adquirida en la Academia de Policía, pero sobre todo en la ESU, sobre cómo manejar crisis psicológicas en situaciones con rehenes y criminales desesperados, enfrentarse a su hija desconsolada por la pérdida de su querido conejito de peluche le parecía una misión imposible.

Cuando entró en la habitación y la vio acurrucada en posición fetal en la cama, gimoteando, se sintió impotente. La rabia que sentía hacía unos minutos se evaporó por completo y fue reemplazada por la preocupación por su hija.

Se sentó en el borde de la cama y le acarició la espalda a Juliette.

—Me ha dicho Camila que echas de menos a Bunny y quieres que te lo devuelvan, ¿es así?

Ella respondió redoblando la intensidad del llanto.

—Lo podemos traer de vuelta si eso es lo que quieres —propuso Brian—. O podemos comprar un nuevo conejito.

Todavía sin respuesta, Brian miró a Camila, que había apare-

por qué esta terrible pérdida le había tocado sufrirla precisamente a él y no encontró respuesta. Lo único que sabía era que esta tragedia inesperada, imprevista, la había provocado un minúsculo mosquito.

De pronto sintió que le fallaban las fuerzas y tuvo que agarrarse a la barra del perchero para mantenerse en pie. Al mismo tiempo sintió que le brotaban las lágrimas y no contuvo las ganas de llorar. Tras unos minutos de silencioso llanto, recuperó el equilibrio. Recordó que Juliette estaba en la habitación y se obligó a volver a la realidad. «¡Recobra la compostura!», se ordenó a sí mismo en un susurro, porque las necesidades de Juliette estaban por encima de su desolación. Ella necesitaba su apoyo y con la determinación que siempre le había caracterizado, se puso a toda prisa el mismo traje oscuro que había llevado en su breve aparición en el velatorio. Como no sabía cuánto iban a demorarse en Urgencias, prefería ir ya preparado para asistir al funeral a las diez.

Ya eran casi las ocho cuando se metieron en el Subaru y se dirigieron hacia el hospital. Aunque tenía la esperanza de que no les hicieran esperar tanto como en la última visita, se había llevado de nuevo el ordenador con un lector de DVD y una selección de las películas favoritas de Juliette en una mochila, por si acaso. Sabía que en Urgencias disponían de internet, de modo que también podrían ver en streaming dibujos animados u otras películas que le apetecieran a su hija. También había metido en la mochila, a sugerencia de Camila, algunos snacks por si acaso. En definitiva, creía ir bastante bien pertrechado siempre que les atendieran pronto y no los tuvieran esperando tres horas. Como ya había imaginado, pese a haberse resistido en un primer momento a ir, ahora que ya estaba en el coche, Juliette estaba resignada y en silencio.

—Avísame en cuanto salgáis, para que os pueda recoger enseguida y no tengáis que esperar —dijo Camila mientras Brian y Juliette se apeaban en el hospital. Él respondió levantando el pulgar mientras la pequeña y él se ponían las mascarillas y se dirigían hacia la puerta.

La sala de espera de Urgencias no estaba muy llena, lo cual animó a Brian. No había cola en el mostrador de información y pudo dar sus datos a una recepcionista que los reconoció a los dos del día anterior. La recepcionista pasó la información a la enfermera de triaje, que no parecía muy concentrada mientras leía los síntomas: 39 de fiebre, dolor de garganta y dolor de cabeza, más un episodio de vómitos y diarrea el día anterior. Sin decir palabra, le tomó la temperatura a Juliette con un escáner térmico. Por suerte, Juliette no protestó.

—¿Qué temperatura tiene? —preguntó Brian.

—38,2 —respondió la enfermera.

—Hace una hora era mucho más alta —dijo Brian. Se sintió aliviado porque había bajado, pero le inquietó que eso les colocara en la lista de pacientes menos urgentes—. Quizá sería mejor que se la volviera a tomar, por favor, para asegurarnos.

Sin decir nada, pero mostrando su irritación con una leve mueca que a Brian no le pasó desapercibida, la enfermera volvió a tomarle la temperatura.

—38,2 —repitió, poniendo los ojos en blanco como si tener que volver a tomar la temperatura fuera una imposición inadmisible.

—Disculpe —dijo Brian—. ¿Le ha molestado que le pidiera que volviese a tomarle la temperatura a mi hija?

—Llevo aquí desde las once de la noche pasada —respondió la enfermera sin contestar a la pregunta de Brian—. Le atenderemos lo antes posible. —Y se marchó.

—Increíble —murmuró Brian. Ya de entrada, el comportamiento del personal de Urgencias le parecía poco aceptable, con lo que le preocupaba que la actual visita terminara en un fiasco como la del día anterior.

Juliette y él se desplazaron hacia una esquina poco concurrida de la sala de espera y se pusieron lo más cómodos posible.

Juliette quería estirarse y él le permitió hacerlo sobre una manta que había cogido del coche. Cuando le preguntó si quería ver algo en el ordenador, ella respondió que quería dormir. Mientras la niña se acomodaba, Brian vio que el sudor en la frente que había visto antes había desaparecido, lo cual le confirmó que la lectura del escáner térmico que había tomado la enfermera debía de ser correcta. Y también le llevó a reflexionar sobre por qué los síntomas de Juliette desaparecían nuevamente de forma súbita.

—¿Te sigue doliendo la cabeza y la garganta? —le preguntó, pero la niña no respondió y tenía ya los ojos cerrados. Como se estaba portando tan bien, no la presionó. En lugar de eso, se acomodó lo mejor que pudo y se preguntó cuánto tendrían que esperar. Oyó a lo lejos el sonido de la sirena de una ambulancia que se acercaba. A medida que el volumen aumentaba, no pudo evitar desear de forma egoísta que no se tratara de algún caso grave que requiriera la atención de un montón de personal de Urgencias y prolongara la espera.

Intentando no volver a pensar en el paralizante episodio del vestidor, Brian ocupó su mente recordando la conversación que había mantenido el día anterior con Jeanne sobre cuántos vecinos de un barrio de sesenta mil habitantes habrían sufrido la misma tragedia que él y Jeanne. Aunque en ese momento pensó que no disponía ni del tiempo ni del ánimo para participar en una investigación intensiva estos días, Jeanne le había pedido que telefoneara a Grady Quillen para preguntarle si accedería a pasarles una lista de todos los vecinos a los que había entregado demandas a lo largo del último año.

Como Brian se esperaba, Grady mostró su disposición a proporcionarles esos datos, sobre todo después de que le asegurara que jamás revelarían a nadie que la fuente era él, en especial a nadie de Cobros Premier. Grady prometió imprimir una lista y entregársela a Brian y además le comentó algo particularmente horrible. Nolan O'Reilly, el amigo que había perdido la casa, acababa de suicidarse. La terrible noticia no hizo más que incrementar el convencimiento de Jeanne de que todo este asunto era una catástrofe vecinal.

La ambulancia que se oía acercándose llegó a su destino y enseguida quedó claro que se trataba de un caso grave, porque varios miembros del personal de Urgencias se movilizaron de inmediato. Por un instante, Brian se preguntó si la llegada de Emma dos días atrás había provocado el mismo revuelo, pero de inmediato apartó de su mente ese pensamiento porque amenazaba con desencadenar una nueva tormenta emocional.

Durante los siguientes treinta o cuarenta minutos fueron llegando por su propio pie más pacientes que formaron una cola con separaciones de dos metros ante el mostrador de información. También llegaron más ambulancias. Era inquietantemente obvio que las Urgencias empezaban a llenarse.

Tras una hora de espera en la que Juliette permaneció dormida, se levantó aprovechando un momento en que no había nadie esperando en el mostrador de información. Tratando de mantener la calma, pero cada vez más irritado por el hecho de que les hicieran esperar tanto, sobre todo porque la hora del funeral estaba cada vez más cerca, Brian se dirigió a la recepcionista que los había atendido al llegar.

Después de echar un vistazo rápido a Juliette para asegurarse de que seguía dormida, requirió la atención de la chica.

—Disculpe —dijo, tratando de que en su tono no asomara la indignación que lo corroía—. Mi hija y yo llevamos esperando más de una hora para que la vean. ¿Por qué hay tanta demora?

Una enfermera de triaje que estaba libre oyó la conversación, se acercó y preguntó en tono aséptico:

—¿Cómo se llama la niña?

Brian dio el nombre completo de Juliette y la enfermera consultó la tableta.

—Sí, aquí veo el nombre de su hija —dijo—. Está en la cola. Deberá tener paciencia. Tenemos que atender primero las verdaderas urgencias.

Durante unos segundos, Brian dudó replicar si eso significaba que los 39 grados de fiebre y los síntomas gripales de Juliette no eran una urgencia o soltar lo de que había visto pasar antes que ellos a otros pacientes que no parecían estar tan graves, pero se contuvo. Recordó que Jeanne le había advertido el día anterior que montar un número podía empeorar las cosas. De modo que se mordió la lengua y volvió a su sitio junto a su hija, que seguía dormida.

Al pensar en Jeanne, decidió sacar el móvil y llamarla como un modo de no perder los papeles. Mientras sonaba, de nuevo le inquietó no estar abusando de su confianza y esperó que a ella no le molestara que la volviese a llamar en un lapso tan breve de tiempo. Para su alivio, todas sus preocupaciones se disiparon al oír el entusiasmo con el que respondió.

—¡Buenos días! —dijo con tono alegre—. Me alegro de que me llames. Quería telefonearte, pero temía que fuera demasiado pronto. ¿Has conseguido la lista de demandados de Grady Quillen?

—¡Vaya! Estoy impresionado. Veo que estás motivadísima con este tema.

—Supongo que sí —dijo Jeanne—. ¿Te ha respondido algo? ¿Me llamas por eso?

—Me temo que todavía no tengo la lista en mis manos —confesó él—. No, no te llamaba por esto. Por desgracia, estoy otra vez en Urgencias. Juliette ha amanecido esta mañana con 39 de fiebre.

—¡Oh, no! —exclamó Jeanne—. No es eso lo que quería oír. ¿Tiene algún síntoma más o solo fiebre?

—Vuelve a dolerle la garganta y la cabeza —explicó Brian—. Tenía la esperanza de que si veníamos aquí temprano, nos atenderían rápido. Pero no ha sido así. Ya llevamos esperando más de una hora y todavía no nos han llamado.

—¡Oh, Dios! ¡Qué frustrante! —dijo Jeanne—. Lo siento. ¿Qué tal se está portando Juliette?

—Como un angelito—dijo Brian—. Está dormida. Soy yo el que acabará portándose mal. Otra vez me estoy poniendo paranoico con la sospecha de que nos hacen esperar a propósito.

—¿Está muy lleno Urgencias? —preguntó Jeanne.

—No lo estaba cuando hemos llegado —respondió él—. Al menos no lo parecía por la cantidad de gente que había en la sala de espera. Obviamente, no puedo ver cuándo llegan las ambulancias, pero sé que al menos ha llegado una. Lo que me reconcome es que, igual que ayer, ha entrado gente después de nosotros a la que ya han atendido, y ahora esto se está empezando a llenar.

—¿Quieres que vaya para haceros compañía?

—Te lo agradezco—respondió Brian—, pero tengo la esperanza de que no tarden en llamarnos. Además, ya me siento culpable por haberte pedido que te pases por casa esta tarde para quedarte un rato con Juliette mientras yo voy a la academia de la ESU.

Antes de que Jeanne pudiera responder, a Brian le vibró el móvil en la mano, indicándole que tenía una llamada entrante. Era Aimée.

—Tengo que dejarte. Mi madre está intentando contactar conmigo y seguro que es por el funeral.

—Tranquilo, no pasa nada —dijo Jeanne—. Aquí estaré si me necesitas.

Cambió de línea y saludó a su madre.

—¿Por qué no vamos todos juntos a la misa funeral y al entierro tal como sugirió Hannah? —le preguntó sin preámbulo alguno Aimée—. Podemos recogeros a Juliette y a ti de camino a la iglesia del Buen Pastor. Y dile a Juliette que a la abuela le haría mucha ilusión verla con ese vestido azul que...

—Hay un problema —la interrumpió Brian—. Juliette se ha levantado con mucha fiebre y estamos otra vez en Urgencias esperando a que nos atiendan.

—*Mon Dieu!* Siento oírlo —dijo Aimée—. ¿Qué tal está ahora?

—En estos momentos está dormida —respondió Brian—. Incluso esto no es nada habitual en ella. —No le comentó que ahora la fiebre había remitido bastante.

—¡Dios bendito! No son buenas noticias. ¿Crees que podréis llegar a tiempo a la misa?

—Depende de cuándo atiendan a Juliette y de cómo se encuentre —dijo él—. Espero que ya no tarden mucho, porque llevamos esperando más de una hora.

—Ojalá podáis acudir al funeral —dijo Aimée—. Si no vienes, te echaremos de menos, y seguro que Hannah no te lo perdonará. ¿Vendrás tú aunque Juliette no quiera venir?

—Haré todo lo posible —dijo Brian, sintiéndose un poco culpable por no contarle toda la verdad. Como no tenía claro cómo se sentía él ante estos rituales funerarios ni tampoco sabía qué hubiera querido su mujer, en realidad si él y Juliette finalmente no pudieran asistir al funeral o al entierro en el cementerio no se sentiría tan decepcionado como sospechaba que lo estarían su madre y Hannah. Aunque sin duda quería rendir tributo a la memoria de su mujer y no ofender a nadie, de momento los rituales funerarios le parecían más un reto a su estabilidad emocional que una ayuda para pasar el duelo. Al mismo tiempo, reconocía que la misa y el entierro podían resultar de algún modo consoladores, como una suerte de cierre y no tan sobrecogedores como el velatorio. Brian quería por encima de todo que Juliette y él recordaran a Emma con la vitalidad que la caracterizaba y no como un cascarón frío e inerte retocado con maquillaje para que pareciese que tan solo estaba dormida.

—Bueno, espero que vean enseguida a Juliette —dijo Aimée.

De repente la niña se despertó, como si tuviera una pesadilla, y rompió a llorar.

—Oh, oh —dijo Brian—. Tengo que dejarte. Juliette acaba de despertarse y no está muy contenta.

—Vale, cariño, intenta mantenerme informada —dijo Aimée y colgó.

—¿Qué pasa, calabacita? —preguntó Brian con ternura mientras se guardaba el móvil en el bolsillo. Juliette miraba a su alrededor, como intentando saber dónde estaba.

—Tengo hambre y quiero volver a casa —balbuceó entre lloros.

—Me alegro de que tengas hambre —dijo Brian y sacó las galletas integrales, dándole mentalmente las gracias a Camila por haberle sugerido que las cogiera—. Pero tenemos que esperar aquí hasta que el médico te eche un vistazo y nos explique por qué tienes fiebre. ¿Qué te parece si te pongo alguna cosa divertida para ver?

—Quiero irme a casa —insistió Juliette, con un tono más agresivo.

—Yo también —dijo él.

Sacó la colección de DVD que había llevado. Por suerte, Juliette se puso a mirarlos mientas mordisqueaba una galleta, hasta que llegó al de la Pantera Rosa. Sin decir palabra, se lo dio a Brian y él, aliviado porque su hija había encontrado algo que le apetecía ver, se lo puso.

Con Juliette ocupada, se apoyó en el respaldo de la silla e intentó armarse de paciencia, pero a medida que pasaba el tiempo su irritación iba en aumento. Finalmente, después de dos horas y consciente de que a estas alturas la misa funeral debía de estar empezando, decidió que no podía seguir sentado ni un segundo más. Después de asegurarse de que a Juliette todavía le quedaba una buena parte de DVD por ver, volvió al mostrador de información.

Esta vez, Brian tuvo que ponerse a la cola antes de poder hablar con alguien de recepción, y en esta ocasión no le tocó la mujer de antes. En este caso fue un joven con una melena hasta los hombros.

—Mi hija, Juliette Murphy, y yo llevamos más de dos horas esperando —protestó Brian, intentando hacerlo con amabilidad—. Empiezo a sospechar que nos están ignorando a propósito. Quiero asegurarme de que no es así y saber cuándo la van a visitar.

El recepcionista lo miró con una expresión de perplejidad evidente incluso tras la mascarilla. Le pidió que esperara un minuto, se levantó y fue a hablar con una enfermera de triaje que estaba libre. Brian observó cómo conversaban y tuvo la impresión de que ese recepcionista era novato. Después de comprobar los datos en la tableta, fue la enfermera la que se le acercó.

—Sentimos la espera, señor Murphy —le dijo con tono compungido y respetuoso—. Intentamos hacer pasar a todo el mundo lo antes posible, pero con la pandemia de COVID-19 estamos desbordados, como seguro que habrá oído.

—Eso lo comprendo —dijo Brian, haciendo esfuerzos para que no asomara la indignación en su voz, aunque sin conseguirlo. Le dijo a la enfermera que había visto llegar a personas después de ellos a las que ya habían hecho pasar y expresó su preocupación por que a él lo tratasen de forma diferente por las elevadas facturas que debía al hospital.

—¡Oh, cielos, no! —dijo ella—. Le aseguro que nosotros no tenemos ni idea de su situación financiera con respecto al hospital. Damos prioridad a los pacientes más enfermos. Algunas de las personas a las que ha visto entrar probablemente venían por algo fácil de resolver, como una nueva receta. Atenderemos a su hija lo más rápido posible.

Frustrado y poco convencido de que la gente acudiera a Urgencias para pedir una nueva receta, volvió con Juliette y trató de apaciguar su creciente ira. Pese a lo que le había dicho la enfermera de triaje sobre que en Urgencias no actuaban influidos por ningún tipo de consideración financiera, él seguía albergando sus dudas. Con Charles Kelley tan enfocado en los beneficios, esta orientación y cultura empresarial tenía que acabar llegando a todos los rincones del hospital. Estaba convencido de ello.

Tres cuartos de hora más tarde llamaron por fin a Juliette y para entonces Brian ya echaba fuego por los ojos. Desde su punto de vista, e indignado además porque se había perdido la misa funeral por su esposa, no había otra explicación posible que el hecho de que los estaban discriminando de forma consciente.

Para disgusto de Juliette, la enfermera no era Olivia sino Jane, pero esta enseguida demostró tener la misma buena mano con los niños. Tras conducirlos a la misma consulta de la última vez, la enfermera jugó a tomarle las constantes vitales a Jeannot Lapin mientras tomaba las de Juliette. Después la niña le pidió un hemostato para jugar y Jane se lo entregó sin poner ninguna pega. También se mostró impresionada cuando Juliette le enseñó cómo manejaba el instrumento colocándoselo en varios puntos a Jeannot Lapin.

—¿Cuánta fiebre tiene? —preguntó Brian después de que la enfermera se la tomara. Hizo un esfuerzo para mantener a raya cualquier atisbo de indignación en su tono.

—36,6 —dijo sonriente—. La misma que la conejita.

Ante la sorprendente noticia y pese a su enfado, Brian puso los ojos en blanco y se sintió un poco abochornado y también exasperado porque el principal motivo para acudir a Urgencias había desaparecido igual que el día anterior. Claro que estaba contento de que le hubiese bajado la fiebre, pero al mismo tiempo también estaba perplejo. ¿Había tenido su hija fiebre o acaso el termómetro de casa funcionaba mal? Pero entonces recordó el sudor en la frente de Juliette. Era bien real, lo cual significaba que algo iba mal. Por su formación como técnico de emergencias sabía mejor que otras personas cuáles eran los síntomas y signos de una enfermedad y una fiebre que subía hasta 39 y después desaparecía no tenía ningún sentido, como tampoco lo tenía que, ante la pregunta de Jane, ahora Juliette le dijera que no le dolía la garganta. El único síntoma que persistía era el dolor de cabeza. Cuando Jane le preguntó dónde le dolía y si podía señalar un punto, la niña movió la mano alrededor de toda la cabeza.

Con las constantes vitales ya tomadas, Jane dijo que el médico pasaría en unos minutos a atender a Juliette y se marchó. Aunque al final fueron algo más que unos minutos; en realidad fueron veinte minutos, los suficientes para que Juliette empezara a llorar y a decir que quería volver a casa, y los suficientes para que el desconcierto de Brian volviera a mutar en ira. Para él, que dos días seguidos hubiesen tenido que esperar tres horas no podía ser pura casualidad. Tenía que tratarse de un castigo deliberado, por no hablar de lo desconsiderado y poco ético que resultaba.

De pronto se oyó un sonoro golpeteo en la puerta y antes de que Brian pudiera acercarse a abrirla, entró un vivaz doctor Robert Arnsdorf, acompañado por Jane. El médico era un tipo atlético, que Brian calculó que andaría por la cincuentena, de altura similar a Brian, aunque más delgado y con algunas canas asomando bajo la gorra de quirófano. Llevaba un estetoscopio colgado del cuello. Brian se sintió aliviado al ver que no era la doctora Kramer.

—Oh, vaya, veo que la señorita Murphy no está muy contenta —dijo el doctor Arnsdorf con tono vivaracho, con vocación de animar a Juliette—. ¿Qué problema tenemos, pichoncita? —Sin esperar la respuesta, consultó la tableta y se puso a leer.

Nervioso como estaba, a Brian la actitud relajada del médico y su aparente buen humor le parecieron más irritantes que otra cosa, y desde luego nada apropiados. Juliette tampoco entró en su juego y siguió llorando hasta que Jane le propuso jugar con el hemostato.

—El problema es que llevamos más de tres horas esperando —soltó Brian.

—Lo siento —se limitó a decir el doctor Arnsdorf—. Espere a que acabe de leer el informe de la doctora Kramer. —Al poco rato dejó la tableta en el escritorio—. Bien, por lo que parece tenemos una repetición de lo de ayer: una fiebre y un dolor de garganta que vienen y van junto con un único episodio de vómitos y diarrea ayer por la tarde. Interesante.

—No me parece que «interesante» sea el término más adecuado —protestó Brian.

—En primer lugar, déjeme darle mis más sinceras condolencias por el fallecimiento de su esposa —dijo el doctor Arnsdorf haciendo caso omiso de la queja de Brian—. Es del todo comprensible que hayan aflorado síntomas psicosomáticos, incluida la fiebre. Pero para asegurarnos de que no hay nada más, vamos a echar un vistazo. —Asintió como dándose la razón a sí mismo. Se lavó las manos y examinó a la niña, empezando por la boca, la garganta, la nariz y los oídos. Después le auscultó el pecho y le permitió a Juliette oírse a sí misma por el estetoscopio. Por último, le palpó el abdomen después de pedirle que se estirara boca arriba y logró relajarla lo suficiente como para sacarle una risita. Brian observó el rápido examen en silencio, pero preocupado por lo poco meticuloso que parecía.

—Estás perfecta —le dijo el doctor Arnsdorf a Juliette mientras le tocaba la punta de la nariz con el índice. Se volvió hacia Brian y añadió—: Creo que está bien, de hecho muy sana. Y estoy impresionado por su altura, siendo prematura. Diría que está creciendo perfectamente para su edad.

—¿Qué tiene que ver que sea prematura con nada de lo que estamos hablando? —protestó Brian. Alterado como estaba, el comentario le pareció absurdo, como si intentara cambiar de tema.

—En realidad nada —reconoció el doctor Arnsdorf—. En el informe de ayer la doctora anotó que había nacido prematura. Estos últimos dos días hemos atendido a bastantes pacientes del doctor Bhatt. Es un buen pediatra. ¿Lo conoció cuando era residente en el Hospital Infantil Columbia-Presbyterian?

—Sí —dijo Brian. Se relajó un poco, consciente de que no podía culpar a los médicos por ser meticulosos, pese a que la actual situación de Juliette no tuviera nada que ver con haber pasado el primer mes de vida en una incubadora en Columbia. La trasladaron allí desde el MMH Inwood justo después de nacer.

—Mi consejo, si persiste esta sintomatología fantasma que viene y va, es que la lleve a una psicóloga pediátrica —le dijo el doctor Arnsdorf, mientras recogía la tableta y se disponía a marcharse—. Y tal vez debería también pedir cita al doctor Bhatt cuando vuelva de vacaciones.

—Un momento —interrumpió Brian—. No estoy conforme con dar por hecho que se trata de síntomas psicosomáticos. Su comportamiento ya no era normal incluso antes del fallecimiento de mi mujer y esta mañana se ha levantado con una fiebre muy alta. Tenía toda la frente sudada. Con la pandemia en activo y una segunda ola en ciernes, al menos quiero que le hagan la prueba de COVID. Y también me gustaría ver si en una analítica salen todos los valores normales.

—No lo creo necesario —replicó el doctor Arnsdorf—. Estoy de acuerdo con la doctora Kramer. Su hija se queja de dolor de garganta, pero tiene la garganta perfectamente normal. Lo mismo pasa con los oídos. Y en estos momentos no tiene fiebre.

—Exijo que le hagan un análisis de sangre —pidió Brian, perdiendo la paciencia—. Y como mínimo una prueba de COVID.

—El hospital está saturado de pruebas de COVID —dijo el doctor Arnsdorf, que empezaba a perder la paciencia. Había hecho un esfuerzo por tranquilizar a Brian, pero empezaba a hartarse de su insistencia.

—Mi hija no está bien. Es la segunda vez que venimos aquí en dos días.

—Tranquilícese, señor Murphy —dijo el doctor Arnsdorf, esforzándose por mantener la calma él también—. Nuestro laboratorio nos ha pedido que de forma temporal solo hagamos la prueba a pacientes que realmente lo requieran, con síntomas persistentes o que han estado con alguien contagiado de COVID-19, o a los que tenemos que ingresar en el hospital. Su hija no entra en ninguna de esas categorías. Los síntomas de COVID-19 varían de un paciente a otro, pero no aparecen y desaparecen en cuestión de horas en ningún paciente, no nos hemos encontrado con ningún caso así. En cuanto a hacer una analítica, no veo la necesidad y no me parece racional. Someter a un niño a una extracción, que puede ser traumática, no debe hacerse a menos que sea completamente necesaria.

—¿Su negativa a acceder a lo poco que le pido tiene algo que ver con el hecho de que el hospital me haya demandado por una factura no pagada por el tratamiento de EEE a mi difunta esposa? ¿Tanto les preocupa que no pague el disparatado precio que se les ocurra poner a estas pruebas?

Durante unos instantes, el doctor Arnsdorf se quedó mirando a Brian con absoluta perplejidad.

—¡Desde luego que no! —dijo, recuperando la voz—. Esto es insultante. Está usted paranoico, señor Murphy.

—Claro que estoy paranoico —replicó él—. Hoy en día es difícil no ponerse paranoico cuando uno tiene que enfrentarse al sistema de asistencia sanitaria. No me diga que no sabe usted perfectamente que el CEO de este hospital es un tipo cuya única obsesión es obtener beneficios manteniendo unos precios elevadísimos y unos costes bajísimos para justificar su millonario sueldo.

—¡Yo soy médico! —se indignó el doctor Arnsdorf—. Yo me ocupo de las personas, no del negocio.

—Esto es lo que se llama escurrir el bulto —soltó Brian—. Sí, usted es médico y el MMH Inwood es un hospital, que se supone que debería ser su territorio y no la mina de oro de Charles Kelley.

—Ya he tenido bastante de esta conversación. —El doctor Arnsdorf se volvió hacia el lavamanos y se volvió a lavar las manos antes de salir a toda prisa de la sala.

También harto y con la sensación de que no iba a llegar a ningún lado, Brian se volvió hacia Juliette y la cogió en brazos. Hizo caso omiso de Jane cuando la enfermera se despidió de la niña. De camino hacia la sala de espera, Brian trató de sacar el móvil mientras caminaba con Juliette en brazos y utilizó a Siri para llamar a Camila.

—Vaya, lleváis allí un buen rato —dijo Camila de inmediato en cuanto descolgó.

—No me lo recuerdes —dijo Brian—. ¿Puedes venir a recogernos?

—¡Por supuesto! Llego enseguida. ¿Qué tal está Juliette?

—Ella bien —dijo Brian—. Soy yo el que está a punto de explotar.

30

2 de septiembre

Cuando Brian y Juliette subieron al coche, Camila intentó entablar un diálogo con ellos para averiguar cómo había ido, pero enseguida quedó claro que ninguno de los dos tenía ganas de hablar. En el caso de Juliette se debía a que estaba ocupada sacando el ordenador de la mochila para seguir viendo el DVD que había dejado a medias. En cuanto a Brian, era evidente que estaba rabioso. Camila, que lo conocía bien, sabía que no era normal verlo tan enfadado, pero cuando eso sucedía era mejor dejar que lo procesara en su cabeza, lo cual no solía llevarle demasiado tiempo. Y lo cierto es que, fiel a la costumbre, en cuanto se alejaron del hospital, dejó escapar un prolongado suspiro y, negando con la cabeza, sentenció:

—Bueno, ha sido nuevamente inútil.

—Siento oírlo —dijo Camila—. ¿Qué ha pasado? ¿Qué han encontrado?

—Nada —respondió Brian con fastidio—. Pero en su defensa hay que decir que, cuando nos han hecho pasar después de tres horas de espera, la fiebre y la mayoría de los síntomas de Juliette habían desaparecido. Creo que todavía le duele la cabeza, pero es lo único que persiste, e incluso eso parece que ha mejorado. Desde luego no le ha impedido ver vídeos. —Giró la cabeza por encima del hombro para comprobar si Juliette estaba otra vez viendo el DVD, y así era—. Los médicos están convencidos de que es todo psicosomático, incluida la fiebre.

—Supongo que es posible —dijo Camila—. ¿Esta vez le han hecho alguna prueba para asegurarse?

—Ni una —respondió Brian—. Esto es lo que me ha indignado. He insistido para que al menos le hicieran un análisis de sangre básico, pero no ha habido manera con la excusa de que están colapsados por las pruebas de COVID. A mí me parece todo muy sospechoso. Me preocupa que no quieran hacer ninguna prueba por miedo a que no les pague, dado que les debo un pastón.

—¿De verdad crees que es posible que se deba a eso? —preguntó Camila.

—Sí —dijo Brian—. Tener que esperar más de tres horas para que nos atiendan dos días seguidos y que después se nieguen a hacerle ninguna prueba me parece muy revelador. Y esta mañana, al llegar, la enfermera de triaje se ha ofendido cuando le he pedido que le volviera a tomar la temperatura a Juliette.

—El doctor Rajiv Bhatt ya estará de vuelta la semana que viene.

—Aleluya —dijo Brian—. Lo espero como agua de mayo.

—Por cierto, Grady Quillen se ha pasado por casa para dejarte un sobre grande. Me ha dicho que tú ya sabrías de qué iba. Lo puse en tu escritorio.

—Sí, sé lo que es —dijo Brian—. Es un listado de personas en la misma situación en la que nos encontramos Jeanne y yo a las que él ha entregado una demanda.

Cuando giraron al camino de acceso de la casa y pararon, Juliette dijo que tenía hambre.

—¿Y tú, Brian? —preguntó Camila mientras salían del coche—. ¿Quieres comer algo con nosotras?

—Adelantaos vosotras. Primero tengo que llamar a mi madre. Me temo que Juliette y yo ya nos hemos perdido como mínimo el funeral.

—Oh, Dios mío —dijo Camila—. Es verdad. Le preparo algo muy rápido a Juliette.

—No corras —dijo él—. Deja que Juliette disfrute de su desayuno tardío. Es fantástico que tenga hambre y, si te soy sincero, en estos momentos no sé si quiero ir al entierro.

Una vez en la casa, Brian se dirigió a la oficina. Sabía que tenía que llamar a su madre, pero le entraron dudas sobre hacerlo o no. Ahora eran las doce del mediodía y supuso que el entierro ya estaría en marcha, lo cual quería decir que incluso si salía corriendo hacia el cementerio Woodlawn lo más probable es que se perdiera la ceremonia. Sentía cierta culpabilidad y le preocupaba decepcionar a Hannah, pero el bienestar de Juliette era mucho más importante para él que su sentido de la responsabilidad hacia sus suegros. Además, debía admitir que se sentía aliviado por no tener que contemplar cómo metían bajo tierra el cadáver de Emma.

En lugar de salir deprisa hacia el cementerio o al menos telefonear a Aimée, se sentó en su escritorio, abrió con un abrecartas el sobre que le había dejado Grady y extrajo el contenido. Después de que Jeanne y él descubrieran el elevado número de personas a las que el Manhattan Memorial Hospital había demandado o estaba en proceso de hacerlo en el área metropolitana de Nueva York, a Brian no le sorprendió que en la lista que tenía ante él aparecieran cientos de vecinos de Inwood a los que Grady había entregado una notificación de demanda. Como había vivido toda su vida en el vecindario, Brian suponía que en la lista habría varias personas a las que conocería personalmente. Y así fue, al echar un primer vistazo rápido ya se topó con el nombre de Donavan Bligh y una dirección en Indian Road, a diez minutos caminando de donde ahora estaba sentado él. Conocía a la familia, porque uno de sus hijos, al igual que Patrick McCarthy, había ido a la clase de su hermana Erin en el colegio.

Aunque Brian estaba ahora más decidido a ayudar a Jeanne a descubrir los detalles más cruentos de varios de los casos para interesar a los medios de comunicación y tal vez también conseguir que los políticos locales hicieran algo, de momento volvió a guardar la lista de Grady en el sobre y lo dejó a un lado. Sacó el móvil con la intención de llamar a Aimée, pero seguía dudando. En lugar de pulsar llamada, dejó el aparato en el escritorio y se quedó mirándolo. No solo se sentía culpable por perderse el entierro, sino que además le preocupaba que su llamada pudiera llegar en el momento menos apropiado, con la ceremonia todavía en curso. Si sucedía esto, todavía empeoraría más las cosas. Sin poderse quitar de la cabeza esta preocupación, se preguntó si no sería mejor esperar un rato o quizá mandarle un mensaje de texto. Sabía que Aimée estaba pendiente de que contactara con ella.

Mientras seguía ahí sentado, paralizado por la indecisión, de repente sonó el móvil con su estridente tono de «viejo teléfono» y Brian se sobresaltó. Casi presa del pánico, lo agarró de inmediato para comprobar quién llamaba. Con enorme irritación vio que se trataba de Roger Dalton. Recordando el pésimo sabor de boca que le había dejado el día anterior la última llamada de este tipo, dudó en responder. Estaba ya de un humor de perros, y Roger Dalton, como personificación de las tácticas económicas del MMH Inwood y como lacayo de Kelley, se estaba convirtiendo para él en *persona non grata*. Sin embargo, emergió la racionalidad y Brian volvió a dudar si la llamada tendría algo que ver con la aparición en escena de Megan Doyle o Patrick McCarthy pidiendo una copia de la factura completa y desglosada del hospital. Ante esta posibilidad, decidió responder, pero no tardó en arrepentirse.

—Esto está degenerando en una farsa —soltó Roger sin siquiera identificarse—. No sé por qué me tomo la molestia de llamarle, más allá de la pena que me da la situación por la que está pasando. Me ha llegado una nueva factura a su nombre. Por supuesto, se la he enviado de inmediato a Peerless Health y con su habitual rapidez se han negado a cubrir los gastos. Por lo que, si no consigue usted que cambien de postura, se añadirá la canti-

dad a su creciente deuda. ¿Puedo contar con que va a intentar so-
lucionarlo rápidamente con ellos y después informarme a mí?

Durante unos segundos, Brian trató de contener las casi in-
controlables ganas de responderle con una grosería y optó por el
silencio, en parte porque Roger Dalton, como mínimo, había
mostrado cierta empatía.

—¿Este nuevo cargo es por la visita a Urgencias de mi hija?

—En efecto —dijo Roger.

—No estamos hablando de hoy, ¿verdad?

—No, de ayer —aclaró Roger—. ¿Ha vuelto usted a Urgencias hoy?

—Sí, acabamos de volver de allí. Nos hemos pasado toda la
mañana en la sala de espera.

—Oh, por favor —dijo Roger—. Bueno, esto hace que sea
todavía más importante que contacte cuanto antes con su compañía de seguros. Como su cuenta está marcada como problemática, probablemente esta misma tarde me llegue la información
del nuevo cargo. Ambos se incorporarán a la cantidad adeudada a
menos que quiera pagar usted mismo estas visitas a Urgencias.
¿Es eso posible?

—¿A cuánto asciende? —preguntó dubitativo Brian. Dado
que no le habían hecho ninguna prueba ni análisis, pensó que podía mostrar su buena fe y pagar, dependiendo de a cuánto subiera.

—El cargo de ayer es de 1.776,55 dólares —dijo Roger—.
Puede pagarlo con un cheque o con tarjeta de crédito.

—¡Un momento! —protestó Brian—. ¡Son casi dos mil dólares! Tiene que haber algún error. Nos hicieron esperar tanto
rato que los síntomas de mi hija desaparecieron, de manera que
no hicieron nada, ni una sola prueba, nada. Esta cantidad es imposible.

—Todo lo contrario —dijo Roger—. Se hizo un uso de las
instalaciones y el uso de las instalaciones es el grueso de la factura. Además, a su hija la visitó un médico, de manera que también
hay un cargo por este servicio.

—Jamás he oído que se cobre por el uso de una instalación —se indignó Brian—. ¿Qué demonios quiere decir eso?

—Quiere decir que cualquier paciente atendido en Urgencias tiene que pagar una parte de los costes de construir y mantener esas instalaciones y todos sus equipos, incluidos los aparatos de rayos X, los de resonancia magnética y demás.

—¿Cuál es el cargo por uso de las instalaciones? —preguntó Brian.

—Déjeme comprobarlo —dijo Roger. Hubo un breve silencio y añadió—: Mil cien dólares.

—¡Por el amor de Dios! Me cargan mil cien dólares simplemente por poner un pie en Urgencias.

—No, se le han cargado mil cien dólares por la atención y tratamiento de su hija en unas instalaciones de nivel 1 de Trauma.

Brian intentó contener su ira. Pero le vino a la memoria la charla que le dio Megan sobre cómo los hospitales inflaban los precios de las tarifas básicas para después negociarlas con las grandes aseguradoras, pero que Medicare, la cobertura de seguridad social administrada por el gobierno, no cubría.

—Si mi hija estuviera cubierta por Medicare, ¿cuál sería en ese caso la tarifa por uso de las instalaciones?

—Esto es información reservada —respondió Roger.

—Oh, venga ya, Roger —protestó Brian—. Estoy seguro de que si llamo a Medicare me darán esa información. Ha mostrado usted empatía por el mal momento que estoy pasando. Écheme un cable con esto, para que pueda comprender a qué me enfrento. ¿Cuánto pagaría Medicare? No le diré a nadie que me ha dado esta información. —Brian puso los ojos en blanco ante la enormidad de la mentira.

—Es cierto que Medicare le puede facilitar esa información —admitió Roger.

—¿Lo ve? —dijo Brian—. Ahórreme el esfuerzo.

—Estaría entre los trescientos y los cuatrocientos dólares

—confesó Roger—. Depende de qué parte de Urgencias haya utilizado.

—Vaya diferencia —dijo Brian, sin revelar lo que estaba pensando—. La primera vez que hablamos usted y yo, me dijo que toda la gestión del hospital la llevaba Charles Kelley. ¿Esto del cargo por uso de las instalaciones también es cosa suya?

—Por supuesto —dijo Roger—. Ha sido un punto clave para darle la vuelta a la situación financiera del hospital.

—Qué interesante —dijo Brian. Haciendo un esfuerzo por contenerse, decidió cambiar de tercio. Sabía que era inútil ponerse a discutir sobre precios con alguien como Roger Dalton o criticar a su idolatrado CEO—. ¿Peerless le ha dado alguna explicación de por qué se niegan a pagar la visita a Urgencias de mi hija?

—No —respondió Roger—. Casi nunca lo hacen. Eso debe averiguarlo usted y, llegado el caso, intentar hacerles rectificar. ¿Qué me dice de la factura más reciente de Urgencias? ¿Quiere abonarla con su tarjeta de crédito? Puedo hacerle el cargo por teléfono. Usted decide.

—Llamaré a Peerless —dijo Brian.

—De acuerdo —replicó Roger irritado—. Pero hágalo.

Y sin decir ni media palabra más, Roger puso fin a la comunicación. El día antes había sido él quien le había colgado; hoy era Roger Dalton quien lo hacía.

Bullendo de indignación y rencor, Brian se sobrepuso a la frustración y volvió a telefonear a Ebony Wilson. Mientras esperaba oyendo la inevitable musiquita, intentó imaginar qué razón argüiría Peerless para no abonar los gastos de Urgencias de Juliette. Estaba pasmado de hasta qué punto el sistema de salud americano se había convertido para su familia y él, y al parecer para muchos otros vecinos y amigos, en una pesadilla. Después de este calvario, estaría encantado de no tener que hablar con nadie más vinculado con el sistema sanitario en toda su vida.

Tras más de media hora de espera, Ebony Wilson apareció en línea con su habitual voz afable y su ligero acento sureño.

—Soy Brian Murphy otra vez —dijo él en respuesta a la presentación estándar de ella. Le dio su número de póliza antes de que se lo pidiera y le explicó que volvía a llamar para reclamar una explicación por otra factura rechazada.

—Déjeme que la busque —dijo ella con voz dicharachera. Si estaba molesta por el modo abrupto en que Brian le había colgado el día antes o por su actual tono desdeñoso, no dejó que se le notara. Brian imaginó que debía de tener que aguantar a un montón de personas indignadas a diario en su papel de supervisora de reclamaciones de una empresa cuya seña de identidad era rechazar todas las reclamaciones.

Pasados menos de cinco minutos de tortura musical extra, regresó a la línea.

—Veo que la última petición de pago es por Juliette Murphy en las Urgencias del MMH Inwood. ¿Es este el pago rechazado por el que pregunta?

—Sí —dijo Brian—. ¿Por qué se ha rechazado este? ¿O es que todas las peticiones de pago se rechazan de forma automática?

—Nuestros peritos son gente muy experimentada y trabajadora, profesionales altamente cualificados —soltó Ebony de carrerilla, inmune a la agresividad de Brian. Y continuó—: Este pago se ha denegado por dos motivos. Primero por enfermedad preexistente, que su póliza no cubre.

—¿Qué enfermedad preexistente? —preguntó pasmado Brian.

—La niña nació prematura —respondió ella—. El médico que la atendió anotó que la niña había nacido en la semana treinta de gestación, con un peso de solo un kilo, y que requirió de más de un mes en la unidad de cuidados intensivos neonatales.

—Pero eso fue hace cuatro años —se indignó Brian—. Después del primer año alcanzó el peso normal y desde entonces ha estado bien.

—El nacimiento prematuro conlleva muchas potenciales complicaciones a lo largo de los años, o al menos eso me han dicho —comentó Ebony—. ¿Quiere escuchar el segundo motivo?

—No estoy seguro...

—La visita se produjo en pleno día en unas Urgencias de nivel 1 de Trauma —continuó—. Debería haber llevado a su hija a un pediatra, no a un centro de Urgencias.

—Llamé al pediatra y se me indicó que llevara a mi hija a las Urgencias del MMH Inwood —argumentó Brian—. Seguí las órdenes del médico.

—En Peerless nos tomamos muy en serio la responsabilidad de reducir los costes sanitarios —replicó Ebony—. Eso significa animar a la gente a utilizar las opciones menos caras.

—Ya le he oído este argumento antes —soltó Brian. Estaba a punto de estallarle la cabeza.

—Se lo repito, si no está de acuerdo con las decisiones de nuestros peritos, tiene derecho a hacer una reclamación y pedir una revisión o...

—O les puedo demandar —completó Brian.

—Correcto, y gracias por ser cliente de la aseguradora médica Peerless —concluyó Ebony de carrerilla otra vez.

Sin añadir nada y completamente indignado, Brian colgó y, como el día anterior, bajó de inmediato a la pequeña sala de ejercicios del sótano. Con las mismas pesas de veinte kilos, no tardó en agotar toda la energía. Brian siempre había sido un hombre muy físico y bastante orgulloso cuya primera reacción, cuando se sentía agredido o engañado, era atacar. Dadas sus dimensiones corporales, su fuerza y agilidad, había tenido que aprender a controlarse, utilizando el deporte para descargar tensiones. Cuando no había competiciones atléticas a mano, el trabajo de gimnasio era una buena alternativa.

Diez minutos después, ya bastante más calmado, subió y volvió a sentarse ante el escritorio. Miró el móvil sobre el papel secante y de nuevo se debatió entre llamar o no a Aimée. Sabía que debía hacerlo, pero al coger el móvil no la llamó. En lugar de eso, pulsó el número de Jeanne en busca de apoyo moral, aunque iba a poner el listado que le había hecho llegar Grady como excusa.

De nuevo el teléfono sonó más veces de las que le hubiese gustado y se sintió culpable por llamarla tanto. Cuando estaba pensando qué mensaje de voz dejarle o si dejarle o no uno, ella descolgó. Le faltaba el aliento.

—¿Otra vez te he pillado en bici? —preguntó, oyendo de fondo lo que le pareció el sonido del viento.

—Pues sí —admitió Jeanne—. Disculpa, he tardado en sacar el móvil, porque lo llevaba en la mochila.

—No tienes por qué disculparte —dijo Brian—. Soy yo el que debería disculparme por interrumpir otra vez tu paseo en bici. ¿Has vuelto al parque?

—Sí, sí, pero ahora estoy pedaleando junto al río Hudson, que es un paseo precioso. Me apetecía salir para hacer un poco de ejercicio. ¿Qué tal Juliette? ¿Cómo está? ¿Qué ha dicho el médico esta mañana?

—Una vez más no le han encontrado nada, y ahora está mucho mejor pese a haberse despertado con 39 grados de fiebre y muy quejosa. Y una vez más, no han hecho absolutamente nada, pese a que nos han tenido más de tres horas esperando. No puedo evitar sospechar que ha sido intencionado, como ayer. En cualquier caso, cuando por fin la han atendido, la fiebre había desaparecido y el dolor de garganta también. El dolor de cabeza no lo tengo muy claro. El médico ha dicho que estaba bien, que los síntomas eran psicosomáticos, y me ha recomendado que visitara a una psicóloga infantil si volvían a aparecer.

—¿Esta vez le han hecho alguna prueba para asegurarse?

—Ni una, pese a que he insistido con vehemencia —explicó Brian—. Por mucho que he dado la lata, el médico se ha negado. Ya sé que crees que estoy paranoico, pero estoy convencido de que es por el dinero. Lo siento, pero tener que esperar más de tres horas dos días seguidos, y que las dos veces se nieguen a hacerle un simple análisis de sangre, tiene que ser deliberado. No puede tratarse de una mera coincidencia.

—Es imposible saberlo a ciencia cierta —dijo Jeanne.

—Es verdad, pero tengo la mosca detrás de la oreja —insistió Brian—. El médico me soltó un rollo sobre que él no sabe absolutamente nada de lo que hace la sección financiera del hospital, pero tiene que saberlo. No me sorprendería que la directora médica esté todo el rato encima de ellos dándoles la tabarra, como ha hecho el gestor de mi deuda hospitalaria conmigo, sobre lo caro que es mantener en funcionamiento Urgencias. Sospecho que Kelley escruta cada centavo gastado en Urgencias para asegurarse de que su negocio da dividendos.

—Probablemente estés en lo cierto.

—Y hablando del gestor de mi deuda hospitalaria, acabo de mantener otra conversación telefónica con él hace unos minutos, que ha sido tan indignante como de costumbre —explicó Brian—. Y después, claro, he tenido que volver a llamar a la supervisora de reclamaciones de Peerless, que ha sido igual de irritante. Esto es el cuento de nunca acabar, pero ya te daré los detalles más lamentables después.

—Oh, vaya —dijo Jeanne con empatía—. Qué día más negro llevas.

—Bueno, al menos Juliette está mejor que cuando se ha despertado —dijo Brian—. Al llegar a casa incluso ha dicho que tenía hambre.

—Eso es buena señal —dijo Jeanne—. Siento sacar el tema, pero ¿qué ha pasado con el funeral de tu mujer? ¿Se ha pospuesto?

—Ojalá —respondió él—, pero no. Juliette y yo nos hemos perdido el funeral y el entierro. Hemos ido al hospital muy pronto, para disponer de un margen de tiempo. Es penoso que no hayamos podido ir por culpa de la maldita lentitud del personal de Urgencias, pero ¿qué otra cosa podíamos hacer? Juliette estaba con mucha fiebre y eso era lo prioritario, a pesar de que después le ha bajado de manera espontánea. Sé que mi madre lo entenderá y espero que la madre de Emma también.

—Lo siento —dijo Jeanne—. Pobre, tienes abiertos demasiados frentes.

—Sin embargo, tengo buenas noticias —dijo Brian para cambiar de tema—. Grady me ha entregado la lista, como estaba seguro que haría. Tengo el listado de las personas a las que entregó una demanda y eso nos va a facilitar mucho la investigación, porque disponemos de cientos de nombres de vecinos de Inwood y sus direcciones.

—¡Fantástico! —exclamó Jeanne—. Ardo en deseos de ponerme a trabajar con esa lista. Cuanto más pienso en ello, más importante me parece denunciar todo esto. Alguien tiene que hacerlo.

—¿Se mantiene en pie lo de que vengas esta tarde para quedarte con Juliette?

—¡Por supuesto! Me muero de ganas —dijo ella—. Por eso quería hacer un poco de ejercicio por la mañana. ¿Y tú? ¿Sigue en pie lo de ir a la academia de la ESU?

—Sí —dijo Brian—. Con tanto estrés encima, tengo todavía más ganas de ir allí. Saldré de casa hacia la una cuarenta y cinco, porque tengo la reunión a las tres, y espero poder hacer un poco de ejercicio en las instalaciones. Me irá de maravilla para despejar la cabeza.

—Tengo que confesarte una cosa —dijo Jeanne—. Anoche busqué en Google «ESU NYPD» y debo decir que me quedé impresionada. Solo puedo felicitaros a ti y a tu mujer. Os habéis sometido a unos entrenamientos intensísimos. No tenía ni idea. Ponéis vuestras vidas literalmente al límite. ¿De verdad has bajado con cuerdas por fachadas de rascacielos y desde helicópteros?

—Eso y más cosas —respondió Brian con cierto orgullo, aunque solía quitarle hierro al asunto.

—Estoy de verdad impresionada —dijo Jeanne—. En francés decimos *très impressioné*.

Brian no pudo evitar reírse.

—*Je me rappelle de la expression.*

—No sé si te veré antes de que salgas —dijo Jeanne—. Tengo

que volver a casa para ducharme. Pero si no, te veo cuando vuelvas. ¡Disfruta!

—*Merci beaucoup* —dijo Brian. Colgó y buscó el número de Aimée.

31

2 de septiembre

El mero hecho de dirigirse en coche al Campo Floyd Bennett en el sureste de Brooklyn resultó terapéutico para Brian. Hacía casi un año que no lo pisaba y había olvidado el impacto que provocaban los mil trescientos acres de prados, marismas de agua salobre y cinco enormes y decrépitas pistas, todo ello dentro de los confines de Nueva York. Como todos los agentes de la ESU que habían pasado allí ocho meses de entrenamiento, conocía la historia del lugar. En sus inicios había sido un aeropuerto comercial, pero durante la Segunda Guerra Mundial pasó a manos del gobierno federal que lo utilizó como aeropuerto de la Marina e instalación para la Guardia Costera. En la actualidad lo administraba el Servicio Nacional de Parques. El NYPD empezó a utilizar una pequeña área situada en la parte más oriental en el año 1934 como campo de aviación, y seguía haciéndolo en la actualidad. Un poco más tarde, también se ubicaron allí el cuartel general y la academia de la ESU, en cuatro edificios adyacentes al campo de aviación que habían pertenecido a la Guardia Costera.

Al aparcar delante del destartalado edificio de administración y aulas que conformaba el corazón del complejo de la ESU, no pudo evitar sonreír al ver de nuevo su aspecto. Cuando formaba parte de la unidad, pasaba allí tanto tiempo que ya ni se fijaba en lo deteriorados que estaban los viejos edificios. Debía de hacer ya más de medio siglo que los había construido la Guardia Costera como hangares y barracones. En aquel entonces no debían de tener tan mal aspecto, pero desde luego nunca habían sido joyas de la arquitectura moderna. Comparada con la nueva academia del NYPD en un edificio de varias plantas en Queens, la academia de la ESU parecía ser fruto de una improvisación, pese a la importante misión que cumplía.

Brian abrió la puerta del coche y tuvo un momento de duda, porque una parte de su cerebro interrumpió las plácidas ensoñaciones que le habían acompañado durante el recorrido hasta el campo. Como una repentina tormenta que encapota un precioso día de verano, volvieron a merodearle los pensamientos sobre Emma. Fue en la academia, en este edificio, donde la conoció cuando ella era una recluta que empezaba su periodo de entrenamiento. Brian recordaba a la perfección el día exacto, porque era uno de sus días libres y había dudado si ir o no a la academia para echar una mano con la nueva promoción de cadetes. Poco podía imaginarse que ese día le cambiaría la vida. Recordaba de forma vívida, como si fuera ayer, cómo le impresionó Emma desde el primer momento. Sin duda, destacaba entre sus compañeros de clase. Su entusiasmo era palpable y su capacidad física evidente, sobre todo porque era una de las pocas alumnas que no solo soportaban el esfuerzo extremo que requerían los entrenamientos, sino que parecía disfrutarlo. Él había tenido la misma actitud cuando era cadete.

En un intento de controlar la paralizante punzada de dolor, Brian cerró la puerta del coche, cerró los ojos, apoyó la cabeza en el volante y respiró hondo. Parecía absolutamente imposible que Emma se hubiera ido para siempre. A pesar de que ambos, como agentes de la ESU, tenían asumido que ponían su vida en riesgo a diario, nunca pensaban en ello. Siendo jóvenes y sanos, la muerte parecía un problema puramente teórico y fácil de ignorar.

Antes de salir de casa para dirigirse al Campo Floyd Bennett,

Brian se había obligado a telefonear a su madre. Al hacerlo se enteró de que, en efecto, el entierro ya se había realizado. También de que Juliette y a él a él se los había echado mucho de menos, pero todo el mundo comprendió los motivos de su ausencia. Aimée le contó que, al finalizar las dos ceremonias, Hannah había sufrido una seria crisis emocional, una vez que la organización de los actos que la había mantenido ocupada había llegado a su fin.

—¡Maldita sea! —gritó Brian en el interior del vehículo, mientras golpeaba el volante con el puño con tal fuerza que llegó a sentir dolor. Por suerte, tanto la mano como el volante resistieron. Por un momento se le pasó por la cabeza meterse en el improvisado gimnasio que había en el hangar más grande, a su derecha, para descargar tensión. Pero la tensión desapareció en cuanto dirigió sus pensamientos hacia Juliette, su nueva *raison d'être*. Poseído por una angustia menos intensa, sacó el móvil del bolsillo para llamar a Camila. Sintió la urgente necesidad de asegurarse de que todo iba bien, pese a que llevaba fuera de casa solo una hora. Pese a su rápida remisión, los 39 grados de fiebre que había tenido Juliette por la mañana seguían preocupándolo, sobre todo desde que había buscado en Google «fiebre psicosomática» y se había enterado de que se consideraba muy poco habitual en niños de la edad de su hija y todavía más raro que subiera tanto.

Camila respondió al primer timbrazo y lo tranquilizó al contarle que Juliette había comido alimentos saludables y Jeanne ya había llegado. Añadió que ahora estaban todas ocupadas jugando a un viejo juego de mesa llamado Dinosaurio que a la niña le encantaba.

—Acabo de llegar a la academia —dijo Brian—. Todavía no he entrado, estoy a punto de hacerlo. Solo quería asegurarme de que todo iba bien antes de meterme en un ejercicio de entrenamiento.

—Por aquí, todo en orden —lo tranquilizó Camila—. Juliette está comportándose con total normalidad y parece contenta, de modo que relájate y disfruta. Lo tenemos todo bajo control. Por cierto, ha habido una llamada sobe un posible trabajo de seguridad. He dicho que ya los llamarías. ¿Estarías dispuesto a coger el trabajo?

—Por supuesto —dijo Brian, intentando ser positivo, aunque no estaba seguro de poder manejar un encargo complejo en estas circunstancias—. ¿Les corría prisa que me pusiera en contacto con ellos?

—No, no —dijo Camila—. Es una posible boda, pero no se celebraría hasta diciembre y no me ha parecido que fuera algo ya decidido. ¿Quieres hablar con Jeanne?

—Dile que hablaré con ella más tarde —dijo Brian mientras comprobaba la hora—. Estoy a punto de llegar tarde a mi reunión.

Tras una rápida despedida, Brian colgó, quitó el sonido y se guardó el móvil. Volvió a respirar hondo varias veces. Enterarse de que Juliette estaba comportándose con normalidad fue un alivio y estaba seguro de que Jeanne echaría una mano si era necesario. La repentina punzada paralizante le recordó que le quedaba un largo camino para sobreponerse a la pérdida de Emma, pero de momento era importante que mantuviera sus emociones bajo control tanto como le fuera posible. A corto plazo, eso significaba que necesitaba ingresos y un buen seguro médico, y la reincorporación a la ESU, si se dignaban a readmitirlo, le permitiría acceder a ambas cosas. Con esta idea en la cabeza, abrió la puerta y salió del coche.

Mientras se dirigía a la puerta del edificio de administración, se percató de lo silencioso que estaba todo el complejo, de considerables dimensiones. Solo se oían las gaviotas a lo lejos. En tiempos normales, prepandémicos, habría por allí entre treinta y cincuenta reclutas entrenándose, divididos en pequeños grupos. Más allá del enorme hangar, a la derecha del gigantesco garaje de la ESU, vio los vehículos que se utilizaban para practicar con las herramientas hidráulicas para sacar a accidentados atrapados. Detrás de los coches aplastados estaba el vagón del metro de Nueva York, que parecía un enorme pez fuera del agua en mitad de un viejo aeropuerto. Se utilizaba para ejercicios tácticos y de rescate, dado que era a la ESU a la que se llamaba para rescatar a la gente —o a lo que quedaba de ella— de debajo de los convoyes del metro cuando saltaba o la empujaban a las vías. Brian recordaba entrenamientos específicos para todo tipo de rescates, desde las alturas de un puente hasta las paredes de un rascacielos pasando por los rescates bajo el agua, y la mayoría de esos ejercicios se realizaban aquí, en el cuartel general de la ESU.

El interior del edificio de administración era un reflejo en todo su esplendor del decrépito aspecto del exterior. La primera persona con la que se cruzó Brian fue Helen Gurly, una afroamericana muy eficiente que había estado al servicio de los últimos cuatro jefes de la ESU. Cuando un miembro de la ESU tenía un problema administrativo, todos sabían que Helen era la primera persona a la que había que acudir.

—Vaya, vaya, dichosos los ojos que te ven —dijo Helen con su habitual franqueza y humor—. Mi jefe te está esperando, ¡así que pasa de inmediato!

Brian le dio las gracias y le dijo que verla le hacía sentir como si estuviera de nuevo en casa. Ella respondió con un gesto desdeñoso acompañado por una sonrisa que él detectó a pesar de la mascarilla.

Aunque el uniforme habitual de la ESU era azul para las actividades normales y negro para las intervenciones tácticas, el subcomisario Michael Comstock siempre iba de blanco impoluto, con una camisa perfectamente planchada con charreteras y bolsillos con solapa en la pechera. Era un hombre grandullón, con la cabeza rapada, ojos color avellana y un rostro redondeado y rubicundo. Aunque, con su rango de subcomisario, era uno de los mandamases, físicamente podía competir con cualquier miembro de los ESU y se le respetaba por ello. Cumplía, en definitiva, los requisitos que se le piden a un líder. Su despacho y el mobiliario que había en él, como el resto del edificio, parecía vetusto, pero había conseguido darle un aire acogedor con un montón de fotografías de la familia junto con el obligado retrato del comisario en jefe.

En cuanto Brian entró en el despacho, Michael dejó el bolígrafo y se levantó. Sonriente, movió el codo por encima del escritorio para saludar a Brian con el toque de codos que se había impuesto en la pandemia. Mientras hacía el extraño gesto, Michael se rio, como una constatación de que todos estaban inmersos en la pesadilla del COVID-19 y tenían que sobrellevarlo lo mejor posible. A continuación, le indicó a Brian una silla colocada a dos metros del escritorio.

—Permíteme que vuelva a expresarte mis más sinceras condolencias —empezó Michael—. Es una gran pérdida para todos nosotros. Todas las personas a las que se lo he contado se han quedado desoladas. A ella, como a ti, aquí se la quería y se la respetaba mucho.

—Gracias, señor —dijo Brian—. Ha sido un shock, como se puede imaginar. Era lo último que me esperaba que sucediera. —Luchó por contener las lágrimas, que notaba que estaban a punto de emerger. No quería hablar de Emma, pero ya daba por hecho que sería inevitable.

—Tanto yo como el resto del equipo sentimos no haber podido acudir hoy al entierro para presentarle nuestros respetos —dijo Michael.

—Se lo agradezco. —Brian evitó confesar que él tampoco había ido, con la esperanza de pasar página y cambiar de tema.

—Después de tu llamada de ayer, he hablado con varios miembros del equipo —continuó Michael—. En especial quise comentarlo con tu superior en el equipo A, el capitán Deshawn Williams. También lo hablé con Sal Benfatti, nuestro instructor del TAC. Me congratula poder decirte que la respuesta ha sido positiva en todos los casos. Todo el mundo está encantado de tenerte de vuelta en el cuerpo. Sobre todo, Deshawn. De modo que si, te preocupaba cómo serías recibido, puedo garantizarte que no habrá ningún problema.

—Es reconfortante saberlo —dijo Brian. Aunque esperaba no toparse con ningún tipo de resentimiento, le levantó el ánimo comprobar que así era.

—Pero debo insistir una vez más en que tu vuelta implica el pleno compromiso —le advirtió Michael—. No quiero poner en marcha el papeleo si vas a empezar a titubear. Tienes que estar seguro de dar el paso. ¿Queda claro?

—Perfectamente claro —respondió Brian—. Mi plan es pasar una o dos semanas aquí, haciendo una reinmersión, superar nuevamente las pruebas de recertificación y volver en óptima forma física. Y llegados a este punto, mi compromiso será absoluto. También me gustaría pasar algún tiempo en las galerías de tiro. Hasta ahora no he caído en la cuenta de cómo echaba de menos la posibilidad de hacer prácticas y no perder la forma. Este ha sido el primer año en toda la década en que no he acudido a las prácticas de tiro con Sig Sauer de la primavera en New Hampshire.

—Entiendo perfectamente lo que me comentas —dijo Michael—. Por eso la ESU pone tanto énfasis en el entrenamiento continuo y las recertificaciones. ¡No te preocupes! Me encargaré de que te den acceso a una de las galerías de tiro. ¿Tienes tu identificación del NYPD?

—Por supuesto —respondió Brian. Jamás iba sin ella desde que se unió al cuerpo hacía más de una década, incluso después de retirarse.

—¿Dónde prefieres hacer las prácticas de tiro? ¿En el Campo Smith o en Rodman's Neck en el Bronx?

—En Rodman's Neck —respondió Brian sin titubeos—. Me queda más cerca. Tengo una hija de cuatro años que lo está pasando muy mal con el fallecimiento de su madre y prefiero estar cerca de casa, al menos los primeros días. —Brian sabía que

Rodman's Neck quedaba a menos de media hora en coche de Inwood.

—Entendido —dijo Michael—. Seguro que la pobre niña está sufriendo mucho. Me había olvidado de tu hija, aunque recuerdo lo mal que lo pasaste cuando nació y tuvo que estar una larga temporada en el hospital. Confío en que desde entonces haya gozado de buena salud.

—Sí, de muy buena salud, gracias —dijo Brian, reacio a mencionar sus recientes inquietudes sobre este tema.

—El motivo por el que te he mencionado el Campo Smith es porque dispone de mucha más distancia de tiro, en caso de que te interese tenerlo en cuenta.

—Rodman's Neck tiene una distancia de tiro para rifle de trescientos metros —dijo Brian—. Es suficiente para lo que quiero entrenar. De hecho, al menos al principio, lo más probable es que practique solo con la pistola.

—Hay otro motivo por el que te comento la mayor distancia de tiro del Campo Smith —dijo Michael—. No sé si has oído hablar de esto, pero estamos pensando en reemplazar nuestros rifles de francotirador Remington 700 de toda la vida por los más nuevos Remington MSR. Como recuerdo que se te daba muy bien el manejo del rifle de francotirador, me preguntaba si no te importaría probar el nuevo modelo y darnos tu opinión. Estamos valorando si sus prestaciones justifican la inversión. El MSR es bastante más caro.

—Estaré encantado de daros mi opinión —dijo Brian con entusiasmo. Con todo lo que tenía encima, poder ejercer de asesor le resultaba muy atractivo—. ¿Quieres que priorice lo de probar el nuevo rifle?

—Sí, cuanto antes mejor —respondió Michael—. De hecho, si fuera posible, sería estupendo hacerlo hoy mismo. Me han pedido que presente un informe sobre el arma y hasta ahora lo han probado pocos agentes, que han dado opiniones divergentes. Claro que están los que ante cualquier cambio se agobian y sus opiniones son sesgadas. Yo también lo he probado, pero nunca he sido un campeón con el rifle de francotirador. Tu opinión me sería de gran ayuda, porque eras uno de nuestros mejores tiradores.

—Estaré encantado de probarlo a una distancia de trescientos metros —dijo Brian—. Y puedo hacerlo hoy mismo. ¿En Rodman's Neck tienen alguno que pueda usar?

—Supongo que sí, pero te propongo algo mejor. Te voy a pedir una y te la llevas al campo de tiro. Así puedes calibrarla y ajustarla antes de ir allí. Llamaré a Rodman's Neck mientras estás en el TAC. Porque doy por hecho que ese era tu plan para esta tarde, ¿verdad?

—Sí —respondió Brian—. Aparte de hablar con usted, señor.

—Perfecto —dijo Michael—. Voy a pedirte el Remington MSR y después llamo a Rodman's Neck para avisarles de tu visita. ¿Cuánta munición te pido?

—Con un par de cajas me bastará. ¿Me puede pedir también un par de cajas de nueve milímetros para la Sig Sauer, y así aprovecho para practicar también con ella?

—Ningún problema —respondió Michael—. Pero para el MSR te voy a pedir tres cajas, por si acaso. Nos traes de vuelta la munición que no uses. ¿Hay algo más que quieras hacer esta tarde, aparte de la visita al TAC?

—Sí, querría ver al detective José García. Supongo que sigue siendo el instructor de buceo, ¿no?

—¡Oh, sí! —le confirmó Michael—. Él sigue al pie del cañón. No va a dejar esto en toda su vida.

José García siempre había sido uno de los instructores favoritos de Brian. José consiguió que el entrenamiento de buceo obligatorio, que a Brian le imponía mucho respeto, se convirtiera en un auténtico disfrute. Aunque Brian seguía teniendo el certificado en regla, hacía un año que no había practicado la inmersión. Antes de su entrenamiento para formar parte de la ESU, Brian nunca se había sentido muy atraído por el agua. Siempre gastaba la broma de que nos había llevado millones de años salir de ella y no veía el motivo para revertir el camino. Ahora, en cambio, le encantaba.

—¿Puede avisarle de que pasaré a verlo después de mi sesión de entrenamiento en el TAC? Querría que me preparara el equipo para poder hacer una inmersión de recertificación en un par de días.

—Hecho —dijo Michael—. Y cuando termines tu ronda, vuelve aquí. Te tendré preparado un Remington MSR y la munición.

—Gracias, señor —dijo Brian—. Le agradezco de verdad su ayuda y su apoyo.

Estar de vuelta en su hábitat natural y rodeado de sus viejos colegas le ayudaba a encarar el futuro con más fortaleza.

32

2 de septiembre

Al norte del edificio de administración de la ESU había otra enorme estructura anodina que había sido de uso comercial y parecía tan destartalada como el resto. Ese edificio contenía la TAC o edificio de entrenamiento para asaltos con armas de fuego. Mientras Brian se acercaba, de nuevo no pudo evitar sonreír. En este caso no fue por el aspecto deteriorado del edificio. Fue porque desde el exterior, sin ninguna ventana, uno no podía ni imaginarse lo que había dentro.

Empujó la maltrecha puerta exterior y entró en un escenario que simulaba la noche. Lo que le esperaba en la oscuridad del amplio edificio de varias plantas era una estructura modular del tamaño de una casa de una planta. No tenía techo y podía configurarse de varias maneras para representar un apartamento completo con su puerta de entrada, cocina, sala de estar, baños, dormitorios, un despacho o cualquier estructura interior que se quisiera. Se utilizaba para ejercicios de asalto urbanos, sin balas reales, en diversas condiciones lumínicas y con un número variable de objetivos, representados por instructores posicionados en el interior, en ocasiones armados con armas no letales. Varias pasarelas elevadas colocadas encima servían a los instructores para observar los asaltos simulados, de forma que pudieran hacer comentarios y recomendaciones.

Además de la estructura del edificio TAC, Brian también se topó con un grupo de ocho agentes de la ESU en semipenumbra, armados hasta los dientes y con el uniforme táctico del cuerpo, consistente en uniformes negros y chalecos antibalas con múltiples bolsillos para el equipo y las municiones. Además, llevaban cascos, guantes, gafas protectoras y pasamontañas, listos para participar en el siguiente asalto. Pese a que Brian, debido a los pasamontañas y la escasa luz, no pudo identificar a ninguno, varios de los agentes sí lo reconocieron a él y de inmediato lo rodearon para saludarlo y darle el pésame por el fallecimiento de Emma. Uno de los agentes, Carlos Morales, que formaba parte del equipo A y al que Brian conocía muy bien, dijo que le había llegado el rumor de que iba a reincorporarse a la ESU. Todos lo vitorearon en grupo cuando él les dijo que se lo estaba pensando muy en serio.

—¡Hazlo, hazlo, hazlo! —corearon de forma espontánea. Brian sonrió, sin saber muy bien qué decir. Acabó admitiendo que estaba ya casi decidido a dar el paso, pero primero quería asegurarse de que era la decisión correcta para su hija y para su carrera.

Para Brian esto significaba la vuelta a casa mucho más que cruzarse con Helen Gurly en el edificio de administración, y sintió que se le sosegaba el alma. Le hizo recordar lo importante que era para él formar parte de un grupo con intereses comunes, algo que ya experimentó en secundaria, cuando empezó a participar en deportes de equipo. En el instituto y en la universidad ese sentimiento se reforzó, y fue uno de los motivos por los que optó por ingresar en el cuerpo policial. En muchos sentidos, no había sido plenamente consciente de lo mucho que echaba de menos este tipo de camaradería desde que dejó el cuerpo.

De repente, la animada conversación fue interrumpida por alguien que desde el interior del edificio TAC gritaba «¡Policía, policía!», seguido de una serie de disparos de fogueo, todo lo cual indicaba que el ejercicio táctico que estaba en curso cuando llegó

Brian había terminado en un tiroteo. Los disparos sonaban muy fuertes en los espacios cerrados.

—Vamos, muchachos —dijo Carlos al grupo—. ¡Ocupad posiciones! —Y recogió el escudo balístico que tenía apoyado contra una pierna. Iba a liderar la siguiente simulación de asalto. Uno de los agentes cogió la barra Backhawk Halligan que se utilizaba para reventar puertas. Cada miembro del grupo de asalto tenía asignado un papel específico y planificado, para maximizar la seguridad, que era clave en caso de una situación real.

—¿Dónde está el instructor de estrategia? —le preguntó Brian a Carlos.

—En la pasarela —respondió Carlos, señalando la escalera de madera a la derecha de Brian.

—Buena suerte —dijo él y saludó con un gesto lánguido. Se dirigió a la escalera y subió. Desde arriba se veía una falsa cocina-comedor con las luces encendidas, que de momento estaba vacía. Alzó la mirada y buscó el laberinto de las pasarelas que permitían a los instructores controlar la actividad que se desarrollaba abajo, durante el asalto simulado. Al fondo, encima de los dormitorios, Brian reconoció al capital Sal Benfatti con dos de sus instructores. El instructor de estrategia estaba inclinado sobre la barandilla, hablando con el equipo de asalto de abajo. Brian supuso que les estaría dando un sermón con una mezcla de elogios y críticas sobre el ejercicio táctico que acababan de realizar.

Cuando Brian llegó hasta ellos, Sal había terminado su análisis con el grupo de asalto y estaba reunido con los dos instructores. Abajo, Brian vio al equipo que acababa de terminar el ejercicio táctico con varios instructores que habían representado el papel de enemigos. Intuyó que lo que habían realizado era una simulación de liberación de rehenes.

—¡Ah, Brian Murphy! —le dio la bienvenida Sal mientras él se acercaba. Se conocían bien, no solo de los días de cadete de Brian, sino porque él a menudo echaba una mano y participaba en las actividades del edificio TAC. Sal le presentó a los dos instructores, que se habían incorporado después de la renuncia de Brian.

Como ya se esperaba, Brian tuvo que mantener primero una breve conversación sobre Emma con Sal, pero enseguida pasaron a hablar del motivo por el que Brian había ido hasta ahí, para participar en varias simulaciones de asalto.

—Espero que no hayas venido con la idea de empezar hoy —le dijo Sal—. El siguiente grupo es el último del día.

—No pasa nada —dijo Brian—. Con tu permiso, me gustaría volver los próximos días.

—¡Estupendo! Te esperamos. Estaremos encantados de tenerte con nosotros. ¿Quieres quedarte a ver el siguiente simulacro?

—Por supuesto —respondió Brian.

El grupo se desplazó desde los dormitorios hasta la cocina-comedor. En esta ocasión se enfrentaban a dos sospechosos armados, uno en la cocina, detrás de la isla y el otro en la sala, sentado en el sofá. En cuanto todo estuvo preparado, Sal dio la orden de inicio del asalto por control remoto. Un segundo después, reventaron la puerta de entrada con la barra Halligan y Carlos entró en tromba en la sala protegido por su escudo balístico y seguido por su equipo, todos gritando «¡Policía, policía!» a todo volumen mientras ejecutaban los movimientos predeterminados.

En esta ocasión, con los dos sospechosos en la parte delantera del falso apartamento, se produjo un tiroteo inmediato. Como los dos agentes que iban detrás de Carlos ejecutaron sus programados movimientos de ballet, uno dirigiendo su atención a la cocina y el otro a la sala, se impusieron a los sospechosos. En unos segundos, el ejercicio se había finalizado con éxito.

Veinte minutos después, Brian salió del edificio sintiéndose muy satisfecho con la visita. Después de ser testigo del ejercicio y de haber podido palpar la camaradería de los participantes, tuvo todavía más clara su decisión de reincorporarse, sobre todo si establecía comparaciones con los trabajos de seguridad que había llevado a cabo con su empresa. Una buena parte de ellos implicaban plegarse y acceder a las demandas de narcisistas extremadamente ricos y de sus malcriados vástagos. En muchos aspectos, Brian se sentía cada vez más identificado con los obreros a los que les gustaba ensuciarse las manos. Era como si la ESU del NYPD, con su dinámica de continua acción, estuviera hecha a medida para él.

Al rodear la parte norte del edificio de administración, Brian se topó con media docena de agentes de la ESU que acababan de terminar un cursillo de buceo para la recertificación y estaban enjuagando sus equipos. Se repitió la misma escena del edificio TAC y recibió condolencias por la muerte de Emma y ánimos para reincorporarse.

Entró en el edificio más grande del complejo de la ESU y se dirigió a la sección de buceo. Pasó por la zona de almacenamiento y mantenimiento y entró en el estrecho y bastante desordenado despacho de José García. El detective estaba sentado en su escritorio, desmontando un regulador, algo habitual, ya que él mismo hacía la mayor parte del trabajo de mantenimiento y reparación. Como Michael Comstock, José era un tipo grandullón y fornido con la cabeza rapada. Ambos parecían hermanos, salvo por un notorio detalle. La gran diferencia era que José lucía una impresionante cantidad de tatuajes en los antebrazos de la época en que se alistó en la Marina, recién salido del instituto.

Aunque Brian hubiera preferido no tener que volver a hablar de Emma, sabía que era inevitable. Su difunta esposa era muy querida en la academia y en el cuerpo, probablemente más que él, debido a sus opiniones contundentes, aunque trataba de expresarlas con mesura, sobre ciertos temas, incluidos los extremistas políticos de ambos lados. Una de las cualidades admirables de Emma era su capacidad de aceptación de las opiniones de los demás.

—Bueno, Michael me ha dicho que quieres hacer el cursillo de recertificación de buceo con nosotros —comentó José.

—Sí, así es —le confirmó Brian—. No es esencial, porque todavía estoy certificado, pero me gustaría hacerlo. La culpa es tuya. Me transformaste de terrestre a anfibio.

José se rio con verdadero júbilo.

—Fuiste un hueso duro de roer, pero siempre tuve esperanzas de lograrlo.

Pasaron un rato evocando algunas de las inmersiones que habían hecho juntos, en especial una para sacar a flote el cadáver de un suicida que se había tirado al East River, cuyas corrientes pueden ser peligrosas.

—Bueno, pues de acuerdo —dijo José cuando se produjo una pausa en la rememoración de anécdotas vividas. Golpeó el escritorio con las palmas de ambas manos y se levantó—. Vamos a prepararte para una inmersión asignándote una taquilla, un traje de buzo y todo lo que necesites, incluido uno de nuestros reguladores nuevos. Te va a encantar.

Quince minutos después, con todo el equipo de buceo guardado en una taquilla, Brian abandonó la sección de buceo y recorrió el inmenso hangar. Emergió de nuevo a la luz del sol por el lado oeste y desde allí dio un corto paseo hasta el edificio de administración. Mientras se acercaba, se sintió muy satisfecho de la visita y cada vez más convencido de que en un futuro no muy lejano volvería a ser agente de la ESU.

—El subcomisario Comstock ha tenido que salir para una reunión imprevista en el centro de la ciudad con el jefe de policía —le explicó Helen Gurly, en cuanto Brian se acercó a su escritorio—. Pero no te preocupes. Me he encargado yo de hablar con Rodman's Neck y lo único que tienes que hacer es mostrar tu identificación en la verja de entrada y encontrarte en la armería con el capitán Ted Miller, uno de los instructores de armas de fuego y tácticas. Te estará esperando, siempre que llegues antes de las seis. Y tienes una sorpresa aguardando en el escritorio del subcomisario, que me ha dicho que ya sabes de qué va.

—¿Estamos hablando del Remington? —preguntó Brian.

—Ni más menos. Que tengas un buen día. Yo ya me marcho.

—Y dicho esto, Helen cogió el bolso, le dijo que había sido estupendo volver a verlo y salió en dirección al pasillo.

Al entrar en el despacho de Michael, Brian se encontró con el rifle en una funda de camuflaje para cargar al hombro y cinco cajas de munición: tres de calibre 7,62 mm NATO para el rifle y dos de 9 mm para la pistola. Abrió la cremallera de la funda y apareció ante él un rifle de francotirador con un aspecto notablemente letal, con culata plegable y silenciador. Lo que le impresionó fue la gran cantidad de ajustes de que disponía para acomodarse al tirador y lo intuitivo que era su manejo. En cuestión de minutos ya había adaptado la distancia entre la culata y el gatillo a sus necesidades, al igual que la altura y posición de la carrillera y la posición de la mira óptica. En cuanto a los ajustes más precisos para calibrar la mira telescópica, los dejaba de momento pendientes y los haría en la propia galería de tiro, donde podría comprobar si en efecto el acabado y las prestaciones de esta nueva versión eran mejores que los del viejo Remington 700. Brian plegó la culata, volvió a guardar el rifle en la funda y se la colgó al hombro. Recogió la munición y se dirigió a su Subaru.

Mientras se metía en el coche, se sintió satisfecho de su visita al cuartel general de la ESU y cada vez más convencido de que reincorporarse al NYPR sería la mejor decisión por muchos motivos. Lo que más lo animaba era que Michael Comstock, el oficial al mando, no había mostrado el más mínimo resentimiento por la súbita salida del cuerpo que habían protagonizado Emma y él un año antes y lo quería de vuelta en el equipo.

33

2 de septiembre

Diez minutos después, Brian se dirigía hacia el norte por la autovía de Belt, con la Jamaica Bay a su derecha, reluciendo bajo el sol veraniego. El tráfico era fluido, pero dado que era ya avanzada la tarde y se acercaba la hora punta, sabía que, pese a la pandemia, la situación no tardaría en cambiar. En cuanto a la hora de la visita al campo de tiro de Rodman's Neck, este le parecía un momento del día idóneo. Cuando era agente del NYPD lo había visitado más veces de las que podía contabilizar, para cursillos con diversas armas y ejercicios para la recertificación, que solían ser por la mañana, cuando el lugar estaba siempre muy concurrido. Había siete galerías de tiro, de las cuales seis eran para pistolas y solo una para rifles, y el complejo no solo lo usaba el NYPD, sino también el FBI, el cuerpo de prisiones de NY, los bomberos de NY e incluso la ICE.

Mientras conducía volvió a pensar en Juliette y en cómo había empezado el día, incluida la infausta visita a Urgencias. Después de la indignante llamada de Roger Dalton y de enterarse del coste de la visita del día anterior, se preguntó a cuánto ascendería la factura de la de hoy. Teniendo en cuenta lo que ya sabía sobre las prácticas abusivas del sector hospitalario, dio por hecho que volvería a ser escandalosa.

Aprovechando la hora de trayecto que tenía hasta Rodman's

Neck, Brian pensó que era un buen momento para hablar con Camila y decirle a qué hora calculaba que estaría de vuelta en casa. También se planteó si comentarle o no la idea que le rondaba de reincorporarse al NYPD, dado que ese movimiento iba a tener un impacto en la vida de ella, pero pensó que no era el mejor momento para hacerlo. En cuanto a Juliette, confiaba en que seguiría bien, después de las buenas noticias de la última llamada. Sin duda, si hubiera habido algún cambio relevante, Camila o Jeanne le habrían telefoneado. Por eso le sorprendió que Camila empezase la conversación contándole que a Juliette le había vuelto a subir fiebre.

—¡Vaya por Dios! —respondió alarmado Brian. Se irguió en el asiento y agarró con más fuerza el volante. No era eso lo que quería oír—. ¿A cuánto está?

—No es muy alta —dijo Camila—. Nada que ver con la de esta mañana. Cuando le hemos tomado la temperatura estaba a 38.

—¿Y qué ha pasado para que decidierais ponerle el termómetro? —preguntó él. Se relajó un poco y destensó el cuerpo en el asiento. No le hacía ninguna gracia la reaparición de la fiebre y volvió a indignarse ante la negativa de los médicos de Urgencias a hacerle ningún tipo de prueba, ni tan siquiera un análisis de sangre básico. Aunque él era el primero en tener claro que no era médico ni psicólogo, los síntomas fluctuantes de su hija le inquietaban y a estas alturas ya no acababa de convencerle la explicación de que todo era psicosomático.

—De repente ha tenido un escalofrío muy evidente —explicó Camila—. Tanto Jeanne como yo lo hemos visto. Cuando le he preguntado qué le pasaba, me ha dicho que no se encontraba bien y quería irse a su habitación. Ha sido muy inesperado, porque ha comido bien y se lo estaba pasando en grande jugando al Dinosaurio.

—¿Se ha quejado de dolor de cabeza? —preguntó Brian. El dolor de cabeza parecía ser el único síntoma persistente.

—Sí, sigue teniendo dolor de cabeza —dijo Camila—, pero nada más, no ha vuelto a quejarse de dolor de garganta o de estómago. Le he preguntado específicamente por cada uno de ellos. En cuanto al dolor de cabeza, pensaba que se le había ido aliviando, porque ha estado jugando con nosotras. Parecía que volvía a ser la de antes.

Empezó a pensar qué hacer si volvía a subirle fiebre alta, partiendo de la base de que por nada del mundo iba a volver con ella al MMH Inwood. Consideró la posibilidad de llevarla a uno de los ambulatorios del barrio, pero desechó la idea porque allí no le podrían hacer la prueba de COVID y tener los resultados de inmediato. Decidió que, si era necesario, la llevaría al Columbia-Presbiterian en Washington Heights y pensó que tal vez era lo que debería haber hecho desde un buen principio.

—Acabo de terminar mi reunión en el cuartel general de la ESU —dijo Brian después de un silencio—. Voy de camino a una galería de tiro del NYPD y estaré allí más o menos una hora. Pero puedo cancelarlo y volver directamente a casa si crees que es mejor.

—Si es por Juliette, no es necesario. Mientras le tomaba la temperatura, se ha quedado adormilada. Está en su habitación descansando. Acabo de echarle un ojo. Creo que lo mejor es dejarla dormir.

—De acuerdo. —Inquieto por las novedades sobre Juliette, Brian decidió no sacar el tema de su posible reingreso en la policía—. Llámame o mándame un mensaje de texto si hay algún cambio y volveré de inmediato. ¿Qué tal Jeanne? ¿Sigue ahí?

—No, se ha marchado hace una media hora, cuando Juliette se ha quedado dormida. Se ha llevado los documentos que te ha dejado tu amigo Grady. Espero que no te moleste.

—En absoluto —le aseguró él.

Después de colgar, Brian dudó si llamar a Jeanne para preguntarle cómo había visto a Juliette, pero no lo hizo, porque pensó que era mejor que primero viera él mismo a su hija al volver a casa. Le preocupaba estar abusando de la generosidad de Jeanne telefoneándola tantas veces y, además, si esto al final resultaba ser un problema médico y no psicológico, no parecía que ella pudiese aportar gran cosa.

Como ya se temía, el tráfico empezó a ser bastante más denso a medida que se acercaba al puente Whitestone para cruzar una parte del East River, pero una vez al otro lado volvió a ser fluido. Entre una cosa y otra, acabó llegando a la península de Rodman's Neck una hora después. Durante medio kilómetro, después de dejar atrás un campo de béisbol y varias señales de advertencia sobre las entradas no autorizadas en la zona, atravesó un área boscosa que resultaba tan inesperada en pleno Nueva York como la amplia extensión del Campo Floyd Bennett.

Ante él apareció una garita de guardia similar a la de una instalación militar. Se detuvo. Se subió la mascarilla por encima de la nariz, bajó la ventanilla y mostró su identificación del NYPD a un amigable agente uniformado. No hubo ningún problema gracias a las gestiones de Helen Gurly y le permitieron entrar en el campo de tiro. Similar al Campo Floyd Bennett, consistía en varios grupos de edificios, unos en mejor estado que otros, y algunos con claras evidencias de su origen militar. Como el Campo Floyd Bennett, Rodman's Neck tenía una historia, que incluía su uso por parte de las Fuerzas Armadas, en este caso por el Ejército y la Marina, aunque la instalación al final había pasado a manos del NYPD. Además de las galerías de tiro, había una edificación TAC exterior e incluso un laboratorio con seguridad biológica de nivel 4, y en la punta de la península había un pozo aislado para detonar bombas y otros explosivos, como pirotecnia confiscada.

Como se esperaba, la extensa zona de aparcamiento estaba casi vacía a esa hora de la tarde y eso le permitió dejar el coche justo delante del edificio de administración. Aunque le inquietaba un poco localizar al capitán Ted Miller de la Unidad de Armas de Fuego y Tácticas, resultó ser muy fácil, porque le habían avisado de la llegada de Brian y le estaba esperando justo detrás de la puerta de entrada.

—Has llegado por los pelos —le dijo Ted. Era un tipo con algunos kilos de más y cabello rapado con algunas canas al que Brian reconoció por haber tratado con él en algún momento en el pasado—. Hace más de una hora que no hay nadie en la galería de tiro para rifle y Mark Bellows, el responsable, estaba ya deseoso de cerrarla, de modo que vamos primero allí y ya usarás la pistola después. ¿Te parece bien?

—Por mí perfecto —respondió Brian, agradecido por la ayuda que le estaba prestando.

Una vez proveído de las protecciones para ojos y oídos que era obligatorio llevar, utilizaron el vehículo de Ted para recorrer el kilómetro y medio hasta la galería de tiro para rifle. El espacio no era nada espectacular y los alrededores parecían un vertedero desierto debido a los coches abandonados y contenedores desperdigados por ahí. Brian ya había utilizado esta galería en el pasado y por tanto no se sorprendió. La hilera de posiciones de tiro conectadas estaba construida de forma tosca, con maderos mal cortados que, con el paso de los años, se habían ido avejentando y recordaba a las puertas de salida del inicio de carrera en un hipódromo. Por delante había un campo herboso de más de trescientos metros que llegaba hasta una elevación del terreno con aspecto de duna.

El corpulento sargento Mark Bellows, a cargo de las galerías de tiro, parecía avejentado y a punto de jubilarse. Se mostró bastante amable, pero también con ganas de cerrar las instalaciones cuanto antes.

—¿A qué distancia quieres disparar? —preguntó con tono cansino.

—Me gustaría probar las tres —dijo Brian. Sabía que la galería disponía de cien, doscientos y trescientos metros, de modo que no le haría falta usar el calculador de distancia.

—De acuerdo —dijo Mark resignado—. Elige la posición de

tiro que más te guste y vamos allá. Ya he puesto dianas nuevas, de modo que puedes empezar cuando quieras. Solo avísame cuando estés listo.

A Brian le iba bien cualquier posición de tiro, de modo que eligió una al azar, mientras Ted y Mark se mantenían detrás, charlando. Sacó el rifle de la funda, desplegó la culata, colocó el arma sobre su bípode y utilizó la funda para ponerla debajo de la culata y así aumentar la estabilidad. De nuevo, se quedó entusiasmado por el simple aspecto del rifle, que parecía un arma formidable, sobre todo con el guardamanos y el silenciador perforados. El hecho de que supiera que se le otorgaba una precisión perfecta a una distancia de kilómetro y medio hacía que todavía le impresionara más.

Rápidamente, Brian se sirvió del cielo despejado, sin una sola nube, para ajustar la mira, de forma que la visión en la distancia fuera clara. Después ajustó el enfoque para un blanco a cien metros, abrió una caja de municiones, llenó el cargador del rifle con diez balas e insertó el cargador en la parte inferior del arma.

—Estoy listo —gritó volviendo la cabeza por encima del hombro.

—Ok —respondió de inmediato Mark—. Abran fuego.

Utilizando la palanca, cargó la primera bala. La facilidad con que pudo hacer este movimiento le asombró. No cabía duda de que tenía en las manos un instrumento de precisión. Relajado, puso el ojo en la mira y vio la diana con claridad. Con un movimiento firme sobre el gatillo, disparó la primera bala y de inmediato vio el agujero en la diana, un poco más abajo de lo que pretendía. Ajustó ligeramente el ángulo de la mira e hizo un segundo disparo y en esta ocasión el agujero apareció justo donde pretendía: en pleno centro. El sonido y el tacto del arma eran espectaculares, mucho mejores que lo que recordaba del Remington 700. A continuación, realizó en una sucesión rápida ocho disparos más, hasta vaciar el cargador.

Rellenó el cargador con rapidez con diez balas más y se posicionó ante la diana situada a doscientos metros. Repitió el proceso y comprobó que no tenía que ajustar la mira para conseguir una precisión equivalente e impresionante. Pasó a la diana a trescientos metros y repitió el proceso una vez más y efectuó otra ronda de diez disparos, comprobando que apenas tenía que reajustar nada con respecto al ajuste inicial.

Sabiendo que el responsable de la galería de tiro tenía prisa por marcharse y ansioso también él por volver a casa después de haber oído las últimas novedades sobre Juliette, Brian comprobó la cámara del rifle para asegurarse de que estaba vacía, sacó el cargador y avisó de que ya había acabado.

—Alto el fuego —gritó Mark, como si hubiese más gente disparando aparte de él. Y añadió—: ¡Vaya!, qué rápido. ¿Seguro que has terminado?

—Sí.

Brian se incorporó y empezó a guardar el Remington MSR en la funda. En circunstancias normales, se hubiera quedado más rato probando el arma, pero se sentía culpable por no haber vuelto ya a casa. Y tenía la sensación de que con los treinta disparos realizados ya podía darle su aprobación definitiva sobre el arma al subcomisario Comstock. Para él estaba claro que mejoraba notablemente el anterior modelo, aunque si merecía o no la pena la inversión eso ya era otro asunto sobre el que no podía opinar porque no conocía los detalles.

—¿Quieres ir a retirar las dianas? —le preguntó Mark.

—No, gracias —dijo Brian—. Ya he visto lo que necesitaba ver por la mira.

Tras salir de la galería de tiro para rifle, Ted acompañó a Brian a una de las de pistola, en la que el encargado ya le estaba esperando.

Pese a que ya era tarde, en esa galería no estaba solo y compartió la instalación con media docena de agentes del NYPD, de manera que no pudo ir tan rápido como pensaba, porque los protocolos de seguridad se tenían que seguir de forma rigurosa.

Aun así, pudo disparar una caja de cincuenta balas con relativa rapidez. Cuarenta minutos después, ya iba hacia su coche, después de dejarle el equipo de protección al encargado. Metió el Remington en el maletero del Subaru y se puso al volante, renunciando a que el armero le revisara las armas, cosa que siempre hacía en el pasado. En lugar de eso, para ganar tiempo, decidió que limpiaría la pistola en casa, y en cuanto al rifle, lo había usado tan poco que dudaba que requiriera atención.

En cuanto le fue posible, telefoneó a Camila. Aunque no había recibido ninguna llamada ni mensaje de texto de ella, continuaba inquieto por Juliette. Se quedó tranquilo cuando Camila le informó de que todo seguía tranquilo.

—¿Sigue durmiendo? —preguntó.

—La última vez que he ido a verla —dijo Camila— me ha parecido que estaba profundamente dormida.

—Ya voy de camino a casa —dijo Brian—. Llegaré en veinte minutos.

—No es necesario que corras.

—De acuerdo —dijo él, algo más aliviado—. En ese caso, ¿qué te parece si de camino recojo comida mexicana para llevar en el restaurante Tijuana?

—Buena idea.

—¿Por qué no haces un pedido para los tres, por si Juliette se despierta?

—Claro —dijo Camila encantada—. ¿Qué quieres que te pida?

—Me da igual —respondió Brian. Lo cierto es que no tenía mucha hambre, pero la comida mexicana era una buena opción—. Pídeme lo mismo que te pidas tú.

—Cuando has llamado antes, me he olvidado de decirte que tu madre, tu hermana y tus hermanos han pasado por casa después del funeral —dijo Camila—. Les he dicho dónde estabas. Espero que no te importe.

—Claro que no —replicó él, aunque apretó los dientes. Enterarse de que su familia había pasado a verlo incrementó su sensación de culpabilidad por no haber acudido al funeral—. Supongo que estarán todos en casa de mi madre. Les telefonearé en cuanto llegue.

—Y también ha llegado otra petición para un posible trabajo de seguridad —le explicó Camila—. Para otra posible boda en diciembre. Te he dejado la información en tu escritorio, con la anterior.

—Perfecto, gracias —dijo Brian. Le pareció irónico que, después de tanto tiempo con todo parado, justo cuando se estaba planteando en serio reingresar en el NYPD llegaran dos posibles trabajos. No pudo evitar el supersticioso pensamiento de que tal vez la coincidencia fuera un mensaje subliminal de que no tenía que tirar la toalla tan rápido con Protección Personal SL.

El tráfico era denso y avanzaba con lentitud, en algunos puntos incluso se detenía en ciertos momentos. Todavía desconcertado por la fiebre fluctuante de Juliette, cambió de opinión y decidió llamar a Jeanne. Aunque antes le había dado apuro ser demasiado insistente y había decidido esperar a ver cómo estaba la niña por sí mismo, ahora se sentía lo bastante cómodo como para pedirle su opinión y tal vez calmar un poco la ansiedad que se estaba apoderando de él mientras volvía a casa.

—¿Qué tal ha ido tu visita a la ESU? —le preguntó ella en cuanto descolgó, sin siquiera decir hola. Parecía contenta de hablar con él, lo cual tranquilizó a Brian sobre su preocupación de hacerse pesado.

—No ha podido ir mejor —dijo él—. Lo cierto es que me ha ayudado a reforzar mi idea de reingresar en el cuerpo de policía. Sin embargo, al parecer esta misma tarde han llegado un par de peticiones de posibles trabajos privados de seguridad, con lo cual me han entrado dudas sobre qué decisión tomar.

—¿Peticiones de trabajo serias? —preguntó Jeanne.

—Eso no lo sabré hasta que hable con los posibles clientes —dijo Brian—. Las dos son para hipotéticas bodas en diciembre.

—No estoy segura de que puedas contar en firme con bodas en diciembre —dijo Jeanne—. Sobre todo, con la nueva ola de coronavirus que se espera.

—Probablemente tengas razón —aceptó él.

—Volviendo al tema, parece que la visita a la ESU ha sido una buena idea.

—Una gran idea —corroboró Brian—. Incluso he podido hacer una visita a la galería de tiro, que he disfrutado un montón. Llevaba casi un año sin practicar.

—Estupendo —dijo Jeanne.

—Ahora hablemos de lo más importante: Juliette. Me he agobiado, por no decir otra cosa, cuando Camila me ha dicho que volvía a tener fiebre y quería tu opinión.

—No estoy del todo convencida de que fuera fiebre, aunque sí ha tenido un escalofrío —dijo Jeanne—. Eran unas décimas, desde luego no los 39 grados de esta mañana. Sin embargo, más que la fiebre, lo que más me ha sorprendido es la rapidez con la que le ha cambiado el humor. Estaba la mar de contenta, incluso riéndose porque iba ganando en el juego, y de repente se la ha ensombrecido la expresión del rostro y se la veía mal. No ha querido terminar la partida, pese a que estaba claro que le hacía mucha ilusión ganar.

—Qué raro —dijo Brian—. No es propio de ella. Es muy competitiva. —Suspiró de forma audible—. No puedo evitar pensar que le está rondado alguna enfermedad. Sea un constipado, una gripe u otra cosa que no sabemos. Por suerte no parece probable que se trate de COVID porque los síntomas vienen y van. Al menos eso es lo que dicen los médicos de Urgencias del MMH. Pero preferiría que no los hubieran considerado psicosomáticos tan a la ligera. Me sigue indignando su negativa a hacerle pruebas, ni siquiera un análisis de sangre básico o una simple prueba de COVID.

—Bueno, en su defensa hay que decir que la niña tiene motivos para desarrollar una sintomatología psicosomática —apuntó Jeanne—. ¿Cómo está ahora?

—Camila acaba de decirme que está profundamente dormida. Yo todavía no he llegado a casa. Hay mucho tráfico, pero no tardaré en llegar, y en cuanto la vea, si quieres te comento cómo está.

—Sí, por favor —dijo Jeanne—. Cambiando de tema, ya me he mirado la lista que te pasó tu amigo Grady. Pese a lo que ya sospechábamos, me he quedado impactada de la cantidad de vecinos de Inwood a los que ha demandado el MMH. Es inadmisible. Parece que quieran succionar hasta el último céntimo de este barrio. Ya tengo ganas de escuchar algunas de las historias y preparar un documento de denuncia. Esto no puede continuar así.

—Estoy de acuerdo —dijo Brian, pero en estos momentos no le apetecía enfrascarse en una larga discusión sobre el MMH, porque lo que de verdad le preocupaba era la salud de Juliette. Y, de pronto, el tráfico empezó a rodar con más fluidez y requirió más atención por su parte, de modo que le dijo a Jeanne que la volvería a llamar en cuanto comprobara cómo estaba la niña.

Por desgracia, el tráfico no tardó en volver a ser muy denso y se creó un embotellamiento en Marble Hill, justo antes de cruzar el río Harlem hacia Inwood. Cuando se detuvo ante el restaurante Tijuana, había tardado una hora en recorrer el trayecto desde Rodman's Neck en lugar de los veinte minutos que había calculado. En menos de diez minutos, con la comida ya recogida, llegó por fin a casa.

—¿Juliette todavía está dormida? —preguntó Brian al entrar en la enorme cocina con la bolsa del restaurante, que dejó en la mesa. Camila se había metido en la cocina al oír llegar el coche y estaba sacando los platos y los cubiertos.

—Si te digo la verdad, no he vuelto a entrar en su dormitorio desde que hemos hablado por teléfono —dijo Camila—. Estaba en la oficina, repasando las cuentas. —Hizo una mueca—. Espero que estas propuestas de encargos se materialicen. Porque de no ser así, el panorama es preocupante.

—No hace falta que me lo recuerdes —comentó Brian con tono sardónico—. Y las cuentas van a tener un aspecto todavía peor cuando me ponga al día con el pago de la hipoteca, gestión que debería haber hecho hoy. Cuanto más tarde, más estaré poniendo en riesgo la casa con la demanda del MMH Inwood.

—Tienes encima del escritorio los números de los dos potenciales clientes.

—Entendido —dijo Brian sin mucho entusiasmo. Después de su conversación con Jeanne, no era muy optimista sobre la posibilidad de que ambas bodas se llevaran a término. Aunque empezaba a sentirse culpable por no comentarle a Camila que estaba barajando la posibilidad de reincorporarse al NYPD, era reacio a sacar el tema antes de tener claro qué decisión iba a tomar.

Mientras Camila se encargaba de emplatar la comida, subió a echar un vistazo a Juliette. Sin hacer ruido, abrió la puerta de su habitación. Con las cortinas echadas, la habitación estaba en penumbra, con luz suficiente para distinguir una silueta dormida en la cama, pero sin ver ningún detalle. Se acercó y se inclinó en silencio para poder observarla mejor. Ahora distinguió que estaba boca arriba, con los brazos encima de la colcha y tenía a Jeannot Lapin sobre el pecho, agarrado con la mano derecha. Cuando los ojos de Brian se ajustaron a la oscuridad, pudo ver su rostro de querubín. A él le parecía la niña más hermosa del mundo y de pronto le vinieron a la memoria las palabras exactas que dijo Emma sobre ella esa fatídica tarde en Wellfleet, Massachusetts.

Al recordar de forma repentina las palabras de su mujer, Brian contuvo el aliento. Solo habían pasado un par de semanas desde la fatídica barbacoa, pero parecía una eternidad con todo lo que había sucedido después. Con cierta dificultad, recuperó la compostura y siguió observando a su hija, y ahora se fijó en que su respiración era acompasada y relajada.

Para quedarse tranquilo y poniendo mucho cuidado en no

despertarla, le puso la palma de la mano en la frente para comprobar si estaba caliente o húmeda por la sudoración. Para su alivio, ni rastro de ninguna de las dos cosas. Apartó la mano, pero todavía inclinado sobre ella, sintió un desbordante amor paternal y dio gracias porque Emma y él hubieran tenido una hija tan pronto en su relación. Aunque, sin duda, Juliette tenía su propia personalidad, Brian pensó que era la materialización de la esencia de Emma que perviviría.

Se incorporó, salió con sigilo de la habitación y cerró la puerta sin hacer ruido. Tranquilo después de comprobar que no tenía fiebre y dormía profundamente, se sintió por fin aliviado. Dado que su hija era la base sobre la que pretendía reconstruir su vida, su bienestar era prioritario. Mientras ella estuviera bien, él se sentiría con ánimo suficiente para afrontar los retos que tenía por delante, para encarar la demanda del MMH, para tomar la decisión de si seguir adelante con Protección Personal SL o reincorporarse al NYPD, y además sobrevivir a la pandemia de coronavirus en curso. Y aparte de todo esto, tenía la esperanza de que sumando los esfuerzos de Jeanne y los suyos, los dos podían conseguir hacer algo contra el tóxico sistema sanitario que era responsable del infortunio de Jeanne, del sufrimiento de Juliette y probablemente de la muerte de Emma.

34

3 de septiembre

Brian se despertó de un sueño muy vívido en el que corría sin esfuerzo por un paisaje en el que aparecían vehículos abandonados que recordaba al de las galerías de tiro de Rodman's Neck. Cuando abrió los ojos, vio la luz de las farolas que se filtraba a través de las diáfanas cortinas blancas. Conteniendo el aliento para tratar de averiguar qué lo había despertado del sueño profundo, oyó los neumáticos de un coche chirriando sobre el asfalto estriado. Barrió la habitación en penumbra con la mirada y vio que las cortinas oscilaban con un susurro, movidas por la brisa que entraba por la ventaba abierta, pero pensó que era imposible que eso le hubiera podido alterar el sueño.

Se giró, miró el reloj de la mesilla de noche y vio que eran las 3.25 de la madrugada. Se echó boca arriba y se quedó mirando el techo y de nuevo escuchó con atención, mientras el ruido de un coche circulando se alejaba, preguntándose si se habría colado en el dormitorio otro mosquito. Aguzó el oído tratando de distinguir el característico zumbido, pero no oyó nada. Pero entonces se percató de un golpeteo rítmico y distante que parecía más sentido que oído. Pasó varios minutos tratando de ubicar su procedencia, preguntándose si podía venir de la nevera o de la lavadora del sótano, pensando que tal vez Camila no lograba conciliar el sueño y había decidido hacer una colada.

Sin poder dar con la explicación, Brian se giró, se puso boca abajo, se tapó la cabeza con la almohada e intentó volver a dormirse antes de que su mente se obsesionase con alguno de los muchos problemas que últimamente no le dejaban pegar ojo. Sin embargo, aun con la almohada encima, seguí oyendo el golpeteo, aunque este fuera sutil. Apartó irritado la almohada, se sentó en la cama y empezó a despejarse, hasta que el golpeteo le resultó de repente demasiado familiar.

—¡No! —dijo sin aliento mientras saltaba de la cama. Vestido solo con los pantalones de su pijama Calvin Klein, salió disparado del dormitorio, recorrió el pasillo y se plantó ante la habitación de Juliette. Al encender la luz, se vio confrontado con su peor pesadilla. Juliette estaba sufriendo un ataque convulsivo, con la espalda arqueada y la cabeza golpeando contra la cabecera de la cama. La imagen era demasiado familiar.

Llamó a gritos a Camila mientras corría hasta la cama y agarraba el cuerpo de su hija para evitar que siguiera golpeándose la cabeza. Tenía la cara descompuesta en una mueca, pero lo más preocupante era que los labios habían adquirido una tonalidad azulada. Brian se echó a su lado, mientras la niña expulsaba saliva entre los dientes apretados.

Camila apareció en la puerta en pijama. Al ver a Juliette su rostro se metamorfoseó en una expresión de horror.

—¿Llamo al 991? —gritó, a través de la mano con la que se había tapado la boca.

—No hay tiempo para eso —dijo Brian, que sabía muy bien que ese color de los labios significaba que llevaba demasiado tiempo sufriendo las convulsiones—. Nos vas a tener que llevar tú al MMH Inwood.

Mientras intentaba coger en brazos a Juliette, le resultaba muy difícil frenar la fuerza de las convulsiones. Camila desapareció. Cuando por fin Brian consiguió coger a su hija en brazos, le resultó complicado cruzar con ella la puerta y sobre todo bajar por la escalera. Corrió por el pasillo de la planta baja y al entrar en la cocina, sintió alivio al ver que Camila había dejado la puerta abierta. También le había dejado la puerta del coche abierta y ella ya estaba tras el volante, con el motor en marcha.

Logró meterse sosteniendo a Juliette contra su pecho, introduciendo primero la cabeza, después el cuerpo para dejarse caer sobre el asiento. Sosteniendo a la niña lo mejor que pudo, extendió el brazo y cerró la puerta.

—¡Arranca, arranca! —gritó, asegurándose de que la cabeza de Juliette no golpeara contra ninguna superficie mientras Camila daba marcha atrás para salir del camino de acceso a la casa hasta llegar a la calle 217 Oeste, donde aceleró. De nuevo, cuando Camila giró a la izquierda por Park Terrace Este y después a la derecha por la calle 218 Oeste, Brian tuvo que desplegar toda su fuerza para permanecer erguido y mantener a salvo la cabeza de Juliette.

Pese a que hicieron el recorrido en menos de diez minutos, gracias a que ante los semáforos en rojo Camila se limitaba a aminorar la velocidad, pero no se detenía, a Brian le pareció que la carrera se prolongaba una eternidad mientras él sostenía a la niña pegada a su cuerpo.

—Que pare, por favor, que pare, por favor —iba murmurando Brian con insistencia hasta que Camila giró en la entrada de Urgencias provocando el chirrido de los neumáticos.

Camila bajó del coche, dio la vuelta y le abrió la puerta a Brian. Él tuvo que hacer un gran esfuerzo para salir con Juliette en brazos. Una vez fuera, corrió hacia la entrada y esperó impaciente a que se abriera la puerta automática para pasar a la sala de espera.

Pese a la hora, había más de una docena de personas. Sin dudar ni un instante, Brian fue directo al mostrador. De inmediato, una de las enfermeras de triaje, al ver las convulsiones de Juliette, le indicó con un gesto que la siguiera hacia la zona de tratamiento. En cuestión de segundos, condujo a Brian hasta una de las salas de Trauma 1.

—¡Déjela en la cama! —le ordenó la enfermera, dando una palmada en ella con una mano enfundada en un guante de látex.

Brian dejó a Juliette en la cama de examen cubierta por una sábana, sin soltarla del todo para evitar que con las convulsiones pudiera caerse al suelo. Para su alivio, la noticia de la entrada de un caso que requería atención urgente debió de correr como la pólvora porque la sala no tardó en llenarse de personal médico que rodeó la mesa de examen. Todos iban vestidos con ropa de quirófano. Una mujer joven le preguntó enseguida a Brian cuánto rato hacía que la niña tenía convulsiones.

—No lo sé —respondió él gritando—. He oído un golpeteo desde mi dormitorio durante unos cinco o diez minutos sin saber de qué podía tratarse. No tengo ni idea si ya hacía rato que estaba sucediendo antes de que me despertara. Y después hemos tardado unos diez minutos más en llegar hasta aquí. Me temo que puede llevar así como mínimo treinta minutos, aunque es probable que sea más tiempo.

—Entendido —dijo cortante la mujer, que de inmediato redirigió su atención hacia el personal médico presente—. Necesitamos de inmediato ponerle una vía de acceso intraóseo. ¡Oxígeno y un oxímetro! Necesitaremos un electrocardiograma y glucosa, y vamos a tomarle la temperatura y la presión sanguínea, y tenemos que intubarla. Preparad cuatro miligramos de midazolam. ¡Vamos!

Mientras se desataba una oleada de actividad alrededor de su hija, una enfermera tiró de él para alejarlo de la mesa. Brian se resistió, porque no quería alejarse de Juliette.

—Tengo formación como técnico de emergencias —dijo Brian en su defensa.

—Eso da igual —respondió la enfermera. Le ofreció una mascarilla—. ¡Tiene que salir de aquí! Y tiene que hacer el ingreso y darnos el nombre de la paciente.

—Ya ha estado aquí varias veces —soltó Brian mientras se colocaba la mascarilla—. De hecho, la han visitado aquí hace menos de veinticuatro horas. Se llama Juliette Murphy. Búsquelo en su tableta.

—Igualmente va a tener que hacer el ingreso en el mostrador hoy mismo —le dijo la enfermera con tono tranquilo, tratando de calmarlo.

—Pero ¿por qué? —preguntó Brian. Era consciente de que estaba fuera de sí y no pensaba con claridad—. Le estoy diciendo que la visitó ayer aquí el doctor Arnsdorf, y anteayer la doctora Kramer. De verdad. ¡Compruébelo! Encontrará toda la información que necesite. —Mientras hablaba intentaba no perder de vista a Juliette, mirando por encima del hombro de la enfermera. Había a su alrededor una actividad frenética, que le animó y le aterró al mismo tiempo.

—¿Qué le diagnosticaron en esas dos ocasiones? —preguntó la enfermera.

—Nada —soltó Brian—. No le diagnosticaron nada, porque no hicieron nada. Las dos veces estuvimos esperando más de tres horas y ni siquiera se dignaron a hacerle una maldita analítica. Insistieron en que los síntomas eran psicosomáticos. ¡Pero es obvio que no lo eran!

Vio que entraba más personal médico, incrementando la sensación de que estaba sucediendo algo muy grave, lo cual magnificó todavía más sus temores. Oyó que daban más órdenes urgentes, incluyendo una petición de anestesia y otra de consulta neurológica.

—¿Me va a obligar a llamar a seguridad? —le preguntó la enfermera con tono sosegado pero firme. Con amabilidad, instó a Brian a que saliera al pasillo.

Al final, con la sensación de que no le quedaba otra opción, Brian accedió a salir de la sala de Trauma y volver a la sala de espera. Su última imagen de Juliette fue un enjambre de personal médico inclinado sobre su convulsionado cuerpo. Unos minutos después, se encontró esperando para hablar con una de las personas a cargo de los ingresos. Mientras aguardaba su turno, la enfermera que lo había instado a salir de la sala de Trauma apareció con un juego de ropa de quirófano y unas zapatillas. Pese a su estado de ansiedad e irritación, le dio las gracias y se puso esa ropa encima de los pantalones de pijama.

Cuando por fin logró hablar con una persona en el mostrador de ingresos, se sintió idiota por siquiera molestarse en decir que Peerless Health era su compañía de seguros, pero lo hizo de todos modos. Solucionado el trámite, buscó un asiento e intentó calmarse. Mientras esperaba, el tiempo parecía haberse detenido. Cada minuto era emocionalmente agotador e intentó no pensar en lo que estaba sucediendo en la sala de Trauma.

Al poco rato, le desconcertó ver a Camila entrando en la sala de espera y buscándolo. Se levantó y alzó la mano. En cuanto ella lo vio, se acercó, con una bolsa.

—¿Cómo está? —preguntó cuando ya estaba cerca, con la preocupación dibujada en el rostro.

—No me han dicho nada todavía, pero no creo que tarden —dijo Brian—. Me sorprende verte aquí. No pensaba verte hasta que te llamara para que vinieras a recogernos.

—Yo tampoco pensaba venir aquí —dijo Camila—. Pero al volver a casa he recordado que ibas solo con el pantalón de pijama. Así que te he traído unos tejanos, una camisa, calcetines y unos zapatos que he cogido de tu dormitorio. —Alzó la bolsa—. Pero ya veo que te han dado ropa de hospital, de modo que quizá ya no quieres la que te he traído. Puedo llevármela.

—Eres muy amable —dijo Brian, conmovido por la dedicación de Camila—. Gracias, pero con esto que me han dado ya me apaño, y no quiero andar ahora preocupándome por encontrar un sitio en el que cambiarme.

—Lo entiendo —dijo Camila. Y, metiendo la mano en el bolsillo, añadió—: Oh, también te he traído el móvil que he cogido de tu mesilla de noche. Yo me sentiría desnuda sin el mío.

—Eso sí te lo voy a coger —dijo Brian. Tomó el móvil y lo

encendió—. Gracias otra vez por tu ayuda. No sé qué haríamos Juliette y yo sin ti. De verdad.

Pese a la angustia de no saber qué estaba sucediendo con su hija, se maravilló de la suerte que tenía de contar con Camila a su lado. Creía de verdad que se había convertido en parte de la familia por lo bien que se llevaba con Juliette, sobre todo después de las crisis que habían tenido que afrontar últimamente.

—El agradecimiento es mutuo —dijo Camila—. ¿Quieres que me quede para hacerte compañía? En este caso, hay un pequeño problema con el coche. Lo he dejado en una zona de prohibido aparcar.

—No, estoy bien —dijo él—. Te llamaré cuando estemos listos para volver a casa.

—¿Crees que Juliette tendrá que quedarse ingresada?

—No tengo ni idea —respondió Brian. Intentaba no pensar en el futuro inmediato—. Pero dado lo grave que parecía, me imagino que sí.

—Probablemente sea lo mejor. Estaré esperando tu llamada.

Brian contempló a Camila mientras esta se dirigía a la salida, preguntándose si debería haberle dicho que sí quería que se quedara, puesto que se sentía realmente alterado. Mientras esperaba a que se abriera la puerta de cristal, ella se dio la vuelta y se despidió con un gesto de la mano. La pregunta de Camila sobre si Juliette debería quedarse ingresada era inquietante, por no decir otra cosa. Dado que era la primera vez que Juliette sufría convulsiones y que los problemas de Emma habían empezado a manifestarse con convulsiones, las implicaciones le parecieron de pronto muy obvias. Hasta ese momento había creído que podía tratarse de una gripe, pero ahora se planteaba la posibilidad de que Juliette hubiera contraído la misma horrible enfermedad en la misma fatídica barbacoa de hacía dos semanas.

Con dedos temblorosos, utilizó el móvil para buscar el artículo de la Wikipedia que había encontrado sobre la encefalitis equina occidental cuando a Emma le diagnosticaron esa enfermedad. Buscó la duración del periodo de incubación y el estómago le dio un vuelco cuando vio que los síntomas podían tardar entre cuatro y diez días en aparecer, que es una horquilla muy amplia. Por su formación como técnico de emergencias, sabía que este intervalo se basa en datos estadísticos, lo cual significaba que en algunos casos aparecían rápido y en otros tardaban más.

Con el móvil todavía en la mano y la mirada perdida, Brian aceptó con gran dolor que era muy posible que Juliette hubiera tenido EEE todo este tiempo, sobre todo si repasaba los múltiples síntomas parecidos a los de la gripe de los últimos diez días. En Emma la enfermedad se había desarrollado con más rapidez, pero también había empezado como una gripe.

—Maldita sea —murmuró con los dientes apretados. La repentina asunción de esa más que probable posibilidad no solo lo aterrorizó, sino que le hizo preguntarse por qué no la habían valorado los médicos que habían visitado a su hija, sobre todo teniendo en cuenta que Emma acababa de morir de EEE en ese mismo hospital.

Retomó el móvil y buscó si se podía detectar la EEE con un análisis de sangre específico. Descubrir que sí no hizo sino aumentar su desprecio hacia el MMH Inwood. No solo les habían hecho esperar a él y a Juliette más de tres horas en cada una de las visitas anteriores, sino que se habían negado a hacerle una prueba con la que la hubieran podido diagnosticar y tratar adecuadamente.

Volvió al artículo de la Wikipedia sobre la EEE y releyó con creciente horror que un alto porcentaje de los pacientes que padecían encefalitis como las que provocaban convulsiones u otros síntomas neurológicos graves, acababan sufriendo mermas intelectuales severas, desorden de personalidad, parálisis y disfunción nerviosa craneal.

Se levantó de golpe al sentir la perentoria necesidad de volver a la sala en la que estaban tratando a Juliette para hacerles saber a los médicos que era muy probable que tuviera EEE. Pero se contuvo, al caer en la cuenta de que en estos momentos dar con el diagnóstico correcto era secundario frente a la prioridad de controlar las convulsiones. No solo su interrupción podía hacer más daño que bien, sino que podía provocar que lo expulsaran de Urgencias y tenía que seguir ahí para poder estar con Juliette cuando las cosas se calmaran. Por difícil que le resultara, Brian se controló. También se echó parte de culpa, por no pensar en la EEE cuando Juliette empezó a quejarse de que no se encontraba bien y por no haber pedido que le hicieran esa prueba en concreto. De haber insistido, a los médicos les hubiera resultado más difícil quedarse anclados en que los síntomas de la niña eran psicosomáticos.

En lugar de volver a la sala de tratamiento, se paseó arriba y abajo por la sala de espera. Quedarse sentado y quieto le estaba poniendo de los nervios. Algunas personas lo miraron con recelo, pero le dio completamente igual.

El sonido de la sirena de una ambulancia, cada vez mayor a medida que se acercaba antes de detenerse ante Urgencias, captó su atención. Unos minutos después se produjo mucho movimiento en la zona de tratamiento, aunque la situación no tardó en calmarse.

Veinte minutos después, ya incapaz de seguir soportando la espera, Brian volvió al mostrador de información. El tipo de seguridad le obligó a esperar su turno y cuando le tocó dijo que quería saber cómo estaba su hija y si se habían controlado ya las convulsiones.

—¿Cómo se llama? —le preguntó un empleado de mirada ausente y voz cansina a punto de acabar su turno.

—¡Juliette Murphy! —casi gritó, furioso, Brian.

El empleado puso los ojos en blanco ante su tono antes de pasarse lo que a Brian le pareció un tiempo excesivo consultando el monitor. Cuando Brian estaba ya a punto de estallar, el tipo le dijo:

—Parece que todavía no hay ninguna información, pero seguro que los médicos saldrán en breve a hablar con usted. ¡Siguiente! —Y giró la cabeza para dirigir su atención a la persona que esperaba detrás de Brian.

Nada satisfecho, Brian volvió a su asiento, fuera de sí por la ansiedad. Desesperado, sacó el móvil. Necesitaba hablar con alguien y durante unos instantes dudó en a quién llamar. No era una decisión fácil, porque eran las cinco de la madrugada. Pensó primero en Camila, porque ella ya estaba despierta y enterada de lo sucedido, pero pensó que tal vez se hubiera vuelto a meter en la cama y además ya le había ayudado mucho. Pensó en su madre, pero temía empeorar las cosas porque ella era más nerviosa que él. Pensó en alguno de sus colegas de la ESU, sobre todo los que trabajaban en el turno de noche, pero lo descartó porque hacía meses que no hablaba con ellos y podían estar en mitad de alguna situación de emergencia. Por último, pensó en Jeanne, que le pareció la más adecuada dada su experiencia con niños, pero se lo pensó.

A pesar de temer estar abusando de ella, sentía tal desesperación que la llamó de forma impulsiva, sobre todo porque era la única que lo podía entender porque había pasado por la misma experiencia y compartía los mismos problemas. Mientras sonaba la línea de teléfono, le inquietó despertarla y pensó en qué le iba a decir. Tras el cuarto timbrazo, pensó seriamente en colgar, pero justo entonces ella respondió.

—Oh, oh —dijo medio dormida en cuanto se puso al aparato—. Esto no pueden ser buenas noticias.

—Siento molestarte... —empezó Brian.

—No digas tonterías —le interrumpió Jeanne, que ya parecía más despierta—. ¿Qué pasa? ¿A Juliette le ha vuelto a subir la fiebre?

—Mucho peor —admitió él—. Ha tenido un ataque de convulsiones mientras dormía, muy fuerte, ni siquiera sé cuánto rato llevaba sufriéndolo cuando la he oído, pero puede que bastante.

—*Mon Dieu!* ¿Dónde estás?

—Me temo que de vuelta en las Urgencias del MMH Inwood —dijo Brian—. El último sitio en el que querría estar.

—¿Cómo se encuentra ella?

—De momento no sé nada —dijo Brian, mesándose los cabellos muy nervioso—. Llevamos aquí una media hora. No me han dicho nada. Ni siquiera si han cesado las convulsiones. ¡Nada!

—Pobre —dijo Jeanne con sincera empatía—. ¿Quieres que vaya a hacerte compañía?

—Gracias por el ofrecimiento —dijo él—. Pero eso es mucho pedir y, además, supongo que en breve me informarán de que la han ingresado. Solo necesitaba hablar con alguien. Siento haberte despertado.

—No seas tonto —lo amonestó Jeanne—. Me alegro de que hayas llamado. Y voy a ir para estar contigo quieras o no. Tema zanjado.

—¿Estás segura? —preguntó Brian. No era el tipo de persona que solía pedir favores y consideraba la autosuficiencia una virtud, pero reconocía que en estos momentos se sentía muy vulnerable. Además, no tenía ahora la fortaleza mental para ponerse a discutir con ella y decirle que no fuera.

—Estaré ahí en quince minutos —dijo Jeanne tajante.

Con cierta sorpresa al descubrir que le había colgado, Brian guardó el móvil, se inclinó y se tapó la cara con las manos. Jamás en toda su vida se había sentido tan débil y optó por ponerse a rezar, no tal como le habían enseñado de niño, sino más bien en un intento de negociar con un Dios en el que no estaba muy seguro de creer. Prometió que podía aprender a sobrellevar la pérdida de su esposa y compañera del alma, pero solo si su hija salía de esta situación indemne.

De pronto, unos gritos interrumpieron sus pensamientos y se irguió. El jaleo lo estaba provocando un individuo en evidente estado de ebriedad que había entrado dando tumbos en Urgencias con el traje hecho un desastre. De inmediato respondió el personal de seguridad uniformado, que salió de las dependencias acristaladas desde las que se controlaba la entrada a Urgencias y la sala de espera. Redujeron al individuo y lo condujeron a una zona separada de Urgencias. Tras este incidente, regresó una calma expectante.

Brian intentó retomar su negociación con Dios, pero le resultó imposible después de la irrupción del borracho. Su creciente preocupación por el estado de salud de Juliette bloqueaba cualquier otro pensamiento. Veinte minutos después, apareció en la sala de espera Jeanne, buscando a Brian. Él se levantó y la saludó con la mano. En cuanto lo vio, ella se le acercó a toda prisa. Pese a los protocolos de distanciamiento social y lo poco que hacía que se conocían, se abrazaron, con tal ímpetu que Brian se acabó sintiendo un poco cohibido.

—Disculpa —balbuceó mientras se separaba de ella.

—No tienes por qué disculparte —dijo Jeanne mientras los dos se sentaban—. ¿Alguna novedad?

—Ninguna —respondió él—. No sé por qué no me dicen nada. Es una tortura. Como mínimo podrían haber salido un momento para informarme de que ya han controlado las convulsiones, aunque todavía le tengan que hacer más pruebas. Maldita sea, eso lo entendería, estoy a favor de que le hagan todo tipo de pruebas. Por lo que sé, le están haciendo una resonancia o alguna otra prueba que lleva tiempo. Pero podrían haberme dicho ya algo.

—Seguro que no tardarán en informarte —dijo Jeanne, intentando animarlo.

—Con unas convulsiones como las que ha sufrido, me temo que también se ha contagiado de EEE, igual que Emma, incluso la misma noche. Leí en algún lado que los mosquitos tienen predilección por las mujeres.

—Estás de broma —dijo Jeanne.

—No, lo digo en serio. Es verdad. Los mosquitos hembra,

que son los que pican, prefieren la sangre humana de tipo O. Si Juliette tiene EEE, eso explicaría sus malestares de esta última semana, incluida la fiebre. Lo que me indigna es que cuando la trajimos aquí, no una sino dos veces, ni se les pasó por la cabeza hacerle la prueba de esta enfermedad.

—Mirado en retrospectiva, parece sorprendente —admitió Jeanne.

—Es más que sorprendente —dijo Brian—. Para mí es un claro caso de mala praxis, sobre todo cuando hay bastantes posibilidades de que no le hicieran ninguna prueba porque saben que debo un dineral al hospital y temían que no les pagara. Eso, aparte de tratarnos como ciudadanos de segunda clase haciéndonos esperar varias horas.

—Quizá sería mejor cambiar de tema mientras esperamos —dijo Jeanne, al ver cómo a Brian se le enrojecía la cara por la ira.

—Como si pudiera pensar en otra cosa.

—Qué te parece si comentamos la investigación que vamos a emprender —propuso Jeanne—. He estado mirándome la lista que te pasó tu amigo Grady. He contado los casos y hay casi quinientas familias de Inwood a las que el hospital ha puesto una demanda. ¿Te lo puedes creer?

—Ahora sí. Antes creía que el barrio tenía la suerte de contar con un MMH aquí, pero ahora ya no pienso lo mismo.

—Debería ser un activo —dijo Jeanne—, y podría volver a serlo.

—Tal vez si... —empezó Brian. Él no lo tenía tan claro, no con Kelley y compañía al mando, pero no acabó de expresar su idea. Porque en ese momento, Jeanne y él vieron a un doctor y una doctora que salían del área de tratamiento y caminaban directos hacia ellos. Ambos iban con ropa de quirófano, aunque el doctor llevaba encima una bata blanca. Cuando se acercaron, Brian reconoció a la doctora a pesar de la mascarilla. Era la que había dado las órdenes en la sala de Trauma 1. Los dos tenían expresiones muy serias.

La preocupación lo propulsó a ponerse en pie y Jeanne hizo lo mismo mientras los dos médicos se detenían a unos dos metros de distancia de ellos. El doctor, en cuya etiqueta identificativa se leía DR. ANISH SINGH, DIRECTOR DE MEDICINA DE URGENCIAS, fue el que tomó la palabra, con un cantarín acento del subcontinente asiático. Se identificó y preguntó si Brian era el padre de Juliette Murphy.

—Sí —balbuceó Brian con el pulso acelerado. Notó que Jeanne le agarraba del brazo.

El doctor Singh se aclaró la garganta, gesto que dejó ver su incomodidad.

—Siento tener que informarle de que, pese a todos nuestros esfuerzos, su hija no ha logrado sobrevivir. Hemos intentado...

Con la velocidad del rayo, antes de que el médico pudiera acabar la frase, Brian se abalanzó sobre él, le agarró la ropa de quirófano y la bata a la altura del pecho y prácticamente levantó en el aire al menudo doctor. Tiró de él hasta que tuvo su cara con mascarilla a unos pocos centímetros de la suya y gritó:

—¡No! ¡No! ¡No!

Jeanne trató de apartar a Brian sin éxito. Estaba perpleja por la rapidez del ataque y abrumada por su fuerza. Los guardias de seguridad salieron de sus dependencias acristaladas y se aproximaron corriendo. Todos los presentes en la sala de espera, trabajadores y pacientes, dejaron lo que estaban haciendo ante el repentino alboroto y se quedaron petrificados, como en el fotograma congelado de una película.

—¡Ustedes la han dejado morir! —rugió Brian entre los dientes apretados bajo la mascarilla—. Hubieran podido diagnosticarla ayer, pero no lo hicieron, ¡no les dio la gana! ¡Y todo por el maldito dinero!

Llegaron los dos guardias de seguridad, que también intentaron sin éxito que Brian soltara al doctor Singh. Eso solo sucedió cuando él decidió dejarlo en el suelo.

—¡Tranquilo! —dijo uno de los guardias.

Mientras el doctor Singh, sin perder la compostura, se retocaba la ropa, les dijo a los guardias de seguridad que estaba bien y que se apartasen. Con recelo, soltaron a Brian, que no dejaba de mirar a los ojos al doctor Singh con una furia apenas controlada. Jeanne volvió a agarrarlo del brazo, aunque también ella estaba horrorizada con la noticia y era incapaz de hablar.

—Hemos hecho todo lo posible para salvar a su hija —dijo el doctor Singh—. No sé qué pretende decir con lo del dinero, pero le aseguro que nuestra preocupación por los costes no influye lo más mínimo en cómo tratamos a los pacientes en Urgencias, y eso tampoco sucedió con relación a su hija. Hemos hecho todo lo que estaba en nuestra mano.

—No le creo —soltó Brian, lo cual provocó que los dos guardias dieran un paso adelante.

Con un gesto, el doctor Singh les indicó que se quedaran donde estaban.

—¿No se cree que durante la última hora hemos hecho todo lo posible por salvar la vida de su hija? ¿Es eso lo que me está diciendo?

—La examinaron aquí ayer y anteayer —dijo indignado Brian—. No se le hizo ningún diagnóstico. Nada de nada, y lo más probable es que fuera porque el hospital cree que le debo cientos de miles de dólares. Se podría haber detectado que posiblemente padecía EEE, como su madre, que murió de esa enfermedad hace unos días en estas mismas Urgencias. Y todo esto no hubiera sucedido de haber sabido que había un riesgo de que padeciera convulsiones. ¡Pero no! Charles Kelley y su cultura de los beneficios reina sobre este hospital y no se le hizo ni una sola prueba en ninguna de las dos visitas.

—Nosotros no tenemos ni idea de quién debe dinero al hospital —dijo el doctor Singh—. Eso se lo garantizo. Nosotros atendemos a todos los pacientes que vienen aquí y los tratamos de la misma manera. En cuanto a esas pruebas diagnósticas que no se hicieron, eso me preocupa y voy a investigarlo. Entretanto, debo preguntarle... ¿Quiere ver el cuerpo de su hija?

Brian sintió de pronto que se quedaba sin fuerza en el cuerpo. La ira que lo había poseído unos momentos antes fue sustituida por un paralizante sentimiento de pérdida. No podía ser que su hija, que se había convertido en el fundamento de su vida y en el salvavidas de sus emociones tras la muerte de Emma, también le fuera arrebatada.

—¿Qué te parece? —le preguntó con delicadeza Jeanne—. ¿Quieres verla?

—No lo sé —dijo él con voz débil—. No sé si podré soportarlo, pero supongo que debería hacerlo.

—¿Quieres que te acompañe?

Brian tardó unos instantes en tomar la decisión.

—Sí —dijo finalmente—. Te agradecería que lo hicieras. Gracias.

Jeanne se agarró al fláccido brazo de Brian y ambos siguieron al médico a la zona de tratamiento y a la sala de Trauma. Sobre la mesa de examen habían extendido una sábana blanca impoluta que cubría el cuerpecito de Juliette.

El doctor Singh se acercó a la mesa y sujetó una punta de la sábana. Miró a Brian y Jeanne y dijo:

—Debo advertirle de que, siguiendo los protocolos forenses, no le podemos quitar diversos aparatos, como los tubos endotraqueales y los dispositivos intravenosos, hasta que un forense autorizado certifique la causa de la muerte.

Ni Brian ni Jeanne abrieron la boca, pero asintieron con la cabeza indicando que lo habían entendido.

Con respeto, el doctor Singh levantó lentamente la sábana y fue descubriendo el pálido y frágil cuerpo de Juliette hasta el ombligo. Como les había advertido el médico, el tubo endotraqueal le distorsionaba la boca. Tenía vías intravenosas en ambos brazos y parches del electrocardiograma pegados al pecho. Tanto para Brian como para Jeanne fue una visión estremecedora y horrorosa.

—¿Tenía EEE como mi mujer? —preguntó Brian, desviando la mirada.

—El neurólogo cree que sí —dijo el doctor Singh, con pesar—. Para estar seguros deberemos esperar a que el análisis de sangre lo confirme.

—¿Para qué molestarse? —replicó Brian con amargura—. ¿No es ya un poco tarde?

—Sí, supongo que es demasiado tarde —dijo el doctor Singh bajando la cabeza—. Los dejaré a solas. No hay prisa. Quédense todo el rato que quieran. —Se volvió y salió al pasillo.

Brian y Jeanne se miraron, solos entre todos los aparatos de alta tecnología de la sala de Trauma 1. Brian ya no pudo controlarse más y los ojos se le llenaros de lágrimas.

—No entiendo por qué a mí tampoco se me ocurrió pensar en la EEE —balbuceó entre gimoteos—. Debería haberlo hecho.

Cogió la punta de la sábana y volvió a tapar el cuerpo de Juliette, incapaz de asumir cómo podía haber estado mentalmente tan ciego.

Jeanne, con lágrimas en la cara, rodeó a Brian con ambos brazos y durante varios minutos lo abrazó en silencio.

—No es culpa tuya. Tú no eres médico.

—Supongo que no —dijo él sin fuerzas.

—Tienes razón en lo que le has dicho al médico —dijo Jeanne—. El verdadero culpable es Charles Kelley.

—Charles Kelley y Heather Williams —añadió Brian—. No sé cuál de los dos es más responsable de lo sucedido.

Todavía abrazados, dándose apoyo mutuo, se dirigieron a la puerta que daba al pasillo, preguntándose adónde podían ir después de esto.

TERCERA PARTE

35

3 de septiembre

—¿Qué vas a hacer con sus cosas? —preguntó Jeanne. Ella y Brian estaban en la puerta abierta de la habitación de Juliette, contemplando su cama deshecha. Jeannot Lapin estaba desplomado en el suelo, adonde probablemente había ido a parar, golpeado por una de las sacudidas de Juliette durante las convulsiones. A Jeanne le había sorprendido que Brian quisiera ir a su cuarto en cuanto entraron en casa.

Sin responder, Brian entró, recogió a la conejita de peluche y salió al pasillo. Cerró la puerta tras de sí.

—No voy a hacer nada con sus cosas —dijo—. Al menos de momento. Tal vez más adelante.

—¿Crees que es lo más sensato? —preguntó Jeanne—. Al menos podría guardarlo todo para que no lo tuvieras a la vista. Me temo que va a ser muy doloroso para ti tener todas estas cosas por aquí.

—Es muy generoso por tu parte —dijo Brian—, pero no es necesario. Mantendré la puerta cerrada, pero quería devolverte a Jeannot Lapin. Sé que significa mucho para ti, de no ser así no lo habrías conservado. —Y le ofreció el peluche.

Jeanne cogió la conejita y dudó antes de responder. El día había sido muy doloroso para ella y no podía ni imaginarse cómo habría sido para Brian. En los pocos días que la había conocido, se había encariñado con Juliette y se dio cuenta de que quizá personificaba a la hija que había querido tener y no tuvo. A partir de ese momento, Jeannot Lapin sería para siempre la amiga de Juliette.

—Te agradezco el detalle —dijo finalmente—. Espero que lo entiendas, pero prefiero que Jeannot Lapin se quede con Juliette. —Estiró el brazo, agarró el pomo de la puerta de la habitación de Juliette y se quedó mirando a Brian sin abrirla—. ¿Te importa?

—Claro que no.

Abrió y entró en la habitación. Arregló la cama y colocó a Jeannot Lapin en ella. Salió al pasillo y cerró la puerta.

—Siento haberte involucrado en todo esto —dijo Brian mientras bajaban por la escalera.

—No te preocupes. La mejor manera de dejar de sentirse apesadumbrado por uno mismo es sentirse apesadumbrado por otra persona. Perder a tu pareja es algo terrible. Eso lo he vivido en propia carne. Pero perder a una hija debe de ser mucho peor. ¿Quieres que me marche, te apetece hablar o prefieres que nos sentemos en silencio?

—No sé qué decirte —admitió Brian—. Pero lo que tengo claro es que no quiero que te marches. Creo que me gustaría hablar.

—¿Dónde nos sentamos?

Brian se encogió de hombros. Iba procesando cada información poco a poco.

—Supongo que en la oficina.

Cuando entraron, Jeanne se fijó en una funda de aspecto extraño sobre el escritorio de Emma. No acababa de entender qué era, en parte por la penumbra de la habitación. La única ventana del antiguo comedor era estrecha y de cristal emplomado. La mayor parte de la escasa luz procedía de la arcada que conectaba con la sala de estar. Como prefería estar en penumbra, Brian no encendió la lámpara de araña.

—Es la funda de un rifle —explicó Brian al ver que Jeanne lo estaba mirando. Se dejó caer en la silla y dejó escapar un lamento. El día que murió Emma creyó haber pasado el peor momento de su vida, pero el dolor que le estaba produciendo la desaparición de Juliette era todavía más intenso.

—Qué raro —dijo Jeanne, inclinándose para mirarla más de cerca. Una de las puntas terminaba en forma de cilindro del tamaño de la punta del mango de un plumero—. No parece lo bastante larga como para contener un rifle.

—Es un rifle especial —dijo Brian—. Es de francotirador, lo cual significa que es muy muy preciso. Para que sea más fácil de transportar, la culata se pliega sobre el cañón.

—¡Dios mío! —exclamó Jeanne—. ¿Qué será lo próximo que se les ocurra? —Se sentó en una de las sillas y, al igual que Brian, dejó escapar un lamento mientras se acomodaba.

Ambos estaban física y emocionalmente exhaustos. La jornada había empezado para los dos de madrugada, y había sido un día muy intenso; a Brian le parecía el día más largo de su vida.

La parte más dura desde el punto de vista emocional había sido la espera en Urgencias para recibir el papeleo requerido después de ver el cuerpo de Juliette. De repente, llegaron varias ambulancias, incluidos algunos heridos de accidentes de tráfico matutinos, que habían requerido la atención de la mayoría de los médicos, enfermeras e incluso del personal de la recepción. Para complicar la situación, justo antes de las diez, llegaron Aimée y Hannah, ambas muy angustiadas. Al telefonear a Camila, Aimée se había enterado de que Juliette había sufrido convulsiones durante la noche y estaba en Urgencias. Aimée, a su vez, llamó a Hannah, y las dos habían decidido presentarse en el hospital sin avisar previamente. Cuando llegaron, Brian les tuvo que contar que Juliette había muerto, lo cual les provocó a ambas una crisis nerviosa. Como resultado, Brian tuvo que dedicar considerables esfuerzos a calmarlas, en lugar de poder dedicarse a digerir su propio desgarro interior.

Por suerte para Brian, en cierto momento Hannah tomó el

control de la situación. Pese a que llevaba deprimida desde el entierro de Emma, esta nueva tragedia hizo que recuperase el ímpetu y de nuevo se cargó sobre las espaldas el peso de organizar los siguientes días. Al principio, Brian expresó ciertas reservas sobre repetir todo el proceso de un funeral después de lo de Emma, pero Hannah y Aimée le quitaron de la cabeza estas reticencias. Él acabó cediendo ante ellas, en primer lugar porque oponerse requería de una energía de la que en ese momento no disponía y en segundo lugar porque pensó que era egoísta negarles llevar a cabo lo que ellas consideraban que era su responsabilidad. Para Brian resultaba dolorosamente obvio que las dos estaban destrozadas y que organizar el funeral las iba a ayudar a superar el horror de haber perdido a su querida nieta.

Una vez concluido el papeleo y otras formalidades en Urgencias, trasladaron el cadáver a la funeraria Riverside. Brian y Jeanne no intervinieron mucho en las decisiones ni tampoco las abuelas les pidieron opinión. Les sorprendió que ni Aimée ni Hannah rechazaran la presencia de Jeanne o que ni siquiera preguntaran algo sobre ella, ya que ninguna de las dos la conocía.

De la funeraria se fueron todos a casa de los O'Brien, donde Brian le comunicó a Ryan que una de sus nietas había fallecido y que se haría otro velatorio en su casa. Dado que Ryan iba a correr con los gastos, tal y como había hecho en el caso de Emma, Brian se sintió obligado a darle en persona las malas noticias en lugar de esperar a que se lo dijera Hannah. Después de esta visita, Brian se disculpó y se fue a su casa, acompañado de Jeanne. Allí experimentaron la sensación de la calma después de una destructiva tempestad.

—¿De qué te gustaría hablar? —preguntó Jeanne tras unos minutos de silencio.

—No lo sé —admitió Brian—. Me cuesta concentrarme. La cabeza y las emociones me van a mil revoluciones por minuto.

—Te diré de lo que me gustaría hablar a mí —dijo Jeanne—. Quiero hablar de nuestra indignación por el hecho de que, en esencia, el MMH Inwood y Peerless Health son los responsables de la muerte de mi marido, tu mujer y tu preciosa hija. Mientras estaba contigo en la sala de espera de Urgencias he revivido toda la historia del suplicio y posterior muerte de mi marido como si hubiera sucedido ayer mismo. Hubo más ocasiones de las que soy capaz de recordar en que nos vimos obligados a esperar en esa misma sala mientras él sufría y finalmente murió.

—Tenemos derecho a estar furiosos —se mostró de acuerdo Brian—. De hecho, nunca había sentido tanta rabia como ahora. Bueno, no es del todo cierto. También me sentí así el día que Emma falleció, pero hoy es incluso peor. Todavía quedaba un resquicio de duda sobre si el hospital era o no responsable de la muerte de Emma, pero no la hay con respecto a lo que ha sucedido hoy. Deberían haber diagnosticado a Juliette y el hecho de que no lo hicieran me indigna. ¿Psicosomático? ¡Por favor! —Brian paseó la mirada por la habitación como si buscara algo que destrozar—. Quiero romper algo. Lo que sea.

—Sé cómo te sientes —dijo Jeanne—. Recuerdo mi estado cuando Riley falleció, sentía el mismo impulso y me avergüenza decir que acabé rompiendo algunos platos. Pero no arregló nada. Canalicemos esta ira denunciando esta terrible situación con la lista que nos ha proporcionado tu amigo. El hecho de que haya casi quinientos casos similares a los nuestros solo en Inwood me parece increíble. ¿Cuáles serán las cifras en toda la ciudad, en todo el país? Porque no puede tratarse de un fenómeno aislado.

Al escuchar a Jeanne, Brian trató de focalizar su ira. Lo que decía era sin duda cierto, y los detalles de uno de los casos del que le había hablado Grady, el de Nolan O'Reilly, se parecía sobrecogedoramente al suyo.

—Creo que esto podría convertirse en un escándalo periodístico sensacional —continuó exponiendo Jeanne con pasión—. Sobre todo, si se plantean cómo demonios se ha podido llegar a esta situación en el país más rico del mundo. No tengo la menor duda de que el dedo acabará señalando a la codicia por los beneficios del capital inversión.

—Y Charles Kelley y Heather Williams son, sin duda, los símbolos de esta cultura —añadió Brian.

—Lo que me parece sorprendente es que ningún político haya puesto el ojo en este tema —dijo Jeanne—. Se habla mucho del sistema sanitario en términos generales, pero no se entra en lo concreto, en la situación de las personas como nosotros y en cómo Kelley, Williams y otros personajes como ellos pueden salirse con la suya.

—Mi sospecha es que todo está relacionado con el dinero —dijo Brian—. Recuerdo haber oído que la industria sanitaria, sobre todo los hospitales, las compañías de seguros y las empresas farmacéuticas, se gastan millones en grupos de presión para mantener su *statu quo*. Están encantados con los beneficios que obtienen y no quieren que nada cambie. Eso significa dar grandes cantidades de dinero a políticos de ambos lados.

—¿De cuánto podemos estar hablando? Estoy segura de que esto en Francia no pasa.

—Vamos a comprobarlo —propuso Brian, encantado de ocupar su tiempo en algo, en cualquier cosa. Se volvió hacia el ordenador. Tecleó en Google «cuánto dinero anual gasta la industria sanitaria en *lobbies*» y pulsó enter. En un milisegundo aparecieron los resultados en la pantalla.

—¡Aquí está! ¡Dios mío! ¡Quinientos noventa y cuatro millones en 2019! Esto es más de medio millón de dólares diarios. Es absurdo.

—Es peor que absurdo —dijo Jeanne—. Es una locura. Como te he dicho, esto jamás sucedería en Francia ni en ningún país europeo. No me extraña que hayamos llegado a este punto. ¿Por qué se permite esta forma de soborno? Quiero decir que puede que lo llamen *lobby*, pero es soborno puro y duro.

—Por lo que recuerdo, tiene algo que ver con la «libertad de expresión», cosa que personalmente me parece ridícula —dijo Brian—. Se ha convertido en un problema constitucional. Aunque saquemos a la luz quinientas historias tan tristes como la nuestra, no creo que podamos cambiar este sistema tan arraigado, sobre todo por la fuerza de esos grupos de presión, pero también por cómo funciona la prensa. Puede que sea una gran historia, sin duda, pero veinticuatro horas después estarán prestando atención a otra cosa.

—Quizá deberíamos ir sacando las historias poco a poco, como un goteo constante —propuso Jeanne.

—Tampoco creo que funcionase —dijo Brian desesperanzado—. Un puñado de historias tristes pueden llegar a ocupar la primera página el primer día, pero las siguientes enseguida las relegarán a páginas interiores. Así es como funciona la prensa. La gran exclusiva de un día a menudo al día siguiente ya ha pasado a la historia.

—¿Eso quiere decir que renuncias a mover los casos que nos ha pasado Grady Quillen? —preguntó Jeanne ante el pesimismo de Brian.

—No necesariamente. Pero lo que tenemos que hacer es pensar la manera de conseguir que la historia tenga un impacto que no se diluya enseguida, que se sostenga en el tiempo y mantenga el interés del público.

Durante varios minutos, ni Brian ni Jeanne abrieron la boca, porque ambos estaban reflexionando. El ciclo de las noticias era corto, sobre todo en estos tiempos de internet en que la información va apareciendo de forma constante veinticuatro horas al día, siete días a la semana. Se miraron expectantes, con la esperanza de que al otro se le ocurriera alguna idea, algo con lo que mitigar su rabia y su tristeza, pero que además tuviera la fuerza suficiente para cambiar las cosas. Pero ninguno dijo nada hasta que en una especie de sincronización visual ambos fijaron la mirada en la funda sobre el escritorio de Emma antes de volver a mirarse mutuamente. Más tarde se preguntarían quién la miró primero, sin llegar a tenerlo claro. Fue como si la idea germinase en los dos de forma simultánea.

—Has dicho que el rifle de francotirador es muy muy preciso —comentó Jeanne rompiendo el silencio—. ¿Qué significa esto en términos de distancia?

—En la mayoría de los casos estamos hablando de casi un kilómetro —respondió Brian.

—¿Y este en concreto? —preguntó Jeanne, señalando con un gesto de la cabeza hacia la funda.

—Este es un Remington MSR. Y tiene una precisión extrema algo más allá de un kilómetro.

—Hummm —pensó Jeanne en voz alta—. Llámame loca y desesperada, pero se me está empezando a ocurrir una historia potente, que aguantaría en el tiempo y que la prensa devoraría como una venganza justa. Después de todo, a quién no le gusta una buena historia de venganza.

—Si estás pensando lo que creo que estás pensando, debo confesar que a mí también se me ha pasado por la cabeza. Sobre todo ayer, mientras disparaba el rifle en la galería de tiro.

—¿Crees que sería fácil de llevar a cabo? Doy por hecho que como experto en seguridad tendrás una cierta idea.

—Creo que sería muy fácil —respondió Brian—. Y eso incluso teniendo en cuenta que ellos se gastan una considerable suma de dinero en protección personal. He visto a los guardaespaldas de Kelley y Williams y ninguno de ellos me ha impresionado. En broma, incluso le ofrecí mis servicios a Heather Williams.

Tensos, Jeanne y Brian se miraron sin parpadear.

—No doy crédito a lo que estamos pensando, pero reconozco que hay algo muy satisfactorio en esta idea —dijo Jeanne tras unos minutos de silencio.

—Te entiendo perfectamente —dijo Brian—. Por una parte es una locura, pero por otra es muy gratificante. Me trae a la memoria el momento en que supe de la existencia del código de Hammurabi o el «ojo por ojo» cuando estaba en el colegio. En aquel entonces me pareció que tenía sentido, incluso más que lo que decía el catecismo que aprendía los domingos sobre poner la otra mejilla. Y, desde luego, ahora le sigo encontrando sentido.

—¿Deberíamos hacerlo juntos? —preguntó Jeanne con un brillo en los ojos.

Brian miró a Jeanne de reojo, intentando calibrar su disposición.

—¿Te estás ofreciendo? —preguntó tras una pausa.

—Supongo que sí —dijo ella—. Quiero decir que, en caso de que lo sacases adelante e hicieras algo por tu cuenta, por el mero hecho de haberlo discutido, como parece que estamos haciendo, técnicamente ya sería cómplice.

—Bueno, supongo que podríamos hacerlo juntos —dijo Brian, estimulado ante la idea. Desde luego, devorado por la rabia tras la muerte de Emma, se le había pasado por la cabeza cargarse tanto a Charles Kelley como a Heather Williams, pero acabó descartando la idea como una fantasía pasajera, aunque estuvo bastante tiempo dándole vueltas. Y ahora, con el fallecimiento de Juliette, había reaparecido, aunque relegada al fondo de su mente como una furia reprimida, esperando a que la sacaran a flote los comentarios de Jeanne—. Sin duda sería mucho más fácil llevarlo a cabo en equipo, sobre todo si hay que enfrentarse a un sistema de alarma, ya que supongo que por tu empresa estarás al tanto de la tecnología más actual. —Una de sus fantasías era entrar en las casas de los ejecutivos y confrontarlos cara a cara.

—A menos que durante el último año haya aparecido alguna innovación extraordinaria, estoy muy al día —aseguró Jeanne—. Puesto que parece evidente que ya le habías dado vueltas a la idea, ¿cuál sería el modo más eficaz de llevarla a cabo?

—Mediante una planificación y preparación muy meticulosas —dijo Brian con convencimiento—. Para que funcionara, ambos asesinatos deberían producirse la misma tarde o noche, uno detrás del otro. Si hay un retraso en el segundo, aunque solo sea de un día, el equipo de seguridad de esa persona ya estará en guardia, complicándolo todo. Esto es lo primero. Segundo: tendríamos que evitar que nos detuvieran. De otro modo, no podríamos mandar información a los medios, y el intento de atraparnos sería una parte importante de la historia. Eso nos mantendría en la primera página mientras no dieran con nosotros. Y tercero: tendríamos que enviar una reivindicación a varios sitios explicando por qué los asesinatos se han llevado a cabo para denunciar un abuso continuado, no por pura venganza de ojo por ojo. Me gustaría que cada CEO de hospital y de compañía de seguros médicos viviera con el miedo en el cuerpo de poder ser el siguiente a menos de que se hagan cambios sustanciales en el sistema.

—¿Cómo evitaríamos que nos arrestaran? —preguntó Jeanne—. Sin duda tus colegas del NYPD no tardarían en averiguar quién está detrás de estos crímenes, sobre todo después de que se publique la reivindicación, e intentarían detenernos por todos los medios, sobre todo si fuéramos enviando información a los medios.

—Evitaríamos el arresto evitando que nos encontraran —dijo sencillamente Brian—. Por eso nuestro plan tendría que incluir un refugio, un lugar donde les fuera difícil encontrarnos, y que cuando lo hicieran, tuvieran las manos atadas.

—¿Qué tipo de refugio? No lo entiendo.

—La misma noche de los asesinatos, como mucho a la mañana siguiente, tendríamos que salir del país. Probablemente el mejor sitio al que ir sería Cuba. Está cerca y es fácil llegar allí, y ya hay unos cuantos fugitivos estadounidenses viviendo en la isla, a los que el gobierno cubano se niega a extraditar. A Cuba le encanta hacerle la peineta al gobierno norteamericano Vaya, incluso nos podrían considerar héroes si decimos bien alto que su sistema de salud es mejor que el nuestro, cosa que, por cierto, es verdad.

—Vaya, veo que llevas tiempo dándole vueltas a este asunto —dijo Jeanne, muy impresionada por la meticulosidad de Brian.

—Confieso que me he pasado muchas horas en vela, rabioso, pensando en esto —admitió Brian—. Solo que no lo pensaba en serio, supongo. Pero también te digo que tras la muerte de Juliette y en mi actual estado mental, ya no me parece una idea tan descabellada. Me han arruinado la vida por pura codicia, y deberían pagar por ello. Ya sé que no es un pensamiento muy cristiano, pero es así como lo siento.

—Permíteme hacerte una pregunta —dijo Jeanne—. Cuando tuvieras a uno de esos impresentables a tiro, ¿serías capaz de apretar el gatillo? Por mucho que desee verlos muertos, no estoy segura de si podría hacerlo.

—Buena pregunta —respondió Brian—. Yo no creo que dudase. Por desgracia, en mi etapa de policía, he tenido que tomar esta decisión en milisegundos cuando me he enfrentado a los malos. Entonces no dudé y esos tipos cargaban a sus espaldas con uno o dos muertos. Estoy seguro de que Charles Kelley y Heather Williams juegan en otra liga en cuanto al número de muertos, más allá de tu marido, mi mujer y mi hija. Además, han arruinado la vida de incontables personas. De modo que no, creo que llegado el momento no dudaría, sobre todo si sirviera para denunciar todo este sistema corrupto y conseguir cambiar algunas cosas.

—¿Conoces a alguien en Cuba? —preguntó Jeanne. Notó que se le aceleraba el pulso. En su fuero interno sentía que la discusión se había desplazado de lo puramente hipotético al campo de lo posible.

—No personalmente —dijo Brian—. Pero sé que Camila tiene familia en Cuba e imagino que estarían dispuestos a ayudarnos si se lo pidiéramos. Obviamente, a ella ni se lo mencionaría hasta que estuviéramos ya allí. Nadie puede saber lo que estamos planeando, y cuando digo nadie es nadie. Ni siquiera la familia.

—Esto está empezando a sonar como algo serio —dijo Jeanne—. ¿Estoy en lo cierto o sigues fantaseando en voz alta? Sé honesto.

—No estoy seguro —admitió Brian—. Pero cuanto más pienso en ello, más en serio me lo tomo.

—Deduzco, entonces, que estarías dispuesto a dejar atrás tu vida aquí, en Estados Unidos.

—Ya he perdido lo que más quería, mi mujer y mi hija.

—¿Y qué me dices de la casa?

—Se la cedería a Camila —dijo Brian—. Si sigo aquí, hay muchas posibilidades de que el hospital se la acabe quedando a través de los tribunales. Sin Emma ni Juliette, ya no significa nada para mí, y Camila se la merece. Si pasa a ser suya, el hospital no podrá tocarla.

Jeanne respiró hondo para reorganizar sus ideas. El nivel de detalle del plan de Brian la había descolocado. También ella había tenido sus fantasías de venganza, pero pasado un año desde el fallecimiento de Riley, estas se habían ido difuminando. De pronto, con la muerte de Juliette, se habían reactivado. Igual que Brian, tenía muy claro que Charles Kelley y Heather Williams le habían arruinado la vida, arrebatándole a su marido, sus ahorros y su más reciente fuente de ingresos, todo por una codicia insaciable. Pero cuando pensaba en todo lo que acababa de decir Brian, sus únicas dudas eran sobre Cuba. Había estado en el Caribe con su marido y se lo habían pasado en grande una semana, pero después se habían acabado aburriendo. La idea de pasarse el resto de su vida allí era desalentadora.

—Tengo otra idea sobre un refugio —dijo de pronto Jeanne—. ¿Estás dispuesto a escuchar o ya tienes decidido Cuba?

—Claro que estoy dispuesto a escuchar —dijo Brian—. Dispara.

—Cuando nos conocimos, creo recordar que me dijiste que tu madre te había sacado el pasaporte francés cuando eras un crío. ¿Es así o lo he soñado?

En lugar de responder, Brian se inclinó y abrió el cajón intermedio de su escritorio. Metió la mano, rebuscó y sacó un documento de color borgoña y lo dejó sobre la mesa. La parte delantera del pasaporte tenía unas letras doradas y un impresionante sello.

—*Voilà* —dijo.

—*Parfait!* Eso significa que eres ciudadano francés.

—¿Y? —preguntó Brian—. Estás pensando que podríamos refugiarnos en Francia, ¿verdad?

—Sí, claro —insistió Jeanne—. Supongo que te suena todo el lío con el director de cine Roman Polanski.

—Vagamente —dijo Brian—. No soy muy aficionado al cine, y creo que no sabría decir el título de una sola de sus películas. ¿Por qué lo preguntas?

—¿Recuerdas que es un fugitivo de la justicia estadounidense?

—Ahora que lo mencionas, sí. ¿Qué tiene que ver?

—Tiene que ver que Francia no extradita a sus ciudadanos a Estados Unidos —continuó Jeanne—. Y Roman Polanski es la prueba viviente. Huyó de aquí mientras esperaba una sentencia por cinco cargos, incluido el de violación.

—Interesante —admitió Brian. De inmediato le gustó la idea de buscar refugio en Francia. Sería mucho más gratificante a todos los niveles que aislarse en Cuba, sobre todo si uno acababa en una cárcel cubana, cosa no del todo imposible.

—No soy abogada —continuó Jeanne— y pese a todo quizá nos podrían arrestar y juzgar, pero sería en Francia, no en Estados Unidos. En Francia estoy segura de que tendríamos a la opinión pública mucho más a nuestro favor. A los franceses les escandalizarían todas estas historias. De eso estoy convencida.

—Aun así, tendríamos que escondernos, al menos durante un tiempo, quizá incluso durante un mes —planteó Brian—. ¿Cómo lo haríamos?

—Nos podríamos ocultar en la Camarga —sugirió Jeanne—. Está lejos de todo y mi familia tiene varias granjas aisladas y desiertas que compró, dedicadas al pastoreo. Recuerdo que una de ellas no está lejos de una de las ciudades de la zona, que se llama Saintes-Maries-de-la-Mer, que está cerca del mar. De hecho, es muy bonita, a su manera. ¿Te gusta montar a caballo?

Brian no pudo evitar reírse. De pronto le resultó un poco cómico que le preguntase si sabía montar a caballo mientras discutían un plan para liquidar a dos altos ejecutivos del sector sanitario.

—No tengo mucha práctica —admitió—, pero supongo que podría llegar a gustarme.

—Mi familia tiene montones de caballos —dijo Jeanne—. Es el principal medio de transporte en la Camarga. Yo aprendí a montar cuando tenía cinco o seis años. En cualquier caso, creo que Francia es nuestra mejor opción. Cuando las autoridades investiguen, por múltiples motivos, llegarán hasta ti, no hasta mí. Primero porque tu desaparición va a disparar todas las alarmas, sobre todo porque acabas de perder a tu mujer y tu hija. Además, posees la capacidad y la motivación para hacer algo así. Mi historia médica de horror es ya antigua y yo no despertaré más sospechas que los otros casi quinientos casos. Y ahora, como no trabajo y he perdido mi empresa, puedo marcharme mañana mismo y nadie se enterará ni se preocupará, salvo algún que otro amigo y la familia de Riley. Pero eso será fácil controlarlo, porque puedo decir que estoy ya harta de Estados Unidos y he decidido volver a mi país de origen. Punto.

»De modo que esto es lo que propongo. La tarde o noche en cuestión hacemos los preparativos por separado, de manera que no nos puedan conectar, y tomamos vuelos diferentes con rumbo a alguna gran ciudad europea, como Frankfurt, Madrid o Roma, no Francia. Alquilo un coche y te recojo, con lo que ahí se acaba tu rastro y la Interpol no sabrá dónde buscarte. Y entonces vamos a la Camarga. Si somos discretos, pasará mucho tiempo hasta que den contigo, e incluso dudo que sospechen que yo sea tu cómplice.

Por un momento Brian se quedó estupefacto y repasó los detalles de lo que acababa de proponer Jeanne. Era brillante y estaba impresionado. Se había pasado días dándole vueltas a diferentes ideas en esta línea, sobre cómo mantener a los medios interesados para conseguir el impacto suficiente y centrar la atención sobre el sistema de salud. Pero Jeanne había dado con un soberbio plan de huida y un refugio en cuestión de minutos.

—Es una gran idea —admitió Brian en cuanto se recuperó de la sorpresa—. Es perfecta. Vamos a empezar a planificarlo todo y veremos qué pinta tiene. Creo que el mero hecho de planearlo ya será terapéutico para mí.

—Para mí también —dijo Jeanne, que volvió a sentarse en su silla—. ¿Por dónde empezamos?

36

3 de septiembre

Brian giró para salir de Broadway y recorrió el largo acceso que conducía al MMH Inwood. Jeanne y él iban en el Subaru. Le había dicho a Camila que salía a dar una vuelta con el coche y ella no había hecho ninguna pregunta al respecto. En muchos aspectos, estaba tan devastada como Brian por la muerte de Juliette y había estado ayudando a Aimée y Hannah con los preparativos del velatorio.

—Sabes qué aspecto tiene un Maybach, ¿verdad? —preguntó Brian mientras ascendían por la pequeña elevación del terreno y todo el hospital y la zona de aparcamiento alrededor aparecían ante ellos. Cuando Jeanne le había preguntado por dónde empezaban, él le había dicho que primero tenían que averiguar dónde vivía cada uno de los objetivos siguiéndolos hasta sus casas. Habían lanzado una moneda al aire para decidir a cuál seguían primero y el elegido fue Charles Kelley.

—Creo que sí —dijo Jeanne, pero lo cierto es que no estaba segura. No era nada aficionada a los coches. A ella todos le parecían iguales, solo que unos eran más grandes que otros.

—No, no está por aquí —dijo Brian. Para dar con el Maybach de Kelley había pensado que lo más práctico era ir al Upper East Side, donde estaba el MMH Midtown. La posibilidad de que el CEO hubiera hecho una de sus infrecuentes visitas al hospital de Inwood era mínima, pero pensó que merecía la pena intentarlo porque tardarían poco más de diez minutos en pasar por allí. Descubrir que no estaba en el hospital no supuso una gran decepción y dio la vuelta alrededor del edificio para retomar Broadway.

—¿Cuánto tiempo crees que nos llevará esta fase de preparación? —preguntó Jeanne mientras iban en dirección sur por la autovía Henry Hudson junto al río Hudson—. Ahora que ya nos hemos puesto en marcha oficialmente, tengo ganas de alcanzar nuestros objetivos.

—Dependerá de lo que nos encontremos —dijo Brian—. Tengo confianza en que vivan en una zona elegante de la ciudad o en Long Island, New Jersey o más al sur en Connecticut. Y, la verdad, cuanto más elegante sea la zona, mejor, porque las casas están más separadas entre sí, tienen más metros de césped y más instalaciones deportivas al aire libre, como piscinas o pistas de tenis. Cuento con eso. También sería estupendo que sus casas no estuvieran demasiado alejadas la una de la otra, para facilitar la logística, sobre todo si queremos llevar a cabo las dos actuaciones la misma noche. Pero tendremos que apañárnoslas con lo que nos encontremos.

—Al menos ya tenemos el rifle —dijo Jeanne—. Es la pieza clave del equipo, pero supongo que siempre se podría conseguir uno.

—No sería tan difícil —reconoció Brian—. Estoy seguro de que todo lo que necesitemos lo podré conseguir ahora que tengo acceso al cuartel general de la ESU. Por ejemplo, si al final tenemos que entrar en las casas, allí disponen de todos los instrumentos de asalto que podamos necesitar. Me siento culpable por aprovecharme del subcomisario Comstock, que me ha acogido tan bien, pero esto que vamos a hacer es importante. La verdad es que tener que renunciar a la camaradería de la ESU es lo único, aparte de mi familia, que echaré de menos después de esto.

—¿Crees que finalmente tendremos que asaltar las casas? —preguntó Jeanne.

—No tengo ni idea —dijo él—. Como ya te he dicho, dependerá de en qué entorno vivan. Pero si al final tenemos que hacerlo, entonces sí que tu papel será clave. Dime una cosa: si tenemos que entrar en una o en ambas casas, ¿dispones del equipo que necesitarás o lo tendrás que comprar?

—No necesitaré gran cosa —le tranquilizó Jeanne—. Dispongo de una potente radio portátil de ocho vatios que debería bastarnos.

—¿En serio? —preguntó Brian—. ¿Eso es todo? Esta gente tiene salarios multimillonarios. Seguro que disponen de sistemas de alarma carísimos y de lo más sofisticados.

—Seguro que sí, pero dejando de lado lo caros que sean, todos estos sistemas utilizan la misma tecnología para transmitir sin cable a su estación base o receptor. Lo único que tengo que hacer es dar con la frecuencia y bloquearla.

—No lo entiendo, pero voy a confiar en ti —dijo Brian.

—Sé de lo que hablo —le confirmó Jeanne.

Atravesaron Central Park y diez minutos después estaban en el Manhattan Memorial Hospital en Park Avenue. Para alivio de Brian, era evidente que Charles Kelley seguía allí. Le había inquietado la posibilidad de que no fuera así. Su Maybach estaba aparcado en una zona en la que estaba prohibido hacerlo, frente a la entrada principal del hospital, donde dejaban o recogían a los pacientes. El día que falleció Emma en el MMH Inwood estaba aparcado de la misma manera. También vio al mismo chófer-guardaespaldas con sobrepeso esperando en la calle, apoyado contra la parte del asiento del pasajero. Cuando pasaron por delante, Brian vio que el tipo estaba fumando, igual que la vez anterior, y tenía el mismo aire petulante.

—Vamos bien —dijo, señalando el coche—. Ahí está el Maybach de Kelley.

—¿Dónde? —preguntó Jeanne, volviéndose para mirar hacia atrás. Había muchos coches, la mayoría de los cuales estaban aparcados en doble fila con los intermitentes encendidos.

—Es el vehículo aparcado justo delante del hospital, donde está prohibido aparcar —dijo Brian—. ¿No lo ves? Es el único Maybach.

—A mí todos los coches me parecen iguales —dijo ella mientras seguía buscándolo—. Oh, ahora lo veo. El que tiene un chófer.

—Sí, ese es. —Continuó por Park Avenue durante varias manzanas hasta girar para dar la vuelta. Pasaron de nuevo ante el hospital en la dirección contraria y de nuevo giró para volver hacia allí. A una manzana del Maybach, subió el Subaru al bordillo junto a una boca de incendios y apagó el motor.

—Ahora nos toca esperar.

Jeanne consultó la hora en el móvil.

—Es el momento prefecto —comentó—. Son más de las cinco, hora de que los ejecutivos vuelvan a sus mansiones.

Brian asintió.

—¿Has visto alguna vez a Charles Kelley? —preguntó.

—No que yo sepa —dijo Jeanne.

—Es muy alto y rubio —recordó Brian, que tenía la imagen del tipo grabada en la mente—. Lo reconoceremos en cuanto salga.

—Supongo que este coche es perfecto para seguir a alguien sin que se dé cuenta —dijo Jeanne.

—Es perfecto —confirmó Brian—. Un coche normal y corriente.

—¿Crees que acabarán descubriendo que los seguimos?

—Depende del nivel de profesionalidad del conductor —dijo él—. El chófer de Kelley, que parece que hace además funciones de guardaespaldas, no me dejó muy impresionado; no lo veo muy avispado. Un verdadero profesional tiene que pensar en todo momento que puede suceder lo peor. En nuestro caso, podemos tener algún problema cuando salgamos de las arterias principales, sobre todo si Kelley vive en alguna zona muy aislada. La clave es dejar algunos coches de distancia con tu objetivo, siempre que te sea posible.

—Tiene sentido.

El momento elegido para iniciar el seguimiento resultó ser casi perfecto y no tuvieron que esperar mucho a que Kelley hiciera su aparición. El chófer, al que podían ver por encima del techo de varios coches aparcados, de pronto se puso rígido, se ajustó la gorra —que tenía echada hacia atrás en la cabeza— y lanzó el cigarrillo. Un instante después, Brian y Jeanne tuvieron una fugaz visión del alto y rubio Kelley, que salía del hospital, y en un abrir y cerrar de ojos desapareció de su vista al meterse en el vehículo. Brian encendió el motor y dijo:

—Allá vamos.

Se metió en el tráfico, pero aminoró al acercarse al MMH Midtown, lo que provocó las quejas del taxista que iba detrás de ellos. Entre gestos indignados y bocinazos, el taxista los adelantó y ralentizó la marcha para hacerle una peineta a Brian antes de acelerar. El motivo por que el Brian había aminorado era para dejar que el coche de Kelley bajara del bordillo antes de que el Subaru llegara a la altura de la entrada del hospital.

—Tenemos que mantenernos pegados hasta que tengamos más o menos claro hacia dónde se dirige Kelley —dijo Brian.

—Entendido —dijo Jeanne asintiendo.

En cuanto quedó claro que el Mayback se dirigía hacia el norte, Brian aceleró para no perderlo. Cuatro o cinco manzanas después dijo:

—Supongo que podemos descartar South Jersey, porque habrían ido en la dirección contraria, hacia el túnel Lincoln.

Jeanne no dijo nada. Aguantaba como podía. Para mantenerse cerca del coche de Kelley, Brian conducía de un modo muy agresivo.

Solo cuando cruzaron el puente Robert F. Kennedy y conectaron con la autovía de Long Island, él tuvo bastante claro adónde se dirigían. Al acercarse a cada conexión con otra autovía importante, Brian recortaba la distancia entre el Subaru y el vehículo de Kelley y dejaba solo un coche entremedias, pero cuando quedaba claro que Kelley no giraba, volvía a dejar que aumentara la distancia.

—Parece que vamos a Long Island —anunció Brian, tan relajado que permitió que se colaran hasta cuatro coches entre ellos y su objetivo. Jeanne dejó de agarrarse con tanta fuerza a la manilla en el salpicadero del Subaru.

Cuarenta minutos después, salieron de la autovía de Long Island y tomaron el Community Drive. Era una zona que Brian conocía relativamente bien, porque había colaborado con el departamento de policía de Great Neck en alguna ocasión.

—Ahora tengo una idea más clara de adónde nos dirigimos —dijo Brian—. Supongo que a Kings Point. Es un barrio muy elegante. Ahora es cuando la cosa se pone delicada. Vamos a tener que pegarnos más a ellos.

Por suerte, todavía había bastante tráfico, pero se fue despejando cuanto más se adentraban en la península. Cuando llegaron a Shore Drive, en Kings Point, el Subaru y el Maybach eran los únicos vehículos a la vista. Como la carretera era relativamente recta, Brian agrandó la distancia y aminoraba en cuanto veía encenderse las luces de freno traseras del Maybach, hasta que por fin giró en un camino de acceso a una casa protegido por una verja. En el momento en que Brian y Jeanne llegaron hasta allí, la verja de hierro forjado se estaba cerrando. Brian redujo y se detuvo un momento. Al echar un vistazo a través de la verja vieron una enorme mansión de falso estilo mediterráneo de construcción reciente.

—Parece inexpugnable —comentó Jeanne.

La propiedad estaba rodeada por un muro de cemento reforzado de unos dos metros y medio con la parte superior cubierta de esquirlas de cristal. Y encima había alambre de espino.

—Desde fuera parece más una cárcel que una casa —dijo Brian—. Pero dudo que sea tan inexpugnable como parece. El nombre de la calle es alentador.

—¿Cómo se llama? —preguntó Jeanne.

—Te lo mostraré en un segundo —dijo él—. Ahora que tenemos la dirección, podemos tener una visión de satélite con Google Maps.

Brian avanzó unos cien metros y aparcó a un lado de la calle. La mayoría de las casas estaban ocultas detrás de altos muros, vallas o vegetación. Brian sacó el móvil y utilizó el Google Maps para ver la zona en pantalla. Jeanne se inclinó hacia él para poder verlo también.

—Tal como lo recordaba, Shore Drive es literalmente una calle que discurre en paralelo a la costa y rodea Long Island Sound —dijo mientras ampliaba la vista de Kings Point. Señaló a la derecha por la ventanilla del coche—. Todas esas casas de este lado de la calle dan a la costa.

—Entendido.

Volviendo a concentrarse en la pantalla, amplió más la imagen y señaló con el dedo.

—Y esta es la casa de Kelley. ¿La ves?

—Perfectamente. Diría que es bastante grande.

—Lo es, y también impresionante. Eso nos viene bien. Tiene piscina, pabellón para invitados y garaje, y una pista de tenis que parece que también tiene una canasta de baloncesto. Está claro que el señor Kelley es deportista. Y mira el tamaño del muelle con una cabaña en la punta. De lujo.

—¿Y qué pasa con el muro? —preguntó Jeanne—. ¿No será un problema si pretendemos utilizar el rifle?

—Lo sería si quisiéramos disparar desde el lado de la propiedad que da al interior —dijo Brian—. Pero aquí puedes ver que desde la costa es otra historia, motivo por el cual estoy encantado de que la propiedad de Kelley dé a la costa. ¿Ves cómo el muro desaparece al llegar al borde del agua? Es típico de los expertos en seguridad dedicar grandes esfuerzos a la protección del lado que da al interior, pero dejar al descubierto el que da a la costa. No quieren bloquear la vista, lo cual es perfectamente comprensible. Habrán pagado una millonada por esa vista.

Mientras miraban el móvil de Brian, no se dieron cuenta de que se detenía a sus espaldas un vehículo hasta que se encendieron las luces policiales que penetraron en el interior del Subaru.

—Oh, mierda —murmuró Brian, echando un vistazo por el retrovisor.

Jeanne se volvió para mirar por la ventana trasera el coche policial.

—¿Qué pasa? ¿Vamos a tener problemas? —preguntó nerviosa.

—No a corto plazo —la tranquilizó él—. Pero si nos han grabado, esto me va a situar cerca de la casa del CEO del MMH.

—¿Te preocupa?

—No necesariamente. Pero preferiría que no sucediera.

Brian sacó la documentación del coche, el carnet de conducir y la identificación del NYPD anticipándose a la llegada del agente.

Pasaron unos minutos.

—¿Qué está haciendo? —preguntó Jeanne, que seguía mirando por la ventanilla trasera.

—Seguro que está llamando a su centralita —dijo él—. El departamento de policía de Kings Point es muy modesto. Seguro que va solo y en ese caso tienes que informar a centralita de lo que está sucediendo.

Unos minutos después, el agente uniformado salió de su vehículo, se puso la gorra, se ajustó el cinturón y se acercó al Subaru. Brian bajó la ventanilla cuando lo tuvo cerca.

—Buenas tardes —dijo el policía. Era un hombre mayor de cabello cano y mofletudo—. ¿Puede mostrarme los papeles del vehículo y el carnet de conducir, por favor?

—Por supuesto —dijo Brian con tono afable. Se los entregó por la ventanilla, asegurándose de que la identificación del NYPD estaba encima de todo, detalle en el que el agente se fijó de inmediato.

—Hummm —dijo—. ¿Agente retirado del NYPD?

—Sí —confirmó Brian—. Retirado de la ESU hace unos diez meses para montar una empresa de seguridad privada.

—Interesante —dijo el policía—. Disculpe, vuelvo en un momento.

—¿Qué va a hacer ahora? —se inquietó Jeanne mientras observaba cómo el agente volvía a meterse en su coche.

—Va a comprobar que todo está en orden —dijo Brian, que conocía los procedimientos—. Está siguiendo el protocolo que tiene que seguir.

Pasados unos minutos, el agente salió de su coche y volvió a dirigirse hacia el Subaru. Le devolvió a Brian el carnet, los papeles del coche y la identificación.

—Disculpen las molestias —dijo—, pero los propietarios de esta zona se ponen muy nerviosos ante la presencia de vehículos desconocidos, sobre todo de vehículos desconocidos aparcados. Nos llaman a todas horas. ¿Se han perdido? ¿Necesitan alguna indicación?

—Estamos bien —le aseguró Brian—. Gracias, agente. Solo íbamos de camino a casa.

—Ok, que tengan una buena tarde —dijo el policía.

Brian guardó los documentos, se metió el móvil en el bolsillo y encendió el motor.

—No lo he visto venir, pero es una buena lección. Con lo que tenemos entre manos, hay que esperar lo inesperado. En cualquier caso, hemos hechos grandes progresos. El siguiente paso es descubrir dónde vive Heather Williams. Una vez tengamos esa información, podremos ponernos en marcha.

—¿Qué te parece si lo hacemos mañana? —preguntó Jeanne.

—De acuerdo —dijo él—. Necesito esto. Me va a mantener distraído de la cruda realidad de lo que ha sucedido esta mañana.

37

11 de septiembre

Como no había ningún sitio en el que aparcar ante la pensión que Jeanne había encontrado en Seaman Avenue, justo una calle por debajo de donde antes vivía, Brian tuvo que dejar el coche en doble fila. En Inwood, como en el resto de Manhattan, parar en doble o incluso triple fila era una práctica habitual. Con los intermitentes encendidos, le mandó un mensaje de texto para hacerle saber que estaba abajo esperándola.

Hacía poco más de una semana que Jeanne y él habían seguido al Maybach de Charles Kelley hasta su elegante mansión de Kings Point, y a partir de ese momento habían estado muy ocupados. Habían continuado desarrollando su amplio y meticuloso plan con creciente entusiasmo y, durante el proceso, cada vez aumentaba más su compromiso con la idea de vengarse de Charles Kelley y Heather Williams. Desde un punto de vista práctico, para Brian estos preparativos se habían convertido en la principal razón por la que había sido capaz de superar la pesadilla posterior a la muerte de Juliette. De no ser por la notable concentración que requería orquestar este plan, no estaba claro que hubiese sido capaz de salir entero del duelo, del funeral y del entierro. Aun así, tampoco es que hubiera sido fácil. Durante todo el tiempo que estuvo en el velatorio hizo denodados esfuerzos por no mirar el cadáver de Juliette, objetivo del que salió en general airoso, y en el entierro mantuvo los ojos cerrados durante la ceremonia y se pasó todo el rato pensando en cada una de las posibles contingencias que podían aparecer en el plan.

Después de salir del velatorio hacia las dos del mediodía, Brian había cogido el coche e ido a recoger a Jeanne en su apartamento en Seaman Avenue. Ella no acudió al velatorio, porque ambos consideraron que era mejor que no los vieran juntos ni la familia ni Camila, de modo que ella no pareciera implicada cuando todo estallara. A las tres estaban aparcados junto a una boca de incendios en la Sexta Avenida, en un punto desde el que podían controlar el edificio en el que tenía su sede Peerless Health. En recompensa a su paciencia, vieron aparecer a Heather Williams a las cuatro de la tarde con su séquito y subirse al Mercedes que la esperaba.

Al empezar el proceso de seguimiento, dando los mismos pasos que con Kelley, hicieron una apuesta sobre adónde se dirigirían. Brian se inclinaba por Greenwich, Connecticut, por el aparente amor de Heather por los caballos, mientras que Jeanne, por la misma razón, se la imaginaba más en un zona elegante de New Jersey. Resultó que los dos se equivocaban. Cuando comprobaron que iban directos hacia Long Island, empezaron a tener esperanzas de que ambos ejecutivos vivieran en la misma población de alto nivel adquisitivo, lo cual lo haría todo mucho más fácil. Pero resultó no ser así, porque dejaron atrás las dos salidas de la autovía de Long Island que llevaban a Kings Point.

En lugar de eso, el Mercedes salió de la autovía y tomó dirección norte hacia la segunda punta norte de la península de Long Island. Resultó que Heather Williams vivía en Sands Point, en la bahía Manhasset, básicamente enfrente de donde estaba la casa de Kelley, lo cual a Brian le hizo pensar en los ficticios East Egg y West Egg de la novela de Francis Scott Fitzgerald *El gran Gatsby*. Y, de este modo, la ubicación de uno y otra era tan idónea como si vivieran en el mismo pueblo, e incluso mejor, porque la propiedad de Heather Williams también estaba en primera línea de mar. La diferencia era que la mansión de Heather ocupaba una extensión de terreno mucho más extensa e incluía un establo y un picadero vallado, que descubrieron consultando los mapas por satélite. Desde la calle era imposible ver nada. Como la casa de Kelley, esta tenía también una verja que se abría y cerraba por control remoto, un muro rodeando la propiedad, piscina y un largo muelle.

Sonó una campanita en el móvil de Brian, indicando que le había llegado un mensaje de texto. Cuando lo abrió, vio que Jeanne estaba bajando. Él bajó del coche y abrió el maletero. Los asientos traseros estaban bajados para ganar espacio y todo estaba cubierto por una manta. Brian la echó a un lado para meter las cosas de Jeanne. Allí ya estaba su propio equipaje, la funda de rifle con el Remington MRS, herramientas para el asalto que había tomado prestadas de la academia de la ESU, gafas de visión nocturna, una pistola de dardos de ketamina, cuerda, un ancla de ventana para huida rápida, su Sig Sauer P365, con un cañón diferente y silenciador y algunas otras cosas que podían necesitar. En su maleta había metido el pasaporte francés y todo el dinero que pudo reunir sin generar suspicacias. En cuanto a la ropa, llevaba puesto su uniforme táctico negro de la ESU, pero sin ninguna identificación.

Mientras esperaba, Brian repasó toda su extensa experiencia como agente de la ESU sobre cómo iniciar una misión peligrosa manteniendo las emociones bajo control. Sabía lo importantísimo que era mantener la cabeza despejada para no cometer descuidos y errores absurdos. Una de las claves era controlar la respiración e incluso el ritmo cardiaco, pero lo más relevante era no desviar la atención de los detalles del plan.

Jeanne apareció tras la puerta acristalada de estilo *art nouveau* del edificio de seis plantas en el que estaba la pensión en la que se había instalado tras dejar su apartamento alquilado y haberse desprendido de todos los muebles y artículos de la casa que poseía. Al ver que cargaba con una enorme mochila, una maleta con ruedas y otra de considerable tamaño, Brian corrió a ayudarla. Tal como le había pedido, ella también iba vestida de negro.

—Deja que te ayude —se ofreció Brian después de abrir por completo la puerta acristalada. Le cogió la maleta grande, que pesaba mucho más de lo que había imaginado.

—¿Qué llevas ahí dentro? —le preguntó con una risita de incredulidad.

—Libros de los que no me puedo desprender —respondió ella con una sonrisa, aunque Brian intuyó por sus movimientos que estaba más nerviosa que él.

Metieron las pertenencias de Jeanne en el maletero y Brian volvió a colocar encima la manta para taparlo todo. Iban a dejar el coche aparcado varias horas y no querían invitar a nadie a robar lo que había dentro. Por suerte, podrían estacionarlo en un lugar seguro y supervisado.

Unos minutos después, se dirigían hacia el norte por Broadway de camino a City Island, Nueva York, que formaba parte del Bronx. Seis días antes habían alquilado una zódiac con un motor fueraborda de cuarenta caballos, ancla y artilugios para pescar en Butler Marine.

—No me puedo creer que vayamos a hacerlo —admitió Jeanne, intentando tranquilizarse ahora que ya estaban en marcha—. ¿Por fin está pasando después de tanta planificación y preparación?

—Eso espero —dijo él, tratando también de digerir que su vida como la había conocido hasta ese momento iba a cambiar de forma radical.

—¿Sigues estando tan furioso como el día que murió Juliette?

—Incluso más —dijo Brian—. Cuanto más hemos ido sabiendo sobre el estilo de vida de estos extorsionadores, más ha ido creciendo mi indignación. He perdido todo lo que más quería mientras ellos disfrutan de sus piscinas. Y, para empeorar todavía más las cosas, después de todo lo que ha pasado, el MMH sigue dándole largas a Megan Doyle para simplemente mandarle una copia desglosada y completa de la factura del hospital.

—Yo me siento igual —le apoyó Jeanne.

—Tengamos claro que las cosas pueden torcerse a pesar de tanta planificación —advirtió Brian—. Pueden surgir problemas inesperados, pero de momento todo pinta bien, incluido el tiempo. Por suerte, tanto Kelley como Williams son personas muy fieles a sus rutinas, con lo que es posible que todo salga a la perfección.

Lo primero que hicieron tras descubrir dónde vivían los dos ejecutivos fue alquilar una zódiac en City Island, a tan solo dos millas náuticas de la zona de Long Island donde residían los dos. Se pasaron los siguientes cuatro días supuestamente pescando por la bahía de Manhasset, provistos de unos potentes prismáticos. Como no llevaban cebo, no tenían que preocuparse por si pescaban algo. Dedicaban toda su atención a estudiar las dos mansiones que, tal como sospechaba Brian, no disponían de ningún tipo de muro o valla en la parte que daba al mar. Pese a estar constantemente moviéndose de un lado a otro para evitar levantar sospechas, no tardaron en detectar que ambos ejecutivos seguían rutinas muy predecibles día tras día en cuanto llegaban a casa.

Aunque Heather Williams vivía un poco más lejos de Manhattan que Charles Kelley, era la que llegaba antes a casa, a las cinco. Su presencia quedaba clara por la aparición de varios hombres con trajes oscuros que revisaban todo el perímetro de la casa, incluido el velero de considerable tamaño amarrado en el largo y gran muelle. Unos minutos después de que desaparecieran de escena, aparecía ella con ropa de montar acompañada de varios *beagles*. Con los perros correteando a su alrededor, cruzaba el picadero e iba hasta el establo, donde la recibía el encargado de la instalación. Media hora después, reaparecía montada sobre un caballo. Durante una hora, ejercitaba al caballo en el picadero, haciéndole correr a varias velocidades e incluso practicar algunos saltos. Pasada la hora, iba a la piscina y nadaba un rato. Tras observar que el mismo patrón se repetía día tras día, Brian y Jeanne comprendieron que era su rutina en los meses de buen tiempo que pasaba en su mansión de Sands Point. Jeanne averiguó por internet que en julio y agosto se instalaba, con sus caballos, en su casa en los Hamptons y a menudo jugaba al polo en el Meadowbrook Polo Club. En resumidas cuentas, Brian consideró que tanto el picadero como la piscina ofrecerían múltiples oportunidades para el disparo de un francotirador.

La rutina de Charles Kelley era parecida, aunque al llegar era él en persona quien hacía el rápido recorrido de revisión por la propiedad, acompañado de su uniformado chófer. Media hora después, ambos reaparecían en el jardín, uno desde el interior de la casa y el otro desde un lateral, ambos ataviados con camiseta, pantalón corto y zapatillas deportivas. Dado que el chófer no salía del interior de la casa, Brian dedujo que vivía en la propiedad, pero en la casa de invitados. Tuvo claro que había que tener en cuenta la presencia del chófer si se hacía necesario asaltar la casa.

Tras reaparecer con ropa deportiva, Charles y su chófer se dirigían a la cancha de tenis. No jugaban al tenis, sino al baloncesto en la canasta que había y, de forma invariable, siempre ganaba Charles por amplio margen. En contraste con las solitarias rutinas de Heather Williams, que facilitaban el disparo del francotirador, los partidos de baloncesto de Charles Kelley no eran el escenario idóneo, no solo porque no estaba solo, sino porque el campo estaba rodeado por una valla metálica de rejilla. Tal como le explicó Brian a Jeanne, intentar disparar a un objetivo a través de una reja era problemático, porque había elevadas posibilidades de que la bala sufriera una ligera desviación y en lugar de matar al objetivo simplemente lo dejara herido.

Lo más decepcionante de la rutina de Charles Kelley, tal como observaron el primer día, era que después de su triunfo en el baloncesto, no se hacía unos largos en solitario en su piscina de dimensiones olímpicas, como hacía Heather Williams. Pero había merecido la pena ser pacientes y permanecer atentos mientras ya empezaba a ponerse el sol, porque Charles acabó reapareciendo. Para su sorpresa, salió por una puerta en forma de arco de estilo árabe al balcón del segundo piso, y lo que más les sorprendió fue que lo único que llevaba encima era una toalla colgada del hombro. Más tarde, gracias a los planos de la casa que consiguieron localizar por internet en la web del Despacho de Construcción y Asesoría de Kings Point, descubrieron que esa puerta daba al dormitorio principal con baño propio. Cuando lo observaron el primer día y los siguientes, comprobaron que Charles Kelley siempre se daba largas duchas en el exterior. Gracias a su altura por encima de la media, se lo veía todo el tiempo desde el tórax hasta la cabeza, el marco perfecto para un francotirador.

—Espero que te hayas acordado de coger tu pasaporte francés —dijo Jeanne en parte por bromear y en parte por romper el tenso silencio en el que circulaban por la autovía interestatal en dirección este. En contraste con su habitual calma, ahora era una madeja de nervios.

—Me he acordado de coger el mío —dijo Brian—. Espero que tú también te hayas acordado de coger el tuyo.

—No ha sido ningún problema. Me he traído todo lo que todavía sigo poseyendo. Eres tú el que deja atrás una casa llena de muebles, una familia, todas tus cosas y toda una vida.

Era cierto. Los últimos días habían sido frenéticos, intentando dejarlo todo en orden, incluida la nueva escritura en la que le transfería a Camila la casa y también los documentos para legarle el coche. Por suerte, Patrick McCarthy se había prestado a ayudarlo, pensando equivocadamente que no era más que un arreglo pactado con Camila para mantener la casa fuera del alcance de las garras del MMH Inwood y su empresa subsidiaria Cobros Premier.

Con los activos principales ya solucionados, Brian se puso a decidir qué llevarse consigo como recuerdos de su vida. Al final optó por coger solo ropa, nada más. El mero proceso de tratar de elegir entre los objetos más personales le provocaba demasiado dolor y reactivaba su ira. Lo único que iba a echar de menos era a su familia y a algunos de sus colegas del NYPD, aunque confiaba en poder volver a ver a algunos de ellos en el futuro.

El plan que habían orquestado, siempre que las cosas salieran como estaba previsto el día en cuestión, consistía en que él la llevaría a ella directamente al aeropuerto JFK donde tenía billete para uno de los últimos vuelos nocturnos que despegaban con destino a Europa. Era un vuelo de Turkish Airlines a Londres. Desde allí, enlazaría con Frankfurt, Alemania, donde alquilaría un coche. Después de dejar a Jeanne en el aeropuerto, Brian iría al Campo Floyd Bennett para devolver la Remington y el equipo que había tomado prestado de la academia de la ESU. Desde allí iría al aeropuerto de Newark, donde cogería un vuelo de Delta a Londres. Desde allí también volaría a Frankfurt, donde se encontraría con Jeanne e irían juntos en coche hasta el sur de Francia.

Diez minutos después marchaban en dirección sur por la autovía de Hutchinson River y Jeanne rompió el silencio:

—¿Qué tanto por ciento de posibilidades crees que hay de que tengamos que asaltar una o las dos casas?

—Diría que pocas —dijo Brian—. Tanto Kelley como Williams parecen personas bastante metódicas que se rigen por hábitos, tal como hemos podido observar. Si tenemos que entrar en alguna de las casas, creo que será en la de Kelley, y solo si rompe su habitual rutina de darse una ducha en el exterior. Te has acordado de traer la radio bidireccional portátil, ¿verdad?

—Por supuesto. —Dio una palmada en la mochila que llevaba sobre el regazo—. Y también una para ti, para que nos podamos comunicar si es necesario.

—Buena idea —dijo él.

Una de las primeras cosas que hicieron una vez determinado

dónde vivía cada ejecutivo fue acercarse a sus casas la mañana siguiente para que Jeanne pudiera localizar las frecuencias de sus respectivos sistemas de alarma. Ella lo hizo con un ordenador, aprovechando el momento en que se abrían y cerraban las verjas por la llegada de algún pedido. Le había explicado a Brian que captando la frecuencia en su radio podía bloquear ambas alarmas, posibilitando que, de ser necesario, ella y Brian pudieran entrar por la puerta principal sin ser detectados y después desconectar cualquier detector de movimiento en el interior de la propiedad. Le explicó a Brian que el elemento clave que debía recordar era hacer que su radio dejara de transmitir uno o dos segundos cada cierto tiempo para impedir que el sistema de la central detectara que la alarma se estaba saturando artificialmente. Brian no tenía muy claro si lo acababa de entender, pero confiaba en que Jeanne sabía lo que se traía entre manos.

—Sé que parece una idiotez, teniendo en cuenta lo que estamos planeando —dijo Jeanne, volviendo a hablar después de varios minutos de mutismo. Aunque Brian se mantenía en silencio y pensativo como solía hacer ante una acción inminente, para controlar sus emociones, ella necesitaba hablar—. Pero me alegro de haberme enterado de que los dos se han divorciado hace poco.

—Sé a qué te refieres —se mostró de acuerdo Brian.

Durante la semana de intensa investigación acerca de los hábitos de Heather Williams y Charles Kelley, habían averiguado un montón de detalles inesperados, algunos de los cuales eran muy alentadores para llevar a cabo lo que tenían planeado. Descubrieron que, antes de la pandemia de coronavirus, ambos ejecutivos habían afrontado divorcios complicados que se airearon en la prensa, en los que la custodia de los hijos se había otorgado en los dos casos a sus respectivas exparejas, lo cual no era nada sorprendente. Esta información no hizo sino reafirmar la idea que Brian y Jeanne tenían de Heather y Charles como dos personas ferozmente egoístas, codiciosas, nada empáticas y narcisistas, y por lo tanto pésimos progenitores.

Unos minutos después cruzaron el puente de City Island y giraron por la avenida principal. El tráfico era denso, había muchos vehículos y muchos peatones, y para complicarlo más, numerosos coches aparcados en doble fila y una sucesión de semáforos.

—Me gusta este barrio —comentó Jeanne mientras pasaban junto a diversos restaurantes de aspecto sencillo que tenían mesas en la acera para poder comer al aire libre en estos tiempos de pandemia en los que se les restringía el número de comensales en el interior—. Tiene un aire muy auténtico y me recuerda a algunas zonas de la costa de Jersey que tienen un aire decadente pero encantador. —Aquí la arquitectura iba de lo moderno de aspecto destartalado a lo victoriano reinterpretado.

Brian estaba inquieto y no contestó. A estas alturas, el trayecto les estaba llevando más tiempo del que tenía planeado, porque nunca habían recorrido la avenida City Island a esta hora de la tarde. Eran casi las cuatro y media y quería estar en posición como mínimo a las cinco, cuando Heather Williams solía llegar a casa. El plan era esperar a que los de seguridad se retirasen después de su revisión diaria de la propiedad y entonces tomar posiciones parapetado tras unas sillas de madera verdes que había en el muelle de Heather Williams. Su intención era disparar desde el suelo, utilizando las sillas para ocultarse. Jeanne permanecería en la zódiac junto al muelle, escondida tras el velero, lista por si había que salir huyendo a toda prisa. En el caso de Charles Kelley la estrategia que tenía pensada era similar, solo que allí Brian iba a utilizar como punto desde el que disparar la cabaña del muelle, perfecta para ocultarse.

—¡Por Dios! —se quejó Brian, perdiendo un poco la compostura, mientras permanecían detenidos detrás de un camión de reparto aparcado en doble fila frente al restaurante Original Crab Shanty. Era imposible colarse entre la larga hilera de coches que avanzaban en dirección contraria para poder adelantar al camión.

—¿Te estás poniendo nervioso? —preguntó Jeanne, mirándolo.

—Solo por no retrasarnos en el horario —admitió Brian—. Espero que no lo hayamos planificado todo demasiado justo.

Por fin se abrió un hueco en el incesante desfile de vehículos en dirección contraria y Brian pudo salir de detrás del camión estacionado que bloqueaba el tráfico. Aceleró, pero tuvo que frenar de inmediato ante un semáforo que se puso en rojo.

—Creo que vamos bien —dijo Jeanne—. Ya casi hemos llegado.

Tenía razón, y unos minutos después llegaron a Butler Marine. Estaba en la parte este de la calle, justo enfrente del puerto que daba a Hart Island. Atravesaron el aparcamiento y Brian avanzó hasta la parte más próxima al muelle, donde les esperaba la zódiac, que se mecía en el agua. Una vez allí, dio marcha atrás para aparcar y dejó el coche lo más cerca posible del muelle.

—En marcha —dijo Brian, mientras salía del coche sin perder un segundo—. Vamos a cargar la zódiac lo más rápido posible. Ahora sí que ya no hay vuelta atrás. —Se miraron muy serios.

Junto al material de pesca y unos remos, Brian cogió con cautela la funda con el Remington MSR y se la cargó al hombro. Reunió el resto de los artilugios para la pesca y los dos se dirigieron hacia la barca sin llamar la atención de la media docena de personas que, a cierta distancia, pululaban por el muelle junto a sus barcas. Mientras Jeanne subía a bordo e iba colocando las cosas, Brian regresó al coche para buscar el equipo que había cogido de la ESU por si tenían que asaltar alguna de las casas, incluida la pistola de ketamina. La pistola de dardos era por si tenían que vérselas con los pitbulls de Charles Kelley, a los que habían visto aparecer durante su minuciosa vigilancia previa.

Con todo lo necesario en la zódiac, pero el motor todavía apagado, Brian volvió al Subaru, recolocó la manta sobre el equipaje y movió el coche para aparcarlo lo más cerca posible de la oficina del puerto. Pensó que sería el lugar más seguro del aparcamiento, porque la oficina estaba abierta hasta las once de la noche, con gente entrando y saliendo continuamente. A estas alturas de la aventura, que les robaran el equipaje sería un desastre mayúsculo.

—¿Te parece que vamos bien de tiempo? —preguntó Jeanne, nerviosa, en cuanto se pusieron en marcha para salir del puerto a través del intrincado sistema de muelles. Siguiendo las normas, Brian avanzaba a muy poca velocidad, para evitar generar olas.

—Vamos bien —dijo, teniendo en cuenta que la distancia entre el puerto y la mansión de Heather Williams era de poco más de dos millas náuticas. Como apenas soplaba viento y no había oleaje ni el mar estaba picado, tardarían entre cinco y diez minutos en atravesar el estrecho hasta la bahía de Manhasset.

Una vez en mar abierto, Brian aceleró y dejó que el motor de cuarenta caballos hiciera su trabajo. Con el ruido y el viento, mantener una conversación se hacía casi imposible. En lugar de hablar, ambos se dedicaron a meditar en privado qué les depararían las próximas horas. Al mismo tiempo, no podían evitar fijarse en el precioso día de finales de verano y en el aroma salado del mar. Y en cuanto superaron la punta sur de City Island y entraron en mar abierto, pudieron admirar la dentada silueta de Manhattan en el horizonte, a su derecha. En otras circunstancias, se lo estarían pasando en grande.

Al entrar en la bahía de Manhasset, Brian redujo la potencia del motor y la barca aminoró la velocidad y se asentó en el agua. Había unos cuantos pescadores a la vista, y lo último que deseaba Brian era atraer la atención sobre ellos al molestar a alguien. Cuando estaban a unos cientos de metros de la punta del muelle de Heather Williams, Brian apagó por completo el motor. Le pasó una caña a Jeanne y él cogió otra. Lanzaron los anzuelos al agua, cada uno por un lado de la barca, y simularon estar pescando.

Gracias a la brisa que soplaba hacia el oeste, se iban deslizando hacia su objetivo. A unos cien metros del muelle, Brian lanzó el ancla y la deriva hacia el oeste de la barca se detuvo. Ahora eran las cinco en punto. Según lo previsto, aparecieron los guardaespaldas, lo cual significaba que Heather había llegado a casa. Brian y Jeanne los observaron mientras seguían su rutina establecida de inspeccionar el entorno, la piscina y el velero. Al ver cómo uno de ellos subía a la embarcación, Brian se preguntó si había habido algún problema con el barco en el pasado, tal vez un sintecho que se hubiera instalado allí o algo por el estilo que explicara que siempre lo inspeccionaran.

Lo más importante es que en ningún momento les prestaron atención a Brian y Jeanne mientras llevaban a cabo su control de seguridad. Si la presencia de un par de personas pescando a unos cien metros del muelle les inquietó, no lo mostraron. Brian estaba un poco sorprendido, pero les concedió el beneficio de la duda, ya que no eran los únicos pescadores en los alrededores. En cuanto los guardaespaldas se retiraron del muelle y dieron por concluida su inspección, Brian levó el ancla rápidamente. De inmediato, la barca continuó su deriva en dirección oeste.

Cuando Heather salió de la casa ataviada con la ropa de montar, que incluía chaleco de cuadros, casco negro aterciopelado y pantalones bombachos de montar, Brian y Jeanne estaban lo bastante cerca del muelle como para que el suelo de madera de este les tapara en parte la vista. Dependiendo de las mareas, el muelle podía estar hasta dos metros por encima del nivel del agua y en ese momento estaba más o menos a metro ochenta. Aunque no veían a los *beagles*, sí oían sus ladridos mientras Heather seguía su rutina habitual y se dirigía hacia el establo.

Dado lo cerca que estaban ya del muelle y queriendo evitar a toda costa que algún vecino los pudiera ver, Brian y Jeanne cogieron los remos y rápidamente deslizaron la zódiac debajo de la amplia punta del muelle en forma de T. A cubierto del sol, aquello fue como adentrarse en un bosque de pilones con el suelo del muelle sobre sus cabezas a modo de copas de los árboles. Comunicándose en voz baja y sobre todo mediante gestos, Brian le pidió a Jeanne que le ayudara a hacer girar la zódiac hasta colocarla mirando hacia la bahía, por si tenían que huir de manera precipitada. Tal como ya habían decidido previamente, Jeanne se quedaría en la barca.

Con sumo cuidado, Brian sacó el Remington de la funda protectora. Antes de salir de casa había reajustado la mira telescópica desde la posición de trescientos metros en que estaba a la de cien metros, que era la distancia que calculaba que había desde el muelle hasta el lado más próximo a la costa del picadero. Lo único que tenía que hacer era desplegar la culata y asegurarla, porque todos los demás ajustes ya los había realizado antes de su visita a Rodman's Neck. Le pasó el rifle ya preparado a Jeanne para que se lo sostuviera mientras se agarraba a la escalerilla del muelle y subía por ella. Una vez en posición, ella le pasó el arma.

—*Bonne chance* —le susurró, acariciándole el brazo.

Brian alzó el pulgar para indicar a Jeanne que todo iba bien y empezó a subir por la escalerilla vertical. Como sostenía el rifle con la mano izquierda, el ascenso fue complicado; de haber tenido el arma una correa para colgársela al hombro, hubiera sido más fácil. Con la mano izquierda ocupada, tenía que aplastar el cuerpo contra la escalerilla e ir deslizando la derecha por el lateral de esta para ir subiendo poco a poco los escalones.

Cuando por fin accedió al muelle, se mantuvo agachado entre las sillas de madera, que reorganizó con sigilo para colocarlas en forma de U. Se aseguró de dejar espacio suficiente para poder estirarse justo en el hueco que quedaba. Después de haber estado un rato en penumbra bajo el muelle, ahora tenía que entornar los ojos por la intensa luz del sol de la tarde. Una vez satisfecho con la colocación de las sillas, se estiró mirando hacia tierra. Con cuidado, asomó el cañón del arma por debajo de la silla que formaba el centro de la U y lo asentó sobre el bípode. Se puso cómodo, apoyó la mejilla en la mentonera y miró por la mira telescópica. Cargó una bala en la recámara.

Como Heather Williams iba a tardar un poco en salir del establo, Brian utilizó el tiempo muerto para escrutar la zona de la piscina con la mira telescópica. Si el picadero no resultaba idóneo por algún motivo inesperado, quería tener un plan alternativo para disparar en la piscina. Mientras estaba ocupado en estos menesteres, vio por el rabillo del ojo izquierdo que Heather, ya montada sobre el caballo, avanzaba hacia él. Con rapidez redirigió el arma para ver a su objetivo a través de la mira telescópica. Como era habitual, la amazona primero avanzó hacia él y después empezó a dar vueltas en el sentido del reloj alrededor del picadero. Después iría pasando del trote al medio galope y finalmente incluso al galope. Dado que era en estos primeros compases cuando los movimientos oscilatorios hacia arriba y hacia abajo eran menos pronunciados, Brian tenía que disparar cuanto antes. La presencia del casco aterciopelado le preocupaba un poco, porque no tenía claro qué efecto tendría sobre la bala. En lugar de arriesgarse a que rebotara, decidió apuntar justo por debajo del casco cuando ella le daba la espalda, buscando el bulbo raquídeo. Mientras Brian esperaba, Heather llegó a la curva y empezó a girar hacia su derecha. En este punto, los perros, felices, correteaban muy por delante de ella.

Con cierta dificultad, pero tirando de experiencia, mantuvo controlado el ritmo respiratorio, aunque era consciente de que el pulso se le había acelerado. Estaba a punto de llegar el momento de la verdad después de tanta planificación. Sin mover ningún otro músculo de su relajado cuerpo, deslizó el dedo índice por el interior del guardamontes y lo posicionó con suavidad sobre el gatillo. Siguió los desplazamientos de Heather Williams alrededor del picadero a través de la mira telescópica y también estuvo atento al sistemático movimiento oscilante arriba y abajo. La tuvo de perfil unos segundos hasta que empezó a girarse y darle la espalda, instante en que Brian incrementó la presión del dedo sobre el gatillo mientras centraba el punto de mira en la base del cráneo de la mujer. En el momento preciso, disparó. Debido al silenciador tan solo se oyó un seco siseo provocado por el retroceso del arma. En un acto reflejo, expulsó el casquillo usado y volvió a cargar el arma. Pero no fue necesario un segundo disparo. Heather Williams cayó del caballo de forma tan fulminante que el animal ni siquiera interrumpió su avance, pese a que ya no lo montaba nadie.

Un rápido repaso al cuerpo de Heather a través de la mira telescópica le confirmó que no había movimiento alguno. Como no podía perder ni un segundo, Brian sacó el rifle de debajo de la silla y se guardó el casquillo vacío. Corrió hacia la escalerilla y bajó con la misma técnica que había subido. Unos instantes después, le tendió el rifle a Jeanne.

—¿Qué tal ha ido? —le preguntó ella en un susurro.

Él levantó el pulgar mientras abordaba la zódiac. Arrancó el motor, puso la barca en movimiento y salieron de debajo del muelle. Tras alejarse unos quince metros, tanto él como Jeanne miraron hacia atrás. Al fondo del picadero se veía al caballo y a los perros; el caballo se había detenido y comía hierba. Heather Williams, con su chaleco de cuadros y sus bombachos blancos seguía en la misma posición en la que había caído al suelo.

Ahora fue Jeanne la que levantó el pulgar mientras Brian incrementaba un poco la velocidad. Solo cuando estuvieron a unos cuatrocientos metros de la propiedad aminoró para poder hablar sin gritar. Los sobrepasaron varias embarcaciones en dirección a la bahía de Manhasset desde el estrecho de Long Island, una de ellas con un esquiador acuático.

—Ha ido como la seda, ni una sola complicación —le aseguró. Volvió a mirar hacia la mansión de Williams, esta vez con los prismáticos. La escena no había cambiado. El caballo y los perros seguían al fondo del picadero, y el cuerpo de Heather yacía en la parte más próxima. Todavía no lo habían descubierto, aunque era solo cuestión de tiempo que sucediera—. Nunca había hecho nada parecido. Ha sido muy rápido y muy diferente de los tiroteos en los que me vi envuelto en acto de servicio. No sé cómo sentirme, excepto aliviado porque esta repugnante y codiciosa narcisista ya no esté en este mundo.

—Lo cual es un tributo de amor a tu mujer e hija —dijo Jeanne—. Yo también he respirado aliviada al oír el disparo, que, por cierto, apenas ha sonado.

—Es por el silenciador —explicó Brian—. Usarlo nos ha dado un tiempo extra precioso para huir.

—Supongo que no debería decirlo —comentó Jeanne—, pero es gratificante que de momento todo nos haya salido bien. El mundo ya es un lugar mejor sin ella.

—Todo gracias a nuestra meticulosa planificación. Ya hemos liquidado a una, ahora nos queda el otro. Esperemos que con Charles Kelley nos vaya igual de bien. Realmente me gustaría evitar tener que asaltar la casa. Utilizando el rifle de francotirador hay muchas menos posibilidades de complicaciones y daños colaterales.

Siguiendo la sugerencia de Jeanne, volvieron a sacar las cañas y las colocaron en los portacañas de la popa para simular que estaban pescando mientras cruzaban a velocidad moderada la bahía de Manhasset en dirección a la mansión de Charles Kelley. No tenían prisa, ahora que ya estaban como mínimo a media milla náutica de la casa de Heather Williams y había bastantes más barcas por la zona, aprovechando el buen tiempo. Además, era preferible no llegar a la mansión de Charles Kelley demasiado pronto, ya que no iba a salir a darse la ducha en la terraza hasta que estuviera a punto de ponerse el sol o poco después. En estos momentos eran poco más de las seis, por lo que disponían de casi una hora antes de tener que situarse en posición.

—¿Tus padres están contentos de que vuelvas a casa? —preguntó Brian, con ganas de conversar para evitar ponerse nervioso. Sabía que Jeanne había pospuesto hasta hace unos días comentarles a sus padres el regreso, por si algún obstáculo imprevisto hacía necesario posponer la operación.

—No tienes ni idea —respondió ella—. Están eufóricos, ya

me daban por perdida. Están ocupadísimos arreglando la granja que te mencioné.

—¿Cuándo les vas a hablar de mí? —preguntó Brian. Se había pasado la vida rodeado de gente y esa sensación de pertenencia a grupos diversos, como equipos deportivos, fue uno de los motivos por los que decidió ingresar en el NYPD nada más salir de la universidad. Le iba a llevar tiempo asimilar el desarraigo, la soledad y la total dependencia de terceros.

—Como dice la expresión, «ya cruzaremos ese puente cuando llegue el momento» —respondió Jeanne—. No me inquieta en absoluto.

Cuando llegaron a unos cien metros del muelle de Charles Kelley, Brian apagó el motor y volvió a lanzar el ancla. Este lado de la bahía era menos profundo y el ancla enseguida tocó fondo. De nuevo con las cañas de pescar en la mano, se fueron pasando los prismáticos.

—Es alentador que otra vez esté humillando a su chófer-guardaespaldas —comentó Jeanne durante su turno de vigilancia del escenario.

—Estoy de acuerdo. Quiere decir que sigue su rutina diaria. Crucemos los dedos para que siga así, sobre todo en lo de darse una ducha en el exterior.

—No estoy preocupada —dijo Jeanne.

—Qué suerte tienes —respondió Brian con un punto de provocación.

Un poco después de las siete, se pusieron en marcha. Siguiendo el guion que habían usado con Heather Williams y que tan buen resultado les había dado, remaron hasta la punta del muelle de Charles Kelley, posicionaron la zódiac para poder huir rápidamente de ser necesario y Brian subió por la escalerilla hasta el muelle. Se metió en la cabaña, que era un escondite mucho mejor que el montón de sillas de madera del muelle de Heather. Afortunadamente, la cabaña tenía una especie de ventana con una persiana de listones que daba hacia el interior y había una mesa que Brian colocó en vertical para apoyar en ella el bípode del Remington. Partió uno de los listones y, sentado en una silla, echó un vistazo con la mira telescópica. La visión de la casa de aire español desde su posición era todavía mejor que la que había tenido en el caso de Heather Williams, que ya le había permitido operar sin dificultades.

El problema, sin embargo, era que pasaba el tiempo y Charles Kelley no aparecía. A pesar de que el tipo y su chófer-guardaespaldas hacía rato que habían dejado de jugar al baloncesto, Kelley no salía, ni siquiera después de la puesta de sol. Justo cuando Brian ya empezaba a desesperarse y a pensar cuál sería el mejor momento para entrar en la casa, sin duda ya de noche, se encendió la luz del dormitorio principal.

Intentando mantener el optimismo, apoyó la mejilla contra la mentonera y miró por la mira telescópica. La visión de la ducha exterior de la terraza de la segunda planta no podía ser mejor, y estimó que la distancia era muy similar a la del disparo a Heather Williams, es decir unos cien metros. Cargó la bala en la recámara y deslizó el dedo por el interior del guardamontes, a la espera del momento idóneo.

Pasaron lentamente los minutos, pero seguía sin haber ni rastro de Charles Kelley. Habituado a mantener a raya la tensión, ahora Brian notaba el cosquilleo del sudor en la frente y el pulso claramente acelerado. Aun así, con autocontrol, siguió respirando de forma sosegada y rítmica.

De pronto se abrió la puerta en arco y apareció Charles Kelley con la toalla en la mano en lugar de colgada del hombro. Pese a estar a unos cien metros y sentado en el interior de la cabaña, Brian oyó el murmullo de la música rock que salía del interior de la casa, al ritmo de la cual se movía Charles. Ante unos movimientos tan erráticos, Brian se tomó su tiempo, siguiendo con la mira telescópica a Charles mientras se daba la vuelta para ajustar la temperatura de la ducha. Por fin, cuando la encontró a su gusto, se metió en el hueco, cerró la mampara y colocó la cabeza justo debajo del chorro de agua.

Como se le veía perfectamente todo el tronco superior y además le daba la espalda, era un blanco perfecto para otro disparo en el bulbo raquídeo. Con meticulosa precisión, Brian apuntó a la base del cráneo del tipo y dudó un instante, pensando en Emma y Juliette. La inevitable oleada de emoción le impulsó a apretar el gatillo.

El rifle emitió el mismo siseo seco que cuando disparó a Heather Williams. Con idéntico acto reflejo, expulsó el casquillo y cargó otra bala. Pero, de nuevo, no fue necesario un segundo disparo. Como en el caso de Heather, Charles se desplomó al instante y desapareció de su vista tras la mampara de la ducha. Brian vio una gran mancha de sangre circular en cuyo centro había un agujero en la pared de baldosas. Sin duda, la bala había atravesado el cráneo de Charles y le había salido por la frente.

Brian sacó el cargador y la bala de la recámara. Respiró hondo antes de levantarse y correr hacia la escalerilla. Un instante después, ya estaba bajando por ella.

—Bueno, ¿qué tal ha ido? —preguntó Jeanne susurrando, aunque lo bastante alto para que se la oyera por encima del sonido del agua que golpeaba contra los pilares del muelle. Cogió el rifle para que Brian pudiera subir a bordo de la zódiac.

—De nuevo, no podía haber ido mejor —comentó él—. Ya están los dos eliminados. Misión cumplida. Emma, Juliette, Riley y muchos otros han sido vengados y tal vez, solo tal vez, hemos echado a rodar una bola de nieve que acabará cambiando este sistema de salud enfermo.

—Esa es la esperanza —dijo Jeanne—. Ahora creo que será mejor que nos larguemos de aquí.

—Tienes toda la razón —dijo Brian, y encendió el motor.

Cinco minutos después, puso el motor a todo gas y la zódiac planeó sobre el agua mientras rodeaban la punta de Kings Point y se dirigían hacia el oeste. Una milla y media después vieron las luces centelleantes de City Island. Aunque hacía ya rato que el sol se había puesto, el cielo todavía tenía un color entre plateado y grisáceo. Brian encendió las luces de la zódiac, aunque llegarían a Butler Marine antes de que la oscuridad fuera total.

Con el ruido del motor fueraborda era casi imposible mantener una conversación. Brian y Jeanne se quedaron a solas con sus pensamientos, pero a él no le importó, porque le permitió recuperarse de la experiencia. Con el viento marino en la cara, le invadió una fuerte sensación de paz pese a no saber muy bien cuál iba a ser el siguiente capítulo de su vida.

Epílogo

18 de octubre

Tal como llevaba un mes haciendo, Brian intentó imitar la facilidad con la que Jeanne montaba su caballo. Y, como de costumbre, no funcionó, porque el animal se movía justo cuando él estaba pasándole la pierna por encima de la grupa. Se levantó del suelo y, mientras se disponía a realizar un nuevo intento, estaba ya preparado para echarle la culpa al caballo si Jeanne hacía algún comentario desdeñoso, pero no lo hizo. Aunque en este nuevo intento consiguió montar, lo hizo sin elegancia alguna y oyó la risa de ella mientras se acomodaba en la silla.

Ya sobre sus caballos blancos de la Camarga, partieron justo después de las cuatro una tranquila tarde de domingo. La meta era llegar a la costa mediterránea, que estaba a unos quince kilómetros en dirección sur. Iba a ser su primera visita a la playa desde que llegaron a la Camarga hacía cinco semanas. Había sido idea de Jeanne hacer un pícnic junto al mar para cambiar de aires. Además, quería enseñarle a Brian la costa, porque era uno de sus lugares favoritos cuando era adolescente.

A Brian la Camarga le acabó gustando tanto como Jeanne le había prometido que le gustaría. Él no tenía ni idea de que existieran en Francia unos parajes tan agrestes y casi deshabitados, porque por ahí había más caballos, vacas y ovejas que personas. Las zonas del norte de Francia que había visitado de niño con sus hermanos eran todo viejos muros de piedra, setos cuidados con mimo, calles pavimentadas, campos cultivados y edificios venerables, todo ello evidencias de que la zona llevaba siglos habitada por seres humanos que la habían ido transformando. En contraste, la Camarga consistía en unos quinientos kilómetros cuadrados de campo abierto y llano que parecía mantenerse igual desde tiempos inmemoriales. Un tercio de esa superficie eran lagos, albufera y marismas. A menudo, los únicos indicios de intervención humana en el orden natural eran unos pocos campos cultivados en la zona norte, unos cuantos canales artificiales, que eran más rectos que los ríos, y un montón de diques para mantener ciertas zonas secas en tiempos de marea alta. Las pocas casas eran muy sencillas y pintorescas, estructuras blancas de estuco con llamativos tejados rojizos, como la que ocupaban Jeanne y Brian desde su llegada.

La noche de los disparos todo había ido excepcionalmente bien, lo cual ellos atribuían a la combinación de su meticulosa planificación y las inamovibles costumbres de Charles Kelley y Heather Williams. Y, por encima de todo, estaba la buena suerte, buena suerte a raudales. Cuando regresaron al puerto esa noche, les devolvieron el depósito que habían dejado por alquilar la zódiac y los artilugios de pesca, y se metieron en el Subaru; todavía no eran ni las siete y media. Con tal eficiencia, incluso dispusieron de tiempo para parar un momento en City Island para comprar comida, de la que dieron buena cuenta durante el camino hasta el campo Floyd Bennett en Brooklyn, para devolver el equipo de la ESU que Brian había tomado prestado. El plan original era que iría Brian solo después de dejar a Jeanne en el aeropuerto JFK, pero con tanto tiempo por delante, ella prefirió quedarse con él para no tener que esperar tanto rato sola en la terminal.

Incluso devolver el equipo les llevó menos tiempo del previsto. Probablemente debido a la pandemia, solo había dos agentes en la academia de la ESU, a ninguno de los cuales conocía Brian. Lo habitual era encontrarse a varios agentes pasando allí el rato en lugar de rondar por la ciudad a la espera de acción. Lo que más tiempo les llevó fue la nota de agradecimiento que Brian decidió escribirle al subcomisario Comstock, dándole las gracias por hacerle ofrecido la oportunidad de reincorporarse a la ESU. En la nota le explicaba que la repentina e inesperada muerte de Juliette le había hecho cambiar de planes y al final no se reincorporaría. En la posdata, Brian le comentaba que el Remington MSR era una soberbia pieza de ingeniería y que debería tomarla en consideración para formar parte de la armería del NYPD, a pesar de su elevado coste. Dejó el rifle sobre el escritorio de Michael con la nota encima.

Después, tras dejar a Jeanne en el JFK, a Brian le quedaba tanto tiempo libre que decidió volver a casa para dejar el coche en el camino de acceso, descargar tensión durante unas horas en el gimnasio del sótano y después usar un coche compartido para salir hacia Newark a las seis y media de la mañana. La idea inicial era dejar el coche en el aeropuerto y llamar a Camila para que lo recogiera.

—Vamos, tortuga —le retó Jeanne sacándolo de sus recuerdos, y sin previo aviso puso su caballo al galope por el camino de tierra que atravesaba el humedal, provocando que una bandada de flamencos levantara el vuelo. Otra cosa que Brian había aprendido sobre la Camarga era que acogía a más aves acuáticas de las que había visto en toda su vida.

Brian instó a su caballo a seguirla, pero el animal no estaba por la labor y él no sabía cómo hacerle cambiar de opinión. Al final consiguió que el caballo se pusiera a medio galope, pero no que llegara a galopar. Delante, Jeanne se había detenido para esperarlo. Los dos llevaban varias semanas montando con los *guardians*, también conocidos como los cowboys de la Camarga. Los *guardians* habían empezado la doma de las vacas semisalvajes que vivían en las tierras de los padres de Jeanne. Como consecuencia, Brian había aprendido a montar y también estaba refrescando su francés.

Poco a poco, Brian se iba sintiendo cada vez más cómodo con su nueva vida, había empezado a relajarse un poco y se sentía muy afortunado por haber conocido a Jeanne. De no haber sido por ella, habría acabado en Cuba y a saber cómo le habría ido. Cuando los dos llegaron a Arles, la ciudad más importante al norte de la Camarga, procedentes de Frankfurt, Brian no tenía ni la más remota idea de qué iba a depararle el futuro. Aunque le preocupaba cómo iban a acogerlo los padres de Jeanne, eso no supuso ningún problema. Fueron a Arles a recoger a Jeanne cuando ella devolvió el coche alquilado. Si les sorprendió la presencia de Brian o el hecho de que Jeanne viniera en coche desde Frankfurt en lugar de volar directamente a Francia, desde luego no lo mostraron. Ella le había contado que sus padres estaban tan sorprendidos y encantados de que hubiera decidido vivir en Francia que no les importaban lo más mínimo los detalles, incluido cuál era la relación entre su hija y Brian, al menos a corto plazo.

—Tienes que inclinar el cuerpo más hacia delante si quieres que tu caballo galope —le recordó Jeanne cuando Brian la alcanzó—. Y no tengas miedo de utilizar las piernas, esa es la clave.

—Haces que parezca todo muy fácil —se quejó él.

En la otra punta del extenso campo pantanoso cogieron otro camino en dirección sur, bordeado a ambos lados de tamariscos y álamos blancos. Jeanne le explicó que era la ruta más directa hacia el mar, que ya apenas recordaba.

Mientras seguían avanzando hacia el sur, Brian continuó con sus evocaciones. De momento, los efectos colaterales de las muertes de Heather Williams y Charles Kelley habían excedido todas las expectativas. Al día siguiente estaban en la portada de todos los medios, con delirantes especulaciones sobre quiénes podían ser los asesinos. Algunos periodistas, en especial los de Fox News, optaron por las teorías de la conspiración que implicaban a terroristas internos de la izquierda radical, debido, según ellos, a la riqueza y la relevante posición de ambos en el mundo financiero. El segundo día los asesinatos se desplazaron a las secciones interiores, pero el tercero, gracias a la proclama que Brian y Jeanne hicieron llegar al *New York Times* sobre los dos ejecutivos y el papel del capital inversión y la sed de beneficios que movía el sistema sanitario, junto con la lista completa de vecinos de Inwood a los que el Manhattan Memorial Hospital había demandado por facturas exorbitantes, la historia volvió a las portadas. El sistema de salud, sus costes y los apaños en los pagos, además del hecho de que los legisladores de Estados Unidos se habían dormido en los laureles mientras el sistema se les iba de las manos, poco a poco se fue convirtiendo en una gran historia, a la que los asesinatos de Charles Kelley y Heather Williams añadían impacto.

Pese a que la respuesta de los medios hasta el momento era mejor de lo que se esperaba, había un asunto que desconcertaba a Brian: lo mucho que estaba tardando en convertirse en algo más que una persona de interés para el caso. La única explicación que encontraba era que los detectives del NYPD no estaban investigando el caso con su habitual dedicación, tal vez porque tenía muchos amigos en el cuerpo, sobre todo en la ESU. Lo que sí sabía con certeza era que su repentina desaparición, junto con su enorme deuda con el MMH, había levantado sospechas, su pista se había seguido hasta Frankfurt y se suponía que la Interpol iba tras él. Pero aquí se acababa todo. Según los periódicos, habían interrogado a sus padres y sus hermanos, pero Brian se había asegurado de que no supieran nada de nada. Imaginó que debieron quedarse muy desconcertados y desolados por su repentina desaparición, pero él no les había contado nada por su bien.

Ahora Brian anhelaba que lo convirtieran en el sospechoso principal. Quería que la historia de las evitables muertes de Emma y Juliette saliera a la luz, porque aportaría un impactante toque humano a las generalizaciones de la proclama. El actual interludio del que estaba disfrutando en la Camarga era solo una etapa previa a lo que sucedería cuando lo acusaran formalmente y se pidiera su extradición. Solo entonces, el gran desastre de la sanidad estadounidense se convertiría en una noticia internacional vergonzosa sobre los excesos del capitalismo desbocado y las víctimas que provocaba.

—Bueno, ¿qué te parece? —le preguntó Jeanne cuando por fin llegaron a la costa. Se habían detenido en el borde de una enorme y desierta playa de arena que se extendía hacia ambos lados. Enormes cúmulos discurrían por el horizonte y el sol del atardecer los teñía de oro, mientras la suave brisa les acariciaba la cara.

—Es maravilloso —dijo Brian. Pese a que aquí solo había pequeñas dunas en el límite de la playa, la escena y la hora del día le recordaron la fatídica tarde de dos meses atrás en Cape Cod. Con cierto esfuerzo, apartó el recuerdo de su mente, porque no quería pensar en las desastrosas consecuencias de aquel día de agosto—. ¿Dónde está la gente? —preguntó, para mantenerse en el presente.

En lugar de responder, Jeanne se rio y meneando la cabeza destensó las riendas del caballo, ansioso por galopar entre las olas rompientes. Brian intentó seguirla, levantando las riendas, inclinándose hacia delante y espoleando al animal con las piernas tal como ella le había explicado. Para su sorpresa y regocijo, en esta ocasión el animal obedeció. Al cabo de unos instantes, estaba galopando detrás de Jeanne, agarrándose bien para no caerse mientras entornaba los ojos para protegerse de las salpicaduras de agua salada que el caballo de ella le iba lanzando con sus patas traseras.

La sensación de libertad era vivificante y durante unos minutos consiguió no pensar en nada. Por desgracia, el momento mágico llegó a su fin cuando Jeanne tiró de las riendas para frenar a su caballo y Brian hizo lo mismo. Estuvieron un rato paseando con los caballos, permitiendo que los animales recuperaran el aliento.

—Detengámonos aquí —propuso ella, señalando un bosquecillo de nudosos tamariscos en el límite de la playa. Desmontaron y dejaron que los caballos comieran lo que encontrasen en las estrechas dunas, hierbas de playa y alfalfa silvestre.

Para sorpresa de Brian, Jeanne sacó de su mochila una manta, queso de la zona, pan francés y vino blanco.

—¡Sorpresa! —exclamó con una sonrisa pícara—. Un pequeño placer para los dos.

Brian extendió la manta mientras Jeanne descorchaba la botella de vino. Unos instantes después estaban los dos sentados, disfrutando del paisaje y del vino. Pero su felicidad no duró mucho. A los pocos minutos Brian se dio cuenta de que no estaban solos. Por encima del ruido de las olas rompientes y pese a la brisa que soplaba, oyó el característico zumbido de los mosquitos y un segundo después se le posaron varios en los brazos desnudos, dispuestos a darse su banquete de sangre. Con pánico, reconoció las características de los bichos: cuerpos negros con puntitos blancos, y rayas blancas en las patas. No había duda: se trataba de los temidos mosquitos tigre asiáticos.

—¡Oh, Dios mío! —gritó Brian. Se levantó de un salto mientras trataba de apartar con las manos la nube de insectos que ahora rondaba alrededor de su cabeza—. Nos están atacando.

Desconcertada, Jeanne dijo:

—Solo son mosquitos. La Camarga está repleta.

—No son solo mosquitos —gritó Brian—. Son mosquitos tigre asiáticos. ¡Tenemos que largarnos de aquí enseguida!

Ante tanta desesperación y urgencia, Jeanne recogió rápidamente la comida, el vino y los vasos. Brian cogió la manta. Y los dos corrieron hacia las dunas para recuperar los caballos.

Poco después regresaban a medio galope por la orilla hasta el punto por el que habían entrado en la playa. Jeanne llamó a Brian, que iba detrás de ella y le dijo:

—Acabo de caer en por qué te has alterado tanto. El día que nos conocimos me contaste lo de los mosquitos tigre asiáticos en la barbacoa.

Él asintió y respondió alzando la voz para hacerse oír:

—Esos cabrones son portadores del virus que mató a Emma y a Juliette, además de otro montón de enfermedades. No sabía que también habían llegado a Francia.

—Yo tampoco —dijo Jeanne preocupada—. Pero aquí no tenemos encefalitis equina occidental. Al menos no he oído que se haya dado ningún caso.

—En estos tiempos que corren ya no puedes estar tan segura —replicó Brian—. Hace dos meses, yo tampoco sabía que la EEE había llegado a Estados Unidos. Y ahora, con el cambio climático y el mundo interconectado, puede llegar a cualquier sitio, igual que los mosquitos tigre asiáticos. Tal como ha demostrado la pandemia de COVID-19, estamos en guerra existencial con los virus y me temo que jugamos con desventaja.

—¿De qué hablas? —preguntó ella—. ¿Qué tipo de desventaja?

—Los virus llevan evolucionando y adaptándose más de un billón de años antes de que los humanos aparecieran en escena. Biológicamente hablando, nos llevan muchísima delantera, de modo que solo Dios sabe quién va a ganar la batalla.

—Me estás asustando —dijo Jeanne, mirando a Brian con preocupación.

—Todos debemos estar asustados. La humanidad va a tener que afrontar el reto viral.

Agradecimientos

No podría haber escrito *Virus mortal* sin el apoyo y la ayuda de diversos miembros de mi familia y amigos, dispuestos a leer los primeros borradores y a ofrecerme valiosos comentarios y sugerencias. ¡Gracias a todos! Sin embargo, hay dos personas a las que quiero expresarles mi agradecimiento de forma muy especial, porque fueron fundamentales para familiarizarme con la muy selectiva ESU del Departamento de Policía de Nueva York, y con el altísimo nivel de preparación requerido para convertirse en uno de sus miembros. Aunque estas dos personas no tienen responsabilidad alguna en cualquier posible error descriptivo que pueda haber cometido en la novela, su información fue para mí fundamental, sobre todo al permitirme visitar y observar la academia de la ESU en acción. En orden alfabético...

Tom Janow, detective de primer grado retirado del NYPD y ahora paramédico de cuidados intensivos.

David Reilly, teniente de la Unidad de Servicio de Emergencias (ESU) del NYPD.

Bibliografía comentada

El primer objetivo de la novela *Virus mortal* es entretener y utilizar el hecho de que a mucha gente le fascinan los dramas las películas sobre venganzas «justificadas», pese a la máxima moral de que el «ojo por ojo» no arregla nada. Pero el objetivo más importante es servirse de la ficción como método para despertar la indignación de los ciudadanos ante el deplorable estado del sistema de salud americano, que demasiado a menudo no proporciona la ayuda y el apoyo que se espera de él, e incluso destruye la vida de algunas personas. La razón es muy sencilla: el sistema sanitario estadounidense se ha convertido en un mastodonte económico en el que tipos listos de las finanzas pueden conseguir beneficios siempre crecientes para ellos mismos y para los fondos financieros que manejan. Tal vez *Virus mortal* sea la primera novela que aborda este tema de forma específica, pero han ido apareciendo un buen número de extraordinarios ensayos cuya finalidad es la misma. Para aquellos lectores que quieran profundizar en el problema, recomiendo los siguientes libros, todos muy amenos y sobrecogedoramente reveladores:

Brill, Steven, *America's Bitter Pill: Money, Politics, Backroom Deals, and the Fight to Fix Our Broken Healthcare System*, Nueva York, Random House, 2015.
Makary, Marty, MD, *The Price We Pay: What Broke Ameri-*

can *Healthcare, and How to Fix It*, Nueva York, Bloomsbury Publishing, 2019.

Rosenthal, Elisabeth, *An American Sickness; How Healthcare Became a Big Business and How You Can Take It Back*, , Nueva York Penguin Press, 2017.

Queremos compartir
más momentos contigo.

Únete a la comunidad de PenguinLibros
y encuentra tu siguiente lectura.

¡Únete hoy!

Penguin
Random House
Grupo Editorial